小学館文庫

永遠の1/2

佐藤正午

小学館

目次

永遠の1/2

第一章　その前の年

十二月

失業したとたんにツキがまわってきた。

というのは、あるいは正確な言い方ではないかもしれぬが、それはそれでかまわない。第一、なにも正確に物語ることがぼくの目的ではないし、第二、たぶんこちらの方が重要なのだが、ぼくは並み外れて縁起をかつぐ人間である。これはたとえば、机の上の鉛筆がひとりでに転がって床に落ちたとして、そのとき机の傾斜を調べるより先に鉛筆の芯が折れたことの方を重く見る。重く見たがる。そんな性格なのだ。だから、一年の終りに会社を辞めて翌年の頭からつきはじめたことをいま思い返すと、何かちょっと因縁めいた文句でもつぶやきたくなる。まるで職を失った瞬間に背中で幸運が微笑《ほほえ》んでいたかのように。まるで職を失うことと幸運との間に因果関係でもあったみたいに。もう一度つぶやこう。

失業したとたんにツキがまわってきた。

年の暮れに退職届を出してそのあくる日、街のハンバーガー屋で婚約者と会ったのだが、彼女はコーヒーをひとくち飲んだだけで気分が悪いと言って帰ってしまった。大晦日《おおみそか》の朝になって速達が届き、横書でピンクの便箋三枚にわたって（開くのにひどく骨が折れる畳み方だった）、要するに結婚の話は御破算にしたいと書いてある。二へん読み返して納得がいった。ただ、やはり手紙だけでは心もとないので確認の電話をいれてみた。なにしろ一月《ひとつき》前にはふたりして長男の名前まで考え合った間柄なんだし。呼び出し音が一つ鳴り終らぬうちに彼女が出たのはいいが、どうも要領を得ない。

——わかってると思うけど、この先ずっと働かないわけじゃないんだ。いい仕事がすぐに見つかるかもしれないし、それに（咳払《せきばら》い）、貯金もいくらかはある。

そんなことまで言ってみたのだが、相手は生返事しかよこさなかった。どうやら一月前のぼくに倣ったらしい。お手あげ。行きつけのコーヒー店で一時間待つと宣言して受話器をたたきつけた。二時間待った。

それ以来、彼女からは何の音沙汰もない。いま思えば不思議な気さえするけれど、ぼくは、一年近く続いた女との関係をたったの二時間で清算できたことになる。しかも結婚はしない、殺人も犯さない、涙の一滴だって女の目からはこぼれないというのだから、これは離れ業だ。と、そんなふうに、じつは以前からぼくは考えていて、この一件までがどうやらツキのなかに繰り込めそうな気がする。

ところが、高校時代からの友人で伊藤公《ただし》という男は、この話を聞いたとき、即座に、駄目だと言った。ふられた男の負け惜しみと決めつけたのである。

「しかし一年つづいたということは」とぼくは考え考え反論した。「少なくとも五十回は寝た勘定になる。それは判《わか》るな？」

「わかるさ。すくなくとも五十回のファックだろが」

母校で現代国語と古典と漢文を教えている男はそう答えた。

「じゃあ訊《き》くけど、五十回もファックした女とそのうえ結婚したいと思うか？」

「おれは思わない」

「だれが思うんだ」

「そりゃすくなくとも五十回のファックを……ちょっと待て、するとおまえは一晩に一回しかやらなかったんだな？」

「いや、二回のときも……」

「三回は」

「それはちょっと」

「無理か。でもそうすると五十回じゃきかないな。すくなくとも八十回くらいにはなる」

「無理なもんか、おれはただ……八十回ならなおさらだろ？」

「三十回までならどうだ？」

「それなら、まあ、考えても……」

「三十回で手を打つ男が五十回だと二の足を踏むのか」

「二十回の差は大きいからな」

「ほんの三ケ月の違いじゃないか」

「百日。つき合ってみろ、長いぞ。永遠の半分だ」

「結婚してみろ、短くなるさ。永遠のひとしずくくらいには」

……むろん二人とも酔っていたのである。呑《の》んだくれの議論はこのあとも延々と続き、明け方にはホワイト・ホースの瓶が二本空《から》になった。もっとも、これは翌年の三月の話なので、その頃、伊藤はちょうど結婚が決っていて、そうでなくても女に関してはぼくより五年先を行ってるとかねてから自負していたし、ぼくはぼくで自分のツキにかなりの自信を持っている。傍《はた》から見れば愚にもつかぬ話題が、酒のさかなになり得たのは、たぶんそんな時期のせいもあった。それに、結婚前に許されるファックの回数はいくつか、というのは素面《しらふ》で考えたって難問には違いない。二人の酔っぱらいが、相手の意見のどの辺で譲歩すべきか見当がつかなかったとしても無理はないだろう。

いずれにしても、いまここで肝心なのは親友の意見に耳を傾けることではない。くどいようだがぼくの性格を頭においてもらうことである。すなわち、ぼくはこう言いたくてうずうずしている。この年の大晦日、三ケ日まで休ませて頂きますという貼紙《はりがみ》のある店の前に立って、鼻水をすすりつつ来ない女を待っていたあたりから、すでに幸運はぼくのかたわらに寄り添っていたと。

第二章　にぎやかな一年

一月

娼婦《しょうふ》を買った夜のことから話ははじまる。商売女と寝るのが男のツキのうちに入るかどうか意見の分かれるところだろうが、ぼくとしてはツキの兆しを認めたい。二十代の街娼なのである。ホテル代と別におよそ革靴二足分の出費はたしかに痛かったけれど、その年齢のその種の女がそう何人もいるとは思えない。やはり彼女に当ったのはぼくがツキかけていた証拠だろう。

正月の三日だった。その夜、中華料理店での高校の同窓会からカラオケ・バーの二次会へ流れ、そのあとやっと解放された伊藤とぼくは、いつものように市役所の裏に出ている屋台に寄って帰ることになった。同窓会の幹事である伊藤はコップの水をうまそうに飲みながら、毎年出席している女たちに対する不満を述べ、

「年々、酒は強くなるし、顔は一様になるんだ。化粧のせいかな、笑顔なんか見分けがつかないくらいで……おまえ、気がつかないか？」

卒業以来、九年目にして初めて出席した男の変化に驚いてみせた。

「あいつがあんな猥談《わいだん》のできる男だとはな」

幹事補佐および会計係のぼくは、ときどき出席するが今回は顔を見せなかったかつてのクラスメイトを数えながらラーメンをすする。そしてこの屋台のスープの味付はあいかわらず濃すぎた。ふたりとも水をお代りしてから、大通りへ出たがタクシーはなかなか来ない。料理の品数が思ったより少なかったんじゃないか、いやあんなもんだろうとか、ブレイザーはいったい岡田にどこを守らせるつもりかな、やっぱりジャイアンツに欲しかったよ、長嶋は来年の原を待ってるんだろうなどという話をしてるうちにやっと一台やってきた。いつものように伊藤が先に乗って帰り、ぼくはひとりになる。ハイライトを一本喫《す》ったが空車は通らない。しようがないからアパートの方角へ二三歩、動きかけたときに車が寄って来て止った。助手席の窓が下に辷《すべ》って女が顔を出し、

「乗らない？」

と、誘う。手まねきをする。そばへ行ってみた。すると囁《ささや》くような声で、遊ばない？　と訊《き》く。髪の毛を短く、もし化粧をしなければ顎の線の柔かさでかろうじて性別をたもてるほどに短くした女だった。ディスコに誘われてるのではないことくらいぼくにもわかる。車の中を覗《のぞ》いてみた。女ひとりだった。ぼくより三つは若い。ぼくは唾を呑《の》みこんで、

「つまり……」

「そうよ。はやく乗って」

「驚いたな」

とぼくは車に乗り込むと馬鹿なことを口走った。

「正月の三日だぜ」

「かせぎどきよ」

ドライブの途中でビジネスライクに（と女が言った）打ち合せを済ませて、そのままモーテルへ行った。そのあとのことはとりたてて言うこともないけれど、一つだけ、こんなやりとりがあった。終ってから、シャワーを浴びて身仕度をしているときに、女がふっと思い出したように言ったのだ。

「ねえ……初めてだった？」

あまりのことに煙草《たばこ》をくわえたまま言葉を捜しあぐねていると、

「あら。違うのよ」

と敏感な娼婦はいかにもおかしそうに笑って、

「あのね（まだ笑ってる）、あたしと初めてだった、か、、、、、、、、って訊いてるの」

ぼくは深い吐息をついて、床に落ちていた腕時計を拾い上げた。

「もちろん、初めてだよ」

「そう……」

とこんどは笑わずにぼくの顔を視《み》つめて、

「でも、おたくの顔は初めて見たような気がしないんだけど」

「わかるよ。あなたの笑顔を見てると他人のような気がしないってよく言われる。でも他人のままでいましょうねって……」

ぼくが意図したほどその場の雰囲気はなごまなかった。相手はにこりともしないで、口のなかで舌を右に、左にゆっくり動かすと、

「兄弟は？」と訊《たず》ねる。

「妹が一人。でもぜんぜん似てない。妹は父親似でぼくは母親似」

「でしょうね」

「それ、どういう意味だろう」

どういう意味か女は教えてくれない。急に疲れたような表情になって押し黙った。

ぼくはダブル・ベッドの端に腰かけ、乗り換え駅で列車を待つみたいに煙草に火をつけた。女が教えたくない事は聞いてもおもしろくないに決ってる。しばらくして女は言った。

「もういいわ。気にしないで」

ぼくはうなずいた。ちっとも気にしなかった。といってもべつに売春婦の指示に素直に従ったわけではなく、他のことにこだわっていたからである。そしてそのせいで、この気だてのやさしい女が、別れ際に心配性の男の気持を察したのか、

「おたく、もっと自信を持ったら」

と微笑みながら助言してくれたときに、

「今夜はだいぶ酒がはいってたからな」

などと余計な弁解をして、ふたたび声をたてて笑われるはめになったのだ。

「そうでもなかったじゃない」

となぐさめるように、あるいはからかうように女は言い添えた。ぼくは最後に頼んでみた。「もういっぺん会えないかな」

するとと娼婦が答えた。

「縁があったらね」

＊

十三日、日曜。東京は朝から雪だとNHKの正午のニュースが伝えていたが、西海《さいかい》市は快晴である。テレビの深夜映画で『ヤング・フランケンシュタイン』の放送がなかったらもっと早起きもできたのだが。競輪場に着くとちょうど第四レースが終ったところだった。

一度でも競輪に賭けた経験のあるかたなら、他人の予想を聴くのがどれほど興味深いか、そして他人の予想が当ってどれだけ儲《もう》けたという話を聞くのがいかに退屈でいまいましいか御存知だろう。できるだけあっさり済ませるが、十三日は第五レースから第十レースまですべて予想が的中し、約三時間のうちに三枚の一万円札が十五枚に増えた。翌朝は九時に起き出して、十一時四十分に第一レースが始まる頃には、暖房のきいた特別観覧席でコーヒーを飲んでいた。この日は十レースのうち七つまで的中。明けて十五日、八時五十分起床（つまり目覚しが鳴る十分前）。十レース中、二つしかはずさなかった。後節は十九日の土曜から三日間の開催だった。正確に言うと、開設二十九周年記念西海競輪〈オールA級〉第二節、となる。初日は縁起をかついだ。NHKのニュースを見てから、三万円だけ持って出かけたのである。

五百円で買った予想紙と五十円の西日本スポーツとのレース解説を見比べながら、売上げ枚数を示すテレビ・モニターをながめていると、誰かに肩を小突かれた。あわてて振り向いたけれど、いきなりでどう挨拶してよいかわからない。困っているところへ、

「やあ、こんどは本物だ」

とのんびりした声で父が言う。この挨拶の意味もよくわからない。しかし訊ねれば話が長くなるので、

「元気そうですね」

とだけ答えておいた。

「ああ。おまえも」

それっきり父は黙る。ぼくの方から喋《しゃべ》ることは何もない。第五レースの発売締切りまであと十分だと、女の声の場内アナウンスが告げた。ほとんど同時にモニターの数字が愛想もなくかき消える。人だかりが唸《うな》りながら動きはじめる。父が訊いた。

「ふたりとも元気か？」

ぼくは「ふたり」が母と妹を指していることに気がつかぬというふうに父を見返し、それから父の手に引かれている四歳の男の子へ眼《め》を移した。阪神タイガースの帽子を被《かぶ》っている。きっとまだ野球を知らないんだろう。

「ええ」とぼくは答えた。「元気ですよみんな」

そしてそのままさりげなく歩きかけるのを、

「おい」

と父がジャンパーの裾をつかんで、

「さっき人違いしてな。世の中には似た男がいるもんだ。こう、ちょっと見たところ、おまえにそっくりだった」

「ああ……」

と思わずぼくがうなずいたのは、「こんどは本物だ」という父の台詞《せりふ》がやっと呑みこめたからである。が、父はどう思ったのか、

「なんだ知ってるのか？」

「いや。どこで見たんです？」

とそれほど興味もなく訊ねてみると、

「なに、入場券を買ってて、ひょいと横を見たらおまえがいた。と思ったんだがな」

「へえ」

これは我ながら気の入らぬ相槌《あいづち》だった。それをごまかすためもあって漠然と正面入口の方向へ眼をやった。父が咳払《せきばら》いをひとつした。昔からの癖だ。それから独言《ひとりごと》をつぶやく。

「このレースは3の頭で堅いな」

「6ワクの二人。ときどき無茶なレースをやりますよ」

「3－6は押えてあるんだが」

締切り五分前の場内アナウンスが型通りに放送される。ぼくはまだ車券を買っていないことを父に告げ、別れの挨拶を口のなかで呟《つぶや》いてから発売窓口へ急いだ。途中でいちど振り返ると、ちょうど父が子供を肩車するためにしゃがんだところだった。

第五レースは6－6のゾロ目で決り、六千円近い配当があった。レースを見守っているときはもちろん、払戻し所の列に並んでいるときも、窓口で五枚の一万円札と九枚の千円札を受取るときも、父の人違いの話など思い出す暇はなかった。予想外の幸運にただうっとりとしていたのである。遅めの昼食に天丼でもとろうと食堂へむかいながら、この調子だと当分のあいだ働く必要もなさそうだとか、失業保険が切れた後も競輪で食って行けるのではないかとか、いやまさかそういうわけにもいくまいなどと考えてひとり笑いを浮べていたようだ。不意に、背の低い男と向い合って立っている自分に気がついた。

「ずいぶん景気よさそうじゃない」

四十年配の男はそう言ってぼくの胸のあたりを手の甲で叩いた。鼻風邪をひいた女みたいな高い声だった。ぼくは相手の意図を測りかねて言葉をにごした。すると小男

は笑いを押し殺したような表情になって、

「おれも……」

とふたたび甲高い声で言い、上着の内ポケットから札束を二つ折りにしたものを取り出して見せると、

「取ったよ、6-6。特券で十枚。嘘《うそ》みたいだ」

たしかに一万円札は六十枚近くありそうだった。ぼくはぼくの十倍の幸運をつかんだ男を見て意味もなく微笑んだ。男は笑い返した。顔を寄せてくる。囁き声で言う。

前歯が二本欠けていた。

「タカちゃんが捜してた。マスターも一緒に……」

（こいつ人違いをしてる）

ぼくが気づくのとほとんど同時に小男が、

「あっ」

と短く叫んで顔色をかえた。ぼくの方で先に眼を伏せた。何故《なぜ》だかわからない。ただ相手のうろたえた顔を見るのがきまり悪かっただけかもしれず、それとも、もしかしたら後に起った面倒の数々をこのときすでに予感していた、とも思うのだけれど……あてにはならない。予想紙を読むふりに努めたがむろん活字は眼に入らなかった。痛いほど男の視線を感じながら、ろくに前も見ずに歩きだした。とたんに誰かにぶつ

かり、赤鉛筆がぼくの手を離れて転がった。「すいません」とぼくが言う。「失敬」と誰かが言う。芯の折れた鉛筆を拾って振り向くと、小男の姿は人の波に呑まれて消えていた。

第六レースの車券を買ってから、ゴール前のスタンドに腰かけて周囲を見まわしたが知った顔は一つもない。レースが始まるまでのつかの間、青く澄みわたった冬空の下で、ぼくに似た顔の男について考えをめぐらせた。二つの人違いが立て続けに起ったのだから考えない方がどうかしている。いままでは年に一度、会うか会わないかとはいえ実の父親が息子と見間違えるほど、そして親しい友人（らしい、つまり小男）がそばで見ても気がつかないほど、そっくりな人間がいるというのはやはり気になった。けれどもそれは多少、気になった程度で、あまり深刻には考えない。何故なら、父は入場口でぼくを見た（と思った）と言ったが、その口調は軽い冗談という感じだった。「そっくり」というのはだから冗談を引き立たせるための誇張で、たとえば眼元が似ているとか、鼻の形が同じというような男を見かけたにすぎないのじゃないか。たぶんそうだろう。あの小男にしても、久しぶりに（？）つかんだ幸運にかなり興奮していたようである。冷静さをなくした眼で、競輪場の五千人もの人ごみの中にいくらかでも友人に似た顔を見つけた場合、声をかけたくなるのは当然かもしれぬ。たぶん当然だろう。そう考えると――ぼくはこの時、逆に言えば小男は五千人の中から一つの顔を見分けることができたのだとは考えなかった——あの背の低い中年男は単にそそっかしい性格の持主に思えてくるし、父の「やあ、こんどは本物だ」という台詞の「本物」という言葉はなんとなく頼もしい響きを持っている。ぼくはあらためて「あっ」と声にならぬ声で叫んだ男の顔を（ろくに見もしなかったのに）思い出して嘲笑《あざわら》った。そして、第六レースの選手が入場する頃にはもう、人口三十万の西海市に一人くらいぼくに似た眼もとや鼻の形をした男がいても不思議ではなく、むしろいない方がおかしいというふうに、二つの人違いについての考えをまとめていた。

それからまもなく第六レースと、つづけて二つのレースをはずしたせいでぼくの頭は競輪の方へ自然に戻っていったし、それきり父と小男の姿も見かけなかったから、夕方アパートへ帰り着いたときには人違いされたことなどほとんど忘れかけていたと思う。翌朝は再びバック・ストレッチ側の特観席に陣取って予想に専念していた。

ところが、どうも前日の後半からうまくいかない。二日目はちょうど三万円が紙くずに変った。そして最終日はうまくいかないどころの話ではない、第一レースから第八レースまで一つも当らず、指定席にすわって苦い煙草をふかしながらくさりきっていたのである。

ぼくは煙草をふかしながら、淡いグリーンのバンクに落ちては溶ける雪をながめていた。十九日の夜からにわかに天候がくずれて、あくる日は霧のような雨が一日じゅう降ったり止んだりをつづけ、今朝はとうとう雪になった。競輪が中止になるかならぬか際どい雪だった。主催者の判断が吉と出た人間もいるだろうし、ぼくみたいに最悪になった男もいる。

朝から八回も肩を落した。もう誰が一着になるのか想像もつかない。九人の選手がどういう順序で並んで走るか、考えただけでうんざりする。1番の選手が先行し3番と7番がその後に付く、従って車券は3－5（7番選手は5ワク）を中心に3－1、1－3の折り返しと5－3まで押えて万全……最後の気力をふりしぼって第八レースを予想し、息を詰めて見守っていたら、同郷の3番と7番の選手が前の晩たがいに根に持つような事件でもあったのか、スタートから牽制《けんせい》し合い、残り一周のところで激しく競り合って二人とも落車してしまった。いくらなんでも選手の喧嘩《けんか》までは予想できない。

第九レースの発売をまもなく締切ると無愛想な女のアナウンサーが告げた。まるで駅のプラットホームみたいにあわただしくベルが鳴りだす。はやく切符を買わぬと列車に乗り遅れる。はやく決心をつけぬと幸運をつかみそこなう。ぼくは立ち上がった。暖房がききすぎている。ジャンパーの内ポケットには聖徳太子の大きい方が一枚しか残っていない。このレースに五千円、次の最終レースに五千円……九回目と十回目の肩を落としている自分の姿が見えるような気がする。ぼくはかぶりを振った。発売所の人ごみを抜けて〝お茶コーヒー接待所〟のカウンターへ行き、もう何杯目かのブラックを飲むことにした。

二人いる係の若い方の女がこんども紙コップに注いでくれた。今日はまだ一言も口をきいていなかった。やけに脚の長い女で、後姿はなんど見ても飽きないのだが、鼻の両脇にソバカスが目立つのと、あずき色の縁の眼鏡をかけているのがどうしても気になる。ぼくは両眼でウィンクするようなつもりの瞬《まばた》きを一回、それから溜息《ためいき》を一つして、挨拶代りに、

「きょうかぎり競輪はやめるよ」

とつぶやいてみたが、女は笑わなかった。唇が心なしかすぼまり、あとは、眼鏡の奥で戸惑ったような瞬きが数回くりかえされる。カウンターを隔てて接待する女にしては、愛想笑いが苦手のようなのだ。ぼくは仕方なく、独り笑いを浮べてコーヒーを一口飲んでから、先週も一度焼いた大きなお世話を思い出して、

「コンタクト・レンズを入れた顔が見たいな」

と、これは鳩《はと》にポップコーンを投げるような、退屈しのぎの軽口をたたいた。先週は相手にせずただ微笑んでくれたのである。ところが、女はまるでこの瞬間を待ち兼

ねていたような仕草で、いきなり首をひねったかと思うと、手のひらで柄を包みこむように持って眼鏡をはずし、折り畳んでエプロンのポケットに辷らせ、ふたたび首をひねり気味に、破顔一笑、といった感じでぼくを見返して、

「コンタクトをしなくても見えるの」

と言う。ぼくは片手に予想紙、片手に紙コップを握ったまま、思わず咳払いをして、

「眼鏡をとると、……顔がちがって見えるね」

とあたりまえのことを言い、ちょっと考えて、こうつけ加えた。「ほめてるんだよ、もちろん」

裸の眼で女が瞬きして答えた。「有難う」

「……何時までここにいるの？」

「………？」

「いま三時半頃かな」

そのとき第九レースの発売を締切ったというアナウンスがあった。ベルはいつのまにか止んでいる。三分前からくり返しかかっていたレコード音楽も終った。ぼくは予想紙を持ちかえて第十レースの欄を表にした。そして、

「もしよかったら、一緒に……」

と言いかけたとき、この台詞とのタイミングを舞台の袖で測っていたかのような、

三人連れの男が大声で喋りつつ登場する。もう一人の、中年の係の女が紙コップを三つカウンターの上に並べた。

男1　押えて1‐3、3‐1まで。われながら完璧。なあ、恐《こわ》いくらいの予想だぜ。最後に笑うのはおれみたいネ。

男2　なにが完璧だ。中野浩一をはずしてどうすんの？　世界の中野V3を。

男3　うん、中野に死角なし。あ、おばちゃん、おれお茶にしてくれる？　ここにほら書いてある。

男1　ケッ、西日本スポーツがあてになるかって。おまえこないだもそんなこと言ってて大穴を逃したろ。

男3　でもおれは本命は逃したことない。

男2　そうそう。こいつの最後の笑いはいつもひきつってるもん。

ぼくは小声で目の前の女に訊ねてみた。

「君は誰が優勝すると思う？　最終レース。やっぱり中野浩一かな」

「…………？」

「……だろうね」

と独りでうなずき、溜息を洩《も》らしてから、

「知ってるかな、東口の駐車場の前にサンライズって喫茶店があるんだけど」

女は首を横に振った。

「じゃあ中央口のバス停で。四時半に会おう」

それだけ言うと、ぼくは相手の顔を見ないでコーヒーを飲みほした。間《ま》をおかずに、予想紙で顔を隠しそのまま方向を変えて席へ戻った。

おそらく二つとも駄目だと思っていた。第十レースも、バス停の待ち合せも。しかしまったく諦めていたわけでもない。最後の一万円のうち千円だけは二人分のコーヒー代にとっておいたし、それから、レースは特観席を出て雪の散らつくホーム・ストレッチ側のスタンドに移って観たのだから。この、つかない時には場所をできるだけ遠くへ移すという縁起かつぎの方法は、三年ほど前から用いている、いわば最後の切札だったのである——あんまり外が寒そうなので、そのときまでは使おうかどうか迷っていたのだ。

車券の方は何も考えずに三人の男たちの意見を盗ませてもらった。2ワクの中野浩一から1ワク荒川秀之助と3ワク藤巻清志へそれぞれ特券で二枚ずつ、それから3-1、1-3の折り返しをこれも二千円ずつ押えた。

中野に死角なし、と書いた西日本スポーツの記者が翌日の見出しや観戦記をどんなふうにまとめあげたか、残念ながらぼくは記憶していない。しかし結果の方は手帖《てちょう》に記録してあるし（高校卒業後、勤めだしてから日記代りにはじめたのが習慣になってもう十冊目である。以前は背広の内ポケットに入れて持ち歩いたものだが、最近ではベッドの枕元に置くようになった）、いや、それを見なくたって今でもそらで言える──この年、一月二十一日におこなわれた西海記念競輪の優勝戦（第十レース）は、一着荒川秀之助、二着藤巻清志、三着中野浩一で、連勝単式１‐３、払戻し額は八千七百九十円だった。

ちょうど四時半に、女はバス停に立ってどちらか早く来る方を待っていた。十七万五千八百円の配当金を受取るのにぼくは少し手間どったけれども、西海市営バスにしたって雪道を走るのには慣れていない。彼女がさしている赤い傘を見つけたのは、もちろんバスの運転手よりぼくが先である。

＊

雪は一日降っただけであとかたもなく消えてしまい、ふたたびおだやかな冬の日に戻っていた。二十六日の土曜日、電話で、まずいつも車を借りているかつての同僚に頼むと、そりゃ無理だと断られた。あの雪でスリップ事故を起して廃車にしてしまったという。

──それで、おまえは大丈夫なのか？

──なあに、その日に限ってシート・ベルトをしてたもんでな、車は六回ほど横転したけどおれはなんともなかった。たんこぶ一つだけだ。

次に、高校時代の同級生で翻訳の仕事をしている（と自分では言ってる）男に電話をしてみたが、一週間前に車を売ってヤマハのバイクに買い替えたそうで、これも駄目である。

──仕事の方はどう？

──話にならんよ、ギターのチューニング法の翻訳なんて。

──ふーん。

──それよりバイクは最高だぜ。股の間のヴァイブレイションがたまらんノダ。

仕方がないから最後は伊藤に頼むことにして、夜になって電話を入れてみた。伊藤は高校への通勤に一昔前のサニーを使っている。シーズン中は時おりアメリカン・フットボールの応援に出かけることもあるが（クラブの顧問をさせられているのである）、明日の日曜は読書か試験の採点でもして過ごすのだろう、とぼくはたかをくくっていたので、電話口で伊藤が、ドライブに行くから貸せないとあっさり言ったときには驚いた。しかも、もっと驚いたことには、

──誰とって、女とに決ってるじゃないか。おい田村、ひとつおまえを驚かせてやるからウィスキーを一本賭けろ。ホワイト、いやホワイト・ホース、いいか？

——乗った。

——よし。実はな、おれこないだ成人の日に、駅前のホテルで、ついに……

——負けたよ、驚いた。とうとうやったのか。

——何を？

——例のクリスチャンの英語教師さ。可憐《かれん》な唇がたまらないって言ってたじゃないか。転びバテレンにしてみせるって。

——……馬鹿な。

——違うのか？

——違う。あのな、おれは見合いをしたんだ見合いを。

——…………。

——うん？　どうした、おれの勝ちか？

結局、車は妹から借りることにした。日曜の朝おそく、田村美容室の電話ではなく店の奥にあるもう一台の番号をまわすと、運よく由美子が出た。汚さずに壊さずに一日で返すなら、赤いシビックを貸してやるという。ぼくはうけあった。

——取りに来るの？　それともあたしが乗ってく？

——三十分、出られないか？　帰りは近くまで送るから。久しぶりに飯でも食いながら話そう。

――たったの三十分で？

――じゃあ、もう三十分はやく来い。

一時二分前に競輪場の前で女をひろった。着いてすぐに車の中のぼくと、舗道でコートのポケットに両手を入れて立っている女の視線が合ったのだが、彼女は気づかず眼をそらしたので、わざわざ車を降りて呼びに行かなければならなかった。アパートに置いてある手帖には一時ちょうどの約束とメモしてあった。すでに女の名前（小島《こじま》良子《りょうこ》）も電話番号も記入済みである。ぼくが近づいたとき女は熱心に腕時計を眺めていた。見知らぬ男に話しかけられるのを警戒したのかもしれぬし、見知らぬ男が車を止めて時間を訊ねるとでも思ったのかもしれない。しかしぼくを見上げた顔は人にものを教えるような眼つきではなかった。ぼくはかなり努力して笑顔を作った。それでコーヒー接待所の女は思い出してくれた。

「ごめんなさい……」

と小島良子は頬に片手を添えて謝った。そして、白い車だと聞いてたものだから、と言い訳した。ぼくはうなずいた。そのうえ運転するとき男は銀縁の眼鏡をかけるのである。

この日のドライブはあまり楽しいものとはいえなかった。彼女は助手席の窓際に寄ってすわり、こちらが質問すれば答えるけれど、自分からはほとんど喋らない。たとえば兄弟は何人いるかとか、父親の職業は何かとか、誕生日はいつか、血液型は何型か、趣味は何か、ギターは弾けるか、小説家は誰が好きか、漫画を読むか、お酒はどれくらい飲めるか、好物は何か、あたしはセロリが大嫌いだけどあなたはどうか、旅行は好きか、外国へ行ったことがあるか、行きたい国は何処《どこ》か、さだまさしは好きか、ピンク・フロイドを聴くか、山口百恵を美人だと思うか、政治に興味はあるか、神の存在を信じるか、あなたの家の宗派は何か、まああたしんとこと同じだわ、朝型か夜型か、低血圧か高血圧か、入院したことがあるか、小さい頃は何になりたかったか、子供は好きか、ところであなたちょっと煙草の喫いすぎじゃない？　などと根ほり葉ほり訊かれることをある程度は覚悟していたのだが、彼女はそうしなかった。ラジオの歌謡曲に聴き入ってるような、窓外の景色に見とれてるような、ふりをしているのか本当にそうなのかとにかく一言も訊ねてくれない。間がもたないからぼくの方で横を向いて喋ることになる。

(暖房がききすぎてるみたいだね？)

するると彼女が振り向いて答える。

(そうね、すこし)

ぼくはまた前方に眼をやる。彼女が窓側に寄りかかる気配がある。道路のセンターライン・を見ながら言う。

(しばらくヒーターを切ろうか?)

(ええ)

初めてのデイトで、こんなによそよそしい感じを与える女はちょっとめずらしかった。

一時間ほど走ってまず海を見に行った。これが失敗である。車を降りたとたんに後悔した。晴れてはいたけれどなにしろ風が強いし、さすがに一月の末で水は冷たく、指先を濡《ぬ》らしてみて嫌になった。女はコートの裾がひるがえるのを気にして、几帳《きちょう》面《めん》に手で押えたまままつっ立っている。石ころを二つ三つ海に向って放っただけで車に戻ることにした。街へ帰る途中、ふと思いついて動物園へ車を向けた。入口までは、小学校の遠足以来だと彼女は喜んでみせたが、いざ中に入ってみるとここも丘の上にあるせいか冷たい風が吹き抜けている。ライオンもゴリラも奥へ引っ込んだきりいっこうに姿を見せないし、縞馬《しまうま》は隅にかたまってじっとしてるだけだ。馬鹿馬鹿しくなって早々に引きあげた。

街へ戻ってコーヒーで暖を取る。時計を見るとちょうど四時である。ボーリングに誘ってみたが、気乗りのしない返事なのでやめた。映画は、市内に十三ある劇場で現

在かかっているうち、ぼくがまだ見てないのは東宝の二本立とピンク映画だけである。喉まで出かかったが、

「映画を観に行かないか。『もう頬づえはつかない』と『花街の母』の二本立でやってるんだけど」

という誘い文句はどう考えたってぞっとしない。コーヒーを飲み終る頃には話も途切れがちになる。君があそこで働く限り来月の競輪も負けない、そんな予感がする、という意味のことを思いつきで言ってみた。すると彼女は首を振って、気の毒だけどそうはいかないの、という。ぼくは眉をひそめた。

「どうして」

どうしてかというと、小島良子はもともと正式に接待所で働いているわけではない。近所の主婦に頼まれて一月の六日間だけピンチヒッターを勤めたのである。

「なぜ頼まれた？」

なぜ頼まれたかというと、その近所の主婦の夫というのが、去年、定年退職したばかりの男なのだが、テレビのアップ・ダウン・クイズで十問正解して褒美にハワイ旅行を貰《もら》った。それで正月の十日から夫婦二人で初めての外国旅行へ出かけ、おとつい無事に帰国したのである。

「それで？」

それだけである。

しかしぼくは重ねて訊ねた。せっかく彼女の口が滑らかになってきたところなのだ。

「お土産は何だった？」

「チョコレート」

「君の本職は何なの？」

「なんにも」

「働いたことは？」

「あります……」

「どこで」

「銀行員だったの」

「いつごろ？」

「辞めたのが四年前」

「それから？」

「それだけ。タバコを貰ってもいいかしら」

「どうぞ」

彼女は手を伸してハイライトの箱から一本ぬきとり、ぼくの百円ライターを使って火をつけた。喫《の》み馴れた仕草にはとても見えない。

落ち着いてながめると（これは競輪場以外の場所で見ると、という意味にほぼ同じだが）、彼女はそれほど若くはなかった。少なくとも両手の甲にはそれ相当の歳月が刻まれていた。軽いウェイブのかかった髪は、真中よりやや右で分かれて肩まで届いている。肌は白い。眼は一重である。細い。ソバカスは化粧でも隠しきれない。煙草をはさんだ指も細く、そして微かにふるえている。太い毛糸で編んだクリーム色のセーターの中身が大きいのか小さいのかは判《わか》らない。

「あなたは？」

と彼女が訊ね、ぼくは女の胸から顔へ視線を上げた。

「どんなお仕事？」

「いちばん楽な商売」

「公務員？」

「…………」

とこのとき黙り込んだのは、保険金で暮してると答えようか、それともひと月に六日だけ競輪に通って食ってると答えようか、迷っていた両方の返事を使えなくなったせいである。笑い飛ばすにも時機を逸した。

「ちがうの？」

「むかしちょっとだけ……」

「………？」

「高校を出てすぐ、市役所に三年」

女はまるで一仕事おえたようにくつろいだ感じで脚を組み、煙草を灰皿のふちで叩いて、

「それから？」

すぐにコツを呑み込む。

「まあ、いろいろと」

「いまは？」

「去年の暮れまではコーヒー豆を主に扱う会社で働いてたんだけどね。車で配達してまわる仕事。ケチャップやサラダ油や小麦粉なんかもいっしょに。レストラン、小料理屋、スナック、喫茶店……市内の喫茶店ならたいてい知ってる。サンライズもぼくの受持ちだったたし、この店も……」

彼女はぼくの顔から下の方へ視線をさげた。ぼくは茶色のスエードのジャンパーにジーパンという恰好《かっこう》である。

「いまは失業中なんだ」

「市役所を辞めたのは何年前なの？」

「高校を卒業したのが昭和四十六年。君は？」

と彼女は素直に答えた。それから煙草を親指と人差指と中指とで持って丁寧に揉《も》み消すと、

「四十四年」

「あたしの方が二つ年上ね」

「もっとずっと若いと思った」

「眼鏡をはずしたとき？」

これはちょっと予想外の受け答えだったが、ぼくは気をとりなおしてうなずき、

「ふだんはかけないんだね」

「見えるから」

「あのときはびっくりしたな」

「それはあたしの方よ」

「どうして」

「だってこちらの都合も聞かずに……」

「帰る時間が同じなら一緒にと思っただけだよ」

「そのことじゃなくて、ドライブのことも……はじめてだわ、あんなに強引に誘われたの」

「そうだったかな」

「ええ」

と彼女はひとりで下を向いて笑いはじめる。ぼくはドライブの約束をしたときの様子を思い出そうとした。しかし思い出せるのはただ、競輪は三日やったらやめられない、実に奥が深いゲームだ、ときにはプロ野球以上におもしろいとか、プロ野球にもギャンブルが採用されればもっと興味深くなるだろうとか、競馬のクラシック・レースは放送するくせに競輪の四大レースをＮＨＫが無視するのはけしからんとか、そういったくだらぬ熱弁をふるっている男の姿だけで、それを聞いてる方の女の顔は形にもならない。なにしろ土壇場の大逆転で十七万を手に入れてあの日は夢心地だったのである。電話番号を訊ねたときも、ドライブに誘ったときも、待ち合せの場所を決めたときも、女は簡単に承知してくれたような気もするし、一度もうなずく顔を見ていないような気もする。それから帰り道、ぼくはついていい、ついている、ついていいると呟いた。アパートに着いてからも呟きつづけた。あんなに思い通りに事が運ぶなんて信じ難かった。まるでぼくに誘われるのを待っていたみたいだ。風呂に入って頭を洗いながら、あずき色の眼鏡を思い出して笑った。あんな眼鏡をかけていたんじゃ誰も誘う気にはならないだろう。湯舟につかりながら思った。でもあれを取るとちょっとしたものだった。ソバカスは気になるけれど、十人並み以上。それに脚だって長い。ストーブの前に坐《すわ》って缶ビールを開けた。何度かぞえても一万円札は十七枚なのだし、記念に持ち帰ったはずの予想紙はやはり見開き四ページのありふれた出走表にすぎない。ただし、隅の方に赤鉛筆で殴り書きした六桁の数字と女の名前は、ぼくのその日いちにちのあるいはこれから先の、幸運を約束する暗号のように見えないこともなかったけれど。ベッドのなかで独り大きくうなずいた。ついてる。女に眼鏡をはずさせたのはぼくのツキだ。たとえ相手が誘われるのを待っていたにしても、そういう女に当るのがぼくのツキだ。ひょっとしたら眼鏡をはずさせたのは、そして電話番号を聞き出したのはぼくが最初の男かもしれない……

「そうだったかな」ぼくはもう一度つぶやいた。

「そうよ」

と女は男の記憶を訂正するように決めつけ、笑顔のまま、知らない男の人にドライブに誘われたのは初めての経験だと告白した。

「強引なんだもの」

「気がつかなかった」

知らない男の誘いにのった女は笑いつづける。ぼくを優柔不断と批難した女は（母と妹を含めて）四人ほどいるけれども、強引だと文句を言ったのは彼女が初めてだった。彼女は笑いつづけた。それから首を右へ傾けてぼくを見ると、まるで自分のジョークが理解されぬのを心配するみたいな口調で、

「初めてだわ」とくりかえした。「ほんとに強引だったわ」

「内気な男とばかり交際してたんだね」

「そうね。きっと」

「でも内気な男が思いつめると恐いからな」

「そうなの？」

「たいていの小説家はそういう意見を持ってる。経験ない？」

「経験？」

　とまともに問い返された男は一つ咳払いをして、「たとえば、手を重ねただけで興奮してプロポーズされたとか……」しかしこのジョークは理解されない。女は首を横に振って、

「……ないわ」

「一度も？」

　一度もないとは女は言わなかった。何も言わなかったのである。ぼくも訊き直さない。目を伏せて、指先でコーヒー・カップの縁《ふち》をなぞっている女を黙って眺めた。年上の女の顔が赤らむのを見たのはそれが最初だった。

二月

その後しばらくの間、ぼくは寝苦しい夜を送ることになった。ひょっとすると良子は男を知らないのではないかという疑いが頭にこびりついて離れないのである。はたして二十九歳になるまで男と肉体的な交渉を持たずにすごす女がいるかどうか。むろんまだそうと決ったわけではなく、そうだという確かな根拠は何もないのだが、ぼくは深夜、ベッドのなかで、思い出せるかぎり彼女の仕草や言葉を一つ一つ拾い集め、うなずけるものとうなずけないものとに選り分け、集めることに疲れ分けることに迷い、いまどきそんな女がいるわけはないと投げやりになったり、いたら気味が悪いと寝返りをうったり、しかし万が一、という言葉もあるくらいだから一万人に一人の割合でもし存在するとしたら、その一人が彼女だったらと……いったいぼくは二十九の処女に当るほどついてるんだろうか？　……生唾を呑み込んだりした。

そんな夜が何日かつづいて、ある日の午後深呼吸を一つしてから電話をかけてみると、彼女はいとも簡単に承知して時間通りに待ち合せの場所にやって来る。やっぱり、男を待たせることも知らない、などと一応は納得したものの根拠というにはまだ薄いし。喫茶店に入って先日と同じベージュのコートを肩から落とすときの、彼女の胸のふくらみがその日はぼくの眼に焼きついた。コーヒーを飲みながら映画の感想をぼくは訊ね（松尾嘉代の『花街の母』を最初から最後までと桃井かおりの『もう頬づえはつかない』を最初の十分ほど二人で観たのである）、答える代りに映画が好きなのかと彼女は訊き返し、ぼくは好きだと答え、プロ野球と競輪の次に好きで、ハヤカワ・ミステリと同じくらいに好きだと言いなおした。ジャイアンツしか知らないと彼女は言い、映画もあまり観ないと言い、シャーロック・ホームズなら読んだことがあると言う。ジャイアンツとブリジット・バルドーとレイモンド・チャンドラーが好きだとぼくは教えた。『クリスマス・カロル』と『第三の男』の原作者の名前を彼女はあげ、他にも数人の作家の名を口にしたが、ぼくにはなじみのないものだった（きっと映画化には不向きな作家なんだろう）。ふたりの読書体験にはほとんど重なり合う部分がないようだった。その原因を少しずつ突き詰めていくうちに、彼女が女子大の英文科を卒業していることが判った。

ふいに会話が途絶えることがあって、彼女は膝の上で両方の指をもてあそび、ぼくはさりげなく相手の胸もとを見やる。きまずい沈黙のあと、女が何か良いことを思いついたような明るい声で、こんなときイギリスでは、天使が空を飛んで行った、そう言うらしいと教えてくれた。

一日おいてまた電話をした。こんどは本人ではなく最初に上品そうな感じの婦人が出て、どちらの田村様かと訊ねる。言葉につまっていると、高校でお友達だった方かとむこうからヒントを与えてくれたので、いや、その、まあ、とかなんとか呟いてるうちに、相手がゆったりした口調で割って入り、

——そうですか。いつもいつも孫がお世話になりまして(ここで長い間があったのは、受話器を持ったままおじぎでもしたんじゃないかと思う)。はい、おりますよ。いま呼んでまいりますから。

ひとまず胸を撫《な》でおろしていると、小島良子の祖母はもういちどいきなり電話に出て、

——すいません、少々お待ちになって。

——はい、いえ、どういたしまして。

ぼくは公衆電話の箱の中で受話器を握りしめて、なんだか後ろめたい事をしてるような気分だった。正直に言うが、ぼくの頭には小島良子と寝ることしかなかったのである。しかし電話に出た女は、ぼくが、焼鳥のうまい店を知ってるから今晩いかないかと、断られるのをなかば覚悟で誘うと、少しのためらいも見せずに(とぼくは感じ

た)、行ってもいいと言う。電話を切ったあと、内心ホッとしながらも、男の、それも二つ年下のしかも職も持たぬ男の、暗くなってからの呼び出しに、こうも容易《たやす》く応じる女というのもどんなものだろう、と思わぬでもなかった。けれど、その辺の事はなるべく忘れるようぼくは努めた。彼女に関しては最初からすべてがこちらに都合よくまわっている。このツキを逃すべきではない。そうむりやり自分に言い聞かせたのである。むりやりとここでいうのは、ぼくは女と寝たいと願っているからきっと女はうんと言うだろう、ぼくのツキがうんと言わせるだろう、しかし、女はぼくと寝たいと思っているだろうか、ぼくにとっては都合よくまわっているが女にとってはどうなのか、といくらか弱気になる部分もあったからで、これにはやはり、彼女はまだ未経験かもしれぬという疑惑が微妙に影響していたんじゃないかと思う。

(彼女と寝たあとのことはどうなる?)

と先のことまで念入りに自問して、

(なるようにしかならぬ)

といいかげんな答を作ってもみた。しかし、

(なにも高校生を誘惑しようというのでもあるまいし。相手は今年中には三十になる女だ)

と結局は自分に都合のいいように思いなおして、あとはふたたび……とにかくこの

ツキを逃すべきではない。そのためにはこの女も逃すべきではない。きっと何もかもうまくいくだろう。ついてる時は眼を閉じて三回まわったって、爪先が当り車券の売場を向いてるものなんだ。ぼくはその夜、女に会うまえに薬局に寄って頭痛薬とコンドームを買った。

だが、幸運はいつも近道を通ってやって来るとはかぎらない。ときには角を曲って寄道したり、塀の隙間からこっちの様子をうかがったりするのである。恐妻家の朝帰りみたいなものだ。昼間に会ったときよりも女はかなりよく喋ったと思う。それも酒のせいではない。お猪口《ちょこ》に三四はい味わったあと彼女はもっぱら水を飲んだ。はじめは、何でもいいから話してくれとぼくが頼んだのだった。そしたら小島良子はなんと、チャールズ・ディケンズの長編小説のあら筋を語りだした。おそらく卒業論文にでも取りあげた作品なのだろう。ユライア・ヒープだのミコーバーさんだのずいぶん親し気に登場人物の名を口にした。それから次が、これも、もう一つとぼくが頼んだからだが、名前を聞いたこともない女流作家の処女作と『トム・ソーヤーの冒険』との類似についての考察。あるいはこっちの方が卒業論文だったのかもしれない。ぼくはレバ焼とネギ焼鳥と雛皮《ひなかわ》を食いながら手酌で呑みつづけ、時おり彼女の話に相槌を打ち、この店を出てタクシーをアパートの前に乗りつけ、ちょっと寄っていかない？　と誘ってる自分の顔を想像していた。考察が終ったようなので、再びもう一つとぼくは頼んだ。もう無理よと女は首を傾けて笑う。そしてお冷やで喉をうるおしてから、モーツァルトを知ってるかと訊ねる。名前は聞いてると答えた。それから彼女が質問を待っているように思えたので、何世紀頃の人間かと訊いた。解答を知らされて黙り込んでいると、女がクスクス笑う声が聞こえる。何かその男に関して面白い話があれば聞くとぼくが言い、面白いかどうかわからないけど、と前置きしてから彼女は音楽家の死について話し始める……。ぼくたちは鳥雅《とりまさ》という屋号の店で、カウンターの椅子に並んで腰かけていたのだった。隣の席では中年の酔っぱらいたちが、もし日本がモスクワ・オリンピックに参加すれば金メダルがいくつ取れるかという話題を、彼女の三倍は大きな声で延々と喋りつづけていた。

外へ出てタクシーを捜しているとき、彼女が、来週の金曜日コンサートに行かないかと誘った。西海市交響楽団のことし第一回目の定例演奏会が市民会館で開かれるという。市民会館のそばの喫茶店の主人はホモだ、とぼくは教えてやった。茶碗蒸しを食べに行きませんかと背中の糸くずを取って貰いながら囁かれたことがある。女は、嘘でしょう？　と言って笑った。ふたりはいつのまにか手をつないで立っていた。ぼくはアパートへ寄らないかと訊ねてみた。「今夜はもう遅いから」というのが答だった。長針と短針が重なり合うまでにはまだ二時間あった。しかしその夜のぼくは強引さに欠けていたようだ。そうとう酔っていることに気がついたのは一人でアパートに帰り着いてからである。吐くのが嫌なのでベッドに横になったら明け方まで眠っていた。コンサートに誘われて承知したことと、そのときたしか女の方から手を握ってきたことを思い出しながら、酔醒めの水と一緒に頭痛薬を呑んだ。

*

二月八日の午後七時、ぼくは市民会館の大ホールにいた。見渡したところ、客席は三分の一程度しか埋っていない。外は冷たい霧雨が昨夜から降りつづいている。演奏会は想像以上に退屈だった。何か期することでもあるのだろう、痩せた男がさかんにもったいぶった挙句に指揮棒を振りおろし、チャイコフスキーの『大序曲、一八一二年』(プログラムにそう書いてある)が始まった。ぼくは鼻水をすすりあげた。前日の朝から風邪気味なのである。鼻水と微熱と頭痛と、そのうえ恋人達の囁き声のおかげで気分は最悪だった。椅子は他にいくらでも空いているのに、わざわざぼくから一つ置いた隣の席にその若い女と男は腰かけ、開演前から二人で顔を寄せて囁き合っている。演奏が始まってもお喋りは続き、ときどき男が笑い、しばしば女が笑う。ぼくは自分のことを噂《うわさ》されてるような気がして、いらいらしながら何べんも鼻をかんだ。ジャンパーのポケットはしわくちゃに丸めたちり紙でふくらむ。二人づれは話をやめない。小島良子は気にも止めずに静かに前を向いてすわっている。二曲目のグリーグ『ピアノ協奏曲イ短調』まではどうにか堪《こら》えたけれど、次のシベリウス『交響曲第一番ホ短調』の途中でとうとう立ち上がった。恋人達の前を通るときにどちらでもいいから足を踏んづけてやると決心したが、二人とも見事な呼吸で両足を椅子の下へ持っていった。顔を見合せて喋りながらである。

ロビイへ出て、ポケットの中身をくず入れに開けた。それから長椅子の端に腰をおろして、最後の一枚で鼻をかんだ。正面の広いガラス窓に自分の姿が映っていた。雨は降っているのかどうか見えない。ソファの背に寄りかかって眼を閉じた。シベリウスはここまでは追って来ない。アパートへ帰りウィスキーを一杯ひっかけてベッドにもぐりこみたかった。明日がだめでもまだ一週間の余裕がある、と前の晩に考えたことを思い出した。競輪が始まるのは十六日の土曜だから、それまでになんとかすればいい。会場の重い扉が開いて小島良子が現われた。

「だいじょうぶ？」

ぼくは弱々しいかぶりを振って、鼻紙を持ってるかと訊ねた。彼女はハンドバッグから封を切ってないティッシュ・ペイパーの包みを取り出して渡すと、

「まだ降ってるかしら」

とつぶやいて窓際まで歩いてゆき、外を眺めている。ぼくは一枚とって残りをポケ

ットにしまった。女のスカート(焦茶色)の尻《しり》のあたりを見ながら、脚の長さにあらためて感心した。そして今日がだめならもう一週間あってもやっぱりだめかもしれない、そんな気がして鼻をかんだ。女と十五日の夜までに寝ると決めたことが、そうすれば競輪のツキも逃げないと考えたことが、急に無意味だとも思えた。競輪のツキのために女を抱くというのは、昨晩はもっともらしく聞こえたのだが。ぼくは眼をつむった。考えなおそうとした。そのとき女が戻って来て、コートをはおりながら、もう行きましょうと言った。

細かい雨は止んではいなかったけれど、駐車場までゆっくり歩いた。車に乗りこむとぼくはフロント・グラスに向って訊ねた。

「このまま帰るかい」

「ええ」

と相手が言えば、すんなり送り届けてから妹に車を返しタクシーを拾って帰ったかもしれない。彼女は何も答えなかった。

「ホモの喫茶店に行ってみようか」

「具合が悪いんでしょう?」

「そんなにひどくない」

「顔色がよくないわ」

と彼女は暗がりのなかで指摘した。ぼくは短く鼻をすすりあげて、左のポケットからティッシュ・ペイパーを引っぱり出した。同時に飛び出したものが床に落ちて硬い音をたてた。手を伸して探ってみたが見つからない。

「なに？　車の鍵？」

「いや。小銭なんだけど……。いいよ、あとで捜すから」

しかし彼女はバッグの中から眼鏡入れを取りだした。ぼくもダッシュ・ボードの上に置いてあったのをかけて、ルーム・ライトを点《つ》ける。

「あったわ」

と彼女が小声で呟いて右手を伸した。ぼくの左手よりも速かった。ぼくは上体をかがめたまま一瞬ためらい、女が硬貨を拾って振り向くのを待った。唇が女の頬に触れた。あっという間である。次に、どうしてそういう体勢になったのか判りかねるが、女の肘がぼくの顎を打った。沈黙が訪れ、男は顎の先を、女は右肘を撫でさすった。それから女は何も言わずに百円玉を渡し、前へ向きなおって眼鏡をケースにおさめ、コートの裾を合せてみせた。ぼくは車内灯を消した。天使が団体で通り過ぎたようだった。

駐車場を出て車を走らせながら迷っていた。女はまっすぐ前を見て一言も口をきかず、ただ、ときおりハンドバッグの止金を鳴らした。こちらから話しかけるのもひどく億劫《おっくう》だった。できるだけ遠回りをし、なるだけ信号につかまりながらも車は彼女の家の方角へ向っていた。市役所のそばまで来て交叉点に入る直前に黄色になった。左へウィンカーを点けて信号が変るのを待つ間、ぼくはもう一つ先の緑色に輝いている信号機をながめていた。そしてその色を映して濡れている舗道をながめ、止金がパチリと鳴るのを聴き、あとはワイパーの単調な音を聴きながらながめつづけ……

「どうしたの」

と呼ぶ女の声で我にかえった。後の車がクラクションを鳴らした。信号は青だった。ぼくは方向指示器をもとに戻し、交叉点を越えてから左へ寄せて車を止めた。

「どうしたの？　気分が悪い？」とあらためて女が訊く。

「ちょうどあの辺で……」

とぼくは質問には答えずに、前方を指さした。

「娼婦に声をかけられた」

「ショウフ……？」

「うん。車の中から呼ばれたんだ。遊ばないかって。びっくりしたなあの時は。まさか市役所の前で娼婦に当るなんて……。一月の三日だった」

「………」

「いま思い出したんだけど、その女がたしかに、ぼくの顔をどこかで見たことがあるって言ったんだ。でも、ぼくはもちろん初めてだったし……、つまり、まったく見覚えがなかったからね。そのときは気にもかけなかったんだけど。ところが先月、競輪場で人違いにあった。一日に二度も。妙な気分だったな。だけどそれもすぐに忘れた。ぼんやりしてたんだ、きっと。君との約束のことばかり考えてたから。でもさ、いっぺんや二へん人違いされたからって——君もされてみりゃわかると思うけど——そう簡単には真剣になれない。だって自分とそっくりな顔の人間がこの世に、しかもこの街に住んでるなんて、まさか……ハヤカワ・ミステリじゃあるまいし。そんな、考えられないよやっぱり。

で、おとついの夜、スナックで飲んでたんだ。ロバートっていう行きつけの店なんだけど、そこのママがロバート・ワグナーの熱烈なファンでね、レッドフォードじゃなくて。いまどきめずらしい……まあ、そんなことはどうでもいいや……そしたら隣にすわってた中年の男が、あんたにはどっかで会ったことがあるって言いだした。会ったことはあるが思い出せないって。はじめのうちは寂しがり屋の酔っぱらいだと思って相手にならなかったんだけど、しつこいんだ、こいつが。いいや確かに会ったはずだ、それも一度や二度じゃないなんて言う。それからこう、しばらく考えこんでね、なにか思い出したらしくて、あんたどこかでバーテンをしてなかったかと訊くから、とんでもない、こう見えたってぼくは立派なヒモなんだ、シェイカーを振るくらいならダイス・カップを振りますよ。……あんまり気のきいた冗談じゃないね。ときたまいいのを思いつくんだけど、そういうときにはきまって相手がいないんで……。男はぼくの顔をじっと見て、ふーんって言った。ふーん、そうなの。人違いじゃないんですか？　ぼくはようやく言い返した。そしたら、男は満足そうにうなずいて、そのようだね。どうやらぼくが何か隠してると思いこんだみたいだった。

むこうは勝手に納得して帰って行ったけど、こっちは気になってしようがない。男にからまれてるうちに競輪場での人違いも思い出していたしね。ウィスキーを舐《な》めながら、やっぱりぼくに似た男がこの街のどこかにいるのかなとぼんやり考えてたら、さっきのやりとりを聞いてたんだろう、店のホステスが——ホステスといっても年は十六か七で、昼間は商業高校に通ってる女の子なんだけど——田村さん、そういえば似てるわ。びっくりして訊ねてみると、これが、何年か前まではよくテレビに出てたのに今はぜんぜん売れなくなって噂も聞かないような歌手、ぼくは名前も知らなかったけど、そいつに似てるって言うんだ。苦笑してると、ママが——こっちは四十近いと思う——ちがう、ちがう。その歌手にも似てるけど、もっとそっくりな人がいる。ほら、あの何ていったかしら……。まいったよ、こんどは関西の漫才師なんだ。もう、うんざりして、その話は打ち切りにしてもらった。でもなんだか妙に安心もしてね。ていうのは、つまり、ぼくみたいな顔はその辺にいくらでもころがってるんじゃないか、ごくありふれた顔かたちなんじゃないかと考えたから。あとで鏡をじっくり眺めてみたけど、そう思って見ればなるほど、これといって特徴のない顔のようだし。それにだいいち、人間の顔なんてよく見るとみんなどことなく似てるような気もする。こんな言い方は乱暴かな。でも、形や大きさは多少ちがっても、要するに目が二つ、その上に眉毛があってその下には鼻があって口があってだろ？　ちょっと酔ってたかもしれないけど、そんなふうに考えて、結局また思いなおした。こうだよ。世の中には目鼻だちが似ている人間がいて、それも大勢いて、たとえば酔っぱらいの中年男には見分けがつかないこともある。しかし目や鼻の形が似ているからといってその二人が、いやその十人あるいは百人が、瓜《うり》二つの顔を持ってるわけではない。日本中のあちこちで、流行おくれの歌手やコメディアンに似てると言われてがっかりしている男たちがいるだろう。でも彼らとぼくの顔が似てるかといえば、それは疑問だ。瓜二つという言葉はあるが十人十色という表現もある。似てるようでよく見ればずいぶん違うという意味だよ。きっとそうだと思う。たとえば有名人とか捜し求めている親友とかの顔を心にとめて誰かに行き会った場合、その誰かの顔に自分が心に描いてる人物の面影を認めた場合に、ぼくたちは人違いを起す。つまり普通の状態では起り得ないことが起る。あの男が素面《しらふ》のときに道ですれちがってもおそらく気がつかなかったはずだし、ぼくが外を歩くたびに歌手に似てると指をさされることはあり得ない。きっと何かの事情で普段の冷静さを失った人間だけが人違いをおかすんだ……そう考えてた。おとついの夜、いや、ついさっきまではそうだった。それが、自分でもよくわからないんだけど、信号を待ってるうちにふっと思い出してね。あのときのあの女の台詞。おたくの顔はいちど見たような気がするって言った……。本当はあれが最初だったんだな。それから競輪場で二回。おとついのロバート。一月《ひとつき》ちょっとの間に四回。どう考えても多いよね。多すぎる。……ひょっとしたら、ぼくと瓜二つの男が実際にいるのかもしれない。そんな気がして……なにも娼婦の眼をいちばんに信頼するわけじゃないんだけど、でもなんていうか……そう、予感だな。競輪をやってるとね、賭事《かけごと》をする人間はみんなそうなのかもしれないけど、論理とか資料とか裏づけとかそんなものよりも、一瞬のひらめき、直感、予感の方を大事にしたくなる。せざるを得なくなるんで、それはそれでいいんだけど、問題は競輪場の外まで持ちこんで使ってしまうことなんだ。いまのぼくみたいに。……と言っても予感がすべて現実になるわけじゃないからね。むしろそうならない方が多いくらいで、それはよくわかってる。現実が映画や小説とは違うこともわかってるつもりだけど、でも、どうしても……どうしても気にかかるんだ」

そこまで話すとぼくは頭を冷やすために窓を開けた。こんな長話になるはずではなかった。少なくとも五分前までは、人違いの件よりもさしあたって重要な問題を、無駄な饒舌《じょうぜつ》よりも効果的な一言を考えていたはずだった。助手席にすわっているのは話好きの叔母ではない。幸運を繋《つな》ぎ止める処女かもしれないのに。ぼくは道路の反対側の街灯をながめ、白い息を吐き、鼻水をすすりあげた。風邪ひき男は女の長い脚と頬の感触を思い出しかけた。ハンドバッグの止金が鳴った。

「思い出した……」

と隣の女がつぶやいた。

「ゼンダ城の虜《とりこ》だわ。ねえ、そうじゃない？　主人公と瓜二つの王様……ルリタニア王国。フラビア姫。それから」

「ぼくの相手はたぶん王様じゃないよ」

「ええ。だけど……似てるわ。主人公の貴族、なんて名前だったかしら」

「ぼくは失業者だぜ」

「同じようなものよ。働かなくてもお金があるんだから」

「………」

彼女はぼくの話の内容を半分も聞いていなかったに違いない。まるで昨日の晩ピーター・パンの映画を見た子供のような口振りだった。ウェンディ。ティンカーベル。フック船長。それから……

「アパートに寄っていかないか？」

とぼくは誘った。女は答えない。聞こえなかったのかもしれない。アパートに寄っていかないか？　という間の抜けた男の声が沈黙のなかで幾度も耳によみがえった。ぼくはハンドルを鷲《わし》づかみにし、同時に両足でクラッチとアクセルのペダルを探しながら、

「このまま、まっすぐ走る」そう叫ぶように宣言した。

「まっすぐ？」

「うん。さっき交叉点で曲りそこなったし」

と十キロも後方にあるような言い方をして、右手でキイをひねった。しかしエンジンはかからない。けたたましい嗄《しわが》れ声の笑いを残して、じきに静まり返る。二度三度と試みた。二度三度と笑声が破裂しては消えた。隣の様子をうかがうと、彼女は身じろぎもせずにぼくを視つめていた。唾を呑み込む音が聴こえた。ぼくではない誰かが呑み込んだように聴こえた。女の年をあらためて思い出した。たとえ男を知らなくても、子供を騙《だま》すようなわけにはいかない。

「どうしよう？」

ぼくは未練がましく訊ねた。

「Uターンして送ろうか？」

しかしまたしても答は貰えなかった。彼女が何かを言いかけたとき、

「そこの停車中の車——」

拡声器を通して男の不機嫌そうな声が怒鳴ったからである。

「速やかに移動しなさい」

見ると、パトロール・カーが道の向う側に止っている。車の中で警官が同じ文句をくりかえした。

「速やかに移動しなさい」

ぼくは片手を上げて合図してから、キイを回した。むろんこういうときは一度で始動する。パトカーの運転席で男がまだこちらを注目していた。いったいいつから見物してたんだろう？　ぼくは唇を噛《か》んでハンド・ブレーキを戻し車を動かした。

のちに良子は、あのときあたしは送ってほしいと言うつもりだったと打ち明けたのだが、これはどうも眉唾物である。もしあなたがもういちど訊ねてくれたら、などという言い草はまともには受け入れ難い。たしかにぼくは彼女の返事を訊きなおさずにアパートへ車を向けたけれども、良子だってその途中に一回も口を開かなかったのである。車はあきらかに彼女の家とは違う方向へ走っていたのだから、そういう場合、女の沈黙を男が了解の意味に取ったとしても少しも不思議じゃないだろう。それにぼくはアパートの階段を、良子の腕を引っぱって上ったわけでもなかった。部屋に入ってからろくすっぽ話もしないでいたのも、あながちぼくひとりの責任とはいえず、男の1DKのアパートに（しかも外は霧雨の夜に）ふたりきりで閉じこもって、何も期待せぬ女がいるとは言わせない。が、しかしそれは後になってから思ったことで、この夜はそれほど冷静に物事を考える余裕はなかった。隅にベッドが置いてある部屋の中で一杯ずつコーヒーを飲み、何度めかに話がとぎれて、ぼくの手が彼女の指先に触ったときも、実は半分眼をつぶるような気持だったのである。

女の指は逃げなかった。

男の右手に力が加わる。女の左手がくねって握り返す。その、言ってみれば握手に時間をかけただけの行為に、男は我を忘れた。にじり寄って肩を抱くと、当然のように女はうつむくし、男は唇を求める。ふたりのからだがくずれる。男が耳もとを吸い、頸《くび》すじを吸い、女がみじかく拒否の言葉を洩らす。男は聞かない。聞くはずがない。耳たぶを噛んだ。うなじを嗅いだ。ストッキングに触れ、どこまで上ってもストッキングに触れた。女の腿《もも》が跳ねた。女の腰がうねった。男は押えつけようとした。肩をつかみ、毛糸を揉みしだく。セーターの中身を感じ取ろうと躍起になる。そして思う。ふいに遠い道のりを思った。男は女の顔をのぞいた。女は見上げていた。一秒まえ男の眉が微かに曇ったのを、女は眼を開いて観察していた。

ぼくはそのことにも息が詰るほどびっくりしたのだが、次の瞬間に女が口にした言葉でもっと驚かされることになった。

「いやよ。こんなところじゃ……」

と彼女はつぶやいたのである。これはつまりぼくの言葉になおせば、カーペットの上じゃなくてベッドでして欲しい、そういう意味だった。この、言ってみれば但書の付いた承諾に、ぼくはもういちど我を忘れた。

＊

闇を照しているのは石油ストーブのオレンジ色だけである。もし女の眼が開いていればそれを、半球形の金網のいろを見ているはずだった。

ぼくは、ベッドを激しくきしませて良子に背中を向け、眼をつむった。こんな女とこんなことをするだけのために生きてるのではない、という思いは毎度のことである。終ったあとはいつも、ほんのひとときそう思う、終了と同時に女が闇に溶けて失くなればどんなに気が楽だろう……それから、二へんめをしたこともあったけれど。

煙草を欲しかったが動くのが面倒だった。かかとが女のふくらはぎに触れたので、もう少し端へ寄った。こんどは爪先に冷たい布切が触った。引っぱり出してみると、今朝、脱いで掛蒲団の上に放っておいたパジャマである。大きなくしゃみが出て、風邪をひいていたことを思い出した。女のからだを跨《また》いでベッドを降り、しわになったパジャマを着て便所へ行き、台所で風邪薬を呑んでからウィスキーをグラスに半分ほど注いだ。ストーブのそばに坐って生《き》のまま喉へ通す。女はいつのまにか寝返りをうっていて顔は見えなかった。

もうひとつ思い出したことがあって、それは彼女が処女だったかもしれぬということである。肝心なときにすっかり忘れていたのだ。もちろんぼくは自分のうかつさを厳しく咎《とが》めた。そのうえで、なんとなく損したような気分になってグラスを口に運び、それから、もうどっちだってかまうもんかと縁を嚙んだ。どちらとも言い切る自信がなかったからである。行為の最中を頭の中でなぞってみてもはっきりしなかった。彼女はただダッチ・ワイフみたいに仰むけに横たわっていたようでもある。味を知りつくした有閑夫人みたいに動いたかもしれない。なにしろこっちは筆おろしのツバメみたいに興奮していたのだから。しかし、そういう興奮状態にあっても事はすべて滞りなく完了した……となると、女が今夜はじめて男を受け入れた可能性はぐっと低くなるが、もしかしたらぼくの男としての技量が（と言っていいだろう）知らぬ間にそれほど、つまり相手が処女であることを忘れてしまえるほど上達していたとも考えられ……後者の方が魅力的だったからそっちを採用しかけて、さすがに思いとどまった。というよりも、もし彼女が本当に初めてだったとしたら、と考えて行くうちにうろたえはじめた。ぼくは彼女が処女であった場合の善後策を何も用意していなかった。自分の軽率さをなじり、行き当りばったりの欲望を呪いたくなったが、しかしいまさら自分を責めてみてもどうにもならない。……ぼくはストーブの反射板を視つめて頭を働かせた。追い水なしのストレートが効いたようだ。どんなときでもウィスキーは男に味方する。ぼくは取り急ぎ彼女は経験者であると仮定した。年齢からみてもそう仮定する方が無理がないようだった。それからその裏付けになる材料を集めにかかったのだが、思いのほか容易に進んだ。

なによりもまず、競輪場で出会った得体が知れない男の呼び出しを一度も断らなかったのが怪しい。しかも男は二つ年下の失業中の音楽にも英文学にも無関心の、女にとっては交際しても何のメリットもない（あるとすれば今夜のことだけだろう）というのがもっと怪しめる。それに眼鏡をはずして見せたのも、しきりに後姿を見せたがるのも、酔ったふりして手を握ってきたのもそうだ。あんな、男の気を引くような、そそるような仕草が処女にできるわけがない。肩を抱かれたときの、うつむいて眼をつむるタイミングはどうだ。男にそう思わせといて実はつむってなかったのはどういうことだ。それに絨毯《じゆうたん》の上では嫌だと言った。なぜか？　絨毯の上でしたことがあるからだ。絨毯の上の行為とベッドのそれとの違いを経験しているからだ。どう違うんだろう？　やっぱり毛織物と綿のシーツとでは裸の尻にあたる感触やなにか……十中

八九、間違いない。彼女はぼく以外にも男を知っている。毛織で一人。綿で一人。もしかすると化繊も。おそらく年相応の経験は積んでるだろう。二十九といえば、これは——相当なものだ。結局ぼくは、年上の女をひっかけたつもりで実際は逆に遊ばれていたのかもしれない。誘ったのはぼくだが、そう仕向けたのが彼女なのだ。そういえば、さっき女は獣みたいに吠《ほ》えていたのではなかったか。長い腿で絞《し》めつけられたせいで腰のまわりが痛まないか？……………もちろんそんなことはなかったのである。しかしぼくはどうしても良子を好色な女と決めつけたくて（最初からぼくと寝るのが目的で近づいたに違いない）、背中に爪を立てられた跡でもないかとシャツの下まで探ってみたが、それは見つからなかった。

グラスを空にするとぼくは立ち上がった。ベッドのそばに脱ぎ捨ててある二人分の衣類のなかからジャンパーをさがし出し（一度まちがえて女のスカートをつかんだ）、鼻紙を使ってからふたたび女を跨いでベッドに戻った。そしてむかい合う形で横になってはじめて、相手が泣いているのに気がついた。

言うまでもなく男はしばらくその場に凍り付いていた

……女がからだを捩《よじ》って背中を向けたので、やっと自分の右手がどこに置かれていたか思い出した。その右手で二へんめのきっかけを作るつもりだったのも思い出した。女のすすり泣きは肩越しにぼくを責めているようである。ともかく咳払いをしてみた。するとそれを合図のように女はおくびに似た声を一つ洩らす。声だけとればベソをかく子供と同じだったが、子供なら笑って見すごすこともできる。子供の泣声に血の気が引くような恐怖は感じない。

ぼくはなぜか急に心細くなってあたりの闇を見回し、それから、何かしなければ、何か言わなければと焦ったあげく、

「どうしたの？」

これしか思い付かなかった。彼女はこの芸のない質問をしばらくじっと我慢しているふうだったが、ようやく、

「ナンデモナイノ……」

と涙声で答えてくれた。このあとしばらく、女の台詞は程度の差こそあれすべて涙をともなうことになる。ぼくはもう少し突っ込んで訊ねた。

「でも、どうして泣いてるの？」

「ワカラナイワ。ドウシテコウナッテシマッタノカワカラナイ……キット、ドコカデ

マチガッタンダワ」

「…………」

「ハジメカラソノツモリダッタンデショウ？　ドコヘデモツイテクル女ニミエタンデショウ？　アタシノコト軽蔑シテル？」

「…………」

「シテルンダワ」

「…………」

「アア……。アタシナニヲ喋ッテルノカシラ。ゴメンナサイ、アナタノセイジャナイノヨ。アタシガマタマチガッタンダワ」

「浴室にシャワーが付いてるから使うといい。着替えたら送っていく」

「コンヤハ帰ラナイ」

「家《うち》の人が心配するよ」

「シナイワ」

「なぜ」

「アナタニハナンニモワカラナイノヨ。アナタミタイナ……。ゴメンナサイ。ドウカシテルンダワ」

「泊ってもかまわないけどね。風邪が移ったってしらないぜ」

「モウ移ッテルワヨ」

「気分が悪いのかい？」

「ウウン、マダナントモナイ」

「……どうして泣くのかなあ、こんなことで」

「ダッテ涙ガトマラナインダモノ……。コンナコトデ？」

「まるで初めてだったみたいにさ」

「イイトシシタ女ガミットモナイワネ。ソウデショウ？　アタシ泣クツモリナンカナイノニ、デモ、涙ガ、シゼンニ……」

「まるで初めてだったみたいだよ」

「……ハジメテノトキ女ハ泣クノ？」

「いや、ぼくはよく知らないけど、テレビなんかじゃたいてい……」

「てれびハアマリミナイカラ」

「うん、ぼくもあんまり見ないな。テレビ・ドラマになったミステリーなんて哀れなものでね。ぼくの妹なんか出演者の名前を見ただけで犯人を当てるんだ」

「オカシイ」

「君はどうだった？」

「エ？」

「初めてのとき」

「覚エテナイ」

「そんなに昔？　……そうだね。たいしたことじゃないし、いつまでも覚えてたってしようがない……」

そのとき女がゆっくりからだをまわして、ふたりはもういちど向い合った。ぼくは横になったまま少し後ずさりした。泣き止んだ子供のように鼻を鳴らして女が言った。

「四年前」

「ん？　ああ……」

「二十五歳のとき」

「……そう。四年前……。銀行を辞めた年だね」

「ええ。そして結婚したの」

これを聞いてぼくは思わず、

「×××」

と言葉に言い表わせない声で唸って身を起したのだが、良子もそれにつられたように起き上がり、一瞬のうちに彼女の手がぼくの肩を押える恰好になって二人ともベッドに倒れこんだ。

「びっくりした……」耳元で女がつぶやく。

「おい」

　とぼくは乱暴に言って女の手を振りほどいた。

「冗談じゃないぜ、そんな——とにかく着替えてくれ、送っていくから。はやく」

「泊めてくれないの？」

　ぼくは答えずにベッドを跳び降り、蛍光灯を点けた。あちこち捜し回ったが腕時計は見つからない。枕元の目覚しは先月、電池が切れたままである。ぼくは部屋の真中に立ちつくした。いったい何時なんだ。

「まぶしい」

　と女がつぶやく。掌《てのひら》を顔の上にかざしている。裸の二の腕がふてぶてしいくらいに太かった。初めて見る思いがした。二度と見たくなかった。人妻の裸なんて母親だけで充分だ。これから送っていったとしてももう遅いかもしれない。たぶん遅い。すでに十一時は過ぎてる。なんてことだ。人妻と処女の見分けもつかないなんて。二十五歳のとき。そして結婚したの。あたりまえじゃないか。二十九にもなって結婚しない女がどこにいる。どうしてそれを考えなかったんだろう。どうして処女に見えたんだろう。しかしひとことそう言ってくれたら、こんなことにはならなかったのに。太い腕の人妻が頼んだ。「おねがい、灯りを消して」どんな男だろう？　殴られるだろうかやっぱり。空手かなにかやってるんだろうか。やってるな、きっと。女房に浮気される男ってのは映画なんかではたいてい、脳味噌《のうみそ》は空っぽのくせに筋肉質で、普段は鈍いくせにいったん感づくと執念深くて……

「弱ったな」

ため息まじりに呟いてぼくは坐りこんだ。

「夫婦のもめごとに捲《ま》きこまれるのは御免だよ」

「だいじょうぶ」

と毛布にくるまった女は妙に呑気《のんき》な声で笑って、

「そんなことにはなりません」

しかし女のはれぼったい眼が、ぼくには、さきほどの涙の名残りというよりも四年間の所帯やつれの痕跡のように見える。

「なぜ隠してた？」

「………」

「初めからその気だったんだな」

「なんのこと？」

「決ってるじゃないか。ぼくの……。浮気が……」

と口ごもったのは、本当なら、ぼくのからだが目当てで近づいたんだろうとか、浮気が目的だったんだなとか批難したかったのである。が、これはどうも今まで泣いて

いた女に向って言うべき文句ではないようだ。ぼくは力なく首を振ってから、

「これでもう、ツキもおしまいだな。君の旦那さんが空手を習ってないっていうなら、ぼくは煙草とビールをやめてもいいよ」

「ウィスキーは？」

「どうせ黒帯なんだろ？」

「いないのよ」

「いない？」

「ええ」

「そうか！　出張してる？」脱出口を見つけた思いでぼくが叫ぶと、退屈そうな声で女が応じた。

「残念でした」

そしてこう言った。

「もういないの。別れたから」

そのあとぼくが知らされたのは主に次の4点である。
1　彼女は昨年の十一月に離婚したこと（別れた夫は彼女と同じ銀行に勤める男で、

空手は習っていなかった)
2　彼女は現在、祖母の家に住んでいること(祖母と二人暮し)
3　彼女は小島家のやっかい者であること
4　彼女は今後、二度とぼくには会わないつもりであること
1と2はぼくの質問に対する答。3は女が勝手に喋り、4は翌朝、バス・ターミナルまで送っていく途中に車の中で教えて貰った。

離婚の原因についての質問は差し控えた。べつに思いやりをみせたわけではなく、訊ねる気がしなかっただけの話である。彼女が自分のことをやっかい者と表現して、家族の、とくに母親の冷たい仕打ちを、微笑みながらではあるけれど幾つか披露してみせたときも、ぼくは鼻をかんだり煙草をふかしたりして相手にならなかった。実の母娘《おやこ》が陰で互いの悪口を言い合いながら、大事にいたることなく同居している例を身近に知ってるからだ。彼女たちの陰口を真に受けて暗い気分に浸り、あとで無駄な気遣いだったと悔やんだことは何度もある。が、身を入れて聞かなかった理由はそれだけではなく、身内の話を一回寝ただけの男に打ち明ける女の態度に首をかしげる気持があったからで、そういう女に鬱陶しさを感じていたからでもある。ぼくは心のなかで、出戻りなんだからちょっとくらい邪魔にされてあたり前じゃないか、などと意地悪く考えていた。

だから次の朝、彼女にもう電話をかけないでくれと頼まれたときには、ぼくは狼狽《ろうばい》するどころかいつもより冷静だったくらいで（あと一回だけ今度は絨毯の上で、という気がぜんぜんなかったとは言わぬが）、

「うん。そうする」

とあっさり誓うことができたのである。

妹に車を返してアパートに帰ってから、まずベッドにもぐり込んだのは風邪がぶり返したせいもあるけれど、それよりもこの二週間悩まされていたものから解放されたという快い疲労の方が大きかったと思う。眠りにつく前にぼくはいつもと違うシーツの匂いを嗅いだ。それは女の移香《うつりが》だったかもしれない。あるいはそれは幸運と添寝した残香《のこりが》だったかもしれない。ぼくはうつ伏せになって鼻を押しあてた。疲れはしたが、とにかく女と寝ることには成功したのである。処女と出戻りの区別がつかなかったのはとんでもない失策だがしかたがない。ぼくに女を見る眼がなかったということ。たぶん最初の思い込みがいけなかったのだろう。それともたぶん出戻り女だって処女に見えるときがあるということだろう。彼女が三ケ月前に離婚したばかりだと判っていたら、きっとぼくは二の足を踏んだに違いない。踏まなかったかもしれぬが、きっともう二三週間はためらったはずだ。ところが、思い違いのおかげでこんなに早くものにすることができた。それも色白で脚の長い人妻をだ。正確に言えば人妻じゃないが、

まあ似たようなものだ。新婚三ケ月の若妻がまだ生娘から抜けきっていないとすれば、離婚三ケ月の出戻りもまだ多少は人妻だろう。出戻りと人妻とをいっぺんに経験できる男なんてめったにいるもんじゃない。おまけに、その女には当然だが両親がいて、祖母もいて、口を開けばこの先どうやって暮してゆくのかという話になり、それとなく再婚を匂わせる。そんな身内の話を男に聞かせる。四年間も結婚していたということはその間に夫と何十回も何百回もしたはずなのに、別の男とたった一夜を過ごしただけで訳もなく泣いたりする。気疲れしてかなわない。長くつき合っていくにはわずらわしすぎる。そう考えていたら、むこうの方からもう会いたくないと宣言された。ついてるとしか言いようがない。十六日からは競輪が始まる。おそらく勝てるだろう。九十日分の失業保険だって手つかずだし、金の心配はいらない。女の心配もない。就職は先のことだ。つまりいまのところ何一つ問題はない。ただ眠ればいいんだ。そして風邪さえなおれば完璧じゃないか。

三月

この月はいま思えば一年のうちで最もおだやかに過ぎ去ったようである。二月の競輪で昨年かせいでいた月給とほぼ同額を手に入れたから懐は暖いし、むろん季節も春に向っている。はじめから保険の支給される三ケ月間は再就職を考えるつもりもないのでのんびりかまえることにした。

人違いはロバートでの一件以来ぱったりと止んでいて、その事で頭を悩ます必要もない。競輪場で誰かに声をかけられるようなこともなく、父にも会わなかった。

良子との関係もこの時期がいちばんうまくいっていたようだ。彼女は週に二三回ぼくの部屋を訪れ、たいてい一回は泊っていったのだが……このことについては少々説明が要る。

先月の、初めて二人ですごした夜から六日経《た》った午後である。つまり二人が別れることに合意した朝から数えると五日目になるのだが、良子が突然アパートに現われた。それも公共職業安定所発行の女子求人案内を握りしめて現われ、開口一番、いつまでも両親や祖母の世話になっているわけにはいかぬからもういちど働く決心をしたと言う。その気持はよく判ったけれど、わざわざぼくのところへ告げに来た理由が判らない。理解と不可解との狭間《はざま》で面喰っている男に向って、良子はきのう職安で紹介された印刷会社へ行ってみたがまとまらなかったなどと早くも愚痴をこぼし始める。今日もその報告に職安へ顔を出し、とりあえず求人案内を与えられての帰り道にここへ寄ったらしい。職安通いのベテランは新米の女にコーヒーをふるまってくわしい話を聞くことにした。そしてなりゆきで、過去に幾度も接した安定所の職員の傲慢な態度を批難したり、彼らが親身になって考えてくれると思ったら大まちがいだと諭したり、職安に頼るよりも親戚のコネを求めた方が賢明だと忠告することになる。すると良子は怪訝《けげん》そうな顔で、そんなことはない、あたしにきのう事務の仕事を見つけてくれた職員はとても人あたりがよくて、今日も決らなかったとわかると一緒になって残念がってくれたという。それに親戚はあてにできない理由がある。親戚に頼むには両親を通さなければならない。両親はあたしが働くことにのっけから反対なので、現に母親は親類や知人の間を駆け回って、よい縁談があったらと頭を下げている様子だ……それより、ほら、このデパートの女子職員募集というのはどうかしら？　ぼくはしたり顔で、よした方がいいな。ノルマがたいへんなんだから。猫目石とか大島紬《つむぎ》とか、売らないと給料が貰えない。じゃあこれ、ホテルのフロント係。高卒以上、年齢が三十歳まで。それも同じだよ。宴会の注文を取って来い、パーティ券を五十枚売り捌《さば》け……。それじゃあ、こっちね。だめだめ、腰が冷えるし、からだじゅうガソリン臭くなる。だってそんなこと言ってたら……。伯父さんの会社に入れてもらいなよ。そんな伯父いないわ。お父さんはなにやってる？　電電公社に……。いい商売だな。そうかしら。うん、堅実だし、退職金も文句ない、年金だって……

といったまことに色気のない、殺伐とした会話を、かれこれ二時間も続けたはずである。気がつくと夕食時で、ぼくは良子を誘って近くの食堂へ行き、ふたりとも口数すくなくエビフライを食べた。それからまたアパートに戻り、しばらくテレビを見たり、

「なにか言った？」

と訊ね合ったりしているうちに六日前の再現になる。終ったあとも良子はただ泣かないだけで、背中を向けたままつぶやく「どこかでまちがったんだわ」の台詞は変らないし、ぼくも「それはどこだろう？」などと話に乗る気はさらさらない。さすがに、「もう会わないはずじゃなかったのかい？」とは喉まで出かかったけれど、これも口にはしなかった。良子がそのことを忘れているのか忘れたふりをしているのかは知ら

ないが、少なくともぼくは忘れたふりをする方が利口だと判断した。というのも、あれからすこし考え方を改めていたからで、ドライブと眠られぬ夜と宿酔《ふつかよ》いとチャイコフスキーとの見返りがたったの一回きりとはどう考えても間尺に合わない。それにソバカスと年齢はひとまず置くとして、肌の白さに加えてあんなに後姿のきれいな女はおいそれと見つからないような気がする。そして彼女が離婚したてであることも、風邪のなおった頭を慎重に働かせてみると断然ぼくに有利である。だいいち、未婚の女と違ってあのあとすぐに指輪や貯蓄の話になる気遣いがない。既婚の女と違って空手の恐怖に怯《おび》える心配もいらない。親たちは再婚を望んでいるにしても本人にはまったくその気がないようだし、たとえぼくたちの関係を両親が知った場合でも、相手が二つ年下の無職の男とあっては結婚を迫ることもできないだろう。もちろん娘を疵物《きずもの》にしたなどとは逆立ちしたって言えないわけだ。要するに、彼らが誰か適当な男との縁談を探してくるまで、ぼくが良子の相手をしてやって何の支障もない。あるとすれば本人がもう会いたくないと言ってることだけだ。つまりないに等しい。……たぶんないだろう。俗に三十の後家は立たぬとか言うし、後家も出戻りも似たようなものだし、二十九の出戻りが立つか立たないかは微妙なところだが、これまでの経緯《いきさつ》を考えればまず立たない方に賭ける。良子はもう電話をしないでちょうだいと頼んだが、あれは電話をされると断れないからに違いない。立たない証拠だ。

というふうに結論を下し、もういっぺん電話をかけてみようと思っていた矢先に彼女の訪問である。まるで釣人《つりびと》が昼寝をしてると魚が飛び跳ねて陸へ上がって来たようなもので、何故《なぜ》こいつが飛んだのかと腕組するひまに、もっと素直に自分の幸運を喜ぶべきだろう。で、ぼくは両腕をできるだけ遠くに離して使いながら、その夜つづけて二回目を挑んでみたのだが、それはやんわりというか真剣にというかどちらともつかずに拒否されてしまった。その代りに、彼女はハンドバッグから板チョコを一枚とりだしてぼくに与えたのである。

ぼくの部屋に泊った翌朝はきまって、良子は先にベッドを降り、自分で沸かしたコーヒーを飲みながら朝日新聞（何だっていいのだがアパートの前に販売所があるので契約せざるを得ない）の求人欄に目を走らせた。安定所へも何度か足を運んでいるふうだったが、彼女を満足させる働き口はなかなか見つからぬようで、ぼくはベッドの上から、女がいざ仕事をさがすとなったらたいへんな苦労だとか、しかしそんなに焦ってさがしても駄目なときは駄目なんだとか、いま流れてる曲はやっぱりモーツァルトなのかとか（良子が何枚かレコードを持ち込んでいたのである）、きいたふうなことを言っては朝の退屈をまぎらわせた。

八日の土曜日の午後にパチンコ屋で偶然、婚約者を連れた伊藤に出会った。『地獄の黙示録』を観ての帰りということだった。十一月には伊藤夫人になる予定の女は、小柄で陽気で顔つきも可愛いことは可愛いが、ぼくの趣味ではない。正直なところホッとした。そのとき三人でお茶を飲んで別れたのだが、夜になってから伊藤が一人でやって来て、これから賭けの清算をするのだという。覚えてないふりをしてみせても無駄だった。最初のうちは『ローズマリーの赤ちゃん』(テレビの深夜映画)の筋を追える程度に飲んでいたのである。ところが伊藤は、ローズマリー役の女優を指しておれの未来の細君に感じが似てるなどとあつかましいことを言いだす。言下に否定するのもかわいそうなので、ぼくは、感じというのは実に調法な言葉だとまぜっかえす。そのあたりからテレビどころの話ではなくなった。しかしいくら酔ってるとはいえそこは十年来のつき合いだから、お互いしてはいけない話は心得ている。それを一口に言うのは難しいが、たとえば高校時代の思い出ならいくらでも酒の肴《さかな》になるので、ぼくが硬式野球に熱中し伊藤がテニス部の女の子に夢中になり、ぼくが夏の県予選で派手なコールド負けを喰い伊藤が文芸部の女の子との三角関係に悩んだことならいままで何度も話題にのぼったし、これからもそうなるだろう。問題なのはそれ以後の四年間——伊藤が東京の大学に入学しぼくが市役所に採用され、伊藤が源氏物語や教育心理学を勉強しぼくが競輪入門と87分署シリーズを読み耽《ふけ》っていた頃の話である。とくに三年後ぼくが市役所を辞めたことについては、ちょうど春休みで帰省していた伊藤と酒のいきおいで口論になり、ふたりとも嫌な思いを味わったから、その後は意識的に避けるようにしている。もっとも、そうでなくたって仕事の話というのは酒をまずくするし、それに職を一つも変えたことのない教師と九年間に四つ変った現在の失業者との間に共通の話題を見つけるとしたら、やっぱり懐しい話か色っぽい話に落ち着くだろう（結婚前に認められるファックの勘定が色っぽいかどうかはべつだが）。明け方近くになってようやく過去の女性問題にけりがついたとき、ぼくは新しい女のことを喋らずにはいられなかった。最後のひとしずくまで空になったホワイト・ホースの底を覗いて見ながら、こっちが何も言わないのに週に一ぺん通ってくる出戻りと交際してるんだが、どう思う？　と自慢とも相談ともつかず呟いたのである。すると伊藤はせせら笑って、どう思うも思わないも、そりゃおまえまた摑《つか》まったんだよ、去年の今頃とおんなじじゃないか。そう、あくびまじりに、ぼくのベッドのなかから答えた。

三月の競輪は前節が十五日、後節が二十二日からいずれも土・日・月の三日間おこなわれたが、思ったほど稼げなかった。しかしまだ懐具合に影響はない。ツキもひと休みというところだろう。何事も折れ線グラフを描きながら進展して行く。

月末になるといつもの年と変らず桜が開きはじめた。アパートの裏手に私立の女子高があって、校門を出たところから百メートルは続く桜並木が毎年、見事に咲き揃《そろ》う。まだ五分咲き程度だったけれど、ある日ぼくは良子を誘ってこの道を歩いてみた。春の日差しが肌に心地よい午後だった。ぼくはのんびりした気分で、時おり風に運ばれていく花びらや、彼女の後姿をながめて飽きなかった。実はこのとき、一人の少女が片脚を引きずりながらぼくたちのそばを通りすぎたはずなのだが、ふたりともまったく気づかない。良子は幾度か立ち止り、紅《あか》い蕾《つぼみ》にそっと手を伸して、この桜が盛りになったときにはどんなにきれいでしょう、と言った。

四月

昔はこれといって必要な物はなかった。昔とは半ズボンを穿《は》いて駆けまわっていた頃を指すので、強いてあげれば歯医者と母親くらいである。他にもいくつかあったのかもしれないが、思い出せないところをみるとこの二つほど欠かせぬ物はなかったのだろう。

それがいつの間にか、というかつまり虫歯が失くなり、深爪の痛みを忘れていくうちに、気がついたらウィスキーやタバコやコーヒーなしには夜も日も明けない暮しが身についている。運転免許証と眼鏡がなければ職にもありつけないし、プロ野球と競輪と映画と推理小説のない生活は考えられない。その他にも剃刀《かみそり》は絶対必要だし、できればシェイビング・クリームとアフター・シェイブ・ローションも使いたい。それから歯ブラシに歯みがきに楊枝《ようじ》に灰皿にライター。まだある。手帖、ボール・ペン、腕時計、目覚し時計、ラジオ、テレビ、新聞、スポーツ新聞、週刊ベースボール、スーツ、ネクタイ、革靴、靴べら、靴みがき、靴下、ヘア・ブラシ、ヘア・トニック、鏡、ティッシュ・ペイパー、ハンカチ、予備のライター、マッチ、目薬、風邪薬、胃腸薬、頭痛薬、気強さ、優しさ、タイミング、コンドーム……。あんまり多いので、ときには勘違いして要らぬ物まで買いこみ、後で悔むことになる。その最たるものがステレオ装置だ。

コーヒー豆の卸し屋に勤めるまえ、ぼくはレストランのウェイターをしていた時期があるが、その頃の同僚に音楽好きの男が何人もいた。ぼくを除いた全員がと言ってもいいくらいである。そしてあるときそのなかの一人が古いプレイヤーに満足できなくなり、買った時の値段の五分の一でぼくに譲ると持ち掛けた。気前の良さに心は動いたけれど、レコードを一枚も持っていないのにそんなものを買ってもしようがない。一晩考えて断ったのだが、ジャズかロックか知らぬがとにかくその虫である相手の男は、それではいいレコードがあるから一枚オマケに付けようなどと言う。それにおまえちょっと訊くけどな、レコードもかけずにいったいどうやって女を口説くんだ？ もう千円値引きさせてこの商談はまとまり、その後になってようやくプレイヤーだけでは音は聞こえないことに気がついたのだが遅かった。一枚のアルバムとプレイヤーを抱えて憮然《ぶぜん》としていると、今度は、ちょうど買い代えようと思っていたところであんたは運がいい、スピーカー二つを一万二千円でどうだという男が現われる。アンプ持参で部屋に押しかける後輩がいる。お買い得です、これでラジオだって聞けるんだから。そのうえ親切に訊ねてくれる男もいた。ヘッド・ホーンという便利な物があるのはもちろん知ってるよな？　……というわけでぼくの部屋に中古のステレオ・セットが揃ってからもう五年にもなるが、いまだに持っているレコードは三枚きりである。オマケに付けて貰った、藤圭子『女のブルース』と、五年前いちばん親しくしていた女性からの贈り物、ピンク・フロイド『狂気』と、風変りな題名に釣られて買ったが失敗だったと思っている、ソニー・ロリンズ『カーニバルをやめるな』とで、それも久しく聞いたことがない。テレビのプロ野球中継が途中から始まる前および途中で切れた後を聴くためのラジオとしては使っていたけれど、プレイヤーの蓋はずっと埃《ほこり》をかぶったままだった。

　しかし良子が泊っていくようになってそれは改まった。むろん埃は彼女の手で跡形もなく拭い去られた。一月たってみるとレコードは彼女の持参のものと合せて倍の六枚に増えた。朝っぱらからモーツァルトを聞かされるようになった。たまに良子が夕食をこしらえるときもレコードは回っていた。ふたりで向い合って食べるときも回りつづけた。そして、どんなときでもぼくは寛容だった。もともと朝の音楽でその日の気分を整えるような習慣はないし、コーヒーやビールの味にも影響はない。寛容というよりも無頓着《むとんちゃく》といった方が早いのだが、たとえば良子が同じ曲を何度も繰り返し聞いたり、あるいは片面が終らない前に針を戻したりしても、気にかけなかった。そういう気まぐれもポーク・ソテーの甘ったるさもぼくは黙って見過ごした。四月五日にプロ野球が開幕するまではそうだったのである。

ちなみに、この年、ジャイアンツの監督は開幕投手に二年目の江川卓を抜擢《ばってき》し、平松政次を立てたホエールズに4-3のさよなら負けを喫した。その後もジャイアンツは負けたり勝ったり負けたりするのだが、江川は登板のたびに打たれ続ける。

よく巨人が負けると妻子に辛《つら》くあたる男や生徒を殴る教師の噂を耳にするけれど、ぼくの場合はそれほどでもない。ただ江川卓に関しては話が別で、一年前に大騒ぎのあげく巨人への入団が決ったとき、会社の同僚と十勝できるかできないかで一万円の賭けをした。それもできる方に賭けたのだから熱心なファンにならざるを得ない。以来、江川の登板は一試合も見逃さず一イニングも聴き逃さず、ラジオとテレビと再びラジオと翌朝のスポーツ新聞で追いつづけた。追いつづけた結果、情が移った。昨年、十勝が不可能になったその日に、同じ男と今シーズンの成績を賭けた。今度は二十勝に二万円である。つまり江川の一勝はぼくにとって常に千円の値うちを持つのである。応援にも力が入るわけだ。ところがいまも言ったように最初から躓《つまず》いてしまった。開幕試合のさよなら負け。次が途中降板。三度目は十七日の木曜だったが、これもノック・アウト。翌朝の西日本スポーツは、去年も江川が打たれたときはそうだったが、投手江川卓と監督長嶋茂雄を嘲笑うかのような記事を載せている。まるで二十勝に賭けたぼくまで一緒に笑われているような気がして非常に不愉快である。十八日の午後、良子が訪れたときまでその気分は尾を引いている。当然ぼくは無愛想なのだが、彼女は気にとめてくれない。豚肉の生姜《しようが》焼をつくるという。またしても豚肉である。ぼくは豚よりも鶏の方が好きだということを、女は知らない。新しく持ってきたレコードをかけながら料理が始まる。こちらの気持におかまいなく、ピアノ協奏曲23番だか32番だかが流れる。我ながら大人げないとも思ったが、まずレコードに向って八つ当りをはじめた。じきに台所から女が訊ねた。

「どうして止めるの？」

「聞きたくないんだ。いらいらする」

「…………」

「どうしても聞きたいのなら自分の家《うち》でひとりで聞いてくれないか」

言った本人が驚くくらい刺々《とげとげ》しい口調だった。ぼくが貸してやった自転車の絵柄付のエプロンで手を拭いながら、良子が部屋に入って来る。ぼくは舌うちして自分を叱る。その舌うちに怯えたように女の表情がこわばる。女は立ったたまま、

「あたしがここへ来るのは迷惑？」

と小声で訊いた。話が一足飛《いっそくとび》にそこへ行くとは考えてもみなかった。

「そんな、迷惑だなんて、思ったこともない。レコードだよ、聞きたくないだけなんだ」

「…………」

良子の眼はプレイヤーを見下している。ぼくは秤《はかり》に乗っているような気がする。秤の向う側にはモーツァルトが乗っている。良子は何かを諦めたようにうなずいて、

「……そう。わかったわ」

「うん。ありがとう」

どうやら最悪の事態は回避できそうなのでひとまず安心していると、良子はステレオのそばへ行き、レコードを丁寧にしまい、他の三枚とまとめて、

「これを持って帰ればいいのね」

ぼくは口のなかで唸った。

「なにもそこまでしなくても……。今日は聞きたくないけど、気にならないときだってあるんだから」

「ごめんなさい。あたしちっとも気がつかなくて」

「もういいから、レコードはそこに置いて」

「ううん、これは持って帰る」

「いいんだよ」

「よくないわ」

「いいんだってば」

レコードの奪い合いなんて初めてだった。

その場はなんとか収まったが、次は食事の最中にもうひと揉めある。味付が甘すぎて口に合わない生姜焼をそれでも黙って食べていたら、良子からクレームがついた。ラジオを聴きながら夕食をとるのは我慢できないという。良子は我慢できなくても、ぼくは四月になって野球放送を聴かなければ生きる意味はないくらいに考えてるし、それに江川が投げない試合は余裕をもってながめられる、つまり心おきなく楽しめる貴重な娯楽である。こればかりは譲れない。無視することに決めた。すると、良子は持っていた箸をぴしゃりとテーブルに置き、ゆっくり立ちあがり、そしてラジオのボリュームを下げる……のなら理解もできるが、なんといきなりスイッチを切ってしまう。ぼくは呆気《あっけ》にとられ、初めて良子の怒った顔を見ながら、

「どうして……？」

良子は顔を赤らめただけで答えてくれない。

「ぼくのいちばんの楽しみなんだぜ。君のモーツァルトと同じだ」

「おねがいだから」と良子は言った。「食事のときには聴かないで」

「駄目だね。食事はやめたっていいけど野球は聴く」

こっちも箸を放りだした。ラジオの前に行き、坐りこむ。後ろで女の動く気配がある。思わず掌でスイッチを守りながら振り向くと、良子は部屋を出て台所へ行くところだ。台所の先にはドアがある。ぼくはあわてて追いかけた。どうしても帰ると言ってきかない。まるで立て付けの悪い戸みたいに頑固なのをやっとのことで思い直させた。彼女の訪問は一週間ぶりなのである。野球も大事だけれど夜のことも大事だ。ここは少しくらい譲歩したって損はないとぼくは考えた。

そしてその通り損はなかったのだが、夜が明けていつもとおなじ十八世紀の音楽が聞こえだすと、ぼくの考えは変った。江川の不振に関係なくぼくはいらだちを覚えた。近ごろどうも彼女の思い通りに操られているような気がしないか？　という、それまでにも何度か自分に問いかけたことのある疑問がその朝はなかなか消えなかった。たしかにぼくは今でも良子と寝たいと願っている。最初ほどではないにしても、その気持に変りはない。彼女はとびきり美人とはいえないけれども、じっくり見れば目鼻だちは整っている方だし、色白で、着やせするたちで、これまでぼくが知っているどの女よりも腰が高いところにあるから、ただ立っているだけでも絵になる。肉屋の前で、両足をわずかに開きかげんに立ってお釣りを受取るときの、尻やふくらはぎの微妙な動きに対してさえぼくは眼をみはることがある。いちどでいいからハイヒールにタイト・スカートで歩く姿を見てみたいものだ。そんな女が、こっちが黙っていても週に一回は通って来るのだから、多少は機嫌を取ったり気兼ねをしたりするのも当然かもしれない。男としての義務かもしれない。が、それにしても弱気になりすぎてはいないか？　どうして飯を食いながらラジオを聴くことを批難されねばならないのか。良子だって食事中にさんざんモーツァルトを鳴らしたのである。それについてぼくは一言も文句を言わなかった。だのにぼくが同じことをすれば良子は箸を叩きつけて怒る。そして朝になればぼくの都合も訊かずにまたレコードをかける。どうして聞きたくもない音楽を聞かなければならないのか。なぜ女のために自分が一番か二番に好きなことを犠牲にしなければならないのか。それになんで一晩に一回はよくて二回はだめなんだ？　じつはこれが最も重要な点だった。二回目を求めても良子は絶対に許してくれないのである。ベッドの中で女が嫌だと言ってみてもしようがないと思うのだが、それでも身体を固くしてきっぱり断られると、ぼくはそのたびに女の肩においた右手を離してしまうのだった。要するに、もう満足したからあなたに用はないと言われたような気分を毎回味わわされて、いつまで黙ってるつもりなんだ？　考えてみればおれは毎週、二十と三十の境にいる後家のセックスの相手をさせられてるようなものじゃないか。

そんなことを考えながら、ぼくはベッドの上から女を眺めた。二十九歳の出戻り女はいつもの朝と変らず、コーヒーを飲みながら朝日の求人欄を開いている。梳《と》かしてない髪で。ソバカスの浮いた横顔で。あずき色の眼鏡で。普段は眼鏡をしなくても見えると言いながら朝だけは必ずかけるのである。長袖のスリップ姿をぼくに見せなくなった代り、眼鏡はやめようとしない。テーブルに向って横坐りした女の首から上だけ見ていると、まるでどこかの家政婦が新聞を借りに上がりこんだようである。ぼくは女に聞こえぬように舌うちを一つして、レコードを止めてくれと言えば昨日の蒸し返しになるので、少し考えてから、

「こないだ話してたレストランの仕事はどうなった？」

と切り出した。良子は振り向きもしないで、

「決りそうだったけどやめたの。ウェイトレスの仕事までさせられそうだったから」

「ウェイトレスはいやなのかい」

「そうじゃないけど。レジ係で募集しといて他の仕事までやらせるというのがいやね」

「そんなこと言ったら」

と応える間が短かすぎたのか、それとも声の大きさに驚いたのか、良子はやっと顔をあげてぼくの方を見た。ぼくは咳払いをして、

「そんなこと言ったらいつまでたっても仕事は決らないと思うよ。募集広告なんてたいていそういうものだし、一から十まで書いてある通りだと信じる方が間違ってる」

とまたきいたふうなことを言ったのだが、すると良子の細い眼がレンズを隔てていっそう細くなり、

「面接でも同じように言われたわ」

「当然だね」

「でも、安定所ではあたしの話を聞いて納得してくれたのよ」

「そりゃ納得はしてくれるさ。商売なんだから。その代り、君が納得できる仕事は見つけてくれないだろう？」

「それは……」

「見つけてくれるもんか。職安なんていちばんいいかげんな商売だよ。それを信じて通いつめる方もどうかしてるんだ」

「………」

「だって毎回おんなじ事のくりかえしじゃないか。いつ決るかと思って見てるけど、君はもう二ケ月以上も職安に通ってるんだぜ。いったい本気で働く気があるのかどうか疑問に思うよ。教えてくれないかな。どうもその辺がぼくには納得いかない」

「………」

「職員のなかに君の好みの男がいるというんならまだ話は判る」

「………」

しばらく待ってみたが、良子は横を向いてまばたきをするばかりで答えようとしない。ちょうどよい機会なので、ぼくは前々から喋りたいと思っていたことを、このときかさにかかってつづけた。だいたいこんなふうに。

二月にアパートへやって来たときにはすぐにでも働き出すようなことを言ってたのに、今日になるまで職が見つからないというのはいったいどういうわけなんだろうね。ぼく思うんだけど、働く気がないんじゃないかな、ほんとは君。きっとそうだよ。賭けたっていい。だって、もし本当に働く気があるのなら、二ケ月過ぎてまだ仕事が決らないなんて考えられない。現に君は何度も面接試験までは出向いて、決めようと思えばチャンスはあったはずなのにそれを逃してる。こんどのレストランの件にしてもそうだ。面接の結果が不合格というのなら話もわかるけど、君の場合は自分から蹴ってるんじゃないか。これはぼく、見方によってはひやかしと同じだと思うんだ。いや、どこから見たって、誰が見たってひやかしだよ。面接官に対して失礼だよ。それに真面目に職を探している失業者に対しても失礼になる。君も一度は働いた経験があるんだし、自分の理想にかなう職場などないことくらい想像がつくだろう。そりゃ運が良ければ他より条件のいい仕事は見つかるかもしれないけれど、それでも働き出したら嫌な事の一つや二つ必ず付いてくるんでね。君みたいに募集広告から文句を言ってた日には、一年経ってもいまの場所を動けない。来年のいまごろも職安通いだよ。二枚目の職員があいかわらず納得してくれるだろうよ。君にそれがわからないはずはないと思うんだけどね。なんといっても君は女なんだし、ただでさえ働き口は少ないうえに、大学は出てるかもしれないけど別に何の資格があるわけじゃない。運転免許証だって持っていない。どう考えたって職を選《え》り好みできる立場ではないんだ。アパートを探すのとはわけが違う。それなのに、二ケ月も三ケ月もかかって悠長に仕事を見つける余裕が君にはある。何故だろう？　働く気がないからだ。仕事を決めるつもりはもともとないからだよ。職安に顔を出すことだけで満足して帰る失業者がたまにいるけど、君はそれに似てる。せっぱつまって働く必要がないんだ。女に食わせてもらう。親のスネをかじる。宝くじが当った。ギャンブルで儲けた。金がある。働く理由がない。君も同じだね。慰謝料が余ってるのか養ってくれる親がいるのか知らないけど、それならそれでいいんじゃないかな。いまのままで暮していけるのなら、そのうえ無理して職に就くことはない。少なくとも就きたいようなふりをすることはない。ぼくはそう思う。それにたとえ君の望み通りの職場があったとしても、まずないと思うけど、どうせ長くは勤められないんだしね。そうだろう？　君もいつかは再婚するんだから。要するに君にとっての仕事は、というか職安通いをすることは、再婚までのつ、なぎにすぎないんだ。そうなんだろう？

ベッドの上から見下して喋るという位置の関係もあったかもしれない、ぼくは正月の出会い以来ひさしぶりに主導権を握ったような気分になったし、良子が何も言い返さなかったこともあって、やはり男がその気になれば女なんて弱いものだと溜飲《りゆういん》が下がる思いがしないでもなかった。けれどそれも最初のうちである。途中からはすでに後悔がはじまっていたし、喋り終るとじきに喋り出す前の不愉快が戻ってきた。聞かされた方だってたまらなかったと思う。しばらくの間ふたりとも顔をそむけて黙りこんだ。先に動いたのは男で、ベッドを降りたのは煙草を喫いたかったからで、またベッドに上ってあぐらをかいてからきょろきょろしたのは灰皿を捜したのである。すると女は台所へ立っていき、きれいに洗ったガラスの皿を持って現われ、無言でぼくの股の間に置いた。そしてすぐに背中を向ける。ありがとうも言わせてくれない。新聞を折りたたみ、帰り仕度が始まる。眼鏡をはずしてショルダー・バッグにしまう。前の晩、皺《しわ》になりにくい生地だと女が自慢したグレイのスカートが、膝のうらを見せたり隠したりする。台所でコーヒー・カップを洗う音がする。蛇口をひねる音が女の気持を表わしているようにぼくは聞く。煙草をねじり消す。つづけてもう一本つける。

口に栓《せん》をしておかなければ何を言い出すかわからない。ぼく思うんだけど、君は働く気がないんじゃないかな？　よく言えたものだ。自分のことは棚に上げて。大きなお世話じゃないか。ぼくが良子を食わせてるわけじゃない。それに良子は職安に通ってるだけましなんだ。通うのはなんでもないが、面接試験まで受けている。働く意志がある証拠だろう。決らないのは慎重なせいだ。妥協を許さない態度。ラジオのスイッチだって切った。一貫してる。グレイのスカートが膝頭を見せて、女はしゃがむ。しゃがまない。バッグを拾いあげただけだ。女は急いでいる。ぼくに引き止められないうちに帰ろうとしてる。再婚までのつなぎ、と言ったのが致命的な失言だ。まるでぼくとの関係までがそうだと仄《ほの》めかしたようなものだ。おそらく良子も気づいただろう。そうなんだろう？　の一言が余計だった。あれが意味ありげに響いた。侮辱だわ、と思ったに違いない。当っていてもいなくても許してくれないだろう。きっともう良子はここへは来ない。あっけないけど終りだ。女に嫌われるときはいつもそうなんだ。またお別れの手紙が一通増える。女はぼくの視線を避けてうしろを向く。グレイのスカートが歩いていく。あの長い脚をもう見られない。こんなことならゆうべ二回目をもっと強く迫るんだった。無理矢理でもとにかく入れてしまえばこっちのものなんだし、そうなれば良子だってまさか出してちょうだいとは……いまさら遅い。もうじきドアが開く。女は靴をはいているところだ。一言も口をきかぬまま出ていく。もうじきドアが閉る。……ほら、さよならも言わなかった。

………………………………………………………。

ぼくは枕元の目覚しを確かめてからベッドを降りた。十一時十分前。いまから急げば第一レースにまにあう。初日の第一レースは男の運だめしにもってこいである。やっかいな出戻り女と手を切ることに成功したのか、それとも脚線美の恋人に去られたのかは競輪場で答が出るだろう。そう思うことにして身仕度をととのえた。スエードのジャンパーが肩に重いような気がする。良子のせいなのか季節のせいなのか、それもあとで考えよう。内ポケットから手帖を取り出してベッドの上に放った。それから、忘れ物がないか部屋を見渡して、レコードがまだ回っていることに気がついた。音楽はとっくの昔に止んでいる。ぼくはプレイヤーの上に身をかがめた。電源を切るまえに透明な蓋を通して、黒い円盤とその中央に貼ってある赤いラベルに目をこらした。かつてベーブ・ルースはレコードが回転中にラベルの文字を読み取った、というろくでもない記憶が浮んだせいなのだが、むろんぼくには、他より大きめに印刷されたアルファベットのM―o―z（?）―a―r―t……たぶん作曲家の名前を捜すのが精一杯で、あとは赤い円の上に胡麻《ごま》が振り掛けてある程度にしか見えない。眼鏡をかけて試してみようかとしばらく迷ってから、本当はあまり考えたくないことの方へ頭を向けた。それは言うまでもなく、なぜ良子はレコードを四枚ともここへ置き去りにしたのかという疑問である。そしてこれも言うまでもないと思うが、女がなぜそうしたのかを考えるくらい骨が折れる仕事はない。とくに、これから競輪へ出かけようと気がせいている男にとっては難題だった。そのときぼくの頭の中では、なぜ？　なぜ？　なぜ？　という問があわただしく駆け巡り、答を追い求めたけれどいっこうに捕まる気配はない。ちょうどまわりつづけるレコードの文字が定かでないのと同じように。ぼくはプレイヤーの蓋を開け、アームを戻して回転を止めた。モーツァルトの綴りはM・o・z・a・r・t。やはりzで間違いない。とにかくこれだけははっきりしている。ぼくに言わせればレコードなんてただの丸いプラスチック板にすぎないけれど、良子にとっては大切な品にちがいないということだ。それをこのまま置きっぱなしにするとは思えない。ということは、もう一度だけ彼女はレコードを取り戻しに来るかもしれない。来ないかもしれぬが、その可能性がないわけではない。来るか、来ないか、レコードがここにあるかぎりぼくは気になる。いっそのことぼくの方から届けてやってもいい。しかし電話をかけて未練がましく思われるのは癪《しゃく》だ。未練があるのは否定しないけれどやはり気が進まない。かといって、さっきの様子からみると彼女が取りに来る確率は低い。するとレコードはここに残る。それは気にかかる。届けるのは気が進まない……これじゃ堂々めぐりだ。いくら考えたって果てしがない。まったく面倒なことになった。まったく面倒な物が残った。競輪では答がでそうにない。出戻りとすっかり縁が切れたことにはならない。恋人に愛想をつかされた不安も消えない。良子は取り乱したあまりレコードを忘れていったのではなく、ぼくにいやがらせをするため故意に置いていったのかもしれない。男に侮辱を受けた女は、男にプライドを傷つけられた大学出の女は、いったいどんな行動をとるか知れたものじゃない。いずれにしてもことは面倒だ。レコードというのは面倒な代物だ。それが四枚もここにある。どう処置すべきか見当もつかない。ぼくはその場に坐りこんで、止ったレコードを横目で睨《にら》みながら対策を練った。ハイライト二本分考えつづけた。それからやおら腰を上げた。名案が浮んだわけではないのである。結論が出たのでもない。ただ急がなければ第二レースにもまにあわなくなると判っただけだ。出たのは結論ではなく吐息だった。浮んだのは名案ではなく、音楽に縁のない男がステレオなんて要らぬ物を買いこんだのがそもそも間違いのもとだという、いまさらしても始まらぬ後悔にすぎなかった。

良子とはそれからひと月ほど会わなかった。思った通り彼女が訪ねて来ることはなく、ぼくも電話をためらいながら、四月の後半から五月の前半は過ぎたのである。誤解を避けるために言っておくと、その間ぼくは良子のことばかり考えて暮していたわけではない。もちろんレコードはずっと部屋に置いてあった。そしてそれはときどき気にはなったけれど、実はもっと気になる出来事が持ち上がったのである。しかも二つ起った。

＊

通算五回目の人違いにあったのは天皇誕生日である。場所はふたたび競輪場。ただし場所は同じでも内容が違う。それも生やさしい変り様ではない。いまだからこそ通算五回目などと、まるで江川の完封勝利でも数えるみたいに落ち着き払っていられるが、当時はそれどころの騒ぎではなかった。指を折って勘定する暇があったら先に腕の方をへし折られていただろう。

なにしろいきなりだった。

なんの前触れもなく喉仏に一撃を喰ったのである。それはまあ、いまから行きますよと断って殴りかかる男もいないだろうが、しかしいくらなんでも相手の顔をもういちど確かめるくらいの分別はあってしかるべきだ。それとなにも喉を狙うことはないと思う。正々堂々と顔を殴ればよいのである。そしたらぼくはてっとり早く後ろへひっくり返り、頭を打って気絶すれば済む。殴り合いの経験など一度もないから大きな事は言えぬが、それが筋というものだろう。喧嘩のルールというか掟《おきて》というか、約束事のはずである。それを頭から無視してかかられたのではどうしようもない。とかく正統派は無謀な新人に悩まされる。

ぼくは喉を押えてうずくまった。そこへ今度はしたたか腰を蹴られた。叫ぼうにも息が詰って声が出ない。コンクリートの上を転がるように、いや、実際転げ回りながら逃げた。靴音が追いかけて来た。転がりつづける。追いつかれた。這《は》いずる。背中を踏みつけられる。また腰を蹴られた。急所をかばった。頭もかばった。息ができない。唸り声が聞こえる。もう逃げられない。はやくも観念していると、背後から襟首を鷲摑みにされ、持ち上げられ、仰むけに引き倒された。尻も痛いし喉も痛い。痛いが足首を握られている。からだが引きずられる。なにがなんだか判らない。視界がせわしなく移動し、止ったかと思うと男の両膝がぼくの胸に弾みをつけて乗りかかり、やけに冷たい掌が喉首を押えこんだ。まるで絞められる鶏だ。鶏よりも無抵抗だ……。

ふいに喉の圧迫が弱まり胸の重みが消えた。ぼくは横たわったままからだをまるめ、とにかく息を吸おうとした。喉の奥に笛が詰っているような音を聞き、激しく咳こんだ。腰と背中にひびく。涙とも涎《よだれ》ともつかず顎を濡らしながら、やるせない思いで次に来るものを待った。じっと待ちつづけた。

「だいじょうぶか。どこか痛むか？」

と誰かが訊ねた。できることならその誰かを蹴とばしてやりたかったのだが、残念ながらからからだがいうことをきかない。人が大勢集まっているのが気配で判った。払戻し所の前なのである。優勝レースの配当金が五百七十円。三人に一人は当てただろう。ぼくのポケットにもついさっき受け取った十七万の大金が入って……重い腕と小刻みに震える指先を使い、かろうじて札を探りあてた。よかった。内ポケットにファスナー付のジャンパーを買っといてよかった。二万八千円もした。綿100％。春秋兼用。ポリエステル100％の裏地。ひんやりとした手ざわり……

「どうした、立てないか？」

また同じ声が言う。ぼくは大の字にからだを伸し、右腕で眼元を覆った。しばらくこのままでいたい。やっとまともな息がつけるようになったところだ。こんどは気を落ち着けて何が起ったのかよく考える番だ……

「ちがいますよ」という別の声が耳にとまった。太くて張りのある声がそれにつづいて、

「ちがいますよ？　おまえがやったんだろ。こら、逃げるな」

「逃げませんよ。ちがうんですよ」

「まあまあ、はなしてやって下さい。はなせば判ることですから」とこんどはがらが

ら声。

「はなせば判る？　なんですかあんたは」

「いや私は、この男の連れですが」

……レースが5‐2で決ったのを確かめて払戻し所へ走った。列の後ろに付いて三十分も待たされるのはかなわないから。配当金のアナウンスを聞いてちょっとがっかりした。七百円くらいはと思ったのに。まあいい、特券で三十枚だ。列のいちばん前で十七万一千円を受け取り、二つ折りにしてポケットにしまったところまでは覚えている。それから人と人との間を掻《か》き分けるように歩き出した。そのとき……

「待ちなさい。いま何とおっしゃった。あいだに立つとはなんですかあいだに立つとは」

「はあ？」

「ガードマンにあいだに立ってもらう必要はないとはどういう意味ですか」

「だからそれは」

「我々は喧嘩の仲裁をしとるんじゃないですよ」

「判ってますよそのくらい。ただここは私たちで話をつけるから、そうさせてくれと頼んでるんでしょう」

「話をつけるというが、この人が話をできる状態かね？」

……そのとき後ろで誰かが呼んだようである。しかし呼ばれたのはぼくではないので、そのまま歩きつづけた。何人かの足を踏みつけ、何人もの肩に当ったが文句をいう者はいない。機嫌がいいから。五百七十円だって、最終レースを取るのと取らないのとではずいぶんちがう。列の切れめまで来た。そして通り抜けようとしたとき、また誰かが呼んだ。ぼくは山口でも山内でもない。山口！　だったか、山内！　だったか。どっちでもいい。ぼくは山口でも山内でもない。怒鳴られたのは別の人間だ。振り向く必要はない。いや、なかった。それなのにぼくは振り向き、振り返ろうとした途端に喉を……ぼくは山口でも山内でもないのに……

「まあそう興奮しないで」

「主任、あの——」

「誰が興奮してる。なにを言っとるんだまったく。いったいいつわしが人の揚足《あげあし》を取った。いいかね、あんたがたはこれだけ騒ぎを大きくしておきながら、よくも——」

「西《にし》主任」

「なんだ」

「本社から電話が」

「電話？　救急車は呼んだのか」

「それと、詰所を早く引きあげてくれって、掃除のおばさんがぶつぶつ言ってます」

「呼んだのか呼ばんのか」

「まだですが」

「ねえ、なにもそう大げさにしなくたって」

「あんたはなんてことを」

「あの、電話が……」

「うるさい。ともかく詰所まで来てもらおう」

「単なる人違いなんだし」

「ともかく事情はあとで……人違い⁉　人違いであんたはこの人を殴ったというのか」

「いや私は」

「おれ殴ってませんよ」

「殴ってませんよってあるか。早く救急車を呼べ。なにをいまさら、現にこの人は……」

ぼくはゆっくり上体を起して一息つき（周囲でちょっとしたどよめきがおきた）、ハンカチでていねいに口元を拭った。何十もの顔が輪になってぼくを注目している。そこまでの五メートルほどの距離がなぜだかずっと遠くに感じられる。そばに落ちていた靴跡だらけの予想紙を拾ってみたがぼくのではなかった。立てるかと警備員の一人が訊ねた。試してみると、意外にもあっさり立ち上がることができた。喉はまだわずかに痛むが、あとはもうなんともない。ジャンパーとそれからジーパンの埃を不機嫌にはたいた。左手の甲を擦りむいたくらいでは泣くわけにもいかない。ジャンパーの背中がそうなっていないことを祈るだけだ。

「いやどうも申し訳ない」

五十前後の男がまず頭を下げた。いましがた、単なる人違いなんだしと教えてくれた奴である。真新しい紺のブレザーに淡いブルーのタートル・ネック。きっと若作りに懸命なんだろう。その横につっ立っている、ニキビ面《づら》で髪の毛を縮らせた若い男がどうやら、人をさんざんの目にあわせておきながら、逃げませんだの殴ってませんだのとほざいてた声の主らしい。ぼくの視線に気づくとてれたように笑ってうつむいた。口の中でなにか詫《わ》びを言ってお辞儀したつもりなのかもしれない。笑ってる場合か、このパーマ野郎。

「だいじょうぶですか？」

警備員が通り一遍の訊ね方をした。こいつもそれしか言うことがない。そう思いながらも黙ってうなずいていると、もう一人の警備員（血色のよい初老の男）までが、

「だいじょうぶかね？」

と訊く。たぶんこの男が、人違いであんたはこの人を殴ったというのか⁉　とぼく

の気持を声にしてくれた主任ガードマンだろう。救急車が来るまで寝ていたらどうかと勧めてくれたが、答える気にもならなかった。ぼくは制服を着ていない二人組の方に向きなおり、年かさの男に単なる人違いについて問い質《ただ》した。すると金壺眼《かなつぼまなこ》で、太い矢印みたいな鼻で、顎の張った中年はせっかちにうなずきながら、

「そう、そうなんだ。しかし、それは、一言では……」

説明できないと言う。当然だろう。こんな重要な問題を一言で片付けられてはたまらない。どこかじっくり話せる場所へ行こうとぼくは提案した。五十男は一も二もなく賛成した。縮れっ毛には四の五の言わせない。ガードマンにあいだに立ってもらうのも願い下げだ。三人で歩き出した。野次馬が黙々と道を開ける。ちょっと待ちなさいとガードマンが呼び止めた。自分たちで話はつけるからもうかまわないでくれと五十男が言い返した。かまわないでくれとは何事かとガードマンは叫んだ。我々はなにも喧嘩の仲裁を……。まただ。もういい、ほっといてくれないかとぼくは頼んだ。

「殴られた本人がもういいと言ってるんだからそれでいいでしょう」そのとき脇から、

「殴ってはいませんよ」と縮れっ毛が細かいことを訂正した。ぼくは頭にカッと血が上って、「おい、それはないんじゃないか？　確かに君は殴りはしなかったかもしれないけどぼくの喉を」「まあまあ」と年配がなだめ、「すいません」と若いのが謝った。

「背中がやぶけてたら弁償してもらうからな」「行きましょう、話はあとで」「やぶけ

てませんよ」「待ちなさい」「うるさい」「ちょっとどいて下さい」「待たんか」「まったくうるさい奴だ」「押さないでくれよ」「押すな」「急ぎましょう」「ちょっと待って」「どうしました」「逃げるんじゃないでしょうね」「そんなことしやしません」「どこへ行くんですか」「駐車場へ。車を置いてある」「そのまえに話を」「それはあとで、ゆっくり」「………？」「ゆっくり話します」

しかし男はゆっくり話そうとはしなかった。駐車場へ行くと、なにより先にもういちど謝罪してみせ（こいつの早合点でとんだ御迷惑をおかけした、たいへん申し訳ないと思っている。さっきから言うようにこれは単なる人違いなので、べつに悪気があってやったわけではない。私からも謝る、この通り……おい、おまえも謝れ）、そしてお詫びのしるしに家まで送らせてもらうから車に乗ってくれと言う。言いながら肩を押す。どうやらこれで話はついたという気配である。冗談じゃない。「待ってくださいよ、それよりも」「まあいいから、乗って乗って」若い方が運転席にすわり、ぼくと若作りは後ろの座席に並んだ。車は白いスカイラインである。猫も杓子《しやくし》もパーマをかけてスカイラインに乗りたがる。

「どこへ連れていくんですか」「送ると言ったでしょう」「道も聞かないでどうやって送るんです」「教えて下さい」「まっすぐでいいですか？」「いいけど、それより」「なんです」「話をする約束でしょう」「どうぞ」「それじゃあまず……あなたは誰なんですか」「失礼。名刺です」と言って渡されたのは横書の名刺で、CLUB FUJI 専務取締役　藤田達男　武雄市元町3-24 ☎(09542) 3-71XX（代表）とある。武雄《たけお》市といえば隣の県である。それで、とぼくが言いかけたとき、運転席の男が名のった。

「久保です」おまえの名前なんか誰も訊いてない。「それで、どうしてあんな人違いを？」「それはつまり、おたくが……」「田村」「……田村さんが、ノグチに似てるからです」「似てるのは判ってますよ、ぼくが言いたいのは……ノグチ？　野口、野口何ていうんです」「野口シュウジ。修学旅行の修、政治の治」「野口修治……そんなにぼくと似てますか？」「似てますな、似てるから久保が」「瓜二つ？」「いや。瓜二つとまでは言わないが……しかし似てる。背恰好といい、それから、一目《ひとめ》見たときの雰囲気とでもいうか……なあ？」「はい、雰囲気が」と久保がこたえた。それから髪型が同じだとつけくわえる。「うん、そういえば」と藤田。「そんな髪型だったな。七三に分けて、油っ気のない髪で」いったいどういう素姓の男なのかとぼくは訊ねた。

「何をやってる男ですか？　いまどこにいるんです？」「判らん」「判らん？」「それが判らんから……」「まだまっすぐでいいですか？」「どういう意味です？」

「…………」「あの、この先は？」「まっすぐ。似てるからといって何故ぼくがあんな乱暴をされるんです」「…………」「行き止りですけど」「左。その男に何か恨みでもあるんですか」「…………」「どうなんです」「ずっとまっすぐでいいんですね？」「止めてくれ」「はい？」「いいから止めてくれ」「でも」「はやく止めろ」「………」「止めろったら」「止めますか？」「止めてやれ」「止めろ！」

スカイラインは悲鳴をあげて止った。

「……それで？」

とぼくはゆっくり眼を開いて、運転席の方を見ながら訊ねた。

「いったい何の恨みがあるんですか」

藤田がドアの把手《とって》をしっかり摑んだまま答えた。

「それを話すと少し長くなる」

「かまいません」

「そちらはかまわないかもしれんが、私のほうは」

「話してください」

「困った、もうこんな……」

と腕時計を見るふりをする。ぼくは気がつかぬふりをした。武雄競輪場へは何度か行ったことがある。市内まで車で三時間半の行程である。

「あとでゆっくり話すと言ったでしょう。だから乗ったんですよ」

「しかし考えてみると、いまさら君に話したところでしようがないような気がするんだが」

「しようがなくてもなんでも話してください」ぼくは強い口調で言った。「話してもらうまではここを動かない」

大げさすぎるくらいの吐息が返ってきた。運転席の久保は静かに前を向いてすわっている。ぼくはもうひと押しねばった。

「あんなことをされて、すいません人違いでしたと謝られて、それでおしまいですか？　お詫びのしるしにアパートまで送ってもらって、どうもありがとう楽しい思い出ができましたってぼくが言うんですか」

「時間がない」

「ぼくにはある。自分がどんな男と人違いされてるのか聞く時間ぐらいあります。あなたにも説明する義務があると思う」

「私にそんな義務はないよ」

「じゃあ誰にあるんです？」

前の座席で久保が身じろぎした。しかし何も発言しない。藤田は若い相棒の方をちらっと見て、しばらく考えてから、

「誰にもないさ。ちょっと降りてくれないか」

「待ってください。時間がないのはわかります。でも」

「降りたまえ」

「お願いします。どうしても知りたいんです」

「わかったからちょっと外へ出なさい」

「外へ……？　出てどうするんです」

「話をする。歩きながら話す」

藤田はそう答えた。

それから久保に向って、おまえはここで待つようにと命じた。

歩きながら、といっても公園を散歩したわけではない。ガード・レールで仕切られた歩道を百メートルほど往復したのである。ただしその途中に、コカコーラ販売機の前でちょっと道草を食ったが。CLUB・FUJIの専務取締役は、ときおり暮れていく空の色を気にしながら、およそ次のように語った。

話は去年のちょうど今頃にさかのぼる。ある日、バーテン募集の新聞広告を見たという男が事務所を訪れた。色の白い、人の良さそうな顔をした青年だった。さっそく面接してみると、多少口の重いところはあるが、言葉遣いはまともである。バーテンの経験が五年ほどあるというし、今夜からでも働けるという。本当は履歴書に書いてある東京での勤め先のことや、なぜこの街へやって来たのかということをもっとくわしく訊ねるべきだったのだろうが、私はそうしなかった。ひとつには店の事情で、というのはCLUB・FUJIの方ではなくおなじビルにあるバーで、取り急ぎ経験のある人間を必要としていたからであり、それからもうひとつは、私がその山口と名のる若者を一目で気に入ったせいでもある。笑顔が実によかった。男の私がこんなことを言うと変に思われるかもしれないが、事実それが私の山口に対する第一印象だった。私は彼の経歴よりも彼の顔を信じることにした。

山口の仕事ぶりには文句のつけようがなかった。少なくとも私の妹（山口が勤めることになったバーのマダム）はそう言っていた。何を扱うにも手つきが堂に入ってるし、客の応対にも無理がない。ホステスたちの受けもいい。だいいち真面目で、ほとんど遅刻したこともなく、無断で休んだりしないのが助かる。二ケ月経っても三ケ月過ぎてもそれは変らなかった。私の唯一の懸念を言えば、あるいは山口が都会で働いていたせいでプライドが高く、同僚（久保のことである）との折り合いが悪いようでは困るという点だったが、それもまったく心配なかった。むしろ年上の山口の方が久保を立てるような具合で、二人はじきに打ち解けたというし、仕事場以外でも親しくつき合うようになっていった。両方とも酒は一滴も飲めない代りに賭事には目がなかったから、競輪場へはよく連れだって出かけていたようだ。私をまじえて三人で行ったことも何度かある。そのとき私が見たかぎりでは彼らの間には何事もなかった。そんなわけで、私は山口を雇ったことに満足し、自分の目に狂いがなかったことを喜んでいたのである。

ところが、突然（としか言いようがない）、山口は武雄の街から行方をくらましてしまう。九月二十九日の深夜だった。麻雀《マージャン》荘で友人と遊んでいたところへ妹から電話が入り、いきなり、どうもおかしい、山口君と店の売上げが一緒に消えてる、と言う。狐《きつね》につままれたような思いで車をとばして行ってみると、妹とそれから久保の二人が青い顔で黙りこくっていた。妹の話では、ホステスたちが帰ったあと、いつものようにカウンターで売上げを勘定していたのだが、そこへ女友達から電話がかかった。二十分近くも喋っただろうか、戻ってみると、小銭だけ残して金が失くなっていた。一瞬、風で飛んだのかと馬鹿なことを考えたけれども、あたりは静まり返っている。それで、さっきまでカウンターの内側で後片付をしていた山口がいなくなってることに気がついた。そういえば電話の最中に扉が閉る音を聞いたような気がして、山口は先に帰るのかなと頭の隅で思った。しかしよく考えれば挨拶もしないで出ていくはずはないし、それにいま見ると拭きかけたグラスが一個、布きんとともに流しのそばに転がっている。ようやく事の異状に思い至って、だが警察に連絡するのはまだ早いと頭を働かせ、とりあえず兄さんに電話をしたのだという。それからちょうど電話を終えたときに、その日は公休だった久保が息を切らして現われ、山口さんはどこかと訊いた。ここにはいないとだけ答えると、久保は、やっぱり……と妙なことをつぶやき、そのままへなへなとしゃがみこむ。そして、気の抜けたような微笑みを浮べて妹を見上げながら、美子《よしこ》が山口さんと駆け落ちした、そんな思いがけないことを口走った。

ぼく　その美子というのは……

藤田　うちのクラブで働いてた女だ。久保とは中学のときからの知り合いで。

ぼく　親しかったんですね？

藤田　（うなずいて）一緒に暮していた。

ぼく　…………。先を続けてください。

　久保が持っていた美子の書置き（友人のホステスが届けてくれた）を見ると、なるほど、山口さんと二人で他所《よそ》へ行きますというようなことが書いてある。三人で山口のアパートまで行ってみたが、窓に灯りはなくドアにも鍵がかかっていた。念のため久保（と美子）のアパートへもまわって、彼女が帰ってないか確かめたけれど無駄だった。話がそうと判ったら警察へ届けよう、とにかく山口は三十万近い店の金を盗んでいるのだからと言う妹と、それを支持する久保をなだめて、明日の朝まで待ってみようと私が提案したのは、やはり初めて面接したときの山口の正直そうな笑顔を、というよりも長年水商売に携わって来た自分の目を信じたかったからかもしれない。それに他所へ行くといったってこんな夜中にどうやってという気持もあった。山口も美子も車の運転はできないのだし。

しかし結局、翌日になっても二人を見つけることはできなかった。警察に被害届を出したのは午後になってからである。

数日後、警察からの連絡で、山口の履歴書に書いてあった福岡県の本籍地はでためであることが判った。ただし、博多で家出人捜索願いの出ている男がひょっとすると山口と同一人物かもしれず、もしそうなら山口という名前も偽名なのだと担当の警察官は意外なことを教え、博多からその男（野口というんだが）の妻がわざわざ出向いているから会ってみてくれないかと頼んだ。それからまもなく、事務所へ二十七八の女が現われた。彼女が差し出した写真を見ると、それはまさしく山口である。夫だという。野口修治、三十三歳（履歴書には二十七とあったのだが）、今年の三月に妻と一人息子を置いて蒸発したのだという。あの人に間違いないでしょうかと女は幾度も念を押したが、私はうけあった。間違うわけがない。写真の顔は笑っていたのである。

私からくわしい話を聞くと、野口修治の妻はさすがに顔色を変えたが、気をとりなおすのも早かった。美子のことはなにも聞かなかったような顔で、ただ、お金は自分が必ず弁償するからどうか夫を罪人にはしないでくれと訴える。涙をみせるわけでもない。取り乱すわけでもない。じつに気丈な女である。しかも器量良しときている。夫よりもっと色白で、細面《ほそおもて》の、身のこなしにもどことなく品があった。どうしてこんないい女房を捨てて逃げたのかと、私には野口修治という男が不思議でならなかった。まあ、それはともかくとして、私は女の頼みを聞き入れ、妹とも相談し、警察にも事情を説明して被害届は取り下げることにした。

それで金の問題にはけりがついたけれど二人の行方は依然としてわからない。野口の妻を除けば、おさまらないのは女房同然（半年前に同棲《どうせい》をはじめたばかり）の女を寝取られた久保である。もともと根が一途《いちず》な性格のうえに、自分から惚《ほ》れて一緒になった女に裏切られたのだから無理もない話だが、一時は食も喉を通らぬほど悄気《しょげ》返ったあげく、こんどは、美子を連れ戻すまでのあいだ仕事を休ませてくれなどと言い出す始末だ。連れ戻すといっても二人が何処にいるかさえわからないのである。捜すあてもないのにいったいどうする？　馬鹿なことを考えるな、もう忘れてしまえ、美子とは縁がなかったと思って諦めろ。私はくりかえし説いて聞かせた。しかし久保は承知しない。あてがあるのだと言う。訊いてみると、それは競輪場だった。山口はあれほど競輪好きの男だから、何処へ逃げたとしても必ず競輪場のある街に、あるいはその近辺に腰を落ち着けるにちがいない。そしてきっと朝早くから特観席のいちばん前に陣取り、それとも、もし寝坊したらゴール前の金網に右肩でもたれかかって（それが山口すなわち野口の癖なのだ）、レースを見物するだろう。そこを久保は捕まえてみせるというのである。なるほどその考え方には一理ある。私はうなずいた。うなずいたけれども……

藤田　（苦笑しながら）問題はその競輪場が何処かということだ。それが判らないんだから話にならない。

ぼく　（思わず微笑して）でも、かなり絞られますよ。競輪場の数は全国に五十ケ所、つまり、

藤田　（吐息）その五十ケ所をしらみ潰しに捜すと言い張る。まったく無茶な話で……（と上着のポケットを探る）

ぼく　よっぽど惚れてたんだな。

藤田　（煙草を取り出しながら）惚れすぎて逃げられた。
ぼく　………？
藤田　ホステス連中はそう噂してる。
ぼく　……それで、捜しに出かけたんですか？
藤田　行かせるもんですか。（ロング・ピースに火を点けて）店の都合だってある。バーテンに二人づづけて辞められては商売にならない。妹と私とでさんざん言い聞かせて、しまいには親御さんまで引っぱってきて（思い出し笑い）、大騒ぎだな。みんなでなだめたりすかしたり、やっとのことで思い止《とど》まらせた。
ぼく　（うなずいて）それからがまた大変だった……
藤田　（あっさりと）いや、それっきりだよ。あれから半年経ったし、久保はもう美子のことなんか忘れてるはずだ。
ぼく　そんな……（と絶句）……しかしさっき競輪場ではあんなに、
藤田　（遮って）さっきまではそうだった。
ぼく　でもそれならなぜ競輪場へ？　野口を捜しに来たんじゃないんですか？　たとえばこの街にいるという噂を耳にしたとか。
藤田　とんでもない。
ぼく　じゃあなぜ……こちらへはちょくちょく？

藤田　めったに来ないね。武雄で競輪がないときも久留米《くるめ》へ遠征した方が早い。今日だって本当はそっちへ行くつもりだったんだが、西海で岸本元也が走るからB級の優勝戦だけでも見ておこうと思って——岸本というのは私と同じ熊本出身の新人でね、今日の第六レースで2コーナーから捲《まく》って勝った。
ぼく　知ってます。それじゃまったく偶然なんですね？
藤田　そう。あっという間の出来事だった。
ぼく　（独言に近く）偶然にしてはできすぎてる。
藤田　偶然というのはそうしたものだよ。人の運、不運がはっきりする。今日の久保はついてなかった。私もついてなかった。岸本で儲けさせてもらったがそのあとはさっぱりだ。最終レースを取るには取ったが勝負するつもりで注ぎ込んだのは裏の2－5だった。君も同じだろう。
ぼく　……5－2の一点買いでした。
藤田　（煙草を投げ棄《す》てて）無茶だな、その買い方は。
ぼく　直感です。
藤田　勘にたよりすぎると痛い目にあう。（煙草を靴の先で踏み消しながら）競輪は、競馬や競艇とは違うんだ。
ぼく　でも当りました。ぼくはついてるんです。人違いをされるたびについてくる。

藤田　…………？
ぼく　藤田さん、野口はこの街にいますよ。たぶん間違いないと思う。
藤田　（眉をひそめて）どうしてそれがわかる？
ぼく　人違いされました。あなたがただけじゃなくて、もう何べんも。きっとみんな、その野口とぼくとを間違えてるんだ。
藤田　…………。（じっとぼくを視つめる）

今度はこちらが話す番だった。ぼくは過去四回の人違いについて、娼婦の一件は適当にぼかし、その代り他の三つを、とくに父の見間違いを強調して語った。その間、藤田は一度も質問をはさまなかった。ぼくの結論としては、野口は西海市でバーテンをしている可能性が大きいということになるので、それを最後に言ってみたのだが、賛成も反対もしてくれない。ただ、「ん……」とかすかに唸っただけである。そのあとで、まさかこんな西の果てへ、しかも目と鼻の先へ逃げているとは……と呟く。たしかに西海競輪場は日本でもっとも西にある。そしてさっきも言ったように武雄市までは車で三時間半の距離である。しかし、野口はいちど博多―武雄と逃げているのだから、次に武雄―西海と順に西へ向ったとしてもさほど不自然ではない、そんな思いつきを口にしてみた。すると藤田は、いや私はむしろ武雄―博多の線だと睨んでいる、武雄から東へ戻ったと考えるのが自然だろう、と答える。5↓2の折り返し車券に賭けた男と5-2の一点に張った男は、しばらく無言で顔を見合せた。

ぼく　それでどうします？
藤田　そう……（と考えこむ）
ぼく　とりあえず博多の奥さんに知らせては？　連絡先はわかるんでしょう？
藤田　それは、まあ……
ぼく　彼の方はどうしますか。（と駐車中のスカイラインを眺める）
藤田　（同じく目を向けて）いや久保には関係ない。美子と野口とは別問題だ。
ぼく　……どういう意味です？
藤田　美子と野口がまだ一緒にいるか疑問だという意味だよ。
ぼく　まだ……まだ七ケ月ですよ。
藤田　長すぎる。十中八九、二人はもう別れてると思う。
ぼく　しかし駆け落ちまでした男と女が……そんな簡単に……別れますか？
藤田　（静かに笑って）簡単じゃないさ。久保から美子を盗むのも簡単じゃなかったろう。さっきは言いそびれたが、一度目も野口は女を連れて逃げてるんだ。それが武雄に現われたときはすでに独りだった。……まあ、私にも経験がないわけじゃないんでね、女と駆け落ちして半年つづくというのはよほどのことがないかぎり……

ぼく　でもそれはまだ、

藤田　いや、あり得ない。それに野口がこの街にいるとまだ決ったわけではない。

ぼく　それはもう……

藤田　いや、わからん。とにかく久保にはいまのことは黙っててもらいたい。私に考えがある。

ぼく　…………。

藤田　（腕時計を見る仕草）遅くなった。アパートはどの辺ですか？

ぼく　けっこうです、送っていただかなくても。それより……藤田さん、彼と同じように野口に恨みを持つ人間は他にいないでしょうね？

藤田　久保と同じような？

ぼく　ええ。つまり今日みたいなことがまた起る、可能性というか……

藤田　（素気なく）可能性ならあるだろう。

ぼく　（驚いて）いるんですか、他に？

藤田　いるかもしれない。久保と同じ目にあった男が他にいないともかぎらん。それに金は戻ってきたが、私だっていい気持はしない。妹もそうだ。いろいろと目をかけてやった使用人に裏切られた。野口が姿を消したのは月末の給料日でしかも売上げがいちばん多い土曜だったんだ。つまり何から何まで計画的だった、そう妹は見ている。同じ部屋で暮してた女の心変りに気づかなかった久保もどうかと思うが、あいつの笑顔を信じた私もうかつだった。

ぼく　でもそれはちょっとおかしい……

藤田　なにがおかしい？

ぼく　何から何まで計画的だったという話です。売上げを盗んだのはそうじゃないでしょう。だって、（笑いながら）妹さんに電話がかかることまでは計算できなかったはずですよ。……もっとも、力ずくでも奪おうというのなら話は別ですけど。そんな乱暴な奴なんですか？　野口という男。

藤田　………。

ぼく　どうかしましたか？

藤田　いや。腕力をふるうような男じゃない。

ぼく　さっき久保と同じ目にあった男が他にも、とおっしゃったのはつまり博多を出る時の？

藤田　うん。それもあるだろうし、武雄を出た後のことも考えられる。もしかりに野口がこの街にいるとしたら、おそらくここでまた……
ぼく　なんです？
藤田　あいつの頭の中がいったいどうなってるのか私には判らんがね、一つだけ言えるのは、友だちの女房と駆け落ちするくらいだから下の方は相当だらしないということだ。この街でもまちがいなく女が絡むと思う。それも美子じゃない、別の新しい女が。甲斐性《かいしょう》はなくても女には絶対に不自由せん、そういう顔だ、あいつの顔は。
ぼく　………。
藤田　だからその新しい女にもし久保みたいな男が付いていれば、これはまたやっかいなことになる。博多や武雄のくりかえしになるかもしれない。その可能性はあるだろう。
ぼく　……どれくらい、ありますか？
藤田　（ふたたび素気なく）それは判らんよ。
ぼく　奥さんに連絡してください、野口の奥さんに。それでなんとか連れ戻してもらって……
藤田　ああ、連絡はしてみよう。しかし君が心配する必要はない。今日のこともそう大げさに考えんことだな。もとはといえば久保の早合点から始まった事なんだし、落ち着いてよく見さえすれば、誰も彼もが間違えるほど似てるわけじゃないんだから。

ぼく　（うなずいて）ええ、それは判ってます。

藤田　（車の方へ歩きかけて）ただ、さっきみたいに君が笑うとかなり似てるがね。それだって悪いことじゃないだろう。あいつの笑顔にそっくりというのはむしろ、男としては喜んでいい。……どうしたね？

ぼく　………………………………………………………………。

＊

ところで、忘れないうちに言っておくが、この四月二十九日は開幕三連敗の江川が初勝利をあげた日でもある。それもタイガースをプロ入り初完封というおまけつきだった。もちろんぼくは缶ビールで祝盃をあげた。競輪も負けしらずだし、そのうえ失業保険の最後の一月分を受け取ったばかりで、懐の心配はこれっぽっちもない。いってみれば笑いが止らぬというところなのだ。

にもかかわらずここにひとつだけ、おもいきり笑えぬ理由がある。それはぼくにそっくりな笑顔の持主が少なくとも一人（一人でじゅうぶんだが）この世に存在することが明らかになったからである。しかも（存在するのは仕方ないとしても）その男が西海市に住んでいる確率が高いからである。いや、話は逆かもしれない。確率が高ければまだしもぼくは救われる。野口が西海市にもう住んでいない場合を考えてぼくは心の底から笑えないのである。何故かというと、一月の十九日まで野口がこの街にいたことは確かなのだ。他の人違いがみなぼくを野口と取り違えて起ったのに対して、父だけは野口をぼくと間違えている。つまり父は実際に野口修治を見ている。それに競輪場の中で会った小男の反応も、久方ぶりに再会したというのではなく、しじゅう会ってる友人を見つけたという感じだった。藤田がなんと言おうが、野口があのときまでこの街にいた事実は動かせない。だからもしその後、野口が街を出たということにでもなれば、それはいづらくなるような何かをまたしでかしたという意味にも取れる。久保と同じような目にあった人間がいる可能性が出てくる。そうなるとぼくは人前でおちおち笑顔も見せられない。またいつ喉を突かれるかとびくびくしながら歩かなければならない。そしてくどいようだが今のぼくに笑うなというのは無理な相談だし、むろん道の隅っこを顔をそむけて歩くのも御免だ。ここはどうしても、野口にもうしばらく西海市に留まってもらわなければならない。この土地に骨を埋めろというのではない。新しい女に手を出すなともいわない。せめて駆け落ちの手はずがととのう前の状態であってくれればいい。そうすればきっと二三日うちに博多から女房が連れ戻しにやって来る、はずだから、そうすれば、そうすればきっと……

　しかしその晩ぼくがビールを飲みながら考えたのはそこまでである。ウィスキーに切り替えてからもういっぺん考えなおしたのもそこまでだった。疲れていたせいもあるし、途中でプロ野球ニュースが始まったせいもあるし、野口の妻が西海市にやって来たあとどうなるか想像がつかなかったせいもある。いずれにしてもそこから先は夫婦の領域なので考えたくなかった。その代りに、テレビを見終ったあと手帖に一日の出来事をメモしながらふと思いついたことがあって、それは、これだけ多くの人違いがおきているのに、いったいなぜ本人どうしはぶつからないのか？　というしごく当然の疑問である。が、この問題はいくら考えたところで埒《らち》があかない。ぶつからないものはぶつからないのだ。どうしてもそこで疑問符は行きづまってしまう。ぼくは解答を諦め、手帖を閉じてボール・ペンの頭を出したり引っこめたりしながらこう思った。いままでは、どうしてだか知らぬが、ぶつからなかった。すると微かだが期待が生まれる。うなだれた形の疑問符は背筋を伸しさえすれば感嘆符に変るわけだ。これからぶつかるかもしれない！　もし野口がいまでもこの街にいるとしたら、いつぶつかってもに不思議ではない。きょう競輪であんなに当ったんだ、あした野口に当ってどこがおかしいだろう……あまりにも楽観的にすぎるようだが、しかし、こんなふうに一つの思いつきが一つの確信へとあっさり成長していく過程は、競輪場に行きさえすれば、誰もが必ず経験することである。むろん、その確信が必ずしもあっさり現実になるとは限らないけれど。

あくる日、ぼくは朝から街中を歩き回ってみたが野口には当らなかった。

五月

六年前、由美子が高校を卒業して、美容師養成の学校へ進む決心をした時、何故か父は猛烈に反対した。ぼくはその三年前からアパートで一人暮しを始めていたので、父の怒りがどの程度のものであったか知らないが、由美子の話によると、三晩つづけて父と母は激しく言い争ったそうだ。それから一年後に父は家を出て、あくる年には母と協議離婚した。

あの三つの夜が引金になって父は出ていったというふうに、由美子はあとでぼくに何度か語ったことがある。しかし、父と母の対立はもう十数年も前に、父の現在の妻が田村美容室に勤めだした時から始まっていたのだし、その後、母が父の目の前で女を解雇すると宣言した夜も、父が二十年近く勤務した税務署を突然やめた日も、ぼくが大学進学を中止して市役所の試験を受けた時も、ふたりはそのたびに大声で罵《のの》り合ったのである。

いつの場合も、ぼくはどちらかといえば母親を支持したい気持だった。それは彼女が常に、ぼくにとっても好都合な側に立って夫に対したということもある。しかし総じて、勝気な女が時おり涙ぐみながら（なにかというとすぐに泣くのである）、それでも息を継ぐ暇もなくまくしたてる言葉は、やはり誰が聞いても筋が通っていたのだし、反対に男の方は終始、うるさい、とか、おまえの好きにされてたまるか、とか、顔をあかくして脈絡のない文句を怒鳴ることしかできなかった。

妹は、両親の問題に関しては兄よりもずっと冷静であったようだ。ぼくからその事について話しかけないせいもあるのだが、由美子は父のことを一言も良く言わないかわりに、一言も悪く言わなかった。ただ母のあの女に対する態度を、母のいない所で批難することをした。由美子は最初から、あの色白で口数の少ない女になついていて、その後も（父親との関係が知れてからも）好意的な立場を変えなかった、と思う。たとえば、仕事中に母があの女にする些細《ささい》な意地悪を、その頃たしか中学生だった妹は目ざとく見つけてきて、ぼくに憤慨してみせるのだった。

そういう娘の態度は、母親の前であからさまに現われることはなかったはずだが、それでも微妙なところで刺激していたのだろう。いつだったか母の口から、あの女が店をやめてからも由美子は秘《ひそ》かに外で会っていると聞かされて、ぼくは少なからず驚いた。しかしよく聞いてみると、母は二人が会っている所を目撃したわけではないので、ただ、ヘア・ブラシの握り方や客の髪の梳《す》き方があの女とそっくりだと言うのだ。

（きっと習ったに違いないよ）

（まさか。そんなことは美容学校で教わるもんでしょう？）

（だけど、あんた）

と母は息子の顔をじっと見て、

（待ってるお客さんに、どうぞって言うときね、首をこう左にまげて笑うんだよ。あの女がそうだった……）

このあと母は涙ぐむ一歩てまえの表情になって、由美子は本当はあたしと居るより父さんと行きたかったに違いないと言いだすのを、ぼくはあわててなだめることになったのだ。

由美子に直接、あの女と会っているのは事実なのか確かめたことはないし、母にしても、ぼくには顔を見るたびに愚痴をこぼすくせに、当の由美子にはなにひとつ訊こうとしないのだから、はっきりしたことはわからない。が、ぼくは九分通り、母の考えすぎだと思っている。父が家出した当時をちょっとでも思い出せば、由美子が一緒に行きたかったなどという話はまず問題にならない。そのことは母にもよくわかっているはずなのだ。あのとき一週間ほど寝こんだ母を看病したのは他ならぬ由美子で、その間いちどだけ顔を見せた息子に、母は言外に批難をこめた感じで、

（由美子が優しくしてくれてねえ）

と、めずらしく弱々しい声でつぶやいたのだから。それに、

「お兄ちゃんが会社を辞めたのを知ったら、母さんまた寝こんじゃうわよ」

と妹が兄の回想を中断させた。

「余計なこと話すんじゃないぞ」とぼく。

「いつまで隠してるつもり？」

「新しい仕事が見つかるまでさ」

「だから、いつになったら働くのよ？」

……それに、ブラシの握り方や使い方はしばらく置くとしても、由美子のこういう物言いや勝気な性格は、どうしたって母親譲りとしか思えないのだから。

「もう五ケ月じゃない。よく何もしないでいられると思うわ」

「誰が何もしていない」

「じゃぁ何してるの？　アパート代はちゃんと払ってるんでしょうね」

ぼくは吐息をついて、

「何べん言えばわかるんだ？　金があるから働かないんじゃないか」

「働かないのにどうしてお金があるのよ？」

「…………」

母の日の翌日、五月十二日の午後である。親孝行な兄と妹は、デパートのエスカレーターに並んで立っている。一階の婦人靴売場でまず妹が母への贈り物を見立て（臙《えん》脂《じ》色のパンプス。色も型もちょっと派手すぎやしないかと兄が心配すると、女の靴に年齢はないのだと妹は生意気に答え、その通りですと店員もうけあった）、それから七階へ上ってレコードを買うという由美子にぼくがつき合うことにしたのだ。

昭和六年五月十二日に生れた母は、今年で満四十九歳になるわけである。四十九にもなって誕生祝いもないと思うのだが、なにしろ毎年、誕生日と前後して母の日までやって来るものだから、自然と、妹と二人で贈り物をするようなことになる。とくに五年前父が家を出てからは、プレゼントだけではなく三人で催す夕食会まで含めて、欠かすことのできない行事になった。今年は十二日が田村美容室の定休日（月曜）と重なったため、仕度はいつもより念入りに、母が自ら買物にあたっている。ぼくは由美子と相談の上、仕事は休みがとれたと嘘をついて母を喜ばせてあった。

ちょうど四階へ向うエスカレーターに一歩踏み出した時、妹がふいに、

「あの女とはどうなったの？」

と後ろから訊ねた。

「あの女？」

「サウナ風呂屋の一人娘とかいう女」

ぼくは黙って二段上へ歩いた。

「まだつき合ってるのね」

ぼくは黙って次の階へと急いだ。由美子が小走りで追いついて、

「お兄ちゃん、まさか――」

「なんだ？」

ぼくは五階へ向う一段目を踏みながら問い返した。すると由美子は同じ段に並んでから、

「まさか、お金を貰ったりしてないでしょうね？」

と訊く。質問の意味を一つに絞るまでほんのちょっと時間が要った。

「……いい加減にしろ」

「そうじゃないのね？」

「あたりまえだ」

ぼくは憤然として、

「どうしておれが女から金を……実の兄をヒモみたいに言うな」

「だって相手はお金持なんでしょう？」

「金持でもなんでも、とにかく」

そう言いかけて、六階へのエスカレーターに移り、きっぱりと、

「今年になってから一ぺんも会ってない」

「ほんとに？　でも、こないだはなんにも言わなかったじゃない」

「どうしていちいちおまえに報告する必要がある？」

「ほんとうかしら」

「しつこい」

　と言ったきりぼくが口をつぐんだのは、それ以上続けて、女にふられたことがばれるのを恐れたためである。しかし由美子の反応はなかった。ぼくは安心し、由美子の沈黙をいくらか気にはしながら、六階のフロアへ着いた。そして、そこではじめて妹の顔が普通じゃないのに気がついた。

　口をあんぐり開けて、ぼくを見ている。

「どうした？」

「……ああ、びっくりした」

　と妹は胸を掌で押えてつぶやいたが、これは、いままで口をぽっかり開いていた人間が当然用いる仕草、それから決り文句にすぎない。その次の台詞が、ぼくを愕然《がくぜん》とさせた。

「お兄ちゃんかと思った……」

「なんだって？」

「いま下りのエスカレーターに乗ってた人、お兄ちゃんにそっくり」

「!」

こんなふうに、野口とのすれ違いはいきなり、しかもあっけなく起ったのである。

ぼくはしばらく由美子の驚いた顔に見とれ、その場に呆然《ぼうぜん》と立ちつくし、……ハッと我に返って、いま上って来たばかりのエスカレーターを猛然と駆け降り、残り三段ほどのところで、両手に二人の子供の手を引いた女に行きあたった。危《あや》うく手摺《てすり》につかまって踏み止まる。女は小さな叫び声をあげ、ぼくをうさん臭そうに眺め、そしてむろん通してはくれない。いらいらしながら後向きにもとの階へ運ばれた。

「お兄ちゃん! 何してるの」

と妹が訊ねたが、自分でも何をしてるのかよく判らなかった。ただ野口を追いかけなければ、とそれだけを考えていたようである。

母親と二人の子供をやり過ごし、もう一度上りのエスカレーターに挑戦しようとしたが、こういう時に限って人の切れ間がない。

「降りるんだ!」ぼくは叫んだ。「いまの男を捜せ!」

「どうして?」と妹。

「どうしてでもいいから早くしろ。下りのエスカレーターは何処だ」

と答えるそばから、六階の玩具・学用品売場のなかへやみくもに駆け込んだ。まっすぐ十メートルほど進み（模型の汽車がめまぐるしく動き回っていた）、そこで左へ曲り（ぬいぐるみの猿がシンバルを叩き合せて喜んでいた）、再び右へ向い（ロボットの行列）、左へ直角に折れ（ノートの安売り）、行き止りの万年筆売場で店員をつかまえて、

「下りのエスカレーターは何処？」

「は？」

「下へ降りたいんだよ、下へ。どうして下りのエスカレーターがないんだ」

ショウ・ケースの前で地団太を踏みながら、右へ振り向いた途端に非常階段の入口を見つけた。突進する。

「お客さま！」

大声で呼ばれて思わず振り返った。

「エスカレーターでしたらあちらに」

売子の指差す方向を見届ける前に、背中で誰かにぶつかり、「失礼、ごめんなさい」よろけながら謝って階段へ走った。うしろで子供の泣き声がする。かまわず、二段三段とまとめて駆け降り、下へ下へと降り続け、一階までのつもりが弾みがつきすぎて地階の食品売場に出てしまった。舌うちして上へ。やっとのことで一階正面入口に辿《たど》り着き、喘《あえ》ぎながら外へ出て、右のアーケード街を、それから左の十字路を視つ

める。野口の後姿を捜す。

あいつか。違う、背が低い。

あの男は。振り向いた。違う。

そのむこうは。よく見えない。とにかく追いかけてみるか。迷った。デパートの出口はここだけじゃない。しかしこの出口に賭けるしかない。もう出たのか、それともまだ中にいるのか。階段を駆け降りるのとエスカレーターとどちらが速いか。両足はいいから駆け出せと言うし、頭はいやまだだとガラスの扉を振り返る。迷った。アーケードか十字路かデパートか。待つべきか走るべきか。どちらか一つだ。2↓5ではなく、2-5か、5-2か。……待った。

出てきたのは、デパートの紙袋とハンドバッグを提げた由美子である。

「どうやって降りて来た？」

「エスカレーターでよ。いったいどうしたっていうの、いきなり」

「会わなかったか、さっきの男に」

「ううん」

と由美子はあっさりかぶりを振る。

「ああ……」

とぼくは溜息をついてその場にしゃがみこんだ。大げさに思われるかもしれないが、競輪場へ通っているとこの手の動作が身につくのである。ぼくはしゃがんだままの恰好で、「由美子、「何かあったの？」頭の上で妹が言った。

確かだな、確かに見たんだな？」「何を？」「何をって、さっき――」「エスカレータ「そうだ。似てたか、そんなに」「うん。そっくりだった」「……そうか」とーで？」と考えこんだのだが、じきにまだ諦めるのは早いと思い直し、「でもすぐにお兄ちゃんじゃないって判ったわよ」という妹の馬鹿げた発言をきっかけに立ち上がり、

「あたりまえだ、バカ。何を言ってるんだ」

一応叱っておいてから、

「いいか由美子、おまえはここにいて出口を見張ってろ。野口が――さっきの男がまだ中にいて、ここから出てくるかもしれない。三十分待つんだ。いいな？」

「やーよ。見張るだなんて、そんな。何なのよいったい」

「わけはあとで話すから、言われた通りにしろ」

「だって……。お兄ちゃんはどうするの？」

「おれはむこうを捜してみる」

そう言い残して、アーケード街へ向って走りかけると、うしろから大声で、

「お兄ちゃん！　もしその人が出てきたらどうすればいいの！」

ぼくはつられて叫んだ。「あとをつけろ！」

「冗談いわないでよ！」妹が手を振り回しながら叫び返した。「お兄ちゃんったら！」「本気だ！」とぼくは最後に振り返って、足を止めて見ている通行人の頭越しに怒鳴った。それから、あとはもう全力で駆けだしていた。……このときのことを、由美子はいまでも、まるで自分は大声をはりあげなかったみたいに、とても恥しい思いをさせられたといってはぼくを責めるのである。

*

野口修治の姿を追い求めて街中を歩き回ったせいもあるし、その途中、パチンコ屋でひっかかって五千円負けたせいもある、夕方五時過ぎに、疲れ果てて母の家へ行ってみると、由美子もつい今しがた帰ったところだそうで、母娘ふたり夕食の仕度に余念がなかった。由美子はぼくの顔を見るなり、自分のことは棚に上げて、こんな時間までどこをうろついていたのよと文句を言い、ほとんど同時に母が、生きのいいエビがあったからフライにしようと思って買ってきたと尻尾をつまんで見せる。ぼくはまず母の相手をしばらく勤めてから、次に妹に向って、何か収穫があったかとそれほど期待もせずに訊ねた。

ところが、由美子はあのあとでもう一度、ぼくにそっくりな男を見たという。それも、「お兄ちゃんが慌てて走って行ったのとはまったく逆の方角で」というのである。

その口調にはかなりの皮肉が感じられたけれど、ぼくは取り合わず、

「そうか、よくやった」

と優秀な相棒を持った探偵のように喜んで、

「それでどうした？」

訊ねてみるとしかし由美子はコロッケの衣をまぶしながら、

「どうもしないわよ」

と無愛想に答える。

「あとをつけたんだろう？」

「ううん」

「どうしてつけなかったんだ」

「つけられなかったの」

「どうしてつけられなかったんだ」

「もう、うるさいわねえ」と妹が言い、「何がつかないの」と脇から母が口をはさんだ。「何でもないのよ」「どうしてなんだ」「あとで話すから、あっち行ってて」「いま話せ」「ほら、邪魔しないでったら」「邪魔しちゃ駄目よ」「コロッケがお団子みたいになったじゃない」「あら、まあ」「お兄ちゃんのせいよ」「宏」「………」

それから約三十分後、台所と茶の間を料理皿を持って行ったり来たりしながら、妹がようやく話してくれたことを次にまとめる。

由美子はデパートの入口で四十分待ったそうだ。十分余計に待ったのは、ぼくが戻って来るかもしれないと考えたからである（ちょうどその頃、ぼくは半分諦めかけながらも、パチンコ屋、ゲームセンター、本屋、花屋、洋酒屋、レコード店、薬局、金物屋、時計屋、パチンコ屋……と、つまりアーケード街を鵜《う》の目鷹《たか》の目でうろついていた）。四十一分目を腕時計で確かめてから、もうこれ以上愚かな兄の遊び相手にはなっていられないと思い切り、またデパートに入って七階へ上った。

レコードを選んでいると、ふいに背中で、田村さんじゃない？ と聞き覚えのある声が呼んだ。高校時代、仲良くしていた久米智子《くめともこ》だった（別に妹のかつての同級生の名前などどうでもよいのだが、このあたり、妹はぼくにというより母に向って語ったのである。母は食卓の上に小皿とグラスを並べながら、その子なら覚えている、癖のない髪が肩まであって後姿の様子のいいお嬢さんだったと言った）。卒業以来、一度同窓会で会ったきりだから、何年ぶりかしら。もう五年近くなるわ。ちっとも変らないわねえ。あなたこそ。というような退屈な挨拶を、吉田拓郎のアルバムを包んでもらいながらかわし、二人は外へ出てお茶を飲むことにした。

しかし、喋りながら歩くせいで、喫茶店の前で立ち止るきっかけがなかなかつかめない。そう、結婚なさったの。ごめんなさいね、連絡もできなくて。どんな人？　平凡な男よ。いいのかしら、そんなこと言って。あなたの方は？　駄目よ、美容師なんかしてると、行きそびれちゃって。

気がつくと、いつのまにか川沿いの道を歩いていた。空は晴れていて、うっすらと汗ばむほどの陽気である。薄緑色の川面にはまるで水彩画の点景のようにボートが浮び、皆一様に、漕ぐというよりは水面を優しく撫でるように、のんびりとオールを扱っている。どちらからともなく二人は歩みを止めて、その景色に眺め入り、そしてこの三月に結婚したての若妻が、ねえ、あたしたちも乗らない？　と提案する。由美子は喜んで賛成した。漕げるの？　なんとかね、由美子は？　まかしといてよ。なーんだ。二人の二十五歳になる女は、学生時代に戻ったようにはしゃぎながら貸ボート屋へ急いだ。

最初は由美子がオールを握り、十分も漕いだであろうか。智子はその間、空を仰ぎ、軽く眼を閉じて坐っていた。時おり首を左右に曲げるせいで、昔から自慢の髪の毛が揺れる。由美子は漕ぐ手を休め、目の前の友人をしばらく眺めた。黄色いブラウスの、襟元のあたりの肌が信じられないくらい白かった（前から見たってきれいな人なのよ、とさっきの母の評を思い出したのか、妹はつけくわえた）。それからゆっくり顔を右へ向けて、土手の新緑を楽しみ、そして今度は左へもっとゆっくり、まるでスロー・

モーションみたいにして振り向くと、そこに、お兄ちゃんそっくりの男がいたのである。

由美子が一瞬、ぽかんとしているうちに、その男の乗ったボートは行き違い、あっという間に離れて行ってしまった（と本人は言うのだが、もちろん大げさである。モーター・ボートじゃあるまいし）。それでも由美子は、次の瞬間には自分をとりもどし、オールを握りしめ、舟の方向を反対に向けようと試みていた。それは思ったよりもうまく、迅速にできた（ボートの漕ぎ方は昔ぼくが教えたのである）。そのとき智子が驚いて眼を開き、すぐには焦点が合わないためかまるで盲人のような動きでボートの縁をつかんで、どうしたの由美子、と訊く。しっかりつかまってて、とそれに答え、激しい水しぶきをあげながら、力の限り男のボートを追いかけたのだが、五十メートルほど漕いだところで（本当は二十メートルくらいだったろうとぼくは思うが）、急に、オールを放り出した。腕が疲れたからである。あー、もうやめた、と口に出してつぶやく由美子を見て、久米智子が呆《あき》れたように、あなたってほんとに昔のままねえ、と言ったそうだ。

妹の話を聞き終えたぼくは呆れるより先に悔しがり、由美子に対する批難の文句をあれこれ考えたのだが、残念ながら口にする暇はなかった。久米智子の最後の一句をめぐって、母と娘の間で議論が始まっていたからである。どうやらそれは際限なく続きそうな気配をみせたので、ぼくは由美子をうながしてプレゼントを持ってこさせた。母は内心期待していたくせに、リボンのかかった箱を抱えて、こんな物いらなかったのに、などと言う。しかし中身を見ると、ちょうど他所行きの靴が欲しかったんだよ、と簡単に前言をひるがえした。それからビールを開けて三人で乾杯し、母と妹は今度は靴の色と型について意見を交しはじめる。ぼくは母のこしらえたエビフライ（ぼくの好物）を一口食べ、形の整っていないコロッケ（由美子の好物）は敬遠し、中くらいに冷えたビール（母とぼくの好み）を飲み干し、テーブルの真中に飾ってある一日遅れのカーネイション（母が自分で買ってきて花瓶に生けたのだろう）を横眼で見ながら、手酌でもう一杯注ぎかけたとき、妹に訊ねるべきことを思い出した。

「由美子、もしかしたらその男は、女と二人でボートに乗ってたんじゃないか？」

「そうよ」

とコロッケにウスター・ソースをたっぷりかけながら妹が答えた。

「やっぱりそうか」

ひとまず自分の推理力に満足していると、

「決ってるじゃない。ボートに一人で乗る男なんているわけないもの」

と妹はぼくの推理をあっさり言葉にしてみせて、コロッケを頬ばる。

「それで、デパートではどうだったんだ？」

「一緒だったみたい」はっきりとは聞き取れないが、そういう答が返ってきた。

「どうしておまえはそれを早く言わないんだ？」

とぼくは自分の迂闊《うかつ》さよりも妹の説明不足を責めて、

「女と一緒なら別に捜し様があったじゃないか」

このとき、妹が口の中の物を呑み下して何か言い返そうとする前に、

「びっくりするじゃないの、そんなに大きな声だして」贈り物を箱にしまっていた母が横から口をだした。「何を揉めてるの」

「自分が訊かなかったくせに、あたしに何故言わなかったかって怒るのよ」

「どうして宏は訊いてみなかったの？」

「母さんはちょっと黙っててくれ」

「またこの子は、親に向ってそういう口のきき方をする」

「………」

ぼくは心のずっと奥の方で深い息をつき、黙ってビールを口に含んだ。妹がとりなすように昼間のできごとを母に解説している。

野口とボートに乗っていたのが、武雄から一緒に逃げた美子という女であればいいとぼくは願った。それを妹に確かめようにも、美子がどんな女か全然知らないのだから質問のしようがない。もし藤田が予想したように、野口の現在の恋人が美子ではな

いとすれば（なんて手が早い男なんだ）、あとはもう、その女に、嫉妬深くて血の気の多い男が付いていないことを祈るだけだ。昼間にデパートへ行ったりボートに乗ったりするくらいだから二人の関係に疚《やま》しいところはないような気もするが、野口という男のことは解らない。一年ちょっとのあいだに、妻を捨て他に二人の女を捨て、また新しい女をつかまえている。プロレスラーの女房を寝取ったとしても驚くに足らない男だ。それにしても、いったい野口の女房は何をまごまごしてるのだろう。すでにこの街に来てるんだろうか。真面目に夫を捜してるんだろうか。明日にでも武雄に電話をして確認してみなければ……ぼくはあの日以来、手帖の栞《しおり》代りに使っていた藤田の名刺を思い（手帖は良子が来なくなってから、ベッドの枕元に置きっぱなしにされている）、もっと早く電話をかけるべきだったのだと後悔した。

妹の説明を聞いた母が、自分の息子にそれほど似た男がいるとは信じ兼ねるという意味のことを何度か呟いた。「いるんですよ」とぼく。「ほんとよ、あたしが見たんだもの」と由美子。「ほんとかねえ……」母はまだ納得できぬふうに首をかしげ、それから、でも宏は何故その人を追いかけるのかと娘に質問した。

「それは……どうしてなの？」

と由美子はぼくの顔を見る。

「どうしてって……」ぼくは言葉につまった。

それを見て、何か仕事上のことで不都合でもあったのかと母が重ねて訊ね、ねえどうしてなの？と由美子がくり返した。

どうしてなのか、改まって理由を訊かれてもよく判らない。「いや、別に……」などといい加減に言葉を濁して逃れようとしたのだが、むろん二人がそれで許してくれるはずもなく、ぼくはしどろもどろになりながら、今までに起った人違いを説明し、娼婦は通りすがりのＯＬに、競輪場はバス停に作り変え、父の件は省いたが、話の行きがかりで、武雄から来た二人連れや博多にいる野口の妻のことまで、洗いざらい打ち明けるはめになった。

しかし、母と妹はそれでもまだ得心がいかぬらしく、どうして宏が（お兄ちゃんが）その野口という人を捜し回る必要があるのか、捜しあててどうするのか、と攻撃の手を休めない。ぼくは追いつめられたような気持で、

「彼の奥さんに連絡を……」

と答えかけたけれど先が続かず、黙り込んでいると、母が、それは判るが他所様の家庭の問題に口出しするのはあまりいいことではないと忠告し、妹は妹で、突然思い出したようにぼくを批難しはじめる。そうよ、いらぬおせっかいじゃないの。そんなことのためにあたしが四十分も待たされたなんて、いい迷惑だわ……

ぼくは妹の不平を聞かされながら、そうするとあの時、上りのエスカレーターにい

きなり飛び込んだのも、非常階段を脱兎《だつと》のごとく駆け降りたのも、いらぬおせっかいのためだったのかと考えて憮然としたのだが、しかしいくらなんでも他人の世話を焼くために、あんなに興奮して人前で叫んだり、アーケード街を駆けずり回ったりしたのだとは思いたくない。それは、他人の問題というよりもむしろ自分じしんに関わることであったはずで、話の肝心な点が、それが何かよくは判らないのだが、母と妹の発言で急に曖昧になってしまったような気がする。で、ぼくは、野口を捜し歩いていた時に感じていた気持をなんとか思い出そうと努め、即座に一つ思いついた理由を——野口の顔を自分の眼で確かめてみたいという気持を、多少言い訳がましく口にしてみたのだが、由美子に意地悪くあしらわれて、返す言葉もなかった。

「鏡を見ればいいじゃない」

と由美子は言ったのである。これを聞いて母が、改めて驚いたように、そんなに似てるのかい？　と息子の心配を代弁し、それに対して妹が、たとえお兄ちゃんがその男と会えたとしても、互いに顔を見合せて立ちつくすだけで物も言えぬだろうと答え、兄が呆然とした時の顔真似をして見せ、その顔を見て母が吹き出し、それからまた妹が、同じような顔の男が二人いて、一方はすでに結婚しておりしかも妻の他に女があるくらいもてるのに、どうしてもう一方はそれほどでもないのかと兄の女性問題を茶化し、すると母が急に渋い顔になって……という具合に話は徐々に逸《そ》れて行き、結局、なぜぼくは野口を捜し回る必要があったのか、捜しあててどうするつもりだったのか、という質問は忘れられてしまう。むろん、ぼくじしんもその時考えることを止めてしまったのだが、実は、この質問への回答を得たのは半年以上も先になってからである。

しかし、今はもう一度話を誕生会の席へ戻すと、……すると母が急に渋い顔になって、男はね、悪い女につかまったらおしまいだよ、とつぶやいたのだった。この台詞が野口（とその女房とその駆け落ちの相手）を指しているのか、それともぼくに向けられたものかゆっくり考える暇もなく、母は続けて、「気をつけないとねえ、宏も、あたしに似てお人好しだから。あんな女に騙されて、結婚なんかしたらそれこそとんでもない事になるところだったよ。別れたって聞いて、母さん安心したけど、でも、また今度の相手も」

と思いがけないことを喋り出し、ぼくをあわてさせた。あんな女とは、つまり由美子が言うところの、サウナ風呂屋の一人娘に他ならないので、

「おまえ、もう喋ったのか」

と咄嗟《とっさ》に睨んだのだが、妹は涼しい顔で、

「なにがもうよ。五ケ月も隠してたくせに」

と答え、それに加勢して母が、由美子の言う通りだ、宏は大事な話をちっともあた

しにしてくれない、他所様の親子ではそんなことはないはずだと恨み言を並べる。大事な話、と母が言った時には、仕事を辞めたことまで知られているのではと不安になったが、どうやらその気配はなさそうで、ふたたび、あんな女とは別れて本当によかったという話題に戻って、妹と二人して女の悪口を言いはじめた。

実をいうと、去年一度、女のお供で洋菓子屋の店先に立っていて、由美子にばったり会ったことがある。

（だれ？）

（だれなの？）

と両脇から眼で問いつめられて紹介しないわけにもいかず、三人で十分ほど立ち話になったのだが、そのとき由美子はあまり良い印象を受けなかったらしい。そして由美子の報告を聞いた母はもっと気に召さなかったらしく、まず、そういう女がいることを今まで黙っていたのは親をないがしろにしてると言って怒り、次に、あたしには一ぺんだってチーズ・ケーキを買ってきてくれたことがないと言ってヘソを曲げた。チーズ・ケーキが女の好物だったのである。しかし母はもともとぼくと同じ辛党なので、おそらくチーズのケーキだから甘くないと勘違いしたのだろうが、この批難は当っていない。それから最後に母は、自分では見てもいないくせに、洋服のセンスが下品だの、髪の毛が強《こわ》いだの、喋り方が甘えてるだのと、由美子の批評をそっくり口移しに用いて、ぼくの当時の恋人を貶《けな》したのだった。

今夜も、母と妹は同じ内容の文句を飽きずにくり返していて、あんな趣味の悪いスカーフをしてあたしなら外を歩けないわね、と妹がこちらへ聞こえよがしに呟けば、髪の毛が強い女は情も強いんだよ、などと仔細《しさい》ありげに、美容師三十年のベテランはうなずくのである。

ぼくはうんざりしながら、あの、妹と会った日に女がくびに巻いていたスカーフは、ぼくが誕生祝いにプレゼントしたものだとは絶対秘密にしておこう、と以前から考えていることをもう一度固く心に決め、女の方から去って行ったことも結局秘密になるだろうと思い、あの女の髪はたしかに堅かったけれどその代り……と思い出にふけるのは途中でよして、さっき母が「今度の相手も」と言いかけたのはちょっと気になるが、あれはたぶん、現在つき合っている女ではなく将来出会う女という意味のことを言いたかったのだろうと推測し、そのついでに良子のことを思い出して、もしこの母娘が良子を見たら何と言うだろう。そう考えて微かに胸騒ぎを覚え、一応頭の中で良子の、髪の毛は柔かい、服装についてはあれこれ言う資格がぼくにはない、喋り方は甘えていない、と田村家の女達の規準に照し合せてみて、しかしそんなまねをする必要はないのだとじきに気がついた。何故なら、良子とはもう二十日ほど会っていないのだし、これからもきっと会えないのだから、由美子に現場を押えられる心配はいらないのである。ただし、それが喜んでいいことなのか、その反対なのかは難しいところで、どちらとも決めかねて頭を悩ませていると、そのとき由美子がこう訊ねた。

「ねえ、どんな人なの？」

「………？」

「いまつき合ってる人よ」

ぼくは何もうろたえることはないのだと自分に言い聞かせ（どんな人と訊くのだから、もちろん見てはいないわけだ。良子にチーズ・ケーキを買ってやった覚えはないし、だいいち彼女がそれを好きかどうかさえ知らない）、

「いない。誰も」

素気なく首を振ってみせたが、

「嘘ばっかり」

「嘘なもんか」

「じゃあ、あたしの車で誰とドライブしたの？　まさか男が一人でドライブするわけないわよね」

「あ……」

と、この意表をつく推理に感心したのが失敗で、すぐに、それはわからないし、少なくとも男が一人でボートに乗るよりはあり得るケースじゃないかと思い直したのだ

が、すでに遅く、

「ほらみなさい」

と妹は勝ち誇ったような笑みを浮べるし、

「どうなんだい、宏」

と母の眼は俄然《がぜん》、光を帯びる。

ぼくは腕利の刑事に痛いところを突かれた犯人のように観念し、しかしどうしても真相を告白する気にはなれないので、たしかにドライブには行ったけれども、それだけのことで、たいしたつき合いじゃない、と曖昧な自供にとどめた。

すると母が言葉尻をとらえて怒りはじめる。たいしたつき合いじゃないとは一体どういう意味かというのである。なにもそうめくじらを立てるほどのことではなく、ぼくに言わせればちょっとした言葉の綾《あや》なのだが、しかし母がそうじゃないと思えばそれはそうじゃなくなるので、つまり、宏はもう二十八にもなるのだから、結婚ということも考えてちゃんとした交際をしてもらわなければ困る。それなのに、たいしたつき合いじゃないなどと、まるで極道みたいな口をきいて。きっとまた悪い女にひっかかったに違いない。まさか水商売の女じゃないだろうね。まったく、あんたはいつまで親に心配をかけるつもりなの。孫の顔を見せて安心させようという気持が少しはわかないものかねえ。とにかくそんないい加減な交際をするようでは、相手はろくな女じゃないに決ってるから、早いうちに手を切りなさい。というふうに論理は展開されるのである。

たった一言、口をすべらせただけで、極道扱いされたのではたまらないし、それにいくら実の母親とはいえ、女と手を切れなどと指図する権利はないと思うのだが、ここでぼくが口答《くちごたえ》すれば話がこじれるのは判ってるし、といってこのまま手をつかねていても、良子のことを根ほり葉ほり訊かれる恐れがある。内心、困り果てていたら、由美子が呑気そうな独り笑いを浮べて母にビールを注いでやり、ぼくにも注ごうとするので、コップを差し出しながら、

「結婚なら、ぼくよりも由美子の方を先に考えるべきじゃないかな。由美子も、もう二十五になるんだし」

と苦しまぎれに言ってみると、母は、

「それは宏が心配しなくてもいいの。あたしがちゃあんと考えてるから」

そこへ、よせばいいのに由美子が、

「あら、あたしまだ結婚なんかするつもりないわよ」

と余計な口をはさんだので、母はキッと向きなおり、

「馬鹿なこと言わないでおくれ、あんたまで」

と鋒先《ほこさき》を由美子に転じて、またくどくどとこぼしはじめる。ところが、妹は兄と違

って母親に口答することをなんとも思ってないので、母の愚痴はしだいに母娘の言い争いへと様相を変えて行き、……母さんったら、どうしてそんな余計なことするのよ。余計なことじゃないでしょ、二十五にもなって、見合いの話ひとつなくてどうするの。大野さんの奥様も（誰なのかぼくは知らない）、あんたのためを思って、そう言ってくだすってるんだからね。なにがあたしのためよ。あの人、自分が仲人したいだけじゃないの。趣味で男を押しつけられたんじゃたまんないわ。まあ、なんて口のききかたするんだろこの子は。それにあたしはまだ二十四よ。娘の年ぐらいしっかり覚えといてほしいわね。二十四も五もおんなじです。あんたみたいにのんびりかまえてたんじゃ、三十になったって嫁にゆけやしない。その時になって泣いても母さん知らないからね。由美子、ビールがないぞ。自分で持ってきなさいよ冷蔵庫から、誰が泣くもんですか、母さんじゃあるまいし。またそんなことを。あんた田中さんとこのかなえちゃんを（この名前は聞いたような気がする）見てごらん。見合いはいやだのなんだのってすねてるうちに、と一とう売れ残っちゃって、気の毒に、もうじき三十二だよ、あんたもああなりたいのかい。よしてよもう、ほっといてちょうだい。ほっとけるわけないでしょ。……

　こうして、この日の誕生会は、いつもたいていそうなのだが、さんざんな幕切れを迎えることになる。ぼくは目の前で繰り広げられる、顔はそれほど似ていないけれど、声はそっくりな二人の口論を聞きながら、むやみに止めに入って火の粉をあびるよりは、黙々と飲み続ける方を選んだのだが、しかしそうしているうちに由美子が、結婚結婚てそんなに言うのなら母さんが再婚すればいいじゃない、とこの晩極め付きの台詞を吐き、ぼくはビールにむせて咳こみ、母は、なんてことを――と絶句してしまう。そうなると黙って見てるわけにもいかないので、ぼくは急いで母をなだめ、妹をたしなめた。ところが母の興奮はもう収まらないし、妹はふてくされるし、しばらく荒い息を吐きながらそっぽを向きあっていたかと思うと、母の、いったい誰に似てこんな利かん気な子なんだろうねえという言わずもがなの一言をきっかけにして、二人はぼくの頭越しに罵り合いを再開し、ぼくはどこでどう止めに入ってよいか判らず、ただ、由美子！　母さん！　由美子！　母さん！　と交互に叫んでるうちにいつのまにか口喧嘩に巻き込まれ、声を嗄《か》らし頭を掻きむしり、精も根も尽き果てたあげく、

……私という女はどこまで不幸にできているのだろう。夫には裏切られ、残った子供達には親を親とも思わぬ扱いを受ける。その辛さといったら並大抵のものではない。思えば私の人生は、ただ働きづめに働くだけの、これといって何の喜びも楽しみもない日々の連続であったが、そうした苦労はついに酬《むく》われぬまま終るのだろう。私は、ろくでなしの男との間に、できの悪い子供達を生んだことを、たいへん後悔している。

……

と、要約すればそんな内容の、母の涙声を聞かされることになった。それから母は、贈り物の箱を大事そうに抱えて、寝室へ引きこもる。気に入らぬことがあると大声で喚《わめ》きちらし、その後ひとしきり泣いてみせ、そしてあくる日は一日中蒲団のなかで暮すというのが、母の昔からの癖なのだ。茶の間に取り残されたできの悪い子供たちは、いつものようにほんの少ししんみりとしたあとで、まず妹が吐息をついて立ち上がり、まだ飲み足りないといった面持の兄をせきたてて、誕生会の後片付にとりかかったのだった。

そういうわけで、この夜十時過ぎにアパートに帰り着いたとき、ぼくの頭を占めていたのは、野口とのすれ違いのことでも、藤田の名刺のことでも、また良子の長い脚のことでもなかった。ぼくはただ、今夜あんなふうに激しく罵り合った二人の女が、あさってになればけろっとして仲良く仕事場に立つのはまちがいない。そしてたぶん、いい年をして結婚どころか恋人さえ見つけられぬ息子（兄）の悪口を言い合うだろう。そう考えて、いつもながらの疲れを覚えていたのである。

その疲労を癒すためには男の飲物を、それから深い眠りを必要としたことは言うまでもない。

*

あくる朝、十一時半に電話をかけると、良子の祖母が出て、孫は朝から出かけて留守だと言った。何時ごろお帰りでしょうかとぼくが訊ねると、相手は、さあ、と一呼吸おいてから、六時過ぎになるのではないかと思う、と答える。

――五時までの約束らしいんですけど、最初のうちはなかなかねえ（と笑って）、時間通りには帰して頂けないようで。

――はあ……。

――戻りましたら連絡するように申しましょうか？　……もしもし？

――はい。

――良子が戻りましたら。

――いえ、こちらから。もう一度かけます。はい、六時過ぎに。

受話器を戻すと、余分に入れておいた十円玉が音をたてた。その四枚の硬貨を片手でもてあそびながら、電話ボックスの中で煙草を半分ほど喫い、藤田の名刺を尻のポケットから取り出して眺め、またもとの場所にしまった。それから、今度は二枚だけコインを入れて、もう一度同じ番号を回した。

――お待たせしました、小島でございますが。

五分前と寸分違わぬ口調で祖母が言った。

――田村と申しますが。いま……さきほど電話しました。

――はい、田村さん。

――良子さんはどちらへお勤めなんでしょうか？

――………。

良子の祖母はいきなり沈黙し、ぼくはその沈黙の意味するものを考えあぐねて待った。しばらくして、ようやく、

――もしもし、田村さん。聞こえますか？

――聞こえます。

――ちょっと思い出せないんですけど、

――はい？

――駅前にスケート場がございますね。ご存じ？

――はい。スポーツ・センターの中に。

――ええその中に、レストランが、何でしたかしら、名前があちら風の、

――ミリアム？

――えええええ、そう、たしかにそんな名前でした。御免なさいねえ、何べん教わっ

ても覚えられなくて。

――いいえ。それで、いつからそこで働いてらっしゃるんですか？

――もう二週間になりますかしら。今日は十三日ですね。今月の一日からですから。

――そうですか。

――そうなんですよ。なんですか会計の方をまかされてるらしくて。あの子は以前、銀行に勤めておりましたので、そちらの方はねえ、まあ、あれなんでしょうけれど。

――はい。

――田村さんはたしか、良子とは高校の時の？

――ええ、まあ……。それじゃあ、また、良子さんがお帰りになる頃を見はからって、電話しますので。

――そうして頂けますか。

――はい。では……

――あっ、田村さん……もしもし……

ここで十円分の通話の終る音。

――……もしもし。切れたのかしら。

――もしもし、切れてませんよ。

――ああ、田村さん？

——そうです。

——御免なさい、もう忘れちゃって。

——はあ？

——何て言いましたかしら、良子の働いてるお店の名前？

＊

静かな、目を閉じるとじきに眠りこんでしまいそうな午後だった。良子を待っている間、実際にぼくは少しまどろんでいたのかもしれない。

良子に教えられた公園はスポーツ・センターを見おろす場所にあった。細長い石段を上りつめて、指定された時刻より三十分も早く着いてしまい、ブランコも漕ぎ飽きたし、手持ちぶさたに一周歩いてみたが、三分とかからなかった。丘の中腹を無造作にくりぬいて拵《こしら》えたような、三方を森に囲まれて、小ぢんまりとした公園なのである。

水色の金網にもたれて、レストランの屋根でも木の間隠れに見えないかと目をこらし、それが無理なので、小鳥のさえずりに耳をすました。振り仰いで桜の枝を見やったが、当然葉桜である。白い光が描きだす模様の変化で微かに風のあることを知り、しばらくゆるやかな木の葉の波に見とれて首が痛くなり、視線を下げると軽く目まいがした。

電話で良子が、店が暇になる二時過ぎから三十分程度なら出られるというので、ぼくは駅のそばにある喫茶店の名をあげたのだが、彼女は断った。ぼくは恐る恐る訊ねた。

——どうして？

——どうせなら外で会いたいの。お昼休みにいつも行く所があるからそこで……

良子がそう早口にこたえ、ぼくが追いかけるように場所を訊いた。

——桜の名所なんですって。知らなかった？

——聞かないなあ。

——はい？

——うん？

——いいえ、こっちの話。ごめんなさい、いま忙しいから、あとで、ね。

そんなやりとりを思い出しながら、ぼくは、丸太を縦半分に割った形のベンチに腰をおろし、煙草をつけ、喫い終って吸殻をていねいに踏み消し、ついでに靴先で赤い土を掘って遊んだ。そのとき乳母車を押して素足にサンダル履きの若い母親が現われ、目の前をゆっくり通り過ぎた。その後姿が樹木の間に見えなくなるまで視線で追っていると、入れ代りに、ランドセルをカタカタ鳴らして黄色い帽子の女の子が三人走って来る。走り去りながら、最後の一人がぼくに流し目を送った。

それからふたたび、そして前よりいっそう公園の中は静まりかえった。ぼくは脚を組み、腕時計をながめたが、まだ十分以上ある。膝の上に頬づえをついて目をつむり、野鳥の声に耳をかたむけた。その姿勢でうつらうつらしかけていたようである。

「ヨイショ……」

と溜息まじりにつぶやく女の声が、まるで耳もとで囁かれたようにはっきり聞きとれて、ぼくは目を開いた。まばたきをくりかえし、目頭を指で押えると、白いブラウスに黒のスカートの見慣れた後姿があった。良子は石段の尽きる所に立って、片手をかざしていた。国鉄の駅か、それともそのむこうの港の風景を見ていたのかもしれない。振り向いた良子は眼鏡をかけていた。

「やあ」とぼくはとりあえず挨拶した。

良子は両手を腰のうしろに組んで歩いて来ると、隣に腰をおろし、空を見上げて、

「いいお天気ね」と言う。

「うん。五月晴れ」

とぼくも陳腐な相槌を打った。三週間ぶりで顔を合せた男女の会話としては、まずまずの滑り出しだったと思う。それから良子は、うなじのあたりで髪を束ねるような仕草をして、

「外へ出るとほっとするわ」

と微笑んだ。その笑顔を見ながら、ぼくは、三週間前の朝のことをどう切り出すべきか、それとも切り出すべきでないか迷っていた。働く気がないなどと決めつけたのは悪かった、とひとこと謝る必要があるような気もしたが、こうして（電話の呼び出しに簡単に応じて）隣にすわっている良子を見ていると、もう少し黙って出方をうかがうのが利口のような気もする。もし良子が忘れたふりをしてくれるなら、その好意はありがたく受けるべきだ。むしろここは、なぜ仕事が決ったことを黙っていたのか、就職についてはあれほど相談相手になったのに水臭いじゃないか、と怒ってみる方が賢明かもしれない。そうすれば良子が、ごめんなさい、と素直に謝ってくれてそれで済むかもしれない。もし良子と縒《よ》りを戻したいのならそうすべきだろう。もし良子が縒りを戻したくないのなら、ここへは来なかったんじゃないか？

「ねえ？」と良子がふいに口を開いた。「レコードのことだけど」

「うん？」とぼくは何気なく訊き返して、

「うっかりしてた。持って来るのを忘れた」

「いいのよ。それより、どうしてあんなふうに言ったの？」

「………？」

「さっきの電話。いきなり、レコードを返さなくちゃいけないから今日中に会おうって」

ら」

「何かあったの？」

「別に、何もないけど。君がレコードを聴けなくて困ってるんじゃないかと思ったか

「言ったかい？」

「ごめんなさい」と良子が謝った。「それどころじゃなくって」

どうして良子が謝るのか、何がそれどころじゃないのか、よく判らなかった。ぼくは黙って次の言葉を待った。

「仕事が急に決ったでしょう」と良子はつづけた。そして、こころもち腰を浮かし気味に、スカート（近くで見ると黒ではなく濃紺だった）の裾を手で引っぱりながら、「忙しくて他の事まで頭が回らなかったの。それであなたとのこともうやむやになってしまって。悪かったと思ってるわ」

「君が悪かったんじゃないさ」とぼくは言った。「誰も悪くなんか――」

「ううん」と良子がさえぎった。「もっと早く話し合うべきだったんだわ」

「話し合う？」

「だって、このままにはしておけないでしょう？」

「うん」

とぼくは思わず同意したけれど、それは良子の眼鏡にじっと視つめられたせいであ

る。

「それはそうだけど……」

ぼくの視線は女の胸のあたりまで下がって、そこに止った。ブラウスの色は白というよりも象牙色に近く、襟元から、乳房の形をなぞるように、幅の広いリボンが垂れている。

「あたしから話していいかしら？」

良子の声にうながされてぼくは顔をあげた。

「ひとつだけ聞いておきたいの。正直に答えて。あたしのことどう思ってるの？」

ぼくは背筋をのばし、腕組をして、何も答えなかった。久しぶりの気まずい沈黙がながれた。幾人もの天使が、ぼくの脇腹を小突いては飛んで行った。ぼくが胸ポケットの煙草に助けを求めようとしたとき、女はそれを禁じるように言った。

「どうしてあたしと寝たの？」

ぼくは質問の内容よりもあけすけな言葉遣いに唖然《あぜん》として、

「どうしてって……」

それだけしか口にできない。女は男に見せつけるような吐息をついた。

「教えてくれる？」

「よそうよ、こんな話。そうなってしまったんだから仕方がないじゃないか」

「どうしてそうなったのか知りたいの」

この、まるで他人事みたいな言い草が、ぼくを少し不愉快にさせた。

「君はどうしてぼくと寝た？」

と切り返したのだが、しかし良子は、予想通りの反問だというふうに微笑しながら、おっとりと、

「判らないわ」

一言でかたづけた。それから、肩でも凝ったように首を左右に曲げる。ぼくはなんとなく一杯食わされた思いで、煙草を取り出してつけた。二人で煙の行方を追ってから、女の方がつぶやいた。

「ねえ、笑わないでね。あたし一ぺんも、男の人から好きだと言われたことがないのよ」

「………」

「いつもあとから思うんだけど、やっぱり、あなたとのこともどこかで間違ったんだわ。そんな気がすることない？」

ぼくは慎重に答えた。「あるかもしれない」

「夜はね、ベッドのなかでは、これでいいって思えるの。このままでもかまわないって。でも朝になると気が変るの。……あなたと同じね」

と良子は指先でそっと眼鏡を押し上げる。叱り上手の女教師に問いつめられたような気がして、ぼくはしぶしぶ、

「……悪かったとは思ってるんだ。あの朝のことはあやまるよ」

しかし良子はこの答案に満足しなかった。

「そうじゃないの」

と小さくためいきを洩らし、できの良くない生徒にヒントを与えるように、

「あたしが言ってるのは、いつもの朝のことよ」

「判らないな、どういう意味か」

と取り敢えず答えてから、ぼくは急いで、良子が泊ったいくつかの朝の様子を思い出そうとした。煙草を踏み消し、爪先で土を掘り起しながら、午前十時の日だまりのなかにいる二人の姿を思い浮べたとき、良子が不意を打った。

「あたしと結婚する気持がある？」

ぼくは自分の足元を視つめて狼狽していた。顔を上げる勇気がなかった。狼狽はしだいに不機嫌に変った。

「考えたこともなかった」

とぼくは顔を伏せたまま言った。

「一度もないの？　あたしとじゃなくても、誰か他の人と」

この問にはしばらく間を置いて答えた。

「ないね」

「そう」

と良子は気のなさそうにつぶやいて、

「あたしは何度もあるんだけど……」

「ぼくと、結婚を？」

「ええ」

「いつ頃？」

「初めて会った時から」

まるでメロドラマの告白みたいだった。観客の代りにぼくが笑った。

「嘘だよ」

「嘘じゃないわ」

ぼくは顔をあげて、良子の眼鏡の奥を見守った。彼女が先に視線をそらした。

「癖なのよ、昔からの。初めて男の人と会うといつもそうなの。考えてみるだけなんだけど」

「………」

とぼくはその妙な癖について、ひとまず考えを巡らしてから、やはりさっきと同じ文句を繰り返した。

「判らないな」

しかし、判っていることが他に二つあった。良子は、思った以上に七面倒臭い出戻りであるということと、色白の長い脚を持った年上の女だということ。七面倒臭いのがいやなら、早いとこレコードを返して二度と会わなければよいのだし、長い脚の魅力を捨てきれないのなら、今晩誘えばよい。簡単な選択だ、とぼくは口のなかで呟いた。それからどちらにするか思案した。その途中で、良子が、

「ちょうど六ケ月たったのよ」

と、また判らないことを言いだした。

「六ケ月？」

「ええ。タイコンキカンって聞いたことある？」

「いや」

「あるのよ。六ケ月と決められてるの。つまり半年たつと、女は再婚が許されるわけ」

ぼくは頭の中で、待婚期間（？）と漢字を当て嵌《は》めてみた。悪い夢を見ているような気がする。

「男は？」

と念のために訊ねると、良子はほがらかに笑って、

「男にはないわ」

ぼくは思わず唸った。

「そんな、無茶な――」

不公平なルールがあるもんか、と憤慨しかけたのだが、良子はそれを眼でやんわり押し止《とど》めて、

「子供のためなのよ。どっちが本当の父親か判らなくなるのを防ぐためなの。だから、もし妊娠してなければ、意味はないんだけど」

と、まるで私の場合は意味があるのだと言わんばかりの口振りである。このときぼくが、いっぺんに血の気が引くのを覚えたのも無理はないと思う。しかし男のかすれ声の質問(喉を詰らせたのである)に対して、女は事も無げに、

「だって最初の時からコンドームを使ったじゃない?」

避妊用具が、新しい化粧水の名前のように聞こえた。ぼくは一方で胸を撫でおろしながらも、眉をひそめて、

「そういう言葉遣いはやめてくれないかな」

良子は聞こえないふりをした。

「どこで間違えたのかいろいろ考えてみたんだけど。ほら、いつかあなたが言ってた、娼婦の話ね、あれと同じだと思うのよ。つまり、あなたはセックスの相手がほしかっ

ただけなのね。それが悪いというんじゃなくて、でも、それならそうと初めから……」

「相手は誰でもいいってわけじゃないよ」

「どうしてあんなに几帳面にコンドームをつけるの？」

ぼくはうんざりして眼をつむった。ぼくの言葉の一つ一つに返って来る彼女の反応が、ぼくの予想から少しずつはずれている。そのことに疲れはじめていた。それに、こんなに日射しの明るい、静かな午後の公園で、コンドームやセックスの話をしなければならぬ自分に苛立《いらだ》ちを感じた。ぼくは短く、吐き棄てるように答えた。

「常識さ」

「何の常識？」

「子供を欲しくない男と女がセックスするときの常識だよ」

「好きでもない女とセックスするのも常識？」

「そんなこと言ってないじゃないか。好きでもない女と誰が寝るもんか。好きだよ。好きだから君を抱いたんだ。判ってるだろう、そのくらい」

むろん、言ってしまってから後悔がはじまった。ぼくは罠《わな》にはめられたような思いで、不機嫌に押し黙った。良子がつぶやいた。

「でも、結婚は一ぺんも考えなかったのね」

「君が再婚したくないと言ってた」

沈黙のなかへ、野鳥のさえずりだけが入りこんできた。しばらくして、良子が訊いた。

「競輪が儲かれば働かないのも常識かしら」

「それとこれとは話が違うだろう」

「常識、常識ってそんなに大事にする人が、どうして幾つも仕事をかわるのか、理解できないの」

「働いてれば嫌なことはあるよ」

「知ってるわ。あたしにもあるもの。いまだって、まだ二週間しかたたないのに嫌な事がいっぱい」

「嫌ならやめればいい」

「そんなことできないわ」

「どうして？　ぼくはやめたぜ」

「あたしは競輪を知らないわ」

「また別の仕事を捜すさ」

「無駄よ」

と良子は言った。それから、片手で空中にぐるっと円を描いてみせて、

「同じ事の繰り返しね。出発点に戻ったジェット・コースターみたい。半年前のあた

し今のあなた」

「ぼくが？」

「違う？　少しくらい嫌な事があっても我慢しろって言ったのはあなたじゃなかったの？　我慢して続けるべきだと思わない？　それが常識でしょう？　どうしてそうしないの」

どの設問に答えるべきか迷った。しかし、喧嘩腰の女にまともに対抗するのは億劫だった。ぼくは一つ気づいた点を指摘した。

「君は離婚を後悔してるんだ」

「してるわ」

と良子は認めた。

「常識を忘れてたのよ。どうかしてたんだわ、いまのあなたと同じで」

「ぼくは忘れたことはない」

「どうして？　どうしてそんな口から出まかせが言えるの？　もっと自分じしんのことを現実的に考えられない？　まるで夢のなかのうわごとだわ」

良子は眼鏡をはずして、薬指で眼頭を押えた。化粧のせいかソバカスはほとんど見えない。ぼくにはこんなことを喋る良子の方が、あるいは、いま木のベンチに腰かけている二人の人間の存在じたいが、まるで現実のものではないような思いがする。ぼくは訊ねてみた。

「そんなに仕事が大切かい」

良子は振り向き、眼鏡をかけなおした。答はなく、ただ、ぼくの顔をまじまじと見ただけだった。ぼくはばつが悪くなって眼をそらしながら、

「でも、我慢したって、一つもいいことはないよ」

「………」

「母の口癖なんだ。その通りだと思う」

「嘘だわ」

という良子のおだやかな口調が、ぼくをうなずかせた。

「……そうだね。やっぱりそうかもしれない」

そう呟きながらぼくが考えていたのは、良子とのことはもうどうあがいてもこちらの思い通りにはゆかないだろうということである。言い換えればぼくは、良子の気持よりも先に、これまで続いていた自分のツキがいま逃げつつあることの方を、ずっと重く見ていた。そして、そのツキを逃さないためには、もう一度最初から、つまり良子が眼鏡をはずしてみせるところから、やりなおさなければならない気がして、途方にくれていた。それは自分の母親を口説くよりも困難な業に思えたのだ。ぼくの口から自然に溜息が洩れた。

「いったいぼくたち、どうすればいいんだい？」

「もう会うのはやめましょう」

「どうして？」ほんの御座なり程度にぼくは訊ねた。

「あなたといるとどんどん流されて行くみたいで、たまらないの」

と良子は答え、急に思い出したように両の掌を交互に眺めてから、

「好きなのよ」

「………」

「好きだけど、非現実的なのがたまらないの」

ふたたび鳥がかまびすしく鳴きはじめた。女は胸を突き出すようにして、両手で髪の毛を肩の後ろへ払い、ブラウスの下の乳房を形よく浮きあがらせた。そして立ち上がると、そのまま一言も言わずに歩きだした。ぼくはツキが逃げて行く後姿を、ただつくねんと見守っていた。一度も振り返らなかった。

良子の姿が消えると、ぼくはこの日最後から二番目の溜息をついた。いままでに、女から好きだと告白されたことがあっただろうか、と考えてみた。陽が翳《かげ》り、陽が射し、葉桜が風に揺れた。何べんもあったような気もしたし、生れて初めてのような気もする。ぼくは石段のところまで歩いた。下をのぞいたが、人影は見えなかった。いったいなんのために良子を呼び出したのかわからなかった。ぼくは最後の溜息をつい

て思った。

レコードはどうなるんだろう？

＊

目覚めると、いつものように頭痛がした。仕事をやめて以来、不規則な生活を送っていたのだが、いくら不規則といってもそれが何ケ月も続くと、いつのまにか、以前とは別の規則的生活へと落ち着いて行くことがわかる。どんなに夜更しをしてもあくる日にさしつかえる心配はなく、どんなに寝坊しても誰も文句を言う者はいないのに、たいてい午前二時には眠くなり、夜が明けて時計を見ると、決って九時から十時の間なのだった。しかし午前九時半に起きても、一日の予定はなにもなく、どこへ行くあてもない。また眼を閉じて、みだらなグロテスクなしかも滑稽な夢の中へ入っていく。二度目に時計を見ると午後一時である。夢の内容は詳しく覚えていないが、身体中に重い疲労感が残っていて、おまけに頭痛がした。

「またか……」と心の内でつぶやき、ベッドの端に腰かけて一日の始まりの煙草に火をつけ、枕元のハヤカワ・ミステリのページを片手で繰りながら、あと二十ページ、どうして最後まで読まずに眠ってしまったのだろう？　いつも怪しんだあとで、放り投げる。朝の光を浴びれば、どんなミステリーでも色褪《あ》せて見える。失業保険が切れるまでは、夜はウィスキーとミステリーをじっくり味わい、昼間は、競輪のない日はただのんびりとくつろぐつもりだったけれど、すでに予定を半月すぎた。ウィスキーを舐めながら推理小説を読むというのは、言葉の上では簡単だし魅力的だが、両立させることは非常に困難であると判ったし、昼間ののんびりした記憶もそれほどない。根が貧乏性にできているのだろうか、いまでもぼくのからだは、午前七時に目覚めることを欲しているような気もする。ここいらが潮時かもしれない。現金はまだ充分すぎるほど手元にあるけれども、このあとも競輪で勝ち続ける保証はないし、ツキはいつか逃げるだろう。すでに半分くらいは逃げてしまってるかもしれないし。あるいはもっと……三分の二、四分の三、それとも……とにかく、良子と一緒に離れて行ったことは間違いない。

ぼくは流しへ立って水と頭痛薬を呑み、熱いコーヒーを沸かし、熱いコーヒーを飲み、二本目と三本目のハイライトをふかし、パジャマ姿のままで、いつものように頭痛がゆっくり引いてゆくのを感じながら、また働きだしたらこういう午後のひとときは持てないのだと考え、しかし朝刊を開くと、いつものようには時間をかけずにスポーツ欄を読みとばし、求人広告に目を走らせた。が、職種よりも給料よりも何よりも先に、まず広告の謳《うた》い文句が、求む有能な人材！　であり、若さとファイトを募る！

であり、志ある者は来たれ！　であり、いつもながら、どうも自分は求められていないような気分にさせられる。むろん、募集広告がそういうものだとは承知していたにもかかわらず、ぼくは新聞を脇へ投げて、四本目の煙草を喫いながら、やっぱり今月の競輪で最後のツキを試してみるべきじゃないか、働くのは六月一日からでも遅くないのだから、と思いなおしたのだし、それにまだ武雄の藤田に電話をする用事が残っているとか、話題の映画『クレイマーvs.クレイマー』だって観ていないとか、言い訳がましく独言を呟くのだった。

百円玉を十枚用意し、名刺にある番号を回すと、はじめに、虫歯の痛みを堪えているような陰気な声の男が出て、こちらが用件を切り出すまえに、ちょっと待ってくれいま代るからと言う。言われた通りにちょっと待つつもりでいると、二分近く待たされたあげく、今度は、うって変って愛想のいい女が、専務は外出中だと伝えた。

――ちょっと出ております。三時頃には戻ると思いますが。

四時過ぎにかけなおすと、同じ女が出て同じように愛想よく、百数えないうちに藤田に取り次いでくれた。ぼくは理由もなく、一度目にかけた時の陰気な男が藤田ではなかったかという気がした。

――田村？

――ええ。先月、西海の競輪場で……

――ああ（と電話口でうなずく気配）、どうしました？

――（早口で）やっぱり野口はこっちにいるんですよ。見たんです。じかに見たわけじゃないけど確かです、間違いない。それで野口の奥さんと連絡が取れたらと思うんですが、もうこっちへ来てるんでしょうか？

――………。

――来てるんでしょうね？

――（無理に吐き出すように）いや。

――どうして。何故ですか。連絡はしたんでしょう？

――………（何かごそごそやってる）

――藤田さん！

――……田村くん。

――はい。

――野口は一人でしたか？

――いや、女連れでした。（間）美子っていう女の子かもしれない。

――たぶん美子じゃないでしょう。

――まだ決ったわけじゃありませんよ。あれからずっと一緒なのかもしれないし。

野口の奥さんは何してるんです。捜しに来ないんですか？

ね?

――(吐息)知らせてない。

――知らせてない? 連絡しなかったんですか? どうしてです?

――(大きな吐息)もし、野口が見つかったとして、あいつが素直に帰ると思うか

ね?

――そんなことは、ぼくには、

――(遮って)それにだ、野口の女房にしたって、いまでもあいつを捜してるかど

うか。なにもかも忘れて幸せに暮してるかもしれない。

――そんな馬鹿な。現に武雄まで追いかけて来たじゃないですか。

――去年の話だよ。

――でも。それじゃ話が違う。

――話が違う? どう違う? 言いがかりをつけられては困るね。

――言いがかりだなんて、なにも……

――いいかい田村くん。こういう問題には関わらないのが利口だ。余計なお世話だ

とあとで恨まれるのがおちなんだ。

――(憮然として)それはそうかもしれないけど、しかしぼくは……。じゃあ、美

子って女はどうなります。家族だっているんでしょう? それにあのバーテンは?

彼女を捜さなくてもいいんですか。

――どんな女だね？

――は？

――野口が連れてたのはどんな女だった？

――それは、はっきりとは……

――実は博多で美子を見たという噂がある。

――（思わず息をのみ）………

――それを、考えの足りんでしゃばりがいて久保に教えた。むろん女だ。（間）久保は一週間前に博多へ行ったきり帰って来ない。往生してる。

――しかし、どうして美子が博多に……。野口はたしかにこっちにいるんですよ。

――知らんよそんなことは。野口がどこにいようと私の知ったことじゃない。とにかくそういうわけだから、これで。

――ちょっと待って下さい。

――悪いが忙しいんだ。

――待って下さい、それじゃぼくはいったい……もしもし、もしもし？　………

たしかに、ぼくのツキは九割がた逃げかけていたのである。十七日から始まった西海競輪の五月第一節で、その事実をいやというほど思い知らされることになった。
一日目、行きがけに持ってでた三万円は、夕方、競輪場の門を出るときにはバス賃の小銭を残してぜんぶ消えていた。すっからかんになって帰るのは、以前には何度も経験しているが、今年になってからは初めてである。二日目も同じだった。三日目は、ジーパンをはきかえ、予想紙を二つ買ってみたが、やはりだめだった。絶対に固いと信じた本命の一点買いはことごとくはずれた。勝っている時には、予想屋の濁声《だみごえ》がいくら、
「ルァークシャーーッ」（本命選手に落車の危険あり）
と叫ぼうが、
「ウォーアナーーッ」（大穴の可能性あり）
と怒鳴ろうが、テレビの天気予報ほどにも気にならないのに、負けだすと違ってくる。立ち止って、ひととおり講釈を聞かずにいられなくなるし、あげくに百円玉と引き換えに極秘情報（「親兄弟にも教えるな」）を受け取り、なるほどこういう目のつけどころがあったか、などとつい感心して穴車券を買いあさったりする。しかし、落車を期待して、いまかいまかと固唾を呑んで見守っていると、九人の出場選手はまるでサイクリングを楽しむかのように仲良く走り、レースはつつがなく終って◎－○で決るのである。場所をどんなに遠くへ移してもだめだったし、ライターをやめてマッチ

に代えても無駄だった。次のレースで、本命に推された選手があっけなく敗れ去り、その選手に浴びせられる罵倒の数々に心の底から同感だ、その通りだとうなずきながらも、もうぼくのツキは跡形もなく消えてしまったのだと考えざるを得なかった。なかには、今のレースは予想通り実力通りに決ったのであって、あの選手が内に包まれて抜け出せなくなるのは最初から火を見るよりも明らかだった、という興奮気味の自慢話も聞こえたけど、結局、その男は一ケ月前のぼくのようについていただけの話だ。たとえ一着になった選手に実力があったのだとしても、仮にすべてのレースが、そんなことはまずあり得ないのだが実力通りに決るのだとしても、それを当てる側にはやっぱりツキが必要なのだ。

それから一週間をぼくは、なんとかツキを呼び戻す方法はないものかとそればかり考え、考えあぐねて、第二節の初日を待つより他に何もできないで過ごすことになった。

二十四日の朝、十時前に目が覚めた時も、そのまま起きだした時もコーヒーを沸かしている時も飲んでいる時も、実を言えば、今日もおそらく勝てないだろうという予感の方が強かった。だったら行かなければいいようなものだが、しかしそれは無理というもので、競輪の開催日に、しかも金と暇が充分あって、部屋でじっと小説を読んだり、あるいはどこか他所へ出かけるなどぼくにはできない相談である。もちろん、勝てるかもしれないという期待もまったくないわけではない。自分の賭けた選手が二人並んでゴール・インする瞬間を見たくてしようがない。アパートの鍵をかけている時も、階段を降りる時も、バスの中でスポーツ新聞を読んでいる時も、そう切に願っているのである。しかし、五十円の入場券を買い、競輪場の門をくぐった時から、ぼくはすでに弱気になっていた。

初日、四万六千円の負け。二日目、五万円の負け。二日目の最終レースに三万円つぎこんではずれた時には、ゴール前スタンドに腰かけてさすがに呆然としていた。曇り空に、当り番号を示す電光掲示板の黄色が鮮かだった。足元の紙くずを風がさらっていくなかで、ぼくは恍惚《こうこつ》としていた、と言ってよいかもしれない。明日の今頃もこうしているだろうと思った。五日間でぐんぐん減っていった一万円札の数がゼロになるのは確実な気がした。そのあとで、どうせ競輪で儲けた金なのだから（失業保険も含まれるが）、使い果したところでどうってことはない、また振り出しに戻るだけだと自分に言い聞かせてみたのは負け惜しみくさいが、たしかに、ゼロになってしまえばそれで踏ん切りがつくし、さっぱりして新しい仕事を捜せると考えたのも事実である。そしてそうなれば同時に、良子との関係も野口とのつながりもおしまいになるだろう。そう考えたというよりもっと漠然と思ったのは、正月に、競輪のツキも女との出会いも人違いも、ほとんど同じように始まったということが頭の隅にあったせいかもしれない。競輪のツキが御破算になったことで、まるで今年のこれまでの出来事のすべてがゼロになり振り出しに戻り、新しい職を見つけ新しい生活が始まり、そしてそこに新しい女がいるように思ったせいかもしれない。ぼくはそのとき、昨年の暮れに会社を辞めて以来五ケ月ぶりに、再就職を現実的な問題としてとらえ、こないだの朝刊に出ていた家具屋の配達係の募集広告を思い出し、コーヒー豆やケチャップの配達も、本棚やベッドの配達も、それほど違いはないだろうと想像した。はじめのうちは肩がこるかもしれないが、一月も経てば慣れてしまうだろう。

また働き始めれば、競輪場へ来る機会は少なくなるし、だいたい職にも就かずブラブラしているから人違いをされたり、それを大げさに気に病んだりするわけで。働き始めれば、良子みたいな面倒臭い女とつき合ってる暇もなくなるだろうし、もし彼女がレコードを取りに来ても（来ないかもしれぬが）、ぼくは留守ということもあるだろうし。

働き始めれば、口うるさい上司がいて、仕事以外に趣味のない上役が必ず一人いて、怒鳴られる男はいつも決っている。それはもちろんぼくではなく、もっと要領の悪い男だろう。それからぼくより要領のいい男がいて、麻雀がめっぽう強くて、金を借りて金を貸して、恋人を紹介されて、一緒に飲みに行って、失恋話を聞かされるだろう。司馬遼太郎の小説しか読まない男もいるだろうし、外国の車のことばかり喋る男もいるだろうし、釣りの話に目がない男もいるだろうし、一ぺんくらいなら聞いてやってもいい。高校野球に熱狂する女事務員がいて、ときどき妙に色っぽい眼でぼくを見て、夕食を誘うと煮えきらない返事をする。朝は社長みずからの訓示を聞かされて、もう慣れたかと訊かれてはいと答えて、月曜日は配達の途中で優勝レースの前売券を買って。来年の四月になれば、高卒の女の子がふたり入社してきて、二人とも処女か二人とも処女でないかと噂しあって、一人は仕事のミスでさっそく課長に叱られて、陰でなぐさめてやった男とできて、もう一人のかわいい子の方は誰も口説かず、秋には街で男と歩いてるところを誰かが見つけて、忘年会で悪酔いする男がきっといて、誰も聞いてないのにカラオケで歌いまくる男もいて、そろそろ帰る頃になると、なぜ歌わなかったかとぼくに詰め寄る……

そんなことまで想像しているうちに重苦しい気分になり、ぼくはやっと腰をあげて、人気《ひとけ》のないスタンドを降り、出口へむかった。むかいながら、これが本当だろうと観念していた。いままでができすぎだったのだ。明日、残った金をぜんぶ使って（ただし銀行預金に手をつけるつもりはなかったが）、それでおしまいにしよう。明日で、ゼロに戻る。途中で、一人のガードマンとすれ違った。すれ違いざま、相手は何かを思い出したような眼つきになった。そう見えたのは、あるいは気のせいだったかもしれない。ぼくはかまわず歩き続けたが、呼び止めもしないし追っても来なかった。出口のところでは、見知らぬ若い男に煙草の火を貸してくれと頼まれた。ぼくは競輪場が無料《ただ》でくれたマッチを擦《す》り、ついでに自分の煙草にもつけた。それからバス停で、四時五十八分のバスを待っているときに、ソフトを被った老人から、私の腕時計はかなり進んでるような気がするがあなたのと比べてどうか、と訊ねられた。二人はお互いの時刻を教え合った。ぼくの方が六十秒先を行っていた。そのあとは何もない。ぼくが記憶にとどめているのはこの三人だけである。翌日、思いもかけぬことが起るような兆しは、他にはかけらもなかった。だから、ひょっとしたら、こう言えるんじゃないかと思う。

つまり三人のうち誰かがぼくに新しい幸運を届けたのだ。

……いま鼻を鳴らしたあなたはスロット・マシンの桜んぼだって自分の力で並べてみせるにちがいない。

＊

五月二十七日、朝日新聞の地方版に次のようなコラムが掲載された。

▽超大穴

今月開催の西海競輪六日目の二十六日、第二レースで十二万千九百十円(百円券の配当)の超大穴が出た。二十五年に開設された同競輪場の配当額(連勝複式)としては、史上最高。

競輪場の話では、レースは九選手で争われたが、本命選手が七着に落ち、人気薄の五ワクの選手が一、二着を占め5-5のゾロ目。発売総数四万三千八百八十八枚(一枚百円)のうち、的中券は、わずか二十七枚、うち特券(千円券)が一枚。

百二十万という一獲千金の幸運を手にしたのは、常連の西海市内に住む六十歳前後の男性。払い戻し窓口係の話では、札束のなかから数枚を取り出し「いや御苦労さん」とつぶやき、無理に窓口係に握らせると、止める間もなく立ち去ったという。

問題のレース、B級一般競走一二二五メートル(三周。先頭固定)は、まったく眼を疑いたくなるような展開だった。二人の逃げを得意とする選手がスタートから先を争って譲らず、あやうく落車しそうなほど肘で押し合いながら一周走り、後の七人の順序はめまぐるしく入れ代り立ち代り二周目が終り、最後の一周では何を思ったか追込み型の選手が飛び出して、そのまま先頭員をかわすと狂ったように逃げまくり、当然四コーナーの手前で力がつきて、その五車身ほど後を慌てて追いかけていた数人が、突き当るのを避けるために外側へ大きくふくれ、内に空いた隙間を遅れてやって来た三台がするすると通り抜け、三人の選手はそれぞれ後方を気にして振り返りながら、ほとんど並んでゴール・インした。

ぼくはゴール前の、スタンドではなく金網のそばに立って、唖然と呆然の間を何度も行ったり来たりしながら見守っていたのだが、三台の自転車がゴール・ラインを通過した瞬間、思わず顔をくっつけて両手で金網を握りしめたのを覚えている。そしてそのときぼくの耳元で、喘ぐような息づかいとともに、

「5－5……じゃないですか？」

妙にかぼそい声が囁いたのである。ぼくは咄嗟に振り向いて、

「5－5だ！　まちがいない」

と自分でも驚くほどの大声で叫んだ。すると相手は片手に車券を握ったまま、

「よし……」

と半分は声にならぬ息で答え、赤いカーディガンの裾をひるがえして一目散に走り

出す。それを合図のように、周りで、途切れがちに、

「5－5だ」

「ばかいえ」

「見たか」

「5－5だぜ」

「げーっ」

「万穴だ」

「5－5か」

「万じゃきかねえぞ」

「わしはこの眼で見た」

「まいったな」

「5－5、5－5、5－5」

「八百長じゃねえのか」

などという声があがった。このとき、スタンドを半分ほど埋めていたファンは、あまりのことにあっけに取られていたのか、ほとんどが言葉もなく黙り込んでいたようである。次のレースの選手紹介が終り、水を打ったように静まりかえった場内に、第二レースの着順がアナウンスされ5－5と決定した時になってはじめて、観客はどよ

めいた。が、そのどよめきが収まる暇もなく、払い戻し金が発表されると、あるものは悲鳴をあげ、あるものは意味もなく叫び、あるものは口笛を吹き鳴らし、唸るものも、吠えるものも、怒るものも、それからひきつったように笑い出すものもいて、それらが一緒くたになった声を、ぼくはまるで勝鬨《かちどき》のように聞いた。ぼくの右手はポケットの中の幸運を摑んでいた。ジーパンのポケットには、二つに折り畳んだ5－5の車券が五枚入っていたのである。

朝日のコラムによると、的中券二十七枚のうち十枚は六十歳前後の男が買ったわけで、それにぼくの五枚を合せると、残りは十二枚、たとえそれを一人が一枚ずつ買ったとしても、当ったのは全部で十四人しかいないことになる。つまり競輪の常識に挑戦した人間が、約二千人の入場者の中に十四人もいたわけだ。払い戻し窓口は場内に三ケ所あるのだが、ぼくが行った場所には、深呼吸をくり返している中年の女性が一人、それを取り巻く人だかり、それと遠く離れた所にもう一人しかいなかった。そのもう一人は赤いカーディガンを着た若い男で、窓口にへばりついて立ち、神経症の鸚《おう》鵡《む》みたいに左右をうかがっていた。ぼくが近づいて行くと、こわばった笑顔を浮べて、

「信じられない。十二万だって」

と声をかけてきた。

「うん」

とぼくはすぐさま同意して、それから他に言葉は見当らず、やっぱり、

「信じられない」

「うん」

と相手は力強くうなずき、うわずった声で、

「ツ、ツバメが――」

「ん？」

「ツバメが、止ったんだ。こう、すーっと飛んできて、5－5の穴場のちょうど真上に。そいで、万が一と思って、押えた。一枚。信じられない」

笑わないほうがいいと思う。人は固まった事実を笑うべきで、奇跡を笑うべきではない。ツバメは餌を運ぶ途中で一休みしただけかもしれないが、もしかしたら男に何かを伝えようとしていたのかもしれぬ。そうじゃないとは誰にも……少なくともそのときのぼくには言い切れなかった。ぼくは笑わなかった。ただ感想を短かめにとどめただけである。

「そう……」

「うん」

「よかった」

「うん。あんたは？」

「判らない。もうヤケクソ。百円玉が五枚あまってたから、ポケットにしまうのも面倒臭くって」

「五枚！」

「うん」

「すごい！　五十万！」

そう叫ぶと男は両手でぼくの手を握りしめた。実際は、ぼくの配当金は六十万を超えるはずだったが、そんなことはあとまわしだった。計算に弱い男とあまり得意でない男は、両手でしっかりと握手をかわした。いつのまにか窓口が開いていて、係の女が、ぼくたちの感動に水を差すような声で言った。

「お兄さんたち、当ったの？」

六月

上旬は真夏のような暑さが続き、一日どんよりと曇った日があいだにあって、それから梅雨に入った。相変らずの毎日だった。午後一時ごろ起き出してはコーヒーを沸かして飲み、散歩がてら傘をさしてスポーツ新聞を買いに出かけた。しかし西日本スポーツの一面記事でぼくの目を引いたのは堀内恒夫の二百勝達成ぐらいで、江川は六月の終りになってもまだ四勝しかできず、ジャイアンツと首位カープとの差は八ゲームあった。

いつのまにか衆議院と参議院の選挙がいちどにおこなわれることが決っていたらしく、昼間の雨の街中はタクシーよりも選挙カーの数の方が多いほどで、なかにはわざわざぼくの目の前で車を止めて、窓越しに握手を求める候補者もいる。部屋でミステリーを読んでいても、突如として外がやかましくなるのにはもう慣れっこだったし、市役所からは投票所整理券と前後して、棄権は避けるようにという内容のパンフレットも届き、おまけに、これは反則ではないかとも思うのだが、参議院全国区に立候補している女性にぜひともあなたの一票をと言ってアパートを訪れる老婦人までいた。スーパーマーケットの帰り道、八百屋の店先に並べてある一山百円のトマトを買ってきて丸ごとかぶりついたり、カレーを作りすぎて腐らせたこともあった。ハヤカワ・ミステリのなかでは、それまで名前を聞いたこともなかったコリン・デクスターの『ウッドストック行最終バス』が群を抜いており、同じ作家の『キドリントンから消えた娘』を読みふけって、コイン・ランドリーの乾燥機が止ったのに気づかなかったこともある。テレビの深夜映画で『ラスト・ショー』を、雨音によってボリュームを調節しながら見たのもこの月だった。主人公と駆け落ちする女の性格や喋り方が、もちろん吹き替えだが、以前に交際していた女性とそっくりで、そのせいか身につまされる場面が幾つかあった。ある日、散歩の帰りにアパートの階段まで来ると、いちばん下の段にコカコーラの紙コップが置いてある。その中には、子供のいたずらだろうか、むしり取った紫陽花《あじさい》の花びらが詰っているのだった。何気なしに部屋へ持ち帰り、冷蔵庫の上に置いてそれっきり忘れていたら、一週間ほど経って変色していた。

二十二日に青空がのぞいた。競輪へ行く前に近くの小学校へ寄り、最も人気薄の候補者を選んで投票をすませた。六月の成績は前節が三日間で合計十二万円の勝ち。後節でも約七万円儲けた。先月いっしょに大穴を当てた例の男とは車券売場で何度もすれ違い、時には特観席の椅子に並んで観戦することもあった。お互い名前も名のらない程度のつき合いなのだが、ぼくと同じように彼も職に就いていないことと、あのレース以来勝ちつづけていることは確かなようである。彼は濃い眉毛とこころもち吊り上がった眼をした色黒の青年で、大きくて立派な顔だちに比べるとすこぶる貧弱な身体を持っていた。そしていつも競輪場では赤いカーディガンを着ていた。彼――赤いカーディガン（と勝手に綽名《あだな》で呼ぶ）が眉を寄せて予想紙に見入る表情はどことなく、合戦の前に自軍の配置を確認する戦国武将とでもいった風情さえあるのだが、その一方で、両手の指は予想が的中するごとに小刻みに震え、震えつづけ、まるで指が四本ずつしかないようなぎこちなさで予想紙は折り畳まれ、赤鉛筆の芯は砕けるのである。そんなときぼくは赤いカーディガンの予想にうなずいたり異を唱えたりしながら、なるだけその手元から眼をそらすように努めるのだった。

二十三日の夕方、競輪から帰ってみると部屋の前で由美子がふくれっ面《つら》をして立っていて、

「どこほっつき歩いてるのよ。朝から六回も来てやってるのに」

などと勝手なことを言う。本当は三回目ぐらいだったろう。プレゼントの万年筆の値段を訊ねると、妹は、母さんは店のお客さんに誘われてビール工場見学の一泊旅行に出かけたの、と巧みに話を替えた。コーヒーを二杯ずつ飲んでから、夕食は外へ出て天ぷら料理の店で少し贅沢《ぜいたく》をし、そのあとスナック・バーを一軒まわり、勘定は両方ともぼくが持った。パイロットの万年筆の三倍は払ったと思う。相合傘で妹を送って行った帰り、シャッターの半分閉じた酒屋に駆け込んで缶ビールを半ダースと落花生を二袋買った。そしてオマケに団扇《うちわ》を付けてもらった。白地に薄いピンクとグリーンを使って、大小七枚の葉の間に朝顔が二輪咲いている図柄だった。ビールを飲みながら葉の形をじっと眺めると、太めのゴキブリが羽を広げて飛んでいるように見え、また、大きな耳をした怠け者の犬の顔のようにも見えた。

七月

「そりゃおまえ、やっぱり惚れてるんじゃないのか？」

と伊藤がいった。

「あら。誰なの、田村さんが惚れてる人って？」

とカウンターの内側から、それまで有線にあわせて、♬ダンシン・オールナイ……

と口ずさんでいた女がたずねた。

「またかよ。いいから君はあっちへ行っててくれ。大人の話をしてるんだから」

「キミ、だって」

と女は犬の糞《ふん》でも踏んだように顔をしかめて、

「やーねえ。ノリちゃんって呼んでよ、ノリちゃんって」

「ノリちゃんってつらか」

「まあまあ、伊藤君」

「失礼しちゃうわ、おたがいさまじゃない。なによ、センコウのくせして一人前に酔っぱらっちゃって」

「センコウ？」

「だいっ嫌いなのよね、あたし」

「ノリちゃん、一杯どう？」

「ほんとに？　うれしい。どうしよう、飲んじゃおかな」

「ノリちゃん」奥のカーテンの陰で、やんわりたしなめる声があった。

「いいでしょう？　一杯だけ」

と、昼間は商業高校に通い、夜は従姉《いとこ》のスナックを手伝ってる女がからだをくねらせて振り向き、

「だって、ヒマなんだもん」

「いけません」

「のみたーい」

「いいじゃないですか一杯くらい」

「田村」

「だめよ、一杯じゃ止らなくなるから」

と言いながらロバートの女主人が現われて、伊藤の前に、チーズのスライスを盛っ

た皿を置いた。

「はい。ヒマな夜の大切なお客様にサービス」

「やあ、どうも」

と高校教師が礼を述べると、すかさず女子高生が、

「わっ、にやけちゃって」

「なんだって？」

「よせよ」

「ノリちゃん」

「ねえ田村さん、誰に惚れてるの？」

「誰にも惚れてなんかいないよ」

「まあ……。いらっしゃい」

と女主人がつぶやくように言い、客が二人はいってきた。濡れた傘を、傘立てに収めながら、
男1　ヒヒヒ（と笑い）おごれよ。おれの勝ちだぞ。おごれよな。

男2　チッ（と舌うちして、うらめしそうにこちらを見る）。

男1　ママさん、今夜は高いサケのむからね、こいつのおごりで。おれのボトルはあけなくていいよ。

二人は、カラオケの機械が据えてある、カウンターのいちばん奥の席に陣どった。
男1　さあ呑むぞ。なににするかな（と両手をこすりあわせる）。
男2　ビールを。
男1　おいおい、冗談じゃないぜ。ビールはないよ、話が違うだろうが。
男2　興奮するな、落ち着けよ。まったく、ただ酒となるとこうなんだから。まずビールを一杯のもうじゃないか、な。キューッと。それからゆっくり、おまえの『くちなしの花』でも聞きながらさ。
男1　うまいこと言って、おまえ、いつかみたいに——
男2　ママさん、ビール！
「またなんか賭けたの？」
二人におしぼりを渡しながら女主人が訊いた。男は嬉しそうにうなずいて、
「うん。九時ジャストにここに来て、客が何人いるかっていうの。こんな雨降りだしさ、こいつはきっとだあれもいないって言うわけ。ママさんとノリちゃんとでヒマそうにしてるだろうから、おれたちの歌でなぐさめに行こうって。おれは違うと思った。そりゃヒマそうにはしてるだろうけど、客は少なくとも二人はいると思ったね。な？言った通りだろ」
とそこで連れをふりかえり、

「物好きがいるんだから。おまえの読みは浅いよ」

伊藤は黙ってぼくの顔を視つめた。

「ノリちゃん元気？　こっちおいでよ」

と男が呼んでいる。

「やーよ」

「あれ？　機嫌わるいね」

「あっち行け」

と猫でも追い払うように伊藤が言った。

「ふん。ほんとはいて欲しいくせに」

女子高生はカウンターに両肘をついて身をのりだし、小声で、

「馬鹿な」

「先生、あたしと寝たいんじゃない？」

「だれが、おまえみたいな――」

と伊藤は答えかけてやめ、水割のグラスを静かに置いて、

「いいかげんにしろよな。君の高校には知り合いが大勢いるんだぜ。もうじき試験だってのにこんなアルバイトしてていいのか？　担任の名前を言ってみろ、いま連絡してやるから。それがいやならあっち行け」

「最低だわ、この男」

「あとで後悔しなきゃいいけどな」

「いいわよ、誰にでも言えば。センコウなんてちっとも恐くないんだから」

と女生徒は教師に口をとがらせてから、今度はぼくに向って、

「ねえ、いつかお酒をのみにつれてって」

「いいよ」

「ほんとに？」

「ほんとさ。君はもう子供じゃない」

これはこの店の女主人に教えてもらったロバート・ワグナーの台詞だった。伊藤が乱暴な仕方で水割をつくりなおした。

「約束して」

と女が小指を立ててせがんだ。爪には赤いエナメルが塗ってある。ぼくは隣を横目で見て、それから女に首を振った。

「ふん」

と女はもういちど言い残して、新しい客の方へ離れていった。伊藤がすぐに、

「おまえは」

と言いかけるのを片手で押しとどめて、

「冗談だよ」

とぼくが弁解すると、舌打ちが返ってきた。

「それがあぶない。最近の高校生はな、冗談ばっかり言いながら、行くとこまではちゃんと行くんだぞ」

客の一人が『くちなしの花』を歌い始めた。しばらく聞いてから、ぼくが質問した。

「経験があるのか？」

「ばかな。真面目な話だ。おまえ知ってるか？ 女子高生売春の噂があるの」

「いや」

「そうだろう。おれも今朝はじめて教頭から聞かされた。どうも噂だけじゃないらしい。警察も動いてるっていうんだ」

「へえ……」

「だから軽はずみな言動はつつしめ。ああいうのがいちばん怪しい」

と高校教師は、歌い終えた客に拍手している女生徒を顎でしめして、

「どうも匂う」

刑事みたいなことを口にする。

「まさか」

とぼくは答えたが、正直なところ、ひょっとしたらと思わないでもなかった。カラ

オケの曲が変って、今度のもよく聞く歌だったが、題名は思い出せない。

「正月の娼婦のときみたいに」

と伊藤がつづけた。

「ついてるなんて笑ってられないぞ。なにしろ相手は高校生だからな。気をつけたほうがいい」

「うん」

とぼくは神妙にうなずいてみせて、グラスを口にはこんだ。まったくその通りだ。もし高校生売春の噂が本当なら、そして今のぼくのツキなら、正月のときみたいにどこかで声をかけられる可能性は充分ある。グラスを口にあてたまま、十七歳のホステスをながめた。化粧した横顔にはどこかあどけなさが残っているけれど、からだつきは成熟した女性のものだ。とくに、大きめのトレーナーでも隠しきれない胸のもりあがりが見事だ。十七歳の乳房をこの手でじかに触《さわ》る機会が、一生に一度くらいあっても悪くはない。……いくら払えば触れるんだろう？　そのとき、

「おい」

と伊藤が肘で小突いて、

「なんだその手つきは。さっきの話だがな」

「もういいんだ、それは」

「嘘つけ。おまえは惚れてるよ。惚れっぽいんだ。まごまごしてるとまた逃げられちまうぞ」

「………」

「図星だな」

「惚れてるなんて、おれは言ってない」

「じゃあ、いま言えよ」

「………」

「気になるか、やっぱり。別れた旦那が」

「いや。考えたこともない」

「なら文句ないじゃないか。そりゃ津田塾出のインテリなんだから、ちょっとくらいはもったいぶってみるさ。それくらい我慢してやれよ。いい女なんだろう？　三十といやおまえ、女ざかりだ」

好色な中年男のような台詞を吐いて、伊藤は目を細める。ぼくはチーズを一切れつまみ、サントリーのホワイトを、面倒臭いので水も氷も加えずにグラスに注ぎ、生のまま一口なめた。そして、高校時代に伊藤が、女なんて耳にキスさえすればこっちのものさ、とやはり目を細めてつぶやいたのを思い出していた。伊藤がこっ丶ち丶の丶も丶の丶にしてみせたのは、隣のクラスにいたテニス部の女主将で、先のとがった大きな耳を持っていた。色黒の、ショート・カットの似合う女の子だった。十年前の話である。のちに教師になる運命の男はすでに二人の女を経験していて、童貞のクラスメイトを羨《うらやま》しがらせた。

　賭けに負けた方の客とロバートの女主人がカラオケでデュエットをはじめた。女子高生がさっき伊藤にそうしたように身をのりだし、その耳元で、ぼくたちを物好きな客と批評した男が何事か囁いている。女は何度かうなずき、何度か耳を近づけ、それから、くすぐったそうにからだを捩って哄笑《こうしょう》した。

「もうひとつき以上も会ってないんだ」

　とぼくが言った。

「おれだってそのくらい会ってない」

　と伊藤が言う。妙な受け答えにぼくは首をひねって、

「婚約者と？」

「ああ」

「へえ、そんなもんかね」

「ああ」

　と伊藤は短くくりかえして、正面のウィスキー・ボトルの並んだ棚をぼんやり見ている。ぼくは俄《にわか》に興味がわいてきた。三月にパチンコ屋で会った、小柄で陽気な娘の

顔を思い浮べながら切り出した。

「寝たのか？」

「ん？」

と伊藤はいちおう気がつかないふりをしてみせてから、

「まあ……」

とあとを濁す。

「言えよ」

「いっぺんだけな」

「初めてだった？」

「判らん」

「しかし、痛がるとか泣くとか……」

「馬鹿」

そう呟いて伊藤は笑った。笑いながら首をゆっくり横に振る。ぼくは訊ねた。

「気になるか、やっぱり」

「なにが？」

「ひょっとしたら、前に恋人がいて……」

「なるね。ひょっとしたらおまえみたいな恋人がいたんじゃないかと思うと、気が気じゃない」

　と、まるっきり冗談とも思えぬ口調で言う。足りない分をぼくが補った。

「訊いてみりゃいいじゃないか」

「なんて」

「ぼくのは普通ですか」

　伊藤はしばらくの間、声をたてずに笑った。それから急に真顔になって、

「くだらんことを言うな」

　ぼくはグラスの中身を飲みほして新しく注ぎなおした。ウィスキーを飲むのに調子のいい日と悪い日があったが、この夜はいい方だった。金色の滴が喉を通り過ぎたところで濃い霧になって溶ける。そんな感じを味わって陶然としていると、伊藤が何か独言をつぶやいた。ぼくは聞き流し、大きめの氷を一つ選んでグラスに落した。カラオケが止んだ。伊藤はもういちどつぶやいた。

「くちすえば、ほおずきありぬ、あわれあわれ」と聞こえる。

「ほおずき？」

「橙色《だいだいいろ》の袋のなかの橙色の実」

「知ってる」

「鳴らし方を知ってるか？」

ふたたび流行歌の前奏がはじまり、サクソフォンの音があたりの空気を甘ったるく塗りつぶした。グラスに蓋をしたい気持だった。伊藤が深いためいきとともに語りだした。その話をぼくは、金色の海に浮んだ氷河を揺らして遊びながら聞いた。

五月の終り頃、婚約者から夕食に招待された。料理学校で習得した腕前を披露したいのでぜひと誘われたのだ。彼女の両親は東京から来た劇団の『ハムレット』を観に出かけて留守である。妹を助手にして、ポテト・キャセロールと鯵《あじ》のレモン焼とチーズ・カツレツと海藻の中華風サラダを御馳走《ごちそう》するという。伊藤は手土産にレディーボーデンのアイスクリームと、スーパーマーケットの出口でポリバケツに入れて売っていたほおずきを一本六十円で買った。彼女の料理の一品一品《ひとしな》は、その取合せと量をべつにすれば文句なく美味《おい》しかった。妹はデザートの冷たい菓子を喜び、姉は季節の植物の方を喜んでみせた。そこまではいい。ところが、彼女はほおずきを、ほっそりした白い磁器の花瓶に生けて眺めるだけである。ちょっとしゃれてるわね、なんて言う。伊藤はその見立てに反対はしなかった。けれども、いつまでたっても眺めてるだけなのは物足らない。ほおずきの実を二つむしりとって姉妹に与えた。反応は皆無だった。姉はむしろ、伊藤の乱暴な行為を咎めるような眼つきをする。伊藤は慌てて、ほおずきというものは観賞するだけじゃなくて、ほら、こうやって揉んで軟《やわらか》くしてね……。説明しながら馬鹿らしくなってやめた。本当に知らないのかと訊ねると、ふたりの女は口をそろえて初耳だわと答えた。

それから一週間ほどして、今度は彼女の両親も在宅のときに招かれて行ってみると、花瓶に挿したほおずきはまだ残っていた。枯れもせずにあいかわらず橙色の実をつけて、彼女の部屋のステレオ・セットの脇に飾ってあった。

「ほおずきの一輪挿し。そりゃしゃれてるけどな……」

「………？」

「やっぱり口に含んで鳴らしてほしいじゃないか。女なんだから。そう思わないか？」

「いまどき流行《はや》らないよ」

「流行らなくても鳴らしてほしい。うちのお袋は毎年鳴らすぞ」

「………」

「おまえんとこのお袋は鳴らさないか？」

「鳴らすよ。おまえは結婚しないのか？」

「する」

「かわいいじゃないか。ほおずきの一輪挿し」

「おれはそうは思わん」

「どっちにしたって些細なことだよ。ほおずきの鳴らし方よりうまい料理を作るほうがずっと大事だと思う」

「その些細なことを大切に、億劫がらずに、こなしていくのがぼくらの人生ではないだろうか」

「おまえの人生だろう。おれのじゃない。教師の人生観だ」

「…………」

ウィスキーを飲むのに調子のいい日と悪い日があったが、この夜は悪くなりそうだった。にがい水はどこまでいってもにがい水でしかない。ぼくは酒瓶に手を伸した。胴体に黒のマジックで〝二十勝〟と殴り書きしてあるボトルからたっぷり注いだ。伊藤は〝half an eternity〟と書いてある瓶を開けながら言った。

「生徒の作文なんだ。赤点とった子に宿題を出したらそんなことを書いてきた。夜中に思わず唸ったんだが」

「老けてるよ」

「バイクで通学してるんだぜ」

「おれの会社の営業主任はナナハンで通勤してた」

ぼくはグラスのなかに唇を浸し舌を泳がせた。酒を冒瀆《ぼうとく》しているような気がする。こぶしで口もとを拭ってから先をつづけた。

「四十三だよ。階段を一歩一歩のぼるように着実に努力しろ、着実な努力こそ酬われる、なんて言うんだ。そうやってヒラから主任までのぼった。そうやって50ccから750ccまでたどりついたんだな、きっと。バイクに乗ったって、老けてるやつは老けてる」

「おまえは老けてないのか」

「まだ二十八だ」

「二十八にしちゃ甘いんじゃないか？」

「お互い様だね。おれはほおずきで結婚相手を決めたりしない。もっと常識的だよ。階段を一歩一歩のぼるほど甘くないと思ってる。下りのエスカレーターをのぼってるんだ」

するとと伊藤は鼻で笑って言う。

「誰も下りのエスカレーターをのぼれなんて言ってないのにな。みんなが階段にするんならおまえも階段をのぼればいい」

「みんながするようにしなさいと高校で教えてるわけだ」

「みんなに迷惑をかけてまで、無理をして我を通すなと教えてる」

ぼくは言い返した。

「いったいいつおれが無理をした。だれが迷惑した」

伊藤はすぐに、

「あのとき……」

と反論しかけたが、途中で首を振って言葉を呑みこんだ。「わかった。取り消すよ。……おまえと話してると、ときどき言葉が自分の言葉じゃないような気がする」

「言葉は誰のものでもない」

「そう誰が言った？」

「国語辞典」

「…………」

ぼくは煙草をくわえ、伊藤にも一本わたした。最後に我慢するのはいつも、酔っぱらった失業者ではなく教師の方だった。

「話題をかえよう」

と伊藤は言った。ぼくはうなずいて、ライターを捜していると、マダムが近づいて来てマッチを擦りながら、

「禁煙やめちゃうの？」

言われた伊藤は煙草を指にはさんだまま、うさん臭そうな眼でぼくを見返った。ぼくは女の指先に顔をよせて先に点けてもらった。女はすぐに赤い唇をすぼめて炎を吹き消す。用を足さないハイライトはさりげなく箱に戻された。

「ふたりで何の相談？」

アーモンド色のゆったりしたドレスを着た女主人が訊ねた。

「こいつが結婚を恐がってるんです」

「…………」

「あらあら」

「昔の恋人が気になるらしくってね。勇気づけてやって下さい」

「…………」

「いいとこのお嬢さんなんでしょうに」

「いいとこのお嬢さんほどよく遊んでるんじゃないかな。それに誘惑にものりやすいでしょう。ロバート・ワグナーなら一晩で口説き落す」

「そうね」

と頬骨の張った、そして胸の薄い三十女は微笑んで、

「そういうものかもしれないわね」

「そのうえプードルやディスポーザーと同じくらい気むずかしい」

「それはどんな女でもそうなのよ」

「そうでしたか？」

「アンジャネット・カマーの台詞ね。育ちのいいお嬢さんはたしか……」

とカウンターの上に片手をついて、店の入口の方をながめながら、

「男が束になってかかっても見抜けない嘘つき上手。これだわ」
「ママさん、百円玉が詰っちゃって入らないよ」
カラオケ中毒の男が呼んだ。女主人を見送って、伊藤とぼくは顔を見合せた。
「ロバート・ワグナーがああ言ったのか？」
「だろうな」
それから二人とも黙ってウィスキーを舐めた。有線放送から女の歌が流れてきた。早回しのオルゴールみたいな旋律を、熟練のコックが攪拌《かくはん》器を使うような音でリズム楽器が追いかけた。
……鏡に向ってわたしはいうのよ
　ひとりっきりの土曜日の夜
　なんてさびしい色なの
　キス・プルーフの口紅……
「ちょっと訊いていいか？」
「なんだ？」
……頰づえをついてわたしは書くのよ
　ひとりっきりの雨の日曜
　なんてけだるい色なの

レター・ペイパーのブルー……

「おまえ女を何人知ってる」

ぼくはグラスの縁を嚙んで質問者の顔をながめた。気のきいた文句を期待しているような顔ではなかった。ぼくは黙ってここ十年間の記憶をさかのぼることにした。指を三本折ったところで疑問がひとつわいた。

「トルコはどうする。勘定に入れるか？」

「いや、素人だけだ」

と高校の国語教師は解答上の注意を与えた。三本とも元に戻してはじめからやりなおす。小指を立てておくのが面倒なので、一人さばをよんで拳をつくり、もう一回それを開いて伊藤に示した。

「五人だな。そんなに多くない」

すると伊藤はぼくの掌をじっと視つめて、

「正月の娼婦は入れないでか？」

ぼくはためらいがちに親指を折ってみせた。

「うん」

と納得したように相手はゆっくりうなずいて、

「おれもそんなもんだろう。一人の男が平均四人の女と寝たとして……。男と女の人口の比率はいまどうなってる?」

「さあ。やっぱり一対一じゃないのかな。しかし伊藤が五本の指で足りるとはな。驚きだな。バレンタイン・デーには女生徒から十も二十もチョコレートを貰ってた男が」

「商売道具に手が出せるか。五年も六年も前の話だ。じぶんのはな、というやつだ。……すると、一人の女は平均何人の男と寝たことになる?」

簡単なようで、計算しかけると非常に難問だった。

「およそ二人くらいじゃないか」

失業者のいいかげんな答に高校教師は憮然として、

「ばかな。それじゃあ処女は一人もいなくなる」

無茶苦茶な結論を引き出した。

「そうだろ?」

そうじゃないのは判っていたが、どうしてそうじゃないのか改めて考えなおす気になれなかった。

「そうかもしれないけど、計算はあんまりあてにできないから」

「まあ、それはな」

その通りだというふうに首をうごかして水割を一口飲む。ぼくも倣った。有線が途切れて、またしても素人のど自慢が開始された。

「田村？」

「うん？」

「おまえの場合は何も問題はないわけだ。年だって二つしか違わないし、ここも（と頭を指さして）いかれてるわけじゃない。ソバカス美人で脚も長いときてる。結婚の経験があるってのはかえっていいかもしれない。さっぱりしてな」

「うん」

「迷うことはないと思う」

もう一ぺん、うん、とくりかえしてグラスを口に運び、空なのに気がついた。別に迷っていたわけではなかったが、伊藤にそう言われると何かを迷いつづけていたような気になる。そして何か大きな損をしているような気になる。最後の切札を大事に暖めて使わないまま勝負が終ってしまうような、それとも終ってしまったような。しかしその切札がいったい何であるのかはっきりしない。ぼくのツキなのか、あるいは耳たぶへのキスなのか。ぼくは酔った頭でソバカス美人の顔を、耳の形を思い浮べようとしたが、うまくいかなかった。ぼくの手からグラスが取りあげられた。

「いつ飲みにつれてってくれる？」

深い海の色にアイ・シャドウをひいた女が、薄い水割をつくりながら言った。ぼく

は隣をちらっと見てから（伊藤は両手でグラスを握りしめていた）、

「うん、こんど、いつか」

「いつかっていつ？」

「そうだな……。でも、ノリちゃんはボーイ・フレンドがいるんだろ？」

「ううん、いないよ。あたし田村さんみたいな年上が好みだもん」

伊藤がもったいぶった咳をひとつした。

「誰かいるんだろ？　年上のいい人が」

「いないわよォ。さみしいのよあたし」

「おい帰るぞ」

伊藤が立ち上がった。

「田村さんはまだいいわよね？」

「うん……」

と中腰のままためらっていると、伊藤が怒鳴った。

「ママさん、幾らになりますか二人分で」

外へ出るとまだ雨は降り続いていた。

次に行った店で、伊藤はめずらしく悪酔いして、おれの結婚披露宴に出席したかったら職に就け、それから年上か年下かどっちか一人にしろ、などとしつこくからんだ。

＊

午後、目覚めるとまだ雨が降っていた。もう、うんざりだった。単調な、耳もとで猫がミルクを舐めているような音が、毎日毎日つづいている。七月だというのに、ちっとも夏らしくなく肌寒いくらいで、日曜だというのに、テレビはろくなのをやってない。ミステリーも読み飽きた。歯をみがきながら、洗面所の鏡に映った髭面《ひげづら》を見ていると、うっとうしくてならない。しかしそれも毎度のことで、ぼくは生れつき髭が濃いときている。かまわずに二杯目のコーヒーをいれて飲み、煙草を二本ふかし、ジーパンと長袖のトレーナーに着替えて、ぼんやり外の雨をながめていた。いつもと同じだった。いつもと違うのはそのあと、何故かふいに、髭をあたる気になったことである。ぼくは予感と言い、人はただの偶然と言うだろう。ぼくは髭をあたっていた。顔の左半分を剃り終えたときに、扉を激しくノックする音が聞こえた。舌うちをし、剃刀を置いて顔はそのまま出てみると、新聞の勧誘員だった。それも読売の。ぼくはちょっと驚いて、その男に、アパートの真向いに朝日の販売店があることを教えてやった。知ってると言う。髭を剃ってる最中なのだと顔を示した。男は判ってるとうなずき、「おにいさん、もしかしてジャイアンツのファンじゃない？」気に障る喋り方だった。草野球チームを応援する方がまだはりあいがあるとぼくは答えた。しかし扉を閉めかけて急に思いなおし、「江川のサイン・ボールあるかい？」訊ねてみると、それはないが『月刊ジャイアンツ』という雑誌ならあると言う。ぼくは首を振ってドアをかたく閉ざした。

右半分も剃り終って、アフター・シェイブ・ローションをつけているときに二人目と三人目の来客があった。ドアを開けると背広をきちんと着こんだ三十代の男がこうもり傘とアタッシェ・ケースを胸に抱いて立っており、御一緒に聖書を読みませんか？　と誘う。

「はっきり言って何のセールスなんです？」

「めっそうもない。私どもの愛と光の教会では何のセールスも致しておりません。ただできるだけ多くのそれも若い方に聖書に接する機会を持って頂いてですねそれといいますのも独り悩んでおられるのはあなただけではなく地球上の全ての人間がいま必要とするのは愛だと思うのです私たちは偉大な聖書の力を得て暗いあてどない迷路のような現実から一歩なりと愛の光の射す天地へ踏み出そうと――」

「ぼく聖書は持ってないよ」

「もちろん私どもで安くおわけします。……ちょっとこのパンフレットを御覧下さい。

これをお読みになってそれから――」

「やあ……」

と一声だけ挨拶するのがやっとだった。男はアタッシェ・ケースを開きかけたまま後ろを振り向いた。

「お客さま？」と良子が訊ねた。滴のしたたっているビニールの傘が、ひどく扱いづらそうだった。男はまたぼくの方に向きなおった。

「いや、いいんだ、仕事は休み？」

「五時からなの。遅番だから」

「そう……」

「ええ……」

「とにかくあがらないか。時間はまだあるんだろう」

「ええ」

そのとき何度目かに顔をぼくに向けた男は、その場の空気を察したのか機敏に身を引いて良子を通した。ぼくは片手で傘を受け取り、片手でドアのノブを握ったまま、良子がかかとの高いサンダルを脱ぎ終るまで待って、男に視線をもどした。

「おとりこみのようですから」と男は何事かに感動したような眼《まな》ざしでぼくを見返した。そして最後にひとこと「とりあえずこれだけ」

そう言って手渡されたパンフレットを、しかし罪深いぼくは扉を閉めるなりまるめて、台所のごみ箱に放り投げた。本当は、その男に感謝しなければならなかったはずである。なぜなら、このとき約二ケ月ぶりで再会したぼくたちの間に立って、ピンポンを観戦するみたいに首を動かす男がいなかったら、二人の会話はもっとぎこちなかったと思うからである。少なくとも、こんなにすんなり良子が部屋の中へ入るような展開は望めなかったに違いない。

ぼくたちはテーブルをはさんで向い合って坐った。寒くないかとまずぼくが訊ね、良子は半袖のワンピース（白地に青の縦縞）からのぞいた肘のあたりを軽く撫でながら、寒くはないと答えた。ぼくは立って窓を閉め、ついでに乱れたベッドをととのえ、部屋の灯りをつけて定位置に戻った。次に天候の話題があった。異常気象だとぼくが言うと、涼しくていいけど……と良子が言う。

「コーヒー飲むかい？」

「いただくわ」

三杯目のコーヒーを沸かすことになった。レコードを聞いてもいいかと良子が訊いた。いいとぼくは答えた。『クラリネット五重奏曲』だと良子が教えた。その曲が部屋に流れた。コーヒー・カップを二つ用意してテーブルにつくと、ぼくの仕事は終った。良子はほんのちょっと口をしめらせて、何かを言い訳するようにつぶやいた。

「最近、あたしもあまり聞いてないの。家に帰ると疲れてしまって」

「仕事はうまくいってる？」

「ええ……」

　相手がうつむき加減なのをいいことに、ぼくは無作法な視線を向け、胸元を視つめ、口元を視つめ、淡い口紅なのか自然の唇の色なのか決めかね、ソバカスに眼をとめて、仕事に行く途中にしては化粧気のない顔に気がついたが、そのことには触れなかった。ただ心のなかで、反対に、むさくるしい髭面で女と対面する不利をのがれた自分の幸運の方は、多少おおげさに喜んでいたかもしれぬ。ぼくは言った。「五時からだと帰りは遅くなるね」

「ええ」としか良子は答えない。

「たいへんだな」

「それはもう慣れたから」

「おばあちゃんは元気？」

「ええ」とまた良子は答えて、こんどはくすりと笑いをもらし、「あなたのこと、高校のときの同級生だと思いこんでるの」

「嘘をつく気はなかったんだ」

「いいのよ」

「なにか言われた？」

「ううん。でも、年寄りって変に好奇心が強いし、それに、勘がはたらくから」

「そうかい？」

「一緒に暮してみるとわかるわ」

「でもぼくを君の同級生だと思ってるんだろう？」

「それはそうなんだけど……」

良子は考える時間が欲しそうだった。ぼくはモーツァルトを聞きながら待った。沈黙した女は秒きざみでずるくなる。たしかそんな一行が、おとつい読んだハード・ボイルドのなかにあったような気がする。妻に逃げられた探偵の独言だったか、ドラッグストアの店員の観察だったか、それともそのどちらでもないのか、思い出せないでいると、

「まだ仕事に就かないの？」

良子がいきなり話題を変えた。

「…………」

「貧乏ゆすりが癖なのね」

「え？」

「毎日なにしてるの？」

「君は働きだすまえ何をしてた？」

　これは言わない方がよかった、という思いが頭をかすめた。『クラリネット五重奏曲』の最終楽章が終った。雨音が戻って来る。

「裏に返すかい？」

　良子は首を横にふってプレイヤーのそばへ行き、別のレコードを選んで代えた。曲名を教えてはくれなかった。バイオリンの音色に聴き入っている女に、間を持て余した男が言った。「なんだか疲れてるみたいだ……」

「疲れてるわ」

　と良子は演奏家の腕を批評するようにこたえ、微笑しながらつけくわえた。

「見てこの顔。おばあさんみたい」

「………」

　何と言うべきか迷っているうちに、女は顔をそむけた。たしかにソバカスの浮いた良子の顔色は健康的とはいえなかったが、やはり二十九歳の女の顔に違いなかった。ぼくは心のなかでいろいろとなぐさめの文句をこねあげ、しかし口にするのはためらい、そうしてるうちに実際に女をなぐさめた気分を味わった。長い時間を、二人は黙りこくってバイオリンに耳をすました。彼女の唇だけ若いのは、その色の口紅を使っているのだとぼくは見当をつけた。沈黙した女も男も、一秒ごとにずるくなっていくような気がした。

モーツァルトが終ると良子は、仕事へ行く時間だから帰ると言った。ぼくは何時なのか訊ねた。良子は腕時計を見て、三時半だと答える。駅前のレストランまで後向きで歩いていくつもりなのだ。

「コーヒーをありがとう」

「………」

「じゃあ……」

「坐れよ」

「………？」

「まだ話す時間はある」

「でも……」

そう言いながら良子は動かない。

（ぼくのツキが躊躇《ちゆうちよ》している……）

「レコードはどうする？　取りに来たんだろう？」

「………」

「いつまでも預れないぜ」

良子がゆっくり腰をおろした。ぼくは彼女のそばへいざり寄った。女は身をかたくしてぼくをむかえた。

「……どうしたの？」

「頼むから――」

ぼくは言いかけて口をつぐんだ。脅《おび》えた顔の女にむかって何か恐しいことを言ってしまいそうな気がする。雨音が急に激しくなった。ぼくは唇を噛んだまま、磨《すり》ガラスの窓を振り返った。女も同じ方向に首を曲げた。叩きつける雨粒が見えるかのように、ぼくたちは窓を見ていた。

「仕事なんか休めよ」

ぼくがつぶやいた。答はなかった。女は見えないどしゃぶりに見とれている。女の指先がテーブルの上のコーヒー・カップの縁をなぞっているのにぼくは気がついた。女の細い頸が、そこにくっきりと浮き出た一本の筋が、ぼくを煽《あお》った。ぼくは眼をつぶって女を抱きしめた。女は最初のうちぜんまいの切れた人形のように抱かれた。男の唇があせりながら女の耳を捜した。五ケ月前の初めての夜の再現である。そのくりかえしにすぎなかった。むろんそのときは、そうは思わなかったけれど……

＊

（よくそんなに涙が出てくるもんだな）

（………）

（感心するよ）

（…………………………………）

（いやならしようがないじゃないか。我慢して勤めるくらいなら辞めた方がいい）

（………）

（深夜レストランなんて君には向いてなかったんだ。また昼間の仕事を見つければいいさ）

（モウ、ダメヨ）

（……弱気だね、今夜は）

（ダメナノヨ。モウオシマイダワ、アタシ）

（………）

『……それでは、神宮球場でおこなわれたヤクルト対巨人戦、荒川さんと松倉アナウンサーです、どうぞ。……さて、荒川さん、ジャイアンツがまた一点差負けです。うーん、まったく……。ジャイアンツの先発が江川、対するヤクルトは尾花の起用ですが。予想通りでしょう。江川の立ち上がりのピッチングはいかがでした？　いや、江川の立ち上がりは文句なかったですよ。……初回が御覧のように三者三振、荒川さん、江川の球《たま》、速かったですね。速かったねえ。三回までに大杉のセカンド・フライを除く八人の打者を三振に切って取ったわけですが。あたしはこのままいくんじゃないかと思ったけどね』

（巨人また負けたの？）

（…………）

（昔はよく勝ってたのにね）

（…………）

『結局このツーランが命とりになるわけですが荒川さん、どんな球でした？　カーブでしょ、力を抜いた高めのカーブ。あれをあれだけひっぱたけば、そりゃあすこまで飛びますよ。江川は渡辺をなめてかかったね。お決りの一発病というわけですね。悪い癖だね。一方の尾花はいかがでした？　尾花は良くもなし悪くもなしというとこでしょう。ジャイアンツが打てなさすぎますよ。なんだかんだ言ったって江川は2点っか取られてないんだから、味方の打線がもっと援護してやらなくちゃ。八回のジャイアンツの拙攻……。ひどかったねえ。選手が送りバントもできないんじゃ監督も頭が痛いスよ』

(ねえ……あたしもう、どうしたらいいのかわからなくなって……)
(どこかで間違ったんだろう)
(…………)
(間違ったとこまで戻ればいい)
(むりよ)
(簡単さ。君にも向いた仕事がきっとある)
(気休めを言わないで)
(…………)
(ごめんなさい。あたし……)
(ぼくだってふとんかぶって泣きたいよ)

『敗戦投手が江川、六勝六敗。試合後の長嶋監督の談話が入ってます。打てないなあ、江川はよく投げたんだけど打線があれじゃあね。一点差負けは関係ない。とにかく打てないことにつきると終始しぶい顔で語ったそうですが荒川さん、いかがでした今日の試合を振り返って。うーん、監督の談話につきるんじゃないですか。今シーズンのジャイアンツの不振を象徴するような試合でしたね。そういうことですね。……これで首位広島と五位ジャイアンツのゲーム差は12と広がったわけです。以上、神宮のゲームをお伝えしました。……』

(どうして仕事しないの？)

(お金があまってるんだ)

(……どうしてまえの会社やめたの？)

(忘れた)

(話したくないの？)

(………)

（……あたしも男に生れてくればよかった）
（………）
（どこへ行くの？）
（テレビを消す）

＊

（誰にならったの？）
（お袋。君は？）
（祖母に）
（おばあちゃん子なんだな）
（……男の子は意気地なしに育つんですって。女の子はどうなのかしら）
（泣虫の女になるんだろ）
（いじわるねえ）
（ぼくふたついっぺんに鳴らせるんだぜ）
（うそ）
（鳴らしてみようか？）

（ヘミングウェイがね、あなたにとって競馬とは何かと訊かれて、茹《ゆ》で卵につける塩だって答えたんですって。どういう意味か判る？）

（ヘミングウェイって誰だい？）

（あたしのペン・フレンドよ。ねえ判る？）

（チャンドラーとどっちが酒呑みだったと思う？）

（競輪も同じようなもの？）

（ふたつ鳴らすから君のを貸してくれよ）

（きたないじゃない）

（君のくちがきたないのかい？　じゃあ、ぼくのからだはバイキンだらけだ。ここも、ここも、ここも……）

（いや……）

（…………）

（――――）

（……ほらね？）

（ほんと。器用なのね）

（誰にも真似できないと思う。ギネス・ブックにのるかもしれない）

（あの人は？）

（………？）

（ほら、あなたにそっくりな……）

（ああ……）

（できないかしら）

（できるもんか）

（やっぱり働かないで競輪に行くのかしら）

（銀行員だって競輪はやるんだぜ）

（夫に逃げられるってどんな気持かしら）

（せいせいしてるさ。まともな男じゃないんだ。ろくでなしの甲斐性なしのバクチ好きの……）

（ドロボウ）

（……そう）

（ニマイメ）

（……うん）

（会いたい？　会えたら、いちばん先になんて言いたい？）

（女房から逃げてどんな気がする）

＊

（今日は勝てなかったの？）

（勝ったよ、十万円）

（何を怒ってるの）

（怒ってなんかいないさ）

（このお店が気に入らない？）

（気に入ったよ。コーヒー・カップが可愛い。ウェイトレスは注文を聞き違えないし、客は気取ってないし、ドビュッシーも他人という気がしない）

（ドビュッシーを知ってるの？）

（扉の前で女の子が二人、ドビュッシーの特集をやってるわって眼をうるませてた。何を読んでる？）

（……プレイバック）

（喫茶店でそんなもの読まなくてもいいと思うんだ）

（四十分も待ってたのよ）

（いかにも英語が読めますって感じがする）

(だって……読めるんだもの)

(………。それで、どうだった?)

(なにが?)

(花屋さ。行ったんだろ?)

(やっぱり早番と遅番があって、遅いときには夜の十二時近くになることもあるんですって)

(それで?)

(まだ決めてないわ。あなたに相談してからと思って)

(やめるんだな。続きっこない)

(そうね)

(………)

(ねえ、今晩、外でお食事しない?)

(駄目だ。テレビでオールスター・ゲームがあるから)

(じゃあ、あたしが何かこしらえましょうか?)

(悪いけど一人で見たいんだ)

＊

（トンボがね）
（うん？）
（交尾するでしょう。知ってる？　羽根をカサカサいわせて。ああいう感じ）
（音が厭《いや》なのかい）
（ええ。背筋がぞっとする）
（でも、どうして一度目はなんともないのに二度目になると聴こえるんだろう？）
（不思議ね）
（異常だな）
（……そうね）
（むかしから？）
（…………）
（結婚してたときもそうだった？）
（……一度目から聴こえたわ）
（…………）

（おかしいでしょ？）
（どんな男だった？）
（忘れちゃった）
（豚肉が好きな男は善人だって言うけどね）
（………）
（ごめん。嘘なんだ。鶏肉が好きな男は口に羽がはえる）
（豚肉が好きな女は？）
（……泣虫）
（言うと思った。あたし好きじゃないの）
（知ってるよ。君が好きなのはカリントウだ）
（はずれ）
（プリン）
（子供じゃないわ）
（塩せんべい）
（あと一回だけよ）
（チーズ・ケーキならうまい店を知ってる）
（誰に買ってあげたの？）

（甘納豆だ）
（思い出すだけで頭が痛くなる）
（………）
（甘納豆が好きな女は？）
（お茶を飲みながら後悔ばかり）
（ほんとね。おばあさんみたい。あなたは？）
（ん？）
（なにか後悔してる？）
（もちろん）
（大学へ行かなかったこと？）
（いろんなことをさ）
（あなたが市役所にいたなんて信じられないわ）
（お袋は信じると言ってくれてる）
（何故やめたのかは忘れたのね？）
（財布のせいだよ）
（サイフ？）
（生れてから一度も持ったことがない。小銭入は一二へんあるけど。親がそういう教育をしてくれなかったんだ。……課長が嫌ってね。小銭をチャラチャラ鳴らすなって言う。それは解るけど、札をはだかでポケットに入れるなって叱られるのが解らなかった）

（わかりませんって言ったの？）

（言えるわけないよ）

（どうして？）

（目上の人に口ごたえしちゃだめだって親に教育された）

（もう……まじめに聞いて損しちゃった）

（まじめだよ。口ごたえしなくても、相手がされたと思えば同じことなんだ。ポケットの中にはあいかわらずはだかの札が入ってるんだから）

（また叱られた？）

（いや、二度と叱られなかった。でも……）

（しょっちゅう叱られてるのと同じことなんでしょう？　だってポケットの中はあいかわらずだから）

（自転車と財布を持つ習慣は子供のときに教えるべきだと思うな）

（あなたと話してると想像力が身につくみたい）

（ぼくはどんな女性と話すときでもそうだよ）

(殴られたことがあるの)

(………?)

(夫の母の見てる前で。頬に指の跡が残って、なかなか消えなかったの)

(聞かないよ、そんな話)

(ほんとは優しい人なのよ)

(ぼくの優しい両親が殴り合ったときの話をしようか?)

(………)

(それともトンボの音が聴こえるかどうかためしてみるかい?)

(……だめよ)

(いいじゃないか)

(だめ)

*

「変よ、やっぱり」

と良子が立ち止って囁いた。

「ずっとあたし達のあとをついて来る」

「気のせいだろう」

と、スーパーマーケットの紙袋を両手でかかえたぼくは良子の視線を追って、

「誰もいないよ」

「いま角を曲って隠れたの。ねえ、本屋さんからずっとついて来てるのよ」

「偶然、おなじ道だったのかもしれない」

「違うったら。どうしてスーパーであたしたちが買物するのをじっと待ってるの」

「ひと休みしてたんじゃないか？」

「冗談いわないで」

と良子は厳しい眼付でぼくを睨み、これも囁き声で、

「見たでしょう。スーパーを出たとき、あたしと眼が合ってあわてて下を向いたわ」

「いや。気がつかなかったな」

「もう……」

と、じれったそうに良子は地団太を踏んだ。それから急に声を大きくして、

「いったいなんなのかしらあの娘《こ》。制服を着てたわね、どこの高校？」

「知らないよ。見てないもん」

「ほら顔を出した。あ、また隠れたわ。いやだ、入りましょう、気味が悪い。はやく
……なにしてるの」

良子にうながされてアパートの階段へ向った。脱いだ靴をそろえるのも忘れて部屋に駆けこむと、良子はベッドの上に跳び上がり、窓を細目に開けて、

「いるわ。こっちを見てる。来て、はやく、そっとよそっと」

とぼくに尻を向けたまま片手を揺らした。

「いないじゃないか」

「そこじゃ見えないわよ」

とぼくの顎の下で良子の声が言う。

「もっと開けろよ」

「だめよ」

窓を開けて顔を出してみると、鞄《かばん》を持った小柄な女子高生の後姿が見えた。片方の脚を引きずるように、小走りで角を曲って消えた。

「あしがわるいのね」良子がぽつりとつぶやいた。

「たしかにこの部屋を見てたのかい？」

「たしかよ。窓を開けたから逃げたんじゃないの」

「誰なんだろ」

「心あたりある？」

「ないよ、全然。君は？」

「ない」

「変だな」

「誰なのかしら」

と二人で首をひねっていたのは、手帖によると、七月十六日の夕方である。呪わしい梅雨はその前日にあっけなく終って、ようやく夏がはじまっていた。本格的な夏といえるほどではなかったけれど、雨があがっただけでもとにかく夏の体裁がととのった。すべてが三月頃に戻ったような具合だった。良子はレコードを聴きながら夕食をこしらえ、夜は一度だけぼくに抱かれ、将来を不安がって泣いたり泣かなかったりし、朝は求人欄を熟読する。その横顔はやはり、見知らぬ家政婦のようにぼくの眼に映ることがあった。しかしぼくはもう、そんな朝が幾つあろうと、働く気があるのかないのかなどと意地悪く質問したりはしない。もちろん良子には働く気があったのだし、それに、巨人の優勝も江川の二十勝もなかば諦めていたから、せんじつめればたかが大人のボール遊びの結果ぐらいで不機嫌になることも、まったくないとは言えぬが開幕当初よりはずいぶん抑えがきくようになっていたのである。ぼくじしんの就職活動については、なるべく考えないようにした。というよりも、求人欄を食い入るように視つめる女の姿や、新しい仕事を求めてあちこち、つまり職安から花屋へ、花屋から宝石屋へ、宝石屋から職安へ、職安から本屋へ、本屋からぼくの部屋へと、歩き回る良子を見るにつけ、ぼくの腰はまるで秤の釣合いを保つかのように重くなった。

そんなふうにして、失業者と出戻り女の平和な情事は二週間ほどつづいた。すべてが三月をくりかえすようだった。季節が変っていることは、ぼくはそれほど気にとめなかったのである。

八月

高校時代ぼくは硬式野球部に所属していたのだが、一年生からレギュラーでセンターを守ることができたのは、肩の強さが抜きんでていたわけでもなく脚力を見込まれたわけでもなくバッティングの非凡を買われたわけでもない、単に部員不足のためだった。なにしろ過去十数年にわたって活動を中止していたクラブが、偶然同じ年に集まった野球好きの少年達（中学時代、軟式野球の正選手一人、補欠三人、マネージャー一人）の熱心な署名運動（だったと伝えられる）によって辛うじて復活したのは、ぼくが入学するわずか二年前の話なのである。当時の監督は、五十過ぎにしては体格のいい古典の教師だったが、言いたいことの半分は口をとがらせてモグモグいわせるだけでやめるというような口数の少ない男だった。三年間を通じてぼくが個人的に受けた指導は、忘れるな、センターがボールをうしろに逸《そら》したら誰もカバーする者はいない、という鉄則に尽きた。試合の組合せが決ると部員を整列させて、頭を掻きながら、相手に不足はないと必ず言う。不足のある相手など何処にもいなかったのに。それから、試合当日の台詞も決っていた。最後のノックが終ったあとダッグアウトの前で全員にむかって、いいか、九回やるつもりでいけ、というのである。夏の大会に限っていえば、三年間で九回やれなかったのは一度だけだった。ぼくが主将を勤めた年で、投手は一年後輩の山田健之介という、監督のいないところでは変化球の投げ方ばかり研究しているような男だった。一回戦の相手はなんとか九回やって五点差くらいで負けられそうなミッション系の高校だったが、試合の三日前になって急に（どんな堅物の神父でも懺悔《ざんげ》の必要を認めないような些細な理由で）、出場を辞退してしまった。自動的に西海北高の不戦勝となり、およそ三十年ぶりの県大会二回戦進出が決定した。二回戦の相手は西海工業というシード校だった。試合の前日、ぼくはクラスメイトからさかんに握手を求められたり肩をたたかれたりした。なかには、絶対諦めるなと真剣な顔で激励してくれる男もいたけれど、たいていは伊藤のように何も言わず、ただ意味ありげな笑いを浮べてぼくを見るのだった。

試合は朝の八時に始まり、十時ちょっと前に終った。五回コールド・ゲームにしては長すぎたけれども、18対0というスコアを考えれば妥当なところだろう。監督はもちろん試合前、九回やるつもりでいけと言ったが、一回の裏に7点取られて選手たちが引きあげてきてからは、もう一言も口をきかなかった。ぼくは主将の立場上、バッ

テリーを呼んで、もう少し配球に気をくばれと叱ったのだが、柔道部と掛け持ちの二年生の捕手は、

「きのう監督に言われた通りに、サインを出してるんですよ」

と息をはずませながら口ごたえし、山田の方は、

「フォークを投げると監督が怒るからな」

などと悔しがってみせる。

「いいよ、投げろよ。なんでもいいからアウトを取れ」ぼくは小声で頼みこんだ。

しかし、二回の裏には左中間と右中間に二本ずつ三塁打を飛ばされ、レフト・スタンドに一本ホームランを打たれ、相手の得点は合計13点になった。ぼくはもう二人を呼ぶこともやめて、ベンチで隣に腰かけた山田が、右の掌をじっと見ながら、

「なぜ落ちないいんだろう?」

と呟くのを聞いても何も言わなかった。四回の裏に二死を取って、山田がマウンドの上でセンターの方を向き、指を一本立ててもう一人でおしまいだと示した時に大きくうなずいてやっただけである。試合が終ったあと、監督は皆よくやったと言い(毎年言うのである)、何故かぼくに握手を求め、疲れ果てた声で、もう4点取られていたら県の記録を塗り変えるところだったとつけくわえた。ノーヒットに押えられたことに触れる者は誰もいなかった。一塁側のスタンドで最初から最後まで観戦していた

ぼくの母は、その夜コールド・ゲームについての説明を聞いたあとで、でも宏がいちばん一所懸命走り回っていたとだけ感想を述べた。いまからちょうど十年前、甲子園では東海大相模が優勝した年のことである。

そういうクラブでも毎年ＯＢ会だけはおこなわれ、ただしそういうクラブだから毎年時期は一定しておらず、盆か正月に、これも誰とははっきり決ってはいない幹事から連絡があって、都合のつく者だけが集まることになる。今年の夏に届いた葉書はしかしＯＢ会の案内状ではなく、新幹事就任の挨拶を兼ねた暑中見舞だった。

――田村さん……。懐しいなあ。葉書、行きましたか？

――来たから電話してるんだろう。いつ東京から戻ってきた？

――えーと、去年、いやおととしだったかな……

――……それで、どうしておまえが幹事に？

――二週間くらい前、街でばったり江原さんに（と当時の監督の名を呼んで）会ったんですよ。誰もなりてがないから暇なら頼むって言われました。暇じゃないんですけどね、まあ、せっかくだから……。そうだ、知ってますか？　江原さん、定年で学校を辞めて今や悠々自適だそうです。監督が代ったら急に強くなったって笑ってました。今年は準々決勝で西海工業に……

——うん、惜しかった。

——まったく、あんな見え見えのスクイズでね、あそこはぼくなら絶対一球はずして様子を……

——(独言で)様子を見る余裕があのころあったらな。

——なんです?

——いや、なんでもない。で、OB会はいつやる?

——来年の正月にでも。

——来年の正月……

——ええ、お盆は江原さんの方の都合が悪いんですよ。なんでも長野へ旅行だとかで。

——軽井沢に?

——いいえ、何とかっていう日蓮宗の総本山。

——………。

——田村さんのこと懐しがってましたよ。OB会には一二へん出席しただけだっていうじゃないですか。来年はぜひ顔を見せて下さい。ぼくもちょっと会いたいから。

——ちょっと会おうか。

――はい？

――これから。暇なんだ、顔を見せてやるよ。飲めるんだろう？

――なるほど。ええ、まあ、ビールなら少し。

――忙しいのか？

――いえ暇です。

デパートの屋上のビアガーデンで、十年ぶりに会った山田は、髪型を除けばほとんどなにも変っていないように見えた。高校時代、細身の変化球投手だった男は十年後の今も相変らず痩せているし、見たとたんに思い出したのだが、何かを考えるときに親指と人差指で顎の先をつまむ癖も、それから、笑うと両の頰にエクボが目立つのも昔のままである。

「こないだ江原さんと会った時にも、あの試合の話がでたんですけどね」

と山田は中ジョッキのビールを一気に半分ほど飲んでから、

「いまになってみると、やっぱりあれが一番の思い出だって。そう言ってました。懐しそうだったな」

「そうか」

「ええ。なにしろ18点だから。ぼく、いまでもときどき夢に見ますよ」

「フォーク・ボールが落ちない夢？」

とぼくがからかうと、相手は「ハハハ」と文字に書くように気持よく笑って、

「それを言ったら江原さんに睨まれました。あの頃はまだ誰もフォークなんか投げなかったから、高校の投手は。それが今じゃ甲子園でも、ほら、浪商から今年中日に入った……」

「牛島？」

「そう。あいつ投げてたでしょう。つまりぼくは十年先を行ってたわけだ」

山田はぬけぬけと言い、残りのビールをほんの一口すすった。それから、枝豆を口に入れると不意に右腕をかざし、

「ああ、もう一ぺんマウンドに立ちたいなあ」

振りおろして殻を屋上の金網のむこうへほうり投げる。ぼくは話題を変えることにした。

「……いや、儲かりません。塾の講師なんて儲かる商売じゃない。そりゃ儲かる塾もあるかもしれないけど、ぼくのはまあ、小遣《こづか》い稼ぎ程度。でも楽は楽ですね。昨日の晩覚えたことを、生れた時から知ってるみたいな顔して教えりゃいいんだから。これ、コツですよ教師の。江原さんもうなずいてました。……父は、別になんにも言わない

な。休みの日は釣りかゴルフでほとんど家にはいないし。息子のことはなんとかなると思ってるんじゃないですか、自分がそうだったから。母はしょっちゅう言いますけど、靴下をはいてちゃんとした仕事を見つけろって。ええ、祖母もうるさいけど、母とはちょっと違う。両親が甘やかしたせいでゴクツブシ（言いすぎですよね、いくらなんでも）に育ってしまったけど、それでも近所の何とかさんの孫に比べればまだましだって言うんです。判りますか、こういうものの言い方。年寄りはよく使うんですが。それでね、その近所の何とかさんの孫っていうのが、ぼくより二つ三つ年上かな、定職をもたずにブラブラしてる。競輪好きの酒好きなんです。一発当てると小倉あたりまで出かけて十日ほど戻らない……いえ、祖母から聞いた話。うちの祖母は町内のことなら何でも知ってる。……で、今度は負けて帰ってくると、やけ酒を飲んで（かどうか知らないけど）女房を殴るらしい。これがひどくて……そうなんです。一人前に結婚してる。見合い結婚。その男の両親が何処で見つけてきたのか不思議なんですが、きれいな女でね、まだ二十歳になるかならないかでしょう、色の白い、からだつきはヘップバーンかミア・ファロウかっていうくらい細身だけど……ええ、実際に見たことがあります。二回、道ですれ違いました。一度目の時は眼の脇が青いあざになってて、二度目はそれが消えた代りに、マスクで鼻から下を隠してうつ向いて歩いてた。ぼくなんか、女を殴るというのがちょっと信じられないんですけど、殴られる女の方もね。理解を超えてるな。田村さん、判りますか？　そういう関係の……？　？　？　誰です、いまの人？　カーディガン？……なるほど。妙な知り合いがいるんですね。あ、失礼。すいません。でもいい女連れてるな。ぼく、あのての女、好みなんですよ。小太りで、コロコロしてる……」

と、山田はカーディガンと連れの女の後姿を目で追い、それからふと思い出したように、

「西川、覚えてますか。キャッチャーやってた？」

「ああ、柔道部の」

「酒屋の息子。去年の秋結婚しました。その相手がまたぼく好みの美人で」

「へえ」

とぼくは別に意味もなく相づちをうったのだが、山田は我が意を得たりという感じでうなずくと、

「これも見合いですよ。いい女と結婚するなら親に頼むにかぎる」

それほど冗談とも思えぬ口調で言う。ぼくは返す言葉につまって、

「あいつがなあ……」

と再び意味のない相づちでお茶をにごした。すると山田は急にくすくす笑いながら、

「あの男、野球のセンスはからっきしでしたけどね」

と四回で18点取られた投手とは思えぬような批評をして、「フォークのサインをぼくがこいつでいこうって決めたら、喜んじゃって……」と右手の人差指と中指のあいだから親指の先を突き出して見せた。「公式試合でこのサインを使いたいばっかりに、柔道をほっぽりだしてぼくの投げこみにつき合ってくれました」

「おまえ……使ったのか」

「ええ。でも、田村さんが卒業した後の話ですよ。例の試合でこりたんでしょう、翌年は退部者がいっぺんに五人もでて、ぼくと西川の他はみんな下級生なんです。二人で主将と副主将になってやりたい放題……というか頑張ってたんだけど、聞いてませんか？」

「それは聞いてた。しかしサインの話は……」

「教えませんよ、誰にも。バッテリー間の機密ですから。今だから言える」

ぼくは苦笑して首をふった。山田も誘われたようにエクボを見せて、

「そうそう、どうしてますか。名前は忘れたけど、ほら、よくガール・フレンドと一緒に応援に来てくれた」

「伊藤なら、高校の教師になった」

「本当ですか？」

「本当だよ」

「わかんないもんだなあ」

通りかかったウェイターに、ぼくはビールのおかわりを頼んだ。山田のジョッキはその後減る気配がない。しばらく話がとぎれ、山田はよほど気になるのか、カーディガンと女のテーブルの方を肩越しに何度も眺めている。ぼくは煙草をつけた。競輪場以外の場所で彼に会うのも、赤いカーディガンを着ていない彼を見るのも初めてだった。

そのとき山田が、妙に改まった口調できりだした。

「田村さん、いまでも映画はよく見ますか」

「見る」

「『スター・ウォーズ』の二作目は?」

「見た。あんまり感心しなかったけど」

というぼくの意見を、十年まえ野球部の他にたしかアメリカ映画研究会にも所属していたはずの男はあっさり無視して、

「実はこないだ……」

と何か言いかけたのだが、ちょうどそこへ新しいビールが運ばれてきた。ぼくは一口ゆっくり飲んでから、話すきっかけを失って顎の先を指でつまんでいる男に訊ねた。

「シナリオは書けたのかい？　『真夜中のカウボーイ』みたいな」

　すると山田は、まるで子供の頃流行った謎々でも考えるような表情になり、ちょっとの間ぼくを見返し、それからその答を思いついたように笑って、

「よく覚えてますねえ」

　と驚いてみせる。ぼくは記憶力の良さを自慢し、山田は、ただし自分は『真夜中のカウボーイ』ではなく『ジョンとメリー』みたいなシナリオを書きたいと言ったはずだと訂正した。

「それで？」

「書きました。六年間の大学生活で一つだけ。それが卒業論文というわけで……プロ野球選手の話なんですけどね、二軍の。面白いが優はつけられない、と教授に言われました」

「それで？」

「はい？」

「『スター・ウォーズ』がどうした？」

「ああ、そうだ忘れてた。実はこないだその映画を……」

　と山田は再び言いかけてやめ、ぼくがもう一口飲むのを待ってから、急に早口になって、

「……見に行ったんですが、昼間で暑かったから、次の回が始まるまで三十分くらい時間があったけど中へ入って、ロビイで煙草を喫《の》んでたんです。その時、隣のソファに男が一人すわってて、これも所在なげに煙草をふかしている。ぼくと同じで途中から見るのが嫌なんだな。きっと映画好きなんだろうなんて思いながら、何気なくその男の指が眼にとまったんですけど、いい指してるんだな、これが。長くて、力強くて、よくしないそうな。たぶん、すごいフォーク・ボール投げられますよ、あの男、投法さえマスターすればね。で、うっとり見とれてたんですが、気がついたら男がこっちへ顔を向けてるんです。びっくりしました……」

「……まさか、俺だったっていうんじゃないだろうな」

山田は会心のフォークを痛打されたみたいに口をあんぐりあけて、

「やっぱり、あれは、田村さん……？」

ぼくは心の中でやっぱりと呟きながら、黙って右手を前に出してみせた。山田はじっと見つめて、

「違うな。こんなに細くなかった」

と首を横にふる。それからぼくの顔に視線を戻して、じれったそうに、

「しかし、どうして……？」

「いいから、話を続けてみろよ」

「……ええ。それで、どこまで話したっけ、ああ、びっくりして。あんまり突然、眼の前に懐しい顔があったもんだから、ぼく、アッと言ったかな言わなかったかな。ただ、不思議なんですが、その懐しい顔が誰なのか咄嗟に思いつかない。相手は何もなかったように、すっとまた横を向きました。ほんの一瞬だったけど、そのとき人違いだって感じましたね。同時に、誰と人違いしたのかっていうのも思い出した。なんて言えばいいのかな……自分が拒否されたような気が、別に鋭い眼で睨まれたわけじゃないんですが、むしろ優しい方の顔つきで、ええ、今こうやって見るとそっくりだな、髪型なんかも、あの時は十年前の坊主頭の田村さんしか記憶にないから、ずいぶんあやふやなところもあったけど。でも田村さんには他人を拒否するような雰囲気はないですよ。……ええ、それはあたり前なんだけど、しかしあの男には……そうだな、顔を見合せていても背中を向けられているような感じ。判りませんか？

それで、こうちらっと男の横顔を盗み見たりしてね、横から見るとやっぱりだいぶ違うみたいだなとか、でも田村さんの横顔をそう注意して見たこともなかったんじゃないかとか思っていたら、男がふいに立ちあがりました。連れがあったんですね。手洗いにでも行ってたんでしょう、女が現われて、二人でしばらく立ち話をしてから出口の方へ歩いて行きました。これから映画を見るんじゃなくて、もう見た後だったんです。だけど、どうして途中で帰っちゃうのかな。え？　はい、若い女ですよ、二十歳くらいかなあ。顔も覚えてます、きれいな人だったから。きれいっていうより可憐《かれん》っていった方がいいかな。おでこが広くて、これは髪型（うしろへ引っ詰めてうなじのところで結ってある）のせいもあるんだけど。それに眼が印象的でした。くっきりした眼で、しかも派手な感じは与えない。半分想像で言うと、普段は伏目がちで、男を見る時、上目づかいにまるで叱られてる子供みたいな眼をする、そんなふうに相手に寄り添ってました。ぼく好きだな、ああいう女。ええ、ああいう女もです。なにしろ気が多くって。ただねえ、いえその女の話ですけどね、ちょっと残念なことに、歩くとき片方の脚を引きずるんです。それもわずかにって感じじゃなくて、はっきり判るくらいに。あれは可哀相《かわいそう》な気がしたな。彼女の眼の印象も、もしかしたらあの脚のせいかも……。え？　なんですって？　そう、二十歳前後でしょう。確かかどうか判りませんけど。ひょっとするともっと若いかも。高校生？　それは、どうだろう……しかし、あれでセーラー服を着て、髪を三つ編みにでもしたら、三つ編みなんて今は流行らないのか。うん、けど見えないこともない。いや、うーん、そう言われてみれば確かに高校生って感じもあったっけ……そうですね、十七、八……。ええ、それは間違いありません。左、いや右の脚を。ええ。うーん、あの娘《こ》が高校生ねえ……」

＊

その夜以来、一週間ほどぼくはじりじりしながら良子がアパートへやって来るのを待ったが、そういう時に限って待ち人は顔を見せない。話したいことは二つあった。一つはもちろん七月にあとをつけられた例の女子高校生のことで、あれが野口の現在の恋人（？）であることは間違いない、とぼくはすでに山田の話を聞いた時から結論を出していた。この街に瓜二つの男がそう何人もいてはたまらないから、山田が映画館で見た男は野口だったとしか考えられない。そして、あのとき良子は全く心当りがないと首をひねったし、それはぼくも同じだったけれど、今あいだに野口を置いてもう一度首をかしげれば、あとをつけられたのはおそらく良子ではなくぼくの方だったと見当はつく。ただし、見当はついても、何故彼女がぼくのあとをつけたのかは解らない。あるいは単なる人違いだったのかもしれないし、あるいは他に何か理由があったのかもしれない……どちらにしてもぼくはちょっと嫌な予感がしたが、それよりも七月の謎が、謎の一部が、あっさり解けたということの方が大きかった。むろんこれは、謎を解いたというよりも、山田が女の脚のことに触れた際にひらめいた直感に頼っただけのことかもしれぬが、ともかくこの一応の解決を良子に話したくてうずうずしていたのである。

もう一つ良子に話そうと思ったのは塾のことである。案外、塾の講師というのは、ぼくは思いつきもしなかったけれど、良子に向いた職業かもしれない。山田の話では特別な免許が要るわけでもなさそうだし、その気になればある程度の金にもなるらしい。できない子供はいくら勉強したってできないのだし、本人も母親も期待していない。できる子供はほうっておいてもいい高校に入る、と山田はかなり無責任なことも言っていたけれど、まあ事実そんなところかもしれないし、なかには東西南北さえ英語で書けない中学三年生もいるということだから、ぼくにだって勤まりそうである。まして良子ならうってつけだろう。中学生や小学生を相手に英語の発音の練習をやっている良子の姿は充分想像できるような気がした。

しかし良子はやって来ない。別にはっきり約束したわけではないけれど、一週間待って一度も顔を見せないというのは妙である。最後に会ったとき喧嘩した覚えもないし、不機嫌そうに帰って行った様子もなかった。ただ台所の床に並んだビールとウィスキーの空ビンを見て、少し飲みすぎじゃないのかと注意はされたけれども、そのあと二人で仲良く空ビンを酒屋まで二度往復して運んだし。海水浴に誘ったときも、日に焼けると肌が赤くなるからいやだと断られたが、その夜ベッドの誘いにはむしろいつもより積極的に応じてくれた。いくら考えても良子が来ない理由はみつからない。

少なくともぼくの方には何もなかった。

それでとうとうしびれをきらして、電話をかけたのは七日目の夜である。が、良子は留守で、代りに祖母と十分ほど話すことになった。このとき使った三枚の十円玉が八月の後半をひとひねりした。

＊

翌日の午後、良子の家と祖母を初めて見たとき、正直言ってぼくの予想は全くはずれた。そうして頂ければ助かると言われて、ぼくの方から訪ねて行くことにしたのだが、だいたいの場所は判りますと前の晩電話で答えた町内を三十分くらい歩き回って汗だくになり、ようやく、生け花教室・草月流家元・小島清華という表札を捜しあてた。が、それはめざす家とは違う。案内に出てきたちょうど良子と同じ年恰好の、淡いピンクのマタニティ・ドレスを着た女は、両腕にまとわりつく二人の子供をかわるがわる叱りながら、ていねいにもう一軒の小島家への道順を教えてくれた。

それは、民家の立てこんだあたりから少し離れた所にある古い平屋建てで、細長い建物の周りをこれも年を経た板塀で囲まれた、静かに眠っているような家である。とてもモーツァルトの音楽が流れてきそうな家には見えない。急に耳につきだした蟬《せみ》の声を意識しながら、高さはぼくの胸のあたりの、灰褐色に乾いた木の扉を押すと、目の前は庭、というより家庭菜園、というよりも畑だった。しゃがんでトマトをいじっていた老婆が、声をかける前に気がついてゆっくり立ちあがり、ていねいすぎるくらいに腰を折って、いま何時かと訊ねた。ぼくは、夏でもきちんと和服を着て熱いお茶を飲むような、上品な老婦人を想像していたのだが、しかし実際に彼女が身につけていたのは白地に青い水玉模様の日よけ帽（アメリカ映画の西部劇に登場する女たちを思い出していただきたい）とうす汚れた軍手と、それから……どう見てもモンペである。良子の祖母は軍手をはめた指で帽子の紐《ひも》をほどきながら、

「まあ、もうそんな。時の経つのの早いことはやいこと」

とまるでおとぎ話の老婆みたいな台詞を呟いた。

ほの暗いひんやりとした板張りの廊下を案内され、いくらか明るい茶の間（縁側には簾《すだれ》がさがっている）に一人で坐って扇風機を向けてもらい、薄緑色の簡単服に着替えるまで待たされてから、あらたまった挨拶をされた。そのとき良子の祖母は正座した膝に両手をおいて頭をさげたのだが、ちゃぶ台に当るのを避けるためだろう、顔はぼくの方へではなく斜め前の仏壇へ向けられることになった。仏壇の上の鴨居《かもい》には焦茶色の額縁に入った写真が二つ掛かっており、老夫婦とも思える一対の顔がそれぞれ鹿爪らしい表情でこちらを見ている。出された麦茶を一気に呑みほし、勧められるま

まにお代りを頼んで、もし本当に夫婦だとすれば良子との関係はどうなるのかと考えていると、祖母が、ぼくの視線に気がついたのか、自分のつれあいとその母だと教えてくれた。それから昼食にソーメンをごちそうしたいが嫌いかと訊く。嫌いではないが、お昼はもう済ませた、と答えたのだが聞いてもらえず、結局一緒に冷しソーメンを食べることになった。ぼくは予想外のなりゆきにとまどいながらも、とりあえず膝をくずし、手土産にイチゴでも買ってくるのだったと自分のうかつさを悔んだ。良子の祖母は、今年の夏はいつもより涼しくて、畑仕事（という言葉を使った）をする自分にはとてもたすかる。毎年、秋になると必ず夏の疲れがたまって寝こんだりするのだが今年は……というような話をしながらソーメンをすすり、若い人の口には合わないだろうが……と婉曲《えんきょく》な表現で謙遜してみせた。ただし、ぼくが、そんなことはない、とても美味しいとお世辞を使うと、うって変って麺の茹で方のコツを披露してくれたが。食べ終って、今度は畑でとれたトマトを皿に盛って勧められたが、それはなんとか断ることに成功した。すると老婆はトマトの皿を仏壇に供え、供えながら、「……ンミョウ……ンゲキョウ……」としかぼくには聞き取れぬ文句を低く、息を吸うような発声法で唱えた。そして鴨居の写真を見上げながら、「トマトが好きな人でねえ。丼に一杯たべてもまだ欲しがって……」と言う。

丼とトマトという取り合せも妙だったし、それを食べたのが彼女の亡くなった夫だったのか、それとも姑《しゅうとめ》だったのか、はっきりしなかったけれども、それよりぼくは昨日の電話で知らされた良子の旅行の行先や、同じく電話口で意味あり気に、ぜひ一度田村さんにおめにかかって話したいと頼んだ祖母の声の方がさっきから気になっていたし、いったいその肝心の話はいつ始まるのかと焦《じ》れだしていたのである。丼一杯のトマトの話に相づちを打って老人の思い出を聞く気はしなかった。けれども、いつまでも黙っているわけにもいかないので、

「よく似てらっしゃいますね、眼元のあたりが。良子さんに……」

写真の老人のことを言ったつもりだった。しかし目の前の女は自分のことを言われたと勘違いしたらしく、ふいに相好をくずして、

「ええ、ええ、皆さんそうおっしゃいます。ことに私の若い時をご存じの方はねえ、鼻から上が生きうつしだって。本人は言われるのを嫌がりますけど、やっぱり、血はあらそえませんもの……」

ぼくはうなずきながら、彼女の皺に刻まれた眼元に良子のくっきりした一重瞼《まぶた》をオーバーラップさせようと試みたが、それはうまくいかない。鼻も、良子のはもっと肉が薄いし、形も整っているような気がする。

「良子とはたしか、高校でご一緒だったとうかがいましたけれど」

急に話が、待っていた話題に変った。しばらく考えたすえ正座に戻り、昨夜いくつ

か用意した答のなかから選んで、

「それが、実は、正月に良子さんがアルバイトをなさっている時に、初めてお会いしまして」

後は省略した。できることならぼくも競輪場で働いていたと誤解してもらいたい気持だった。すると、良子の祖母は、

「ああ」

とすべてを諒解《りようかい》したように大きくうなずき、

「そうでしたか」

「……はい」

「それで、田村さんはお幾つでいらっしゃるの？」

「六月で二十八になりました」

「そうでしょう」

「は？」

「お若いもの。良子は十二月で」

おそらく三十になるというところを呑みこんで、ぼくを確かめるように見る。判っているという顔を自分ではつくったつもりで、しかし念を入れてうなずいて見せるべきか迷っていると、相手はもう一度、

「そうでしたか」

と呟き、それから、ところでといった感じで、あっさりぼくの恐れていた質問に触れた。

「ムショク？」

「はい。最近、事情があって勤めていた会社を辞めまして。今は新しい仕事を捜しているんですが、なかなか……」

どうしてこんなに素直に（辞めた時期に嘘はあるとしても）答えてしまうのかと思うといまいましい気がしないでもなかった。が、向い合って坐っている良子の祖母に、でたらめを言う気はおこらない。訊かれれば正直に答えぬわけにはいかないし、きっと訊かれるだろうということは、ここへ来る前から判っていたはずだった。

「そうでしたか」と祖母はくりかえした。

「はい……」

ぼくはそう短く返事をしてうつむかざるを得ない。彼女の「そうでしたか」には、いかにも残念そうな響きがこもっているような気がしたからである。続いて、予想通り、家族のことについて訊かれた。ぼくは何か観念したような思いで、自分は高校を卒業と同時に家を出て一人で暮していること、母と妹が自宅で美容院をやっていること、父と母の離婚のこと、父は他の女性とこの街に住んでいること、などを言葉を選びながら、相手の時々はさむさりげない、しかし要点はおさえた質問にうながされるようにして語った。そのなかには、他人に話すべきでない事もあるいは多少含まれていたかもしれない。しかしそのときは、そういう自分の軽率さに愛想をつかしたり、あるいは、この軽はずみな訪問じたいを後悔したりする暇がなかった。相手がそんな隙を与えてくれなかったのだ。ぼくのたどたどしい説明を聞き終えた祖母は、「そうでしたか」とこの日もう何度目かの感想をもらし、そしてすぐに、しかも実に自然に、あたかも今の話への返礼とでもいうように、立場を逆にして語り始めたのである。

年寄りのいつ始まりいつ果てるともない長話を、途中で如才なく遮るなどできることではない。ぼくは首が疲れるくらい相槌を打ち、時には話のつながりを確かめるために聞き返し、半ば礼儀として、半ば興味をもって老婆の一時間をこえる問わず語りに耳を傾けることになった。それは孫の自慢話であり、身内の批判であり、時の流れへ向けての感慨でもある。現在を語るかと思えば、話は一挙に二十年前へ飛び、そして再び四年前に戻るといったふうだった。ぼくが理解できた範囲でまとめると、おおよそ次のようになる。

良子はおばあちゃん子として育った。祖母の一人娘、すなわち良子の母は、これといって取柄のない電電公社に勤める男と見合い結婚し（婿養子である）、三人の子供を生んだが、そのなかでいちばん祖母になついたのは末娘の良子であった。亡くなった祖父は真中の男の子をかわいがったのだが、この良子の兄にあたる少年は老人の愛情をいやがった。

大戦中は西海市の海軍工廠《こうしょう》で働いていたという祖父は、昭和二十年代の末になって、西海市の家を娘夫婦に預け、祖母の実家のある知原町《ちはる》（市内から車で二時間ほど西へ行った田園地帯）にいくばくかの田畑を借り受けて、夫婦二人で（ぼくの聞いた印象ではおそらく自給自足に近い形で）暮していた。良子の姉も兄も、たまに西海市の家を訪れる老夫婦には、あまり寄りつこうとはしなかったらしい。当時、三つか四つだった良子だけが、祖母に抱かれることを好み、食事もおとなしく祖母の膝の上でとった。良子を知原町へ連れて行きたいと祖母が申し出た時、悪戯《いたずら》ざかりの他の二人の世話に手を焼いていた娘も、酒が一滴も飲めない無口なその夫も、一言も反対の言葉を口にしなかった。こうして、良子は小学校にあがるまでの数年間、知原町の祖父母の元にあずけられることになる。その間に何度か、良子を西海市に戻すという話が持ちあがらなかったわけではない。たとえば、無口な父親が良子を街の幼稚園に通わせたいと突然言いだしたことがあったけれども、そのとき祖母は知原町までやって来た娘に、良子を手離したくないと泣いて頼んだ。娘は、まっ黒に日焼けして男の子か女の子かわからない恰好をした良子を見て、街へ連れて帰りたがったが、間に入った祖父が、母さんと一緒に帰るかそれともここに居たいかと訊ねると、良子はニコリともせずにここに居ると答えて祖母を喜ばせた。その頃の良子は、昼間は畑のそばに祖父が建てた掘立小屋で、与えられた一日三つのコンペイトウをしゃぶりながら古い絵本を読み、それに飽きると祖母と一緒にキャベツや大根の葉をいじったり、ひとりで野花を摘んだりした。夜は祖母と風呂に入り、同じふとんでラジオの浪花節《なにわぶし》（！）を聴いたし、祖父の昔話にじっと聴き入ることもあった。小学校入学と同時に、良子は街に戻された。

それからしばらくして、娘一家は夫の転勤で長崎へ引っ越す。それを機会に、老夫婦は畑を親類に返して西海市へ戻った。空いてる部屋に下宿人を二人おき、祖父は造船所に職を見つける。小、中学校時代の良子はたいてい夏休みには一人で、正月には家族そろって祖父母を訪れた。娘の夫はその後も転勤をくり返したが、ちょうど良子が高校に入る年、西海市に家を建て、ともかく家族だけでも落ち着くことになった。その前年に祖父が亡くなり（すい臓癌《がん》だった）、年金と下宿代とで生活していた祖母は、娘に良子をうちに住まわせないかと持ちかけてみたが今度は断られた。反対に、母さんこそ家を処分して私達と一緒に暮したらどうかと誘われたのだが、娘が本心から言っているのではないことが判っているから承知はしない。実は一度、祖父が生きているうちに、古い家を処分してもっと便利の良い土地に新しく建て直すという話が娘夫婦からあり、祖父は以前から住んでいる土地を売るなどとんでもないと耳をかさないばかりか、娘とその夫を叱りつけたのである。以来、親子の仲は、とくに祖父と婿養子との間は妙にこじれた。

しかし良子は休みの日や、それから学校の帰りにも時おり立ち寄って、祖母とふたりでお茶を飲んだり甘納豆を食べたりした。高校三年の夏頃になって、東京の大学へ行くという話を聞かされた時には、そんなに遠くまで行かなくとも長崎あたりでいいじゃないかと止めたが、良子は笑って、場所ではなく大学の質の問題なのだという。母親の方に電話をかけてみると、良子は英語の成績が良くて大学もそっちの方へ進みたいと言っているし、高校の担任も良子なら大丈夫だと合格を保証したなどと見当はずれのことを自慢する。そんな事より、十七の娘を一人で東京へ出して心配じゃないかと訊くと、うちの人が、良子には他の二人ほど手がかからなかったし、これといって何もしてやれなかったから、大学は何処でも本人が行きたいところへ行かせる、という意味のことを言ったそうである。何もしてやれなかったというのは、聞きようによっては当てつけに取れぬこともないが、それを言うとまた角が立つので祖母は黙った。

だいたい、大事なことになると決って、「うちの人が」と夫の言いなりになるのが、自分の娘ながら情けない性分である。良子の結婚の時もそうだった。祖母は見合い写真を見せられた時も、式の日取りが決る前に一度だけ本人に会った時も、色白で背のすらっとした見てくれはいいけれど、どうも芯の通ってないような、なよなよした感じがあるし、それに長男だという点も気になる。もう少し考えてみた方がいいのではないかと、母親にそれとなく助言したが問題にされなかった。うちの人がたいそう気に入ってるし、むこうの家柄に文句はない、それに良子だってその気になっているし。だが祖母の眼には良子がそれほどこの縁談に乗り気になっているとは映らなかった。ただし式の一ケ月前、これが最後と思って、本当にあの男と結婚したいんだねと念を押すと、良子は意外なほど明るく笑って、あたり前でしょうと答える。結局それで祖母は諦めをつけた。あの男と一緒になっても良子は幸せになれないのではないかという気がかりが消えたわけではなかったが、ともかく結婚が避けられぬのなら、祝福してやることしか自分にはできない。いつまでも不安を抱いて、そのために二人の結婚に暗い影の射すことを祖母は恐れた。だからその時から一言だって、相手の男について不満をもらすようなことはしなかった。ただ、披露宴の席ではじめて、にぎやかに喋りながら客に酒を注いでまわり、そしてそういう席には不似合いな甲高い声で笑っている姑を目にしたとき、ふと、むかし砂糖菓子を口に含んで静かに絵本を読んでいた頃の良子の姿が頭をよぎり、新しい不安を覚えたけれどいまさらどうしようもないことである。そのとき横にいた良子の姉（市内の小児科の医者のところにかたづいている）がぽつりと、あの姑さんじゃ良子は苦労するわね、そう呟いて祖母に叱られた。祖母は、めでたい席で縁起でもないことを言うものではないと小言を聞かせてから、かえってああいうあけすけな女が嫁を大事にするのだと心にもない意見を述べたのだが、しかし、良子の姉の予想は（ないしは祖母の不安は）一年も経たないうちに現実となる。

結婚の翌年、初夏。ある日スーツケースをさげて現われた良子は、玄関に立ったまま、今日からここでおばあちゃんと暮すと言った。この突然の家出に、祖母がそれほど驚かなかったのは、数日前にも良子がぶらりとやって来て二時間ほど昼寝をして帰ったのだが、その時の様子で孫の結婚生活がうまくいっていないことをうすうす感じていたからである。祖母はとにかくわけを話せと言い、良子は、決して取りみだして泣くことなどなしに、夫と姑がどんなに耐えられない人間かということを、夫について3、姑について7くらいの割合で説明した。むしろ取りみだしたのは良子の母である。その後一週間ほど、良子の母は不機嫌な自分の夫と娘の嫁ぎ先と祖母の家の間を駆けずり回り、良子の顔を見るたびに、ヒステリーをおこして泣き喚いた。あとになって、良子の父親が、良子はおばあちゃんに甘やかされて育ったせいで我慢ということを知らないと批難したそうだが、自分の女房と比べれば、娘がどれほどしっかりした我慢強い子か判ろうというものである。祖母は一人暮しで寂しいこともなくはないし（下宿人をおくことはとうに止めていた）、良子が共に住んでくれればそれにこしたことはないと思い、本人にもそう言って、子供がまだなのが不幸中の幸いだとなぐさめもしたのだが、結局この時は、母親の奔走と姑の妥協のおかげで、良子夫婦はしばらく市内に２ＤＫのアパートを借りて住むというところへ話は落ち着いた。けれども、一度そんな事があった後では、嫁と姑の間はもちろん夫婦の関係にも当然しこりが残る。そのくらい誰にだって判るはずなのに、良子の両親は娘の幸せよりも世間体の方を重く見て、臭い物に蓋をするようなまねをしてしまった。２ＤＫのアパートが付け焼刃の処置にすぎないことは祖母の眼にはあきらかだった。

この話に続いて、おそらく良子の離婚のいきさつがもっとくわしく語られるはずだった。少なくともぼくはそう期待したし、期待しながらも、それを黙って聞いていてはいけないような気がしていた。いまにも奥の部屋から良子が出てくるのではないかという不安が兆した。煙草が喫みたくてしようがなかった。しかし卓子の上には麦茶の入ったグラスが二つあるだけで、勘が鋭いはずの老婆はちっとも気がついてくれない。とにかく一本とりだしてマッチで火を点けてから、灰皿を捜すふりをしてみせると、やっと立ちあがって、仏壇にトマトを供えたのと同じような小皿を持って来てくれた。縁側の簾を通して、どこからか高校野球の放送が聞こえた。ぼくは、二つめの灰――それは静かに煙草の形通りに燃えつきた――を白い陶器の上へ落し、再び、さきほどよりも低い声で始まった独り語りに注意をむけた。良子の祖母がそのとき話しはじめたのはしかし孫の離婚についてではなく見合い話である。それが四年前の話ではなく現在のことだと気づくまで、ぼくはしばらく手間どった。

実は今日が良子の見合いの日だというのだった。もともと良子の両親は、何より娘を再婚させることしか頭にないような親たちで、今年になってからはすでに二度、見合いの段取りをつけ、むろんここへ話を持ってくるのは母親の方であるが、離婚してまだいくらも経たぬ良子が承知するわけはなく、祖母にも厳しくたしなめられると、例のヒステリーをおこして、女が一人でこの先どうやって生きていくつもりかだの、わかったもう二度と良子の世話は焼かぬ、その代りどうなっても私は知らないだのと、泣言を並べたけれど、なんとかその話は立ち消えになった。それが、今月になってまた母親がやって来て言うには、実は良子の別れた亭主（現在は博多へ単身赴任している）の方から復縁の話が持ちあがっている。三年も一緒に暮した男なのだから、できればそうするのがいちばんだ、などと真顔で話す。良子はもちろん相手にならなかった。祖母が脇から、三年も一緒に生活してうまく行かなかったのだから何べんやってても同じことだと意見すると、母親はしかし思いのほか簡単に折れ、それならば、ここにひとつ良い話がある。もう私が勧めるのはこれが最後だと思って、いやでもとにかく一度会うだけ会ってみてくれ、と言い出した。またしても見合いである。相手は東京の一流とはいえぬが二流でもない商社に勤める三十四の男で、二年前の交通事故で妻を失くし、子供もいない。お盆に西海市へ帰省して良子と会ってみることで話は決っていたけれど、仕事の都合でそれがだめになった。が、先方は乗り気で、十五日を一日空けて待っているから、こちらから上京してもらえないかとのことである。良子、一緒に東京へ行ってくれまいか。そんなことをぬけぬけと言う。見合い話だけならまだしも、これでは出戻りの娘を体よく東京へ追い払うようなものではないか。祖母は即座に反対したが、今度は母親も譲らなかった。復縁か見合いか、どちらか一つを選んでもらわねば私の立つ瀬がない、と無茶なことを口走り、良子に向って、頼むから親孝行のつもりで私と東京へ行っておくれ、母さんをこれ以上泣かせるようなまねをしないでおくれ、といままでと違ってしおらしく、芝居気たっぷりに目頭を押えてみせた……

　どうして良子が東京へ行く気になったのか、深いところは祖母にも判らぬが、しかしこれだけは言える。見合いの相手がどんな男だろうと、良子は結婚するつもりなどないということだけは。もし両親が強引に話をまとめるようなことをすれば、祖母は黙っていないつもりである。だから田村さんは何も心配する必要はない。――この時ぼくは確かに何か言いかけたのだが、はっきりした言葉にはならなかった。年寄りは何も聞こえないようにそのまま先を続けた――良子は男運のない娘だが、それは考えてみればろくでもない男を押しつけた親たちの責任であって、あの子に罪はない。銀行に勤めていた頃だって、良子が親しくしていたのは地味でしっかりした青年だったのに、高校までしか出ていないのでは先々何かと不都合があるだろうとか何とか、まだ良子がその青年とどうするとも言ってないうちからいいようにまるめこんで、結局、あの男と見合いさせてしまった。だいたい良子の器量なら、ほうっておいても男の方が黙っていないのであって、これは祖母の若い時がそうだったのだから間違いない。そのなかから、ちゃんとした男を選ぶだけの才覚も良子にはある。レストランの同僚だとかいう礼儀知らずの男から毎晩のように電話があった時も、一ぺんだって応じようとしなかったし、むろん、変な男に言い寄られてフラフラとついていくような娘では、良子は決してない。それに今は田村さんという人もあるのだし。レストランを辞めたのは、一つにはそんなこともあったせいだろうが、一番良くないのはやっぱり親たちで、くわしく知りもしないくせに、良子に水商売など勤まるわけがないなどと（ホステスをしているわけでもあるまいし）、せっかく娘が働く気になっているのに水をさすようなことを言い続けたからだ。彼らは祖母に良子を甘やかしすぎると常々言ってきたが、実際に甘やかしているのは自分達の方ではないか。たとえ水商売だろうと何だろうと一人でちゃんとやっていける力があの子にはある。それを本人の気持などおかまいなく、まるで出かけた芽を摘み取るようなことをして、今日の娘の不幸のもとをつくったのが良子の両親に他ならない。今度こそ、良子に幸せになってもらいたいと祖母は願うのである。女の幸せは親が決めた縁談ではなく、お互いに好き合った男と所帯を持てるということだ。――そう言って彼女は鴨居の写真を見あげた――良子が外泊をはじめた頃は、自棄《やけ》になったのではないかとずいぶん心配もしたし、そのことで何度か口喧嘩したこともあったが、今日田村さんを見て本当に胸を撫でおろす思いだ。良子が田村さんのことをあんまり話そうとしないのは、反対されるとでも思っているのだろうか。あの親たちと同じに見られているかと思うと寂しいかぎりだが……。もちろん、あなた方のことに反対するつもりはない。田村さんは礼儀正しい、しっかりした男性にお見うけするし、それに仕事だってきっとすぐに見つかるでしょう。若い時には誰にも必ず、何をしてもうまく行かない不遇な時期があるものだ。死んだ夫にもあった。しかしこうして八十年近く生きて、当時をふりかえってみると、そういう一年や二年の苦労など取るに足らないものだということが判る。よく判ります。だから焦ることはないし、何も心配することはない。……よけいな出しゃばりと思ったけれど、どうしても田村さんにお会いして、ひとこと言わずにおれなかったもので。ただ、このことが良子に知れると、また年寄りのいらぬおせっかいと怒られるから、あの子には内緒に。お願いします。どうか、くれぐれも、良子のことはよろしくお願いします……

こんな時、つまり女の祖母から孫をよろしく頼むと手をつかれた時、男は何と答えればよいのだろう。ちょっと待って下さい、と言えるだろうか？　早合点してもらっては困る、と言えるだろうか？　ぼくは返す言葉も知らず、三本目の煙草を揉み消したり、頭に手をやってみたり、その頭をこころもち下げたり、意味もなく咳払いをしたりすることしかできなかった。それを相手がどう見たかは判らない。が、白状すると、ぼくは喜んでいたのである。礼儀正しくしっかりした男性というのが年寄りのお世辞だと判っていても、やはり孫の相手にふさわしいと認められたことは嬉しかった。それは当の良子とぼくとの関係がどうであろうと全く別問題のようで、つまり女と結婚する意志のあるなしにかかわらず、女の祖母から婿の資格を与えられることは男の自尊心を満足させるものらしい。そしてどうやらこの辺から、ぼくは良子という女を別の新しい角度で、ちょうど去年の今頃サウナ風呂屋の一人娘を眺めたと同じように、眺めはじめていた。本当は前の晩、すでに明日の訪問を心に決めて、祖母の話の内容をいろいろ予想してみた時から、あるいはもっとずっと以前から角度は変りつつあったのかもしれないが、はっきり自分じしんで意識して眺めたのはこの日である。ところが、不思議なことに、というかうかつなことに、ぼくは良子の気持をすっかり無視して、要するに自分一人の問題として良子との結婚を考えはじめていたようだ。小島家を辞去し、バス停まで道順を確認しながら歩く途中も、バスを、祖母が時刻表を調べてくれたおかげで三十秒ほど待つ間にもその考えはつづき、俺ももう二十八なんだし相手は三十だ。結局、落ち着くとこに落ち着くしかないだろう。そろそろ覚悟を決める時期のようだ。などと下唇を嚙んでうなずいてみたりした。それが妙なもので、バスに乗り（街へ向う人で混んでおり、ぼくは立ちっぱなしだった）、吊り革につかまって外の景色を見るともなしに見、車内に目を戻し、それぞれ三四歳の子供を膝にのせた若い母親が二人並んで坐っているのをしばらく観察し、……女の子の機嫌が悪く、泣きだして、母親があやしても泣きやまず大きな口をあんぐり開けてむずかっている。すると隣のおとなしい男の子の母親が、その口を覗きこんで、

「まあ、きれいな歯ね。虫歯が一本もない」

「そうなの。それだけは気をつけてるから」

子供はこの会話を聞いたとたんにぴたりと泣き止んだ……それからもう一度窓の外を見た時にふと、男には二通りある、お嬢さんを僕にくださいと頭をさげるか、娘を疵物《きずもの》にした責任を取れと親に詰め寄られるかだ、という何処かで読んだか誰かが酒の

席で言ったかした文句が浮んで、ぼくの場合はしいていえば後者だろうが、別に責任を取れとせまられたわけでもないし、娘は最初から疵物みたいなものだし、嫌ならいやでまだ逃れる道はいくらでもあるのだと、自分を安心させることに躍起になったりする。が、それもバスのステップを降りるまでで、一歩夏の遅い午後の街中へ歩きだすと、しかしぼくはいやではないのだから、逃れる必要など少しもないのだと、まるっきり逆のことで安心してみたりもするのだった。

気持の混乱を静めるつもりで喫茶店へ入って、週刊誌を読みながらコーヒーを二杯飲んだ。ウェイトレスは二度とも、ホットですね？　と聞き返した。それからパチンコ屋で三千円損したあとで、二時間ほど良子のことも良子の祖母のこともすっかり忘れていたことに気がついた。外へ出ると、盆踊り広場の公園の方角から伝わってくる太鼓の響きのせいで、たそがれの街全体が浮き立っているようである。浴衣姿の女たちの下駄の音を聞いて、なにか足元をすくわれたように、ぼくは妙な人恋しさを覚えた。伊藤に電話をかけると母親が出て、公は高校のクラブの合宿に付き添って阿蘇《あそ》へ出かけているという。他に四人ほどあたってみたが誰もつかまらない。一人でいたくない時に限って一人でいなければならない。太鼓は威勢よく響いている。下駄が優しく鳴る。遠くで爆竹がはぜる。夜がゆっくり降りてくる。ぼくは夏祭りの人波に呑まれて歩きはじめた。

夜店の金魚すくいに熱中しているときに、といっても見物していただけなのだが、遠慮がちに肩をこづかれた。振り向くと、派手なピンクのポロ・シャツに白いスラックス姿の男が立っている。カーディガンだった。

「ひとり？」

と、訊ねるよりは挨拶代りに言い、あとはてれくさそうな笑いを浮べている。ぼくは両手で握手を求めたい気持をこめてうなずいた。

「こないだはどうも」

「うん？　ああ、こないだね。どうも」

男どうし一週間ぶりの再会を祝っていると、そばから女の声が、

「知ってる人？」

ぼくとカーディガンは同時に声の方を向いた。紫色の袖なしのチャイナ・ドレスを着て、顔より大きな綿飴《わたあめ》の棒を握っている。ビアガーデンで見た女かどうかは思い出せない。カーディガンはつらそうにぼくに両眼をつむって見せると、もう一度女を見て、

「おまえ、金魚すくいやりたくないか？」

「やりたい」

「じゃあやれ」

「ん」

とだけ返事をして女が綿飴をカーディガンに渡した。しゃがむとドレスのスリットが割れて、太腿《ふともも》のあたりがむきだしになった。

「奥さん？」

とぼくは小声で訊ねた。カーディガンは、小きざみに何度も首を横に振って、

「また悪い冗談を」

それから白い革靴の先で女の尻を蹴るまねをする。

「誰がこんなブスと」

「可愛いじゃないか」

「こいつが？」

「うん」

「なんなら、やったっていいぜ。まわしてやるよ」

カーディガンはそう囁いて、例の山田のフォーク・ボールのサインと同じ手つきをし、

「好きなんだこいつ、これだけ」

笑顔になったが、それは卑猥《ひわい》な笑いではなく、まんざらでもないというふうにぼくの眼には映る。まわしてやるという台詞はだから、自分の恋人を褒められた男の暗いジョークなのだとぼくは考えることにした。

「おい、釣れたか？」

機嫌良くカーディガンが声をかけ、何も言わずに女が立ちあがった。

「ヘタクソ。俺がかわってやる」

ちょうど綿飴の棒が男の手から女の銀色のマニキュアの指へ移ろうとした時、ぼくの腰に突然何かが激しくぶつかってきた。ぼくはよろめき、その何かは反動をくらって倒れ、火がついたように泣きだした。風船が、ぼくの肩と頬を軽く叩いて舞いあがり、あっという間に、手の届かない闇のなかへ吸いこまれていく。

「走っちゃいけないって言ったでしょう。もう一つ買ってあげるから、ね」

「また買ってやるよ」

地面に落ちた綿飴に見向きもしないでカーディガンが言った。女の肩を抱いて、ぼくのことなど忘れたように人ごみの中に歩きかけ、

「ちょっと待っててくれ」

新しい風船を持って父親が現われた。子供とお揃いの浴衣を着た母親がぼくに笑いかけた。

「ほら、さっきと同じ。よかったわねえ。おじさんにごめんなさいは？」

ぼくは三人を見送り、二人を待った。金魚屋の前にたたずみ、時おり道行く人に押されてよろけながら、さっき女の肩を抱いて歩み去ったカーディガンの後姿に、いつ

だったか月曜の朝の競輪場で、真新しい予想紙をひらひらさせて頼りなげに歩いていた同じ姿を重ね合せていた。そして、第一レースの開始前にその日の最初の煙草に火をつけて無精髭を撫でている男にも、競輪場以外の場所でのそれぞれの恋人があり生活があるわけだ、というしごく当然のことに、いささか勿体《もったい》をつけて感心していた。あの男、言葉のうえではどうも女を乱暴に扱いすぎるきらいがあるけれど、やっぱり惚れてることに変りはないんだろう。ぼくは何となく切ない気分になって良子の顔を思い浮べ（ソバカスはぼやけて見えなかった）、結婚を考え（良子が今日、東京で見合いをしたことはきれいに忘れている）、ぼくたち二人の未来の、それも近い未来の生活について漠然と思いをはせていた。今思えばそれは、実に甘ったるい、箸にも棒にも掛からぬ青春映画の一場面のようである。

カーディガンが戻ってきた。その後から、恋人がバラ色の綿飴を手に戻ってきた。カーディガンが、いい店を知ってるから三人で飲みに行こうと誘った。ぼくは応じた。三人は並んで祭りの中心を離れ、歩きながら、真中の男は左側の女と右側のぼくに忙しく平等に話しかける。無口な、返事に短い言葉を口にするだけの女は、赤い舌と紅い唇を上手につかって飴を舐め続けた。その女に見とれながらぼくは、服装といい喋り方といい軽薄であることは否めないが、しかし案外こういう女は、いや、どういう女も男の妻になれば変るのかも知れない、と何の根拠もなく思ったりし……、アーケ

ード街に入って歩きはじめてから、まもなくである。カーディガンがだしぬけに、

「めぐみ、あそこにケーキ屋がある。な、見えるか？」押し殺した声で言った。

「うん？」とだけ女は答えた。そのゆったりした口調は男を苛立たせた。

「前を見ろ、前を。ケーキ屋があるだろうパチンコ屋の隣に」

「白砂屋《しらさや》？」

「店の名前はどうでもいい。おまえあそこに入れ。エクレア買って、自分のアパートに帰ってろ」

「なんで？」

「黙って言う通りにしろ。ひっぱたくぞ」

「……エクレア幾つ？」

男の返事は聞こえなかった。そのまま歩き続け、訳のわからぬままぼくと女も同じように歩き続け、ケーキ屋の前にさしかかった時、

「よし、行け」

男は女の背中を押した。女はちょっと躓いたようなハイヒールの音をたてて離れていった。綿飴は落していなかった。

「振り返るな」

男が歩き続けながらぼくを厳しく咎めた。歩き続けながらぼくは驚いて男の横顔に

視線を戻した。前を向いたまま、いまの厳しさの言い訳のように男はつけ加えた。

「つけられてる」

「え？」

「刑事《でか》だ」

「…………！」

「心配ない。あんたに迷惑はかけない。いいかい、今度の路地で右へ入るんだ。あのビルのちょっと先だ、薬局のわき。俺はまっすぐ行くから」

「でも……」

「言った通りにしないと巻添えをくう……」

「……どうして刑事が……」

「大丈夫。あんたには関係ないから」

「何か……」

やったのかと訊こうとしたが、言葉になる前に生唾と一緒に呑みくだした。ぼくは、知らず知らずのうちに早足になりながら、緊張した男の横顔を視つめ、それからたまらずに後ろを振り返った。

「よせ！」

「あの二人連れ？」

「いや一人だ、でかい奴。駄目だ、もう後ろを見るな」

もうぼくは後ろを見なかった。薬局が見えた。シャッターが閉りかけている。

「さりげなく」と男が言った。「用事を思い出したみたいに歩いてくんだ……行け」

ぼくはさりげなく男のそばを離れた。つもりだったが、両足の運びはコール・タールの上を歩いてるようにぎこちなかった。薄暗い路地へ最後の一歩を踏み入れ、そして小走りに駆け込んだ。コンクリートの壁に寄りかかると、眼を閉じて深く息を吸い、吐いた。何処かで微かに機械のうなる音がしている。深呼吸をくり返しながらしばらく聞いていた。それからぼくのすぐそばで、砂利のきしむような音を聞いた。

「山崎よ」

親しげな男の声が言った。ぼくは愕然として男の足元から目をあげた。

「おまえも度胸のいい奴だな。ん？　まだこの街にいたのか」

男の表情はよく見えなかった。アーケードの灯りを塞ぐように立った男の影は、ぼくより一回りも二回りも大きかった。路地には男とぼくの二人しかいない。山崎と呼ばれたのはぼくに間違いなかった。

「待てよ」

再びさりげなく路地の奥へ歩きかけたぼくの腕を男が摑んだ。男の掌にこめられた力のせいでぼくの足は竦《すく》んだようだった。腕を摑まれたまま、なかば本能的に前へ進もうと試みたが相手はびくともしなかった。

「人違いでしょう」と言ってみた。

「まあ話を聞け、山崎。悪いようにはしない」

「ぼくは田村という者で――」

「いいから、な。おまえのやったことは全部判ってるんだ、俺は」

「違うんですよ」

「しらばっくれたって無駄だ。話をしようじゃないか。はっきり言う。俺も面倒臭いのはにがてだ。百万でいい。それでおまえを見なかったことにする。どうだ？」

男の力がふっと緩んだので、ぼくはすばやく振りほどいた。二の腕を撫でさすりながら、

「人違いです。ぼくは山崎じゃない」

「おいおい、頼むぜ山崎」

男は口の中で何度も舌を打ち鳴らした。

「違うって言ってるのに――」そう抗議したとたんに、ぼくは胸ぐらを摑まれて壁に押しつけられた。男の酒臭い息をまともに浴びた。「それはないでしょう」男が猫撫で声で囁いて、「ん？」いっそう力をこめた。まるでベテランのトルコ嬢みたいに、言ってることとしてることとの間に差があった。ぼくはむなしさよりも苛立ちを覚え、

せつなさよりもむしろ恐怖を味わった。

「百万でいいって言ってるんだぜ、百万で。出してくれよ。口止め料と思えば安いもんじゃないか。な、だせよ」

「…………」

「こら山崎、あんまり人を甘く見るなよ。おまえ、帳面を握ってるんで安心してるんだろうがな、俺がこのままおまえをマスターのとこへ引っぱって行ったらどうなる、ん？　考えてみろ。そうなったら帳面なんか何の役にも立たねえぞ。歯折りたいか？　そりゃあ怒ってたぜ。脚折られたいか？　他所者が一人消えたって誰も気にしやしないんだぜ。それよか、なあ、俺と取り引きしようや。な、山崎。わかったか？　え？　わかったのか？」

　ぼくは何度も何度もうなずいた。うなずかなければ窒息しそうだったからである。男はよしと言って手を離した。ぼくはその場にしゃがみ込んで息を整えた。なんとかして誤解を解かなければと焦った。そして、明るい場所で顔をじっくり見てもらえばいいのだという実に簡単でまともな方法に思い当った。男の靴先がぼくの腰を蹴った。

「立て」

　ぼくは腰をさすりながら立ちあがった。路地の入口へ向いかけると、また腕を摑んで引き戻された。

「どこへ行くんだ」

ぼくはたたらを踏みながらうんざりして首を振った。なぶり物にされているような、泣きたい気持だった。こいつは話したって判るような相手ではない、そんな思いが頭をよぎった。けれど、話さなければ事は一歩も進まない。ぼくは男に腕を握られたまま、

「あのね――」

と言いかけて後が続かず、そののんびりした文句に我ながら苛々した。あげくに、ぼくは空いてる方の掌を男の眼の前に突き出した。

「人違いなんですよ。ほら、違うでしょう。こんな指じゃないでしょう、野口のは。いや山崎か。でも本当の名前は野口という――」

男の手がぼくの手をにべもなく払った。チッと舌うちする音が聞こえた。次に男の手の甲がぼくの頬を打った。何かが始まったようだった。男が低く呻いて、両手で喉を押えながら倒れていった。ほんの短い間だったが、ぼくは呆然と立ちつくして男を見おろしていた。四月にあのバーテンから受けた痛みと怒りがよみがえった。ぼくの足が渾身《こんしん》の力で男の腹を蹴りあげた。もう一つ蹴った。しかしそれで終りだった。そのとき突然、男が荒々しい唸り声を発し、苦し気に喉を鳴らし、ぼくはいっぺんに我に返って怯《おび》えた。男は四ケ月前のぼくと違ってタフだった。何度地面に叩きつけても

まだ生きている蛇みたいな男だった。身を起して、ぼくの足首を摑んだ。ぼくは恐怖に狂ったようにもう一方の足で男の手を踏みつけ、男の悲鳴を聞いて路地の奥へ駆け込んだ。奥は行き止りだった。五六歩後戻りして右の脇道へ入った。男の靴音がすぐ後を追って来た。それからたぶん（よく覚えていないのである）、幾つかの路地から路地へと走り続け、追われ続け、いきなり眼の前に迫ったガード・レールを一つ飛び越え（うまくいった）、もう一度飛び越え（これもうまくいった）、灌木《かんぼく》の繁みもかまわず飛び越え（そこねた）、もんどりうって倒れこみ、何かにしたたか額を打ちつけた。ブランコだった。痛みをこらえながらブランコに八つ当りして片手で力まかせに脇へ押しやった。それが戻ってきて（あたり前だが）今度は後頭部に一撃をくらった。痛みをじっと我慢していると上のほうで、「山崎！」と男の声がした。ぼくは振り向きもせず、土の上を痛風の百足《むかで》のように這った。立ちあがりかけて転び、立ちあがって数歩走り、そして結局もう一度何かに足を取られて這いつくばった。瞬間、剣山を顔に押しつけられたような痛みを感じた。口の中に砂がしこたま入りこんだ。男が息を切らせながら、ぼくの体のどこかを摑んで引き上げてくれた。もう充分だった。どうにでもなれ。お互いに息をはずませて、しばらく顔を見合せた。男の方が先にその場に崩れた。それからぼくが、引きずられるようにゆっくり尻餅をついた。男はそれっきり動かなかった。

「やった……」

うっとりしたような声でカーディガンが言った。

「やっちまったぜ刑事を」

カーディガンの手から落ちたレンガがぼくの足元に転がった。ぼくはまず口の中の砂を吐き出そうとした。指を突っ込み、舌を使った。喉を詰らせ、いくらか砂を呑み込み、涎を手で拭った。カーディガンがそばに寄って来て訊ねた。

「俺じゃなかったんだな。あんた、いったい何をやらかした？」

ためいきがでた。まだ口の中に残った砂が不快だった。カーディガンに肩をかしてもらって立ちあがった。身体についた砂を払いながら、仰向けにのびている男をながめた。刑事というより、元プロレスラーといった感じだった。カーディガンが忍び笑いをもらして、

「あっけないもんだ。一発できまるとは思わなかった」

ぼくはレンガを拾いあげてみた。血はついていなかった。カーディガンが眼で砂場の周りを示した。砂場は二段積みのレンガで囲ってあった。ところどころ歯が欠けたように消えている。

「大丈夫かな」とぼくは呟いた。

「大丈夫さ。顔は見られちゃいない」

　ぼくは気絶している男のそばにしゃがんだ。頭をそっと動かしてみると、下の砂が黒っぽい血で濡れているのが判った。

「死んじゃいないだろう」カーディガンが耳元で言った。「心配ない。それよりあんた、早いとこ逃げた方がいいぜ。何をやったかきかないが、この街を出た方がいい」

「何もやってない」

「えっ？」

「刑事じゃないんだ、この男は」

「……じゃあ、誰なんだ？」

「知らない。知るもんか」

「でも、どうして」

「人違いなんだ。信じないかもしれないけど、本当なんだ」

「人違いって、そんな。誰と？」

「…………」

　カーディガンが敏捷《びんしょう》に動いた。男の上着（季節はずれの暗い色の背広）の内ポケットを探ると、「名刺があるかもしれない」

弁解するように言ってつかみ出し、それから、「あった！」と短く叫んで水銀灯の下へ小走りに近寄った。ぼくも後に続く。カーディガンが几帳面に声を出して名刺を読んだ。

「スナック・バー、風の家、松林ひろみ、あなたのひろみをヨロシクネ。なんだこりゃ」

水銀灯にカナブンでも衝突するのか、頭の上の方で時々澄んだ固い音が聞こえる。通りをうかがったが人影はなかった。車も通っていない。

「ちぇっ、ぜんぶ女の名刺だ。財布にも三千円しか入ってない。あとはサラ金のチラシ、キャバレーの割引券」

「その下のは？」

「競輪の出走表。なんだ六月んじゃないか」

ふたりして砂場の方へ戻っていった。カーディガンが男の持物を元へ戻した。

「行こう。人が来ないうちにずらかろうぜ」

「だって、このままじゃ――」

そのとき突然、倒れていた男が不気味な唸り声を発したので、ぼくたちはとびあがった。カーディガンがすばやくレンガを拾いあげると、もう一回男の頭を殴った。それを見とどけてからぼくが叫んだ。

「何するんだ！」

「大きな声を出すな。やばいじゃないか」

「でも……」

「来い。行こうぜ」

ぼくは動かなかった。両足は走り出したくてうずうずしていたのだが、動けなかった。カーディガンが戻って来てじれったそうに言った。

「どうしたんだ」

「死んでる、みたいだ……」

カーディガンが男のそばにしゃがんで顔を近づけた。それから立ちあがり、ぼくを見ながら、男の体を靴の先でつついて、

「死ぬもんか、これくらいで」

「これから死ぬかもしれない。救急車を呼ぼう」

「だめだ」

カーディガンがそうきっぱりと言った。

「さあ来るんだ」

「………」

「なんだ震えてるのか」

カーディガンに手を引かれるようにしてぼくは歩き出した。公園を出る前に一度だけ、水銀灯の下で後ろをふり返ったが、暗くてよく見えなかった。心配するな、とカーディガンはぼくをなぐさめた。十分もすりゃ立って歩きだすさ。忘れてしまえ。誰

も見てない。通りに人影はなかった。入口に看板が立っていて、若草児童公園と読めた。その下に、ここはよい子のみなさんの遊び場です、と書いてあるのが読めた。

「どの辺だろう、ここは」

「行こう」

カーディガンがうながした。ガード・レールを跨いで車道を渡る。渡りながら、男の所へ戻って行くべきではないかと迷っていた。戻って介抱するべきじゃないか。救急車を呼んでやるべきじゃないのか。しかし歩きながら考えるには車道の幅は狭すぎた。反対側のガード・レールが目の前にあった。カーディガンが身軽に飛び越えた。車が一台こちらへやってくる。跨いだ。もう引き返せない。

「こっちだ」

カーディガンが呼んだ。路地へ駆けこみ暗い路地を走り出した。

アーケード街へ戻り、夏祭りの人出にまじって歩きながら、忘れてしまえ、誰にも喋るな、ともう一度釘をさされた。大通りへ出た。大丈夫かと訊かれたので大丈夫だと答えた。一人で帰れるか？　帰れる。カーディガンが手をあげてタクシーを呼んでくれた。

「夜はずっと家に居たことにしろよ」

「……うん」

タクシーが止りドアが開いた。ぼくが一人で乗った。

「忘れちまえ」

「忘れる」

ドアが閉った。ぼくは行先を告げた。声は冷静だった。忘れることは容易く思えた。

＊

若草児童公園の砂場で元プロレスラーの死体が見つかったという記事は、翌日の朝刊にも夕刊にもなかった。その次の日もなかった。三日目も同じである。

だからもうこんな夢を

FADE IN
灯りのない取調室。黒い机をはさんでぼくと刑事（何故か二十代の高倉健の顔）が向い合っている。机の上に蛍光灯のスタンドが一つ、光の輪を落している。
刑事　（激しく机を叩いて）いいかげんに吐け！
ぼく　人違いだ。ぼくは無実なんだ。

刑事　(怪訝そうに)人違いだと？

ぼく　(高倉健の演技のつたなさに心の隅で驚きながら)そうなんです、聞いてくれますか。

ぼく　(ライトをぼくの顔に浴びせて)なにが人違いだ。やっぱりきさまじゃないか山崎。

刑事　(掌で眼をかばいつつ)違う、違います。

ぼく　じゃあこれを見ろ。

刑事　見ると、ライトは壁の手配写真を照している。ぼくの笑った顔の下にWANTED.

ぼく　冗談でしょう。

刑事　冗談で役者が勤まるか。それともきさま、冗談で人を殺したのか。

ぼく　まさか。

　この時刑事の背後から赤いカーディガンの姿が現われる。

ぼく　あっ！　そいつだ、その男です。

刑事　(落ち着いた口調で)この男がどうした？

ぼく　レンガで頭を殴ったんです、二度も。

刑事　(カーディガンに)本当か？

　カーディガンは黙ってうなだれる。

ぼく　（勝ち誇って）ねっ、本当でしょう。これで判ったでしょう。
刑事　（つまらなそうに）そんな事は最初から判ってるんだ。
ぼく　え？
刑事　ガイ者の死因は、喉に受けた一撃によるものと判明した。
ぼく　なんですって⁉
〈フラッシュ・バック〉
男の仰向けの死体。
喉元のアップ。どす黒い指の跡。
刑事　これからきさまの指紋と、ガイ者の喉に付着していた指紋を照合する。（身をのり出して）手を見せろ。
ぼく　そんなバカな……いやだ、よして下さい。違う。無実だ。ぼくじゃない。濡れ衣だ。人違いだ！　……

FADE OUT

見てうなされる必要はないのだと、ぼくは自分に言い聞かせた。事実見なくなったように思う。しかし、目覚めている時に忘れてしまうことなんてできやしない。考えてみれば、カーディガンにとっては忘れてしまえばそれで済むことかもしれない。男は（どうやら）死ななかったのだし、殴る時に顔も見られていないのだから。けれどぼくはどうなる。頭をレンガで二度殴られても十分後には立ちあがった（？）タフな男は今も生きてこの街にいるのだし、顔は覚えられている。というより、男にとってぼくの顔と山崎（野口）の顔は同じ一つの顔である。野口がこの街で何かをしでかしたことは間違いない。百万よこせと言った男の言葉から推測すると、また金を盗みでもしたのだろうか。女がまた絡んでいるのだろうか。また他の街へ駆け落ちしたのだろうか。どうしてあの時ぼくは、カーディガンに言われるままに男を置き去りにして逃げたのだろう。男に確かめるべきではなかったか。男が気がつくのを待って、人違いであることをはっきりさせるべきではなかったのか。それから、男を殴ったのはぼくではないということも。男は判っているだろうか。後ろからレンガで殴れるような状況にぼくは立っていなかったということを。覚えているだろうか。もし判っていなくても覚えていなくても、ぼくが事のなりゆきを説明してやることはできたはずである。そうすべきだった。意識がもどった時、そばにぼくがついているのといないのとでは大きな違いだろう。介抱してくれた者に対する感謝と見捨てて逃げた者に対する恨みと。ぼくは逃げるべきではなかった。逃げなければ、山崎の一件は人違いということで、頭の傷はカーディガンの勘違いということで、それっきりぼくには何事もなく済んだかもしれない。済まないかもしれぬが、今のこの最悪の状態よりはましだったろう。しかしもう遅い。男はぼくを山崎だと信じたままである。殴られた怒りは残って、それから喉を突かれた怒りと百万円を拒否された怒りと三組《みつぐみ》になって、おそらく山崎にしか向けようがない。あのタフな男が手負いの熊になった。狙うのは山崎である。山崎の正体は野口である。そして野口は——本物の野口は、きっともうこの街にはいない……

月の後半、ぼくは夜は絶対に外へ出ないことに決め、昼間も近所のスーパーまで眼鏡をかけて買物に行くだけにとどめ、あとはほとんど部屋にこもって過ごした。もちろん競輪もやめにした。その後の新聞に注意したが、男の行き倒れが発見され死因は以前後頭部に受けた打撃の後遺症である、という心のどこかで微かに期待した記事は見つからなかった。そのかわり、女子高校生の売春グループが摘発され、斡旋《あっせん》していたスナック経営者とホテル従業員が逮捕されたニュースが、ある日大きく報じられた。伊藤の噂話は事実だったわけである。

九月

口髭は十日を過ぎる頃にはきれいにはえそろった。

十二日の午後、テレビを見ていて急に思い立ち、生れて初めてパーマをかけた。縮れ髪のオール・バックに眼鏡をかけたぼくを見て、行きつけの床屋の若主人は、道で会ってもちょっと気づかないだろうとうけあってくれた。

刑事にあとをつけられてもおかしくない（と自分で思いこんだ）カーディガンは、すでにあの夜の事を忘れてしまい、八月の競輪場ではあいかわらずツキまくったに違いない。それにひきかえ、何のやましいところもない善良な市民であるぼくが、忘れきれず、部屋に閉じこもりきりのせいで、膝の裏や首のまわりにあせもをこさえて風呂あがりにはシッカロールだらけになり、そのうえ変装までして怯えている。考えれば考えるだけシャクだった。

九月の西海競輪は十三日と二十日から三日間ずつ開催され、後節にだけ出かけてみたが成績はぱっとしなかった。カーディガンの姿は一度も見かけなかった。

酒を飲みに夜の街に出かける勇気はまだなかった。

良子はとうとう二ケ月間現われなかった。こちらから電話もかけない。なぜ来ないのかぼんやり考える。考える時間は充分あった。


来る日も来る日も、汐《しお》が徐々に満ちるように、それがしだいに引汐に変るように、ぼくは良子との結婚を何度も決心したり、思いなおし続けたのだが、決心を鈍らせたのはやはり彼女が見合いの話を隠していたという事実である。良子の祖母はあのとき、良子はぼく以外の男と結婚する意志がないと頼もしい保証をしてくれたけれど、そしてぼくはそれを鵜《う》呑《の》みにしたけれど、結婚する意志がないのに見合いするというのは、それも東京まで行って見合いするのはどう考えても矛盾している。納得がいかない。もし祖母の言う通りだとしたら、良子がぼくに教えないはずはないだろう。たとえばベッドの上であの最中にでも、

「待って——。大事な話があるの。……お願い、ああ（喘ぐ声）……聞いてちょうだい。あたし今度、東京で、見合いを、ああ（同）」興奮を抑えながら打ち明け、

「えっ!?」

とぼくの動きを止めるような場面があってもよかったのではないか（最近見たテレビ・ドラマのベッド・シーンに酷似しているような気がするが、まあいい）。たぶんあってもよかったと思う。しかし実際はなかった。ベッドの上でも下でも気配すらなかった。いったい祖母は何を根拠に良子がぼくと結婚したがってると言ったのだろう。だいいち、本人達は結婚について具体的には一言も語り合った覚えはない。ベッドの行為を別にすれば、良子がぼくとの結婚を望むような素振りを見せたことはないし、ぼくにしたって、彼女との結婚をまったく考えないと言えば嘘になるが、そう差し迫って考えたこともなかったので、たとえさっきのようなベッド・シーンがあったとしても、どれほどの驚きと衝撃をうけて「えっ!?」と叫んだか疑問である。祖母の保証を真に受けるのは、どうも、人が好《よ》すぎる気がしてきた。

それで、ぼくはもう一度あの日の祖母の長話を、順序通りではなくところどころ思い出してみたのだが、まず躓いたのは、良子が見合いの他にもずいぶんいろんな話を隠していたものだということである。が、この感想は錯覚だとじきに気づいた。何故なら祖母の話の大半は家族の打ち明け話であって、良子がそれを口にしなかったとしても不思議はない。隠していたと責めるのがおかど違いだろう。ただ、良子が銀行員だった頃に交際していたという地味な青年の話は気になるけれど、これもぼくと知り合う以前のことだから仕方がないとする。ひとつだけ残ったのは、ミリアムのレジ係を辞める原因になった（らしい）礼儀知らずの男の話だった。レストランのウェイターかコックか店長か知らないけれど、良子がその男について何も言わなかったのはどうしても腑《ふ》に落ちない。辞める理由を彼女がどう説明したかはっきり思い出せないし（仕事が疲れる？　性に合わない？）、それ以上に何かがあると見抜けなかったのは確かにぼくの手落ちかもしれない。けれど、いくらこっちが気づかないからといって、じっと胸の内にしまっておくような種類の話だろうか？　……まさかその男と何かがあったとも思えないし。祖母もあの時きっぱりと、良子は一度も誘いに応じなかったと言ったはずだ。が、それにしてもやはり、良子はどうしてそいつのことをぼくに隠していたのか。話したくないような、話せないような何かがあったのではないか？祖母の口振りでは何もなかったようだけれど、それは電話の誘いには一ぺんも乗らなかったというだけで、外で良子が何をしているかは祖母にもわからないわけだ。いや、家の中のことだってどうだか知れたものではない。見知らぬ男の誘いに乗るような娘ではないなどと強調していたが、それではぼくとのことはどうなるのか。ぼくが電話をかけて、良子が断ったことは一度もなかった。八ケ月前のぼくは、良子にとってそのレストラン従業員と同じような立場だったではないか。怪しめば、あんなふうにきっぱりと、良子は誘いを断ったと言ってみせたことさえ怪しめる。まるで妻の浮気を疑う夫に対して、潔白を信じこませようと努力しているみたいだった。つまり良子の祖母は二つの点で誤りを犯している。ひとつ、ぼくを良子の夫に擬したこと。ぼくたちはそういう関係ではない。ふたつ、良子の退職の理由をぼくがすでに知っていると思い違いした（ようだった）こと。ぼくたちはそれほど話し合ってはいない。

良子の祖母の話はもう信用できない。身内の話だってまるで一方的だし、ぼくたちの関係をいちじるしく誤解しているし、それに良子は祖母にぼくのことを（結婚したいと願っているはずの男のことを）ほとんど喋っていない。祖母は孫娘の男出入りについて何も知らないと同じだ。年寄りの話を頭から信用するのはおめでたすぎる。良子とその男との間には何かあったのかもしれない。今年の初めぼくとの間にあったようなことが。なかったとは言い切れない……

ぼんやり考えても、良子が何故来ないのかは判らない。わからないまま待つことに決めた。

西海市交響楽団の定例コンサートが二十二日に開かれた。といっても聴きに出かけたわけではない。新聞の地方欄に記事を見つけたのである。プログラムのなかに、モーツァルト『ディヴェルティメント二長調 K.136』という曲名があってぼくの気を引いたが、夜の一人歩きはまだ物騒だし、その日はちょうど江川が広島戦で先発の予定だったこともあり、諦めざるをえなかった。

この月の江川は中四日のローテーションをきちんと守って六試合に登板し、勝利2（いずれも完投）、敗戦3（うち二試合完投、二試合とも一点差）、勝敗に関係なし1（八回まで広島を一点に押えたが味方の援護なく降板、結果は2対1でジャイアンツの負け）、という成績を残した。四月からの分を合せると、十三勝十一敗となる。

良子を待っているうちに秋がやって来た。

三ケ月ぼくの手で玩《もてあそ》ばれた団扇は、あちこち折れ曲り、朝顔の絵も破れて見る影もなかった。三十日の夜、他のゴミとまとめて袋に詰め、近くの集収所まで運んだ。

十月

辛抱強く待ったかいがあって、良子は二日の木曜日に現われた。

秋晴れの午後。開け放った窓からは暖くも冷たくもない清潔な風が入ってきて、ぼくの顔の上の朝刊を時折はためかせる。ベッドを降りてパジャマを着替えるきっかけがなかなかつかめなかった。

窓の下で車が急停車し同時にけたたましい音が二度鳴り響いた。続けてもう一度、もう一度、もう一度——。ぼくは新聞を脇に退けてベッドの上に起きあがった。一つおいた隣の部屋の窓から男が怒鳴った。

「うるさい、何べんも鳴らすな」

「なあに？　なんて言ったの？」

下から聞き覚えのない女の声が答える。ぼくはまた寝ころがった。

「いま行くから待ってろ」

もう一度クラクションが鳴った。今度のは失恋した牛が一声哭《な》いたみたいな音色だった。

「これ？」

「鳴らすなって言ってるのに」

荒々しく窓が閉る音を聞いて、ぼくは眼をつぶった。廊下を足音が駆けぬけ、それから、車が走り去るまでしばらく時間があった。あくびをして、コーヒーを沸かすために起きる決心をした。両脚をだらしなく辷らせ、ベッドの端に腰かけて首筋を揉んだ。女は白いソックスをはいていた。

二三歩、ほんの二三歩だけ（つまり部屋の広さの分だけ）、セーラー服の少女はぼくのそばに駆け寄り、目の前に立って大きく息をした。ぼくたちは向い合って互いの顔を視つめた。しかしそれは一瞬のことである。そして一瞬だったけれど、ぼくはその前に少女の右脚がわるいことに気づいていたし、額の広い顔を見るまでもなく例の山田の話に出てきた野口の恋人であることを、どういう訳でこうなったのかは判らないが、ともかく彼女はいま人違いをしているのだということを感じとっていた。ぼくは「ああ」と声に出して言い、それから小さくうなずいてみせた（ただしこれは後から知ったことで、ぼくじしんはそのとき気がつかない）。少女は誤解した。少女の手から紙包が離れて落ち、ぼくの眼はそれを追った。そして次に顔をあげた時、あっという間もなく、少女のからだが飛びかかってきた。気がついたときには、二人してベッドに倒れこんでいる。少女ががむしゃらに頬を擦り寄せながら「シュウジさん……シュウジさん」と男の名を呼び、あとはただ猫が甘えるような声で泣く。頬は冷たかった。どうしてよいか判らず慌てている最中に、ぼくは自分の髭が少女の頬を傷つけることを心配した。ふたりの唇は幾度か出会い幾度か別れた。ぼくは言葉にならぬなにかを叫び、首に回された少女の腕を引き剝がそうと躍起になった。興奮した耳が乾いた音をとらえ、冷めた頭でそれが新聞の裂ける音だと気づいた。もがきあった末、二人の身体はもつれるようにベッドを転がり落ち、ぼくは肩とくるぶしを打ち、相手の脚を案じながらなおもがきあい、そして少女はテーブルの脚に頭をぶつけた。やっと二人の動きが止った。

「ごめん」とぼくが謝った。「痛くなかった?」

少女は仰むけに横たわったまま首を左右に振った。絨毯の上で髪の毛がきれいな扇形に広がった。山田は少女の髪の美しさを見落したに違いない。

肩を抱いて起してやった。少女は両手の甲を交互に使って涙を拭い、何も言わずにまたぼくの首にまとわりついてくる。どうしようもないほど男に頼りきった仕草に思えた。

「違うんだよ」

とぼくはためらいがちに呟いた。少女は聞こえないようだった。前よりいっそうすがりついて、いやいやをするように顔を動かした。ぼくの頬が女の涙で濡れた。こんな経験は初めてだった。こんなふうに男に身をまかせる女を見たのは初めてだった。少女にすがりつかれながらぼくは幸福さえ感じていた。その幸福が偽物であることを惜しみ、本物の幸福を味わえる男を心から羨んでいた。

「違うんだよ」

と再び呟いた。それはほとんど独言に似ている。しかしこの時ふいに少女の腕がほどけ、ひとときの甘い経験は終止符が打たれた。ふりむくと、部屋の入口に良子が立っていた。

それからの数秒は三人でポーカーでもやってるみたいに微妙な時間だった。良子は訳が判らずこちらの出方をうかがっていたのだろう。ぼくはまったく混乱していた。久しぶりの良子には話したい事が山ほどあったけれど、その前に少女にも話さなければならない事があるし、その前に良子にこの場の状況を解説する必要もある。最初に少女が動いた。顔は良子に向けたまま、ぼくに身を投げかけようとする姿勢を示した。だがぼくのコールは素早かった。次の瞬間、少女の両手首はぼくの左右の掌の中にあった。それは自転車のハンドルほどに細く、しかしずっと脆《もろ》く感じられる。ぼくは力をこめすぎたことをちょっぴり後悔しながら立ちあがり、振り離し、なおも追って来

る少女の手から逃れて良子のそばへ駆け寄った。少女はついて来られず、横坐りのまま、

「シュウジさん！」

「違うんだ！」

ぼくはどちらへともなくそう叫び、それから今度は良子だけに向って、

「ほら、あの時の、ええ……」

と言いかけたが、本人を前にして「あとをつけた」という文句は憚《はばか》られ、「足のわるい」という表現はなおさらである。仕方がないから、

「……あの、高校生」

と言葉を濁し（良子の表情を確かめる余裕はなかった）、もう一回セーラー服の方へ戻って目の前にしゃがむと、

「人違いなんだよ。ぼくはシュウジさんじゃない。顔は似てるかもしれないけど、別人なんだ。親戚でもない。判るかい？　ようく見てくれ。残念だけど、君は思い違いをしている」

一言一言、ゆっくり喋ったのだが、どうやらこれは余計だったようだ。何故なら、少女はぼくが戻って来て口を開こうとした瞬間にすでに気がついていたからである。

……実際は、ぼくが「違うんだ！」と叫んで良子の方へ走り去り、何やら説明してい

る後姿を見た時に気づいたのだそうだ。声が違ったのだろうとぼくは推理するのだが、良子が少女から聞いた話では後姿が滑稽だったからというので、どうもその辺は詳しくわからない。少女が気がついていることに、ぼくも半分くらいは気づいていたと思う。しかし良子の手前もあって、ここはどうしても少女の人違いを、野口修治と田村宏との区別を明らかにしないわけにはいかなかった。そのためにぼくがおこなったのは、両手の指を少女の顔の前に差し出して見せることである。これが決定的だった。八月の大男とは違い、少女の眼はそこに釘づけになった。それから、ふっと、まるで瞬間を細かく刻むように、焦点がぼやけていく。

「やっぱり……。細いんだね？　君が知っている男の指はもっと太くて、長い……」

　言い終るまえに、少女はテーブルに片手をついて大儀そうに立ちあがった。印象的だと山田が語った少女の瞳《ひとみ》はいまは何も映していないようだった。ぼくは腰をおろしたまま、少女が、口に入った髪の毛を指先で払うのを見守った。その口を少し開きかげんにして、少女はぼくを見返る。うつろな視線に耐えきれなくて、ぼくは良子に助けを求めたが、良子の眼はぼくを見ていない。少女は脚を引きずり、立ちどまり、良子が脇へ寄って道をあける。良子の首のあたりに少女の頭があり、年上の女の腰は高く、そして厚く、ふくらはぎは、高校生のそれに比べればどこか食いでがあるハムのように見えてしっかり立っている。少女のからだがいきなりくずれた。

ぼくが「あっ」と腰を浮かすのと、良子が小さく悲鳴をあげて坐りこむのと同時だった。

「どうした」言いながらテーブルを跨いだ。「どうしたんだ」

しかしぼくの眼に少女のからだは入らない。良子がおおい被《かぶ》さるように隠したからである。

「来ないで」

と背中で言う。その声は厳しかったが、ぼくの反応は鈍かった。

「気分でも悪くなったのかな」

「戸を閉めて、そっちへ行ってて」

「…………？」

「はやく！」

台所と部屋との間の硝子戸が、途中から良子の手も加わってぴしゃりと閉り、一人取り残された。女二人に除者《のけもの》にされるのは慣れている。戸の向うを窺《うかが》ったが、良子の低い声も（それは何かを訊ねているようだ）、少女の涙声も（それは何かを訴えているようだ）、はっきりとは聞きとれない。女たちのやりとりはしばらく続き、ふたりの動く気配がしたのでぼくは後ずさった。テーブルの上に腰かけ、煙草に火をつけ、無関心な顔を作って待ったが戸は開かない。ちょうど一本燃えつきた頃に、良子が一人で入って来た。ハンカチで手を拭いながら、これから少女を送って行くという。

「いったいどうしたの」

ぼくは訊ねた。からだの具合が悪くて一人では帰れそうにないから付き添って行く、と答にならない答え方をする。

「具合が悪いのは判ってる。どうしたのかって訊いてるんだ。なぜ君が付き添って行く？　そこがよく判らない。君はぼくに会いに来たんだろう？」

良子はうなずいた。しかしそんな事を議論している暇はないそうだ。急がないと手遅れになるかもしれないから。

「手遅れって、何が？」

この問に良子は後ろをふり返って、硝子戸の向う側を見る素振りをした。まるで戸を透かして少女の苦しむ姿が見えたように、次にぼくに向けた顔の表情は変っていた。とにかく私は少女を送って行く。それからもう一ぺんここへ戻って来るという。ぼくは聞かなかった。

「なぜ。どこへ。彼女がどうしたっていうのさ。教えてくれよ。どうして隠す？　どうして自分一人で解決しようとするんだ？　そんなにぼくが信用できないかい」

良子はぼくの大声をたしなめるかのようにまたちらっと硝子戸の方を気にしてみせた。それから静かな声で訊ねた。

「あの娘《こ》は誰なの？」

ぼくのちょっとした興奮はこの素朴な質問で肩すかしにあった。ぼくはなかば笑いながら（頬の肉がゆがんだだけかもしれない）、

「知らないって言ってるじゃないか。人違いさ。野口って男――ほら、前に話しただろ？ あいつと間違えたんだ。七月にぼくらのあとをつけたのもきっと同じだよ。あのとき野口がこのアパートに住んでいると思いこんだんだろう。さっきいきなり部屋に入って来てね、……いきなり」

そのあとをうまく説明する言葉がみつからない。諦めて話の方向をかえた。

「でも不思議なんだ。というのは、彼女にあとをつけられたのは七月の中頃だった。ところがその後、彼女は野口と会ってる。二人で映画館にいるとこを見た男がいて、その男の話から、彼女が野口の恋人だという事実が判ったんだけどね。しかし彼女が野口の恋人ならさ、なぜ野口の住所を知らないんだろう？ ぼくたちのあとをつけた時――ぼくを野口と間違えてね――ちゃんとアパートを突き止めてるわけだから、その次映画館で会った二人はいったい……」

良子が深く溜息をついたのでぼくは話を止めた。もっとも、自分でも何を言おうとしているかはっきりしなかったのであるが。

「あの娘の名前は？」良子が質問した。

「知らないよ。だからさっきから何べんも――」

「彼女、このままでは流産するわ」と良子がどこか投げやりな口調で呟いた。「セップク流産だと思うの」

「なんだって？」

「急がないと……急いでも無駄かもしれないけれど」

セップク流産という意味がその時ぼくにはよく判らなかったし（今でもそれは同じだが）、急いでも無駄かもしれぬという言葉の指すところもよくつかめなかった。ただやみくもに、慌《あわただ》しい思いが頭の中を駆け巡っただけである。もどかしい気持のまま、今までより小声になって、ぼくは訊いてみた。

「どうすればいいんだ？」

「知ってるお医者があるから、そこへ」

お医者という文句をじっくり嚙みしめてから、ぼくはかさねて訊ねた。

「産婦人科……？」

「ええ」

「いますぐ？」

良子はこくりとうなずく。ぼくの指はほとんど反射的にパジャマのボタンにかかっていた。上半身裸になりながら、良子が妙に落ち着き払った感じでぼくを眺めているのに気づき、口髭とパーマネントについての説明がまだなのを思い出したが、いまはそんな場合ではない。

「彼女は？」

硝子戸を眼で示して問うと、良子は首をふって、

「妊娠してることにも気づいてなかったわ。ええ、病院へ行くことは承知してるの。家族は誰もいないって言ってるけど」

パジャマのズボンに手をかけるのを見て、良子は台所へ戻って行った。ジーパンにはき替え、ジャンパーをひっかけてポケットを探ると、小銭とマッチと、何枚かの札としわくちゃのハンカチと、それから眼鏡が手に触れた。テーブルの上のハイライトを拾いあげてから、台所を通って玄関へ行った。

「タクシーを呼んでくる」

良子の答はなかった。少女は流しに背中を寄せてうずくまっていた。細い声で何か言ったようで、良子がそれをなだめている声が聞こえた。ぼくはかまわずに靴の紐をきつく緊《し》めて外へ出た。それから駆け足になって階段へむかった。

少女はぼくが一緒に来ることを嫌がったようだった。車に乗る前も、乗った後も、良子に肩を抱かれたまま何か訴え続けた。が、ぼくは聞こえないふりをしたし、実際よく聞き取れなかったこともある。良子もぼくには何も言わなかった。タクシーの前

の座席に乗りこんで、ぼくがわざわざ安永《やすなが》産婦人科までついて行ったのは、謎に包まれて朦朧《もうろう》としている事柄の一つでもいいから明確に知りたいと願ったからである。そのとき朦朧としているのは、女子高生の正体だけではない。それに野口との関係を加えてもすべてではなかった。小島良子という女の謎が、幾つもの夜をともにして乳房の下のホクロまで知っている女の不透明な部分が含まれていた。彼女の祖母のおかげでぼくが知り得た良子と、祖母のせいでぼくが結婚を考え始めた現実の良子との間には明らかにくい違いがある。年寄りの話は信用できぬと一月前すでに決着をつけたにもかかわらず、今までこだわり続けて来たのは、やはり良子がぼくとの結婚を望んでるという魅力的な一点を捨て切れぬためだった。しかし今となっては、もし彼女が、あなたはほんの火遊びの相手だったのと告白したとしても、驚くに足りない。ぼくは女を解く大事な鍵を一つ見失っていた。女は離婚の経験者だという事実を忘れかけていた。ちょうど祖母の話に登場する孫娘が流産の経験を忘れたように。おそらく良子は流産の経験がある。子供もいないのに産婦人科医を知っている。セッパク流産などという、英文科の卒業生には似合わぬ専門用語を使った。少女の様子を一目見ただけで流産の徴候を見抜いた。きっと良子はセッパク流産の経験があるのだ……

　そんなふうに、ぼくはタクシーの中でせわしなく推理を進めながら、途中で改めてあの夏の日の老婆の、曖昧で無責任な饒舌を呪ったのだった。そのうえ念を入れて、

「あの婆《ばばあ》、肝心なことを省略しやがった」と心の中で毒づいたのだけど、実を言うと、これは、今でも後悔の種なのだ。車内でのぼくの推理は見事に当っていた。そして祖母は孫の流産を隠してはいなかった。知らなかったのである。知らなかったのは良子の実の母も父もおなじで、義母も義父も、それに夫さえも妻の流産に気がつかなかった。その話を病院の待合室で良子と二人きりのときに聞かされて、ぼくは深く反省することになった。夫にも内緒だった秘密をぼくには打ち明けてくれたという満足よりもたしかに、今日まで彼女一人の胸に秘めていた、つまり誰にも知られたくなかった過去を、無理じいして喋らせるようなまねをした自分の思いやりのなさを恥じることになる。

少女は良子の予言通り流産した。タクシーが安永産婦人科の前に止った時にはすでに手遅れだったのである。その事に驚いたのは、本人を別にすれば、ぼくと運転手くらいのものだった。事情を知った後で彼は、「まいったなあ」と一言嘆いただけだったが。良子はかなり落ち着いていた。途中で彼女が電話を入れたこともあって、迎えに出た安永医院の女医（良子の高校時代の友人だと後に判った）は看護婦に指示を与えつつ良子との再会を喜んでいるふうだし、続いて現われた院長（友人の父親）も一言二言良子と挨拶をかわすと、あとは玄関の植木の位置をなおし、空模様とぼくと運転手とを眺めやっただけで、急ぎの患者には一瞥《いちべつ》もくれずに戻って行った。

少女が病院の中へ運び込まれ、良子もその後に従ったが、ぼくはためらった。運転手にうながされて料金を払い、タクシーが去ったあとでもまだためらっていた。ようやく良子が出てきて、少女は掻爬《そうは》の手術を受けているという。流産が終ってからの掻爬手術というのはよく呑みこめなかったが、なんとなくあの二人の医者に任せておけば間違いはない気がする。ぼくは二三度うなずいた。そのとき、看護婦が一人、小走りで近寄って来て、

「すいませんけど、御家族の方は中へ入っていただけますか」

と言った。

少女の身元は思ったより簡単に知ることができた。彼女の制服にぼくが見覚えがあったからである。病院からぼくのアパートの近所にある桜並木で有名なその女子高へ電話がつながると、三十分も経たないうちに教師が二人駆けつけ（一人は担任、一人は生活指導係とぼくは判断した）、少女は聖林女学院二年生、北村いづみと確認された。これは後に知ったことだが、学校側でも北村いづみの行方を捜していたらしい。というのは、午後からの授業に彼女が姿を見せなかったからで、昼休みに校門から出ていくところを級友の一人が見ており、その時はまた早びけかなと思った（北村いづみは月に数回必ず早退した）。けれど、教室へ戻ってみると彼女の鞄はちゃんと残っている。報告を受けた担任の教師は、まず保健室を確かめてみるように指示し（北村

いづみは月に数回必ず保健室のベッドで休んだ）、そこに居ないことがわかると彼女の家へ連絡し、電話にでた小学生の弟が、おねえちゃんはまだ帰ってないと言うのを聞いて慌てだした。とにかく学校の中にいないことはクラスメイトの証言からたしかなようだ。しかしその行先は皆目見当もつかない。だいたい、北村いづみは黙って学校を抜け出すようなことはそれまで一度もなかった。そんなふうに、ただ心配するだけで何も行動をおこせないでいる教師のもとへ、安永医院から問合せの電話が鳴ったのである。

少女の母親は教師達より十分ほど遅れてやって来た。三人の到着を、ぼくは待合室の隅で固唾を呑みつつ見守っていたが、何だか危険がひたひたと音をたてて迫ってくる、そんな気がしてしようがなかった。少女のおなかにいた赤ん坊のことでぼくが責められるいわれはないのだし、気の迷いだと自分でも判っているのだが、しかし青い顔で脇目も振らずにそばを通りすぎる母親を見送って、次はいよいよ父親の番だと想像すると、居ても立ってもいられなくなってしまう。父親が登場する前になんとかここから消えたいのだけれど、良子は病室に付き添ったきりで顔を見せない。長椅子の端っこでもじもじしていたら、むかいの椅子で週刊誌を読んでいた妊婦に睨まれた。ついさっき、ここは禁煙だと注意されたばかりなのである。ぼくは無意識に口にくわえていた煙草をしまい、手持ちぶさたに、口髭を撫でたり爪を噛んだりしながら父親の到着を待った。

しばらくすると良子が現われ、少女の命に別状はないけれども、念のためきょう一日は入院することに決ったと教えてくれた。いまは眠っているそうだ。少女の父親については、よく判らないけど、いないみたいと言う。

「そうか……」とため息まじりのつぶやきを、隣に腰かけた良子がどうとったかは知らない。そのあと、

「可哀相にな」

とぼくがつづけたのも、別にこれといって意味はないので、しいていえば父親のいない少女に対してなのか、子供を流産した少女に対してなのか自分でもどちらともつかずにである。良子は後者にとった。

「でも……」

「何？」

「良かったんじゃないかしら。こうなって」

「…………」

「流産の原因はわからないけれど、でも原因があるということは、こうなるしかなかったのだわ、きっと。そう思うの。むしろ生れてこない方が良かった。あの娘《こ》のためにも、本人のためにも」

　ぼくは意味がよく判らなかった。流産の原因について、一つだけ気になっていたことを訊ねてみた。

「ううん、あなたのせいじゃない。そうじゃなくて、たぶん何日も前から始まっていたはずなの。あの娘が気がつかなかっただけで。だから今日あなたに会わなくても同じことね。それはたしかだと思うわ。そういうものらしいの」

　この時もまた、良子のいうそういうものの意味を摑みそこねた。あることが一つはっきりしさえすれば、それは摑みとることができそうな気がする。あたりに人影がないのを確かめてから、思いきってきりだした。

「つまり、君のときもそうだったんだね？」

「そうね」

　こちらが拍子抜けするほどあっさり、良子は答えてくれた。ぼくはリノリウムの床から眼をあげて彼女の横顔を見た。微笑んでいるようだった。見間違いではなく、彼女は懐しい昔を思い出すような微笑を浮べている。ぼくは再びうつむいた。どこかで、ぼくたちの哄笑が聞こえた。それはしばらくの間続き、それから急にぴたりと止んで、ぼくたちの周りの沈黙をきわだたせた。

「東京での見合い、どうだった？」

沈黙を破るためだとしても、この質問は唐突だった、はずである。しかし良子はこ

れにもあっさりと、

「会わずに帰ってきちゃった」

と答え、見合いの結果よりはその明るい口調によってぼくをホッとさせた。

「聞いたんだね、おばあちゃんから。ぼくが君の家へ行ったこと」

「ええ」

「どうして見合いの話、黙ってた？」

「ごめんなさい」

「おばあちゃん、ぼくのことを何か言ってたかい？」

この質問のとき良子は身を捩って脚を組んだ。そして何かあらたまった感じで、

「ねえ……」

と言いかけて、ぼくが顔をあげるまで待っていた。

「なんだい？」

「余計なことかもしれないけど。年寄りはあなたが思ってる以上にお喋りなの。それに話は大げさでしょう。だから……わかる？」

「ああ」

「知らないことまで知ってるように思いこんじゃうのね」

「わかるよ」

あとから考えればそれほど判ってもいなかったのであるが、この時ぼくは良子の証言を得て、やはり年寄りの話は大げさで半分も信用できないのだと最後の裁断を下し、例の礼儀知らずなウェイター（かコックか店長）の話にしても、結局気にするほどのことは何もなかったのに違いないと自分に都合のいいように解釈した。そして、孫のことは何でも知ってるつもりで実は何も知りやしない祖母に対して、多少、軽蔑のこもった同情を覚えたせいかもしれない、老人を弁護するような軽い気持で、

「いろんな話を聞かせてもらったけど、なにも全部信じたわけじゃないさ。それに君のおばあちゃんだって、話していいことと悪いことの区別はちゃんとつけてたんだし。あんまり責めちゃ気の毒だよ」

区別云々《うんぬん》に関しては、口にしながらいささか疑問だったけれど、それでも孫の流産を隠していたのだから正しくないとも言えないだろう。そう思って年寄りの話はこれきりにするつもりだったのだが、良子の方でまだ話し足りないように、

「流産のことね、あたしの」

「いいんだよ、もう」

「祖母は知らないのよ」

「…………」

「話してないから。祖母だけじゃなくて母にも、むこうの義母《はは》にも、それから……」

「誰にも？」

「ええ。ちょうどいまのあの娘と同じね。自分でもそうなるまで気がつかなかった」

「そう……」

「そうなの」

「……この病院で？」

「もうずいぶん経ってから。流産したのかもしれないって気づいて。信じられないでしょう？　ぼんやりじゃ済まされないものね。京子さん（女医の名前）にも、母親になる資格ゼロだって叱られたけど、その通りだわ」

「そう……」

　とぼくが意味のない言葉をくりかえし、

「そうなの」

　と良子がこたえて微笑む。微笑みの分だけ心が痛んだ。煙草を一本抜きとってくわえ、火をつけずにまた箱に戻し、もう何も訊ねることは思い浮ばなかった。

　良子が耳もとで「あなた――」と、その場には似つかわしくない二人称で囁いた。

　ぼくはゆっくり腰をあげた。考えてみれば、これまでにも良子が「あなた」と呼んだのは、単なる二人称というより昔の良人を呼ぶときの癖の名残りなのかもしれない。

　ぼくたちの前に並んで立った男女はどちらも三十代の前半といったところだった。女はブルー・ジーンズに薄手のVネックのセーター、男は緑色のトレーニング・ウェアの上からグレイの背広を着こんでいる。良子が一人を少女の母親だと紹介し、もう一人は自分で北村いづみの担任の石井と名のった。細長い卓をはさんで、二組の男女がむかい合った。

「このたびは娘が、どうも」

とまず母親がそこまで聞こえるように言い、あとは声にならない。教師がひきとって、

「北村が御迷惑をおかけしたそうで。さきほどこちらから」と良子を目で示し「うかがいましたが、どうもその、要領を得ないというか」

「本当なんでしょうか」

と母親が遮った。問いかけられたのはぼくだったが何についての質問なのかよく判らない。考える暇も与えず教師が、

「北村はなぜおたくのアパートへ行ったんでしょう？」

ぼくは口を開く前に、良子をふり向いた。彼女は母親の手もとをながめていた。ジーンズの膝の上で組まれた母親の両手は、ちょっと触れてみたくなるほど華奢《きゃしゃ》なつくりだが、薄いピンクいろの爪には何も塗られていないようである。ふいにその手がほどけたので、ぼくは少しうろたえて言った。

「人違いなんです」

「ええ、それはさっきうかがいました」

「それだけです」

「しかしですね」

「どういう人なんでしょう？」母親がこらえきれずに訊ねた。質問の意味はよく判る。が、ぼくはこう答えるしかなかった。

「判っているのは名前だけです。野口修治。あとは何も」

「しかし君――おたくのアパートへなぜ」

ぼくは教師を無視して、母親につづけた。

「顔がぼくに似てるらしいんです。でもそれ以外は本当に判らない。いま何処にいるのか何をしているのかも知りません。お嬢さんがなぜぼくのアパートへ来られたのか見当もつかない。こっちが教えてほしいくらいで。ぼくよりお嬢さんに訊かれた方がいいでしょう。本人がいちばんよく知ってるわけだから」

母親は薄く眼を閉じてうつむいた。教師は大げさな吐息をして肩を落し、

「その本人がね」

と意味ありげに独言を呟く。

そのとき看護婦を一人従えて女医が現われ、患者が良子に会いたがっていると告げ

た。良子が腰をあげ、それにつられるように立った母親が、

「あの、わたしは？」

と訊ねると、女医は白衣のポケットに両手をつっこんだまま、お母さんはあとになさった方がよろしいでしょう、と微妙な答え方をする。

「いま興奮させるとよくありませんから」

「そんな――」

母親は絶句したが、医者はかまわず看護婦に良子を病室へ連れて行くよう命じた。それからぼくにむかって、田村さんというのはあなたのことかと訊く。そうだと答えて、緊張しながら先を待っていると、しかしそれっきり相手はぼくへの関心を失ったらしく、今度は母親に、話があるので一緒に来てくれと言うなりくるりと背中を向けて歩きだした。母親があわててその後を追う。ぼくは煙草に火をつけて、マッチの軸を長椅子の下に放り込んだ。

「複雑な家庭でしてね」

教師がジッポのライターで自分のハイライトに点火して言った。そして煙草を持った方の指で頭を掻きながら、

「よくある話なんだが」

つまりどの家庭もたいていは複雑だということだろう。なんとなくわかるような気

がした。同時に石井という教師を見なおすような気になって、

「若いお母さんですね」

と話しかけると、

「うん。後妻だから」

と相手も軽く受け答えする。ぼくは、なるほど、と口のなかでつぶやいてから急に思い出して、

「でも、父親がいないということは……つまり後妻の未亡人か」

と妙な台詞をこんどは声に出してつぶやいたのだが、むこうはさすがに女子高の教師で、生徒のへんてこな質問に鍛えられているのか少しもとまどいの色を見せず、

「いや、父親はいるんだ。いるけど船に乗ってるんでね。オーストラリアだそうだ。電話で連絡というわけにはいかないだろう」

「……なるほど」

「それで君、さっきの話のつづきなんだが」

「はい？」

「ひとつ正直に答えてくれないかな」

「なんです」

「北村は本当にその野口とかいう男と交際していたんだろうか？」

この設問は馬鹿げてる。少なくとも北村いづみが流産した後で口にすべき問ではない。そういう意味をこめて、ぼくとあまり年の違わない担任教師を黙って見返していたのだが、その眼の内に思いもかけぬ疑惑を感じ取った。

「ぼくはまだ信じられないんだがね」と教師は言う。

「どういう意味です」とぼく。

「君が何も知らないはずはないと思うんだ」

「ぼくを疑ってるんですか」

「だって君は疑われて当然の立場にあるんだぜ」

「——ちょっと待って下さいよ」

「まあ、そう興奮しないで。田村君。腰をおろして聞きなさい」

記憶というのはまったく不意に現実のなかへ雪崩《なだ》れ込んだりあるいは人の頭を掠《かす》めて通り過ぎたりする。ぼくの脳裡《のうり》に昔の高校教師の顔が幾つも浮んだ。彼らがこんな態度に出る時はろくなことがないに決ってる。落ち着かなかった。

「北村という生徒は真面目でおとなしい子でね」石井先生は話し始めた。「勉強もできない方じゃない。ただ、もともと身体が弱いせいもあって、それに脚の事故で他の生徒より一年遅れてることもある、少々、いやかなり消極的な面があります。いわゆる自分の殻に閉じこもるというやつ。クラスにこれといって親しい友人もいないようだし、むろんクラブにも所属していない。こう言っちゃなんだけど、いったい何が楽しくて毎日学校へ通って来るのか。そんな感じの子が毎年必ず何人か入学してくるんだが、北村もその一人です。ほとんど目立たない子なんだな、要するに。そりゃなかには学校で目立たなくて、裏で舌を出して遊び歩いてる生徒もいますよ。しかしそういう生徒は注意して見ればじきに判るんで、こっちだって彼女たちが思ってるほどバカじゃない。学校側は気がついてて何も言わないだけです。とにかく無事に卒業してもらいましょうということでね。私立《わたくしりつ》だからなにしろ生徒に逃げられるのがいちばん恐い。こないだの事件みたいに売春でもしてるとなれば話は別ですけど、いまどき土曜のディスコぐらい大目にみたって警察沙汰になる心配はありませんから。……しかし、北村いづみはそんな生徒じゃないんです。そう見えたから安心しきってた。母親の言い草じゃないが、あの子に限って、まさか、信じられない、そんな気持ですよいま。生徒たちならさしずめ、エーッ、ウソォ、て言うところで……」

「……先生？」

「うん。で、さっきも母親に聞いて驚いたんだが、今日の今日まで娘の異状に気がつかなかったそうだ。呆れたね、その時は。しかしぼくだって人のことは言えないわけで、最近の北村の様子に変ったところは何も感じなかった。というより、実はあまり注意をはらわなかったといった方が正しいんだが。担任としてまことに不手際で申し訳ないと思ってますよ。だけどそれにしても、母親は娘の妊娠どころか、男と交際していた気配すら見えなかったと言ってるんだ。外泊なんてもちろん一度もなかったらしい。もっとも現実に北村はこんなことになってるんだから、その気配すら見えなかったというのは、ちょっと何だけどね。後妻といったってもう十年近くなるんだし、やはり一つ屋根の下で暮している、しかも父親は年中家を空けてるから弟とたった三人きりの生活でしょう、そこは女同士の観察でもう少しどうにか、と思わないでもない。まあ、継母っていうのはある程度そんなものかもしれないが……。とにかくそんなふうで、信じられない、わけがわからないって時に、今度は、唯一の手がかりである君が何も知らないという。北村のことも、その野口とかいう男のことも全然知らないのに、ある日自分のアパートへ女がやって来て流産したという。ねえ、田村君。そんな妙な話があるだろうか？」

答えるまえに頭の中を整理する必要があった。煙草をスリッパで踏み消してから、椅子の下へ蹴り入れた。教師がそれを見て、同じような処理をしている。ぼくは二本の指で口髭に触れてみながらきりだした。

「でも、本当ですよ」

「ただそう言われてもね」

「信じてもらえなくても、野口という男が存在するのは事実なんです。彼と彼女がどういう具合に結びついたのかは知らないけど、たぶんそれも間違いないと思う。その他のことは本人に訊くしかないでしょう。わけがわからないのはぼくだって同じなんだから」

今度は石井がしばらく間を置いて答えた。

「北村が喋ると思いますか」

「………？」

「母親に会うのを嫌がってる」

「石井さんが自分で訊けばいい」

「冗談じゃない」

と石井は突如笑いはじめて、

「ぼくがどんなふうに訊けるというんです？　この春担任になってからろくに話もしたことがないのに」

言い終ってもまだ笑顔をおさめきれないでいる。不可解だった。

「何がおかしいんですか」

「失礼」

「とにかく本人に訊いて下さい」

「わかりました」

と教師の顔に戻った男は簡単に言い切った。ぼくは思わず、

「訊くんですか?」

「いや。いまさら相手の男を捜したってしようがない。問題は北村じしんの、これから先のことでね」

「さっきとはずいぶん言う事が違う……」

「そうかな」

「そんな気がします」

「しかし田村君は何もご存じない。母親も知らないしぼくも知らない。クラスの友達にも打ち明けてはいないでしょう。本人は口を閉ざしている。手の打ちようがない」

「ぼくの話を信じたんですか」

「信じましょう」

ここでどちらからともなく、おのおの二本目のハイライトを点けた。

「野口のことですけどね」とぼくは口を開いた。これを言えば相手が再び身を乗り出す危険は充分ある。そう迷いながら続けた。「おそらくこの街にはいませんよ」

「ほう」とだけ教師は相づちをはさんだ。

「そしてもう戻って来ないと思います」

ぼくは息を詰めて相手の反応をうかがった。しかし石井は、

「なるほどね」

と煙草の灰を足元に落し、それからまた口へ持っていき、喫いながら身体全体の動きを必要以上に止めた。まるで『煙草を喫う人』という彫像みたいに。そして、

「そうだろうな」

と呟いたのでぼくは少なからず驚いて、

「どうしてそれが判るんです？」

「いや別に。君がそう言うから」

「…………」

「その方がいいだろう。北村のためにもその方が……そんな幽霊みたいな、得体の知れない男につきまとわれるよりずっといい。そうでしょう？　ね？」

語尾に付けられた「ね？」が推し量り難い響きを持っている。何故だか居心地の悪い思いがした。

「……ええ」

「うん。まあ、本人はどう思うか、訊いてみなくちゃわからないが」

と途中から含み笑いになって石井は言い、肝心な点をいま思い出したというように、

「北村はそのことを？」

訊ねられたが、結局この問には答えられなかった。ちょうどそこへ看護婦がやって

来て、石井先生に学校から電話が入っていると告げたからである。教師を案内したあとで看護婦は(年齢から見ると婦長かもしれない)、わざわざぼくのところへ戻ってきて、灰皿もない場所でどうしてあなたは煙草を喫うのですか？　と疑問文で喫煙を叱った。

ぼくはスニーカーを突っ掛けて外へ出ながら、北村いづみはそのことを知らないのだと考えていた。ぼくを野口と取り違えたのだから、男がこの街を出たことはまだ知らないはずだ。十月二日の空はすでに暮れかけていた。自動車のライトを点けるべきかどうか迷う時刻。そして野口がもうこの街にいないからこそ、北村いづみは恋人とぼくとを見あやまるようなことになったわけだ。

とうとう野口は西海市からも逃げ出した、とぼくはそのとき信じていた。靴のかかとを踏んだまま、病院の前に立って、灯りを点けたタクシーや点けないライト・バンを見送りながらそう確信していた。あのときぼくを山崎と呼んだ大男の話から、おおよその見当はついていたけれど、もうこれで間違いないだろう。

今度はあいつ、女子高生を妊娠させやがった。バーのホステスとの駆け落ちではなくて。それともまだ別に女がいて一緒に出て行ったのだろうか。それにしても高校生を、十七歳の女の子を妊娠させて置き去りにするなんて。あいつ気がついて……はいないだろうな、本人が今日まで気づいてなかったんだから。

でもどうして避妊のことくらいちゃんと……そりゃぼくだってちゃんと、ちゃんと、と言えるほど確実な処置は取っていないけれど……相手は高校生なんだし、やっぱりそういう場合は男の方がコンドームを……つけなかったんだろうか？　三十過ぎの男が、一回り以上も年下の女を相手に、コンドームをつけずに、どういうつもりで……まさかセックスのＡＢＣも知らぬ男じゃあるまいし、コンドームの必要性は……いやＸＹＺまで知りぬいているようなやつなんだから野口は。ぼくは、ＢＣＤ……ＣＤＥ……？　まあいいや。ただ、それにしても、返すがえすもコンドームくらいはつけて……

しかし本当いうとこの、まるで避妊具をつけない行為はアブノーマルで、つけた行為だけが法律で認められているみたいな言い草は、妊娠の予防を怠った男への批難よりも、男の妊娠させた相手が十七歳の処女だった……としか考えられぬことへの嫉妬の意味合いの方が強かったような気がする。ぼくは、数時間前にアパートで抱いた少女の細い腰や冷たい頰の感触を思い出して、あのとき一度でいいからきつく抱きしめなかったことをちょっぴり後悔さえしていた。ぼくのできなかったことを幾度となく経験しているに違いない野口に対して、それから、彼女を妊娠させ……たことに気づかず、流産させ……たことも知らず、何の責任を問われることもなしにただ、あいかわらず少女に慕われつづけている野口という男に対して、羨望の気持が、なかったとは言いきれない。

きっとそんなことを考えていたせいで、良子に声をかけられたときぼくはひどく驚き、度を失ったのである。気がつくと、良子が謝っていた。「そんなにびっくりさせるつもりじゃ……」

「ごめんなさい」

「いいんだよ」

とぼくは右足を靴の中に戻して言った。

「帰りましょう」

「もういいんだね？」

「ええ」

ぼくは靴紐を結び直しながら、二三歩先へ歩きかけて立ち止っている良子の後姿を眺めた。

女に追いつき、いつの間にか暮れてしまった街へ並んで歩きだすと、何故か、そんなに遠くない昔にいまと同じ夜があったような気がした。

＊

喫茶店に入ったのが間違いのもとだと思う。別れ話はコーヒーを飲みながらすべきではない。殊に女の方から別れたがっている場合、喫茶店という場所は男に絶対的に不利である。女を押し倒せないから。奥の手がそして唯一の手が使えない男は黙って失恋するしかない。こんなことを聞けば良子は怒るかもしれないけれど、ぼくはどうしても言ってみたくてしようがないのである。たぶん半分は負け惜しみだろう。あとの半分が乗りそこなった賭けみたいなもの。で、一度言ったかもしれないが、確率が五割なら競輪では迷わず〝買い〟なのである。

　良子は疲れたから今夜はもう帰ると言った。ぼくは素直に同意し、停留所まで送っていったのだが、次のバスまで三十分待たなければならない。二人で近くのマギーという喫茶店に入った。食欲のない良子はココアを注文し、後で一人で食べるつもりのぼくはコーヒーにする。ココアを一口すすった女はハンカチをだして唇に軽くあて、コップの水を飲み、親指と人差指で目頭を押えながら、

「あの娘《こ》がね……」

　と言いかけた。

「その話は今夜はもうよそう」

「……ええ。でもひとつだけ。頼まれたことがあるから」

「頼まれた？」

「あなたの部屋に忘れ物してきたんですって。薄い紙包。大事な物らしいわ」

「ああ……」

とぼくはすぐに思い出して、

「わかったよ、預っとく。君から渡してやるといい」

「ええ」

良子はぼくの顔も見ないで承知すると、もう一度カップの中身を口に含んだ。今度はハンカチではなく舌の先で唇を舐め、いま飲んだのがココアだとは思えぬほど渋い表情を作って腕時計をたしかめる。まだ十分も経っていなかっただろう。それから彼女は、まるでバスを待つ時間潰しにとでもいうふうに、新しい就職口のことを語りはじめた。それは普通に話せばむしろ笑い話に近いもので、普通に聞けばぼくも笑うことができたかもしれない。しかし女の語り口は内容にそぐわず淡々として、ぼくの微笑も誘わなかった。話というのはこうである。

毎年十一月の初旬に西海市では秋祭りが催される。その恒例行事の一つとして今月の中頃、ミス西海の選考会が開かれるのだが、今年の応募者十二名のなかに市立図書館に勤める二十二歳の女性がいる。彼女がミス西海に当選するのはほぼ間違いないだろう。というよりこれはもう決定したことなので、何故なら、彼女の伯父というのが商工会議所の役員をしており、ミス選考会の審査副委員長も兼ねている。一昨年、昨年は委員長で県会議員でもある男の孫娘、その親友の孫娘がそれぞれミスに選出されたのだが、その時も実は半年以上前から決っていたも同然で、だから副委員長である伯父は姪が応募するのをわざわざ二年遅らせたほどなのである。いわば満を持したわけで、今年もすでに根回しはすんでいるし、それに去年おととしと違い今年のミス西海、に選ばれることになっている女は器量の点でいってもあとから陰口をきかれぬだけのものを持っている。そのうえ、学生時代に水泳をやっていたせいで水着姿は一段と映えるから、今年初めて採用される水着審査で、伯父の息がかかっていない委員たちの票もかなり集めるに相違ない。つまり二週間後の選考会で図書館職員がミス西海になるのは九分九厘九毛――これは競輪では考えられない確率である――動かないだろう。そして彼女がミス西海に選出されれば、当然図書館の仕事はできなくなる。というわけでその後釜が必要になり、良子は来月の一日から市立図書館で臨時職員として働くことに決った……

しかしどうして良子がその図書館員の空きへ入りこむことができるのか？　とぼくは聞き終るとすぐに、ミス西海選考委員会の舞台裏の話などよりもっと気になった方を問い糺すと、良子は、

「祖母が……」

とゴシップの出所をためらうように表情をくもらせて、

「老人会の関係でツテがあったものだから」

あとは想像してほしいといった口振りである。ぼくは良子と祖母の関係に新しい照

明が当てられたような思いで黙り込んだ。その沈黙に耐えきれなくなったのか、それとも店で流れている山口百恵の歌をじっと聞いているのが嫌だったのか、良子はいま初めて気がついたように、ぼくの髪型と髭のことを訊ねた。昼間は部屋をまちがえたかと思った、と言って笑う。ぼくも左手の指で鼻の下の髭に触れてみながら（それが癖になりかけていると思いながら）笑い返したけれど、くわしい説明をする気にはなれなかった。そして代りに余計なことを言ってしまうのである。

「働きだすとまた会えなくなるね」

ほんの少し皮肉をこめた冗談のつもりだった。だが良子は最初にまず、

「あなたも仕事が見つかったの？」

と誤解というより確認するような眼ざしで縮れ髪の髭面の男をながめ、ぼくが否定するのを何か安心したような顔で聞き、それからちょっと間をあけて、

「そうね……」

とつぶやく。ぼくは眉をひそめた。これがつまり、後に戻ってぼくの冗談を真面目に肯定してみせたのだということに気づいたのは、女が続けて、

「その方がいいと思う」

こんな意見を述べたからである。どうやら別れ話が始まっているらしい、と他人事みたいにのんびり悟り、悟ったあとで突如として不安がおとずれた。

しかし、ぼくは逸《はや》る気持を押えて相手の出方を待った。へたなことは言えないと思ったからである。言えばむこうも言い返すだけだ。話し合いでは何も解決しないことくらい判っている。過《あやま》ちは二度とくり返してはならぬ。

いま何か言ったかと良子が訊ねたので、べつに、とだけ答えた。彼女がいつものように始めた。

「あたし考えたの」

(まただ……)

「十二月で三十になるわ」

(知ってる、そんなこと)

「十年遅すぎたけれど」

(十年前。良子は二十歳《はたち》、ぼくは十八)

「まだまにあうかもしれない」

(もうおそいかもしれない。いったい何が)

「一人で生活してゆく覚悟をしなければと思うの、ねえ、貧乏ゆすりしないと聞けない?」

(………)

「あなたは男だから当然だと思うかもしれないけど、女がそう決心するのはたいへんなことなのよ」

(君は女だから判らないかもしれないけど男だってたいへんなんだぜ)

「正直に言うわ。あなたといるとその決心がどうしても鈍るの。だからもうなるべくなら会わないようにしたいと思って。それがあなたのためにもいいと……」

「どうして⁉」

思わず叫んでしまった。どうしてこんなに堪え性がないんだろう。

「だって……」

と良子はぼくの大声に気押されたように一たん口ごもり、周囲をちょっと気にしてみせてから、

「このままだとずるずる続いていくだけでしょう？　先は見えてるもの」

「どう見えてる」

「きっと、お互いに相手が可哀相になるわ。何もかも諦めて許してしまうようになるんだわ」

ぼくは腕組をし口を結び眼をつむった。

「結婚して今度は逆ね。自分じしんが可哀相になる。昨日まで諦めていたつもりのことが急に——」

「待てよ」とぼくは口を開いた。腕組を解き眼を見開いて、

「結婚？　誰が結婚の話なんかした？」

　これは我ながらずるい訊ね方だった。

「あたしよ」

　と良子が（可哀相に）答えた。

「どうしてもそう考えてしまうのよ」

　ぼくは椅子の背に寄りかかり、首を心もち右へ傾けて話の続きを待った。しかし女は始めない。下を向いて自分の指が十本揃っているかどうか調べている。女はいつでもそれが心配なのだ。ぼくは煙草をとりだしてマッチを擦り、灰皿を引き寄せながら言った。

「何故決めつける？」

「え？」と良子が顔をあげた。

「先のことさ。君の予想が当るとは限らないんだ。けっこううまくいくかもしれない」

「無理よ。うまくいきっこない。昔の二の舞になるだけだわ」

「昔のことは関係ないと思うね。今度は相手が変るんだから。そのたとえばの話、競輪だって相手が変ればレースの展開はがらりと違ってくるんで」

　聞いてる女の眼が細まった。

「いや冗談じゃなくてそう思うんだ。つまり、もし二人が結婚したとして――」

「違わないわ」

と良子は首をしっかり横に振って、

「あたしは同じだもの。あたしの問題なのよこれは」

「結婚は二人の問題だぜ」

うわずった声でそう叫んでから、あたりを見回さずにはいられなかった。しかし良子はこのとき泰然として、

「あなたは知らないのよ。経験がないから」

とまるで初恋の少年をたしなめるようなことを言う。ぼくは一瞬カッとして、

「君だって一ぺんしただけじゃないか」

つい軽薄な文句を口走ってしまったが、女はこれにも重々しく、

「じゅうぶんだわ」

返す言葉が見つからなかった。

こうなるともう手も足も出ない。冷たくなったコーヒーと煙草の力を借りてから、バスが来る頃じゃないかと言ってみた。時間切れのホーム・グラウンドでの再試合を狙ったつもりだったのだけれど、彼女は手首の時間を確かめることもせずに、もう一つ後のバスにすると答えた。

後半の三十分のほとんどは前のくり返しにすぎなかった。ぼくがいらいらじたばたすればするほど良子はなおさら頑固になって自分の主張をまげない、というわけである。ただし全然実りのない会話を続けていたのかといえばそうでもないので、たとえば、良子がぼくと会わないようにしたいのはなるべくであって絶対ではない。つまり彼女の話の内容から察すると、セックス抜きのつき合い程度なら時々会ってもかまわないのだということが判断できた。そこにぼくとしてはかろうじて望みがつなげぬわけでもない。何故なら、お互い三十近い男女がセックス抜きで交際するなんて想像できないからであって、とにかく会えさえすればこっちのものだ、時間と面倒は少々かかるかもしれぬがいつかはこっちのものになるという期待が持てる。それともう一つぼくの就職問題がある。良子は今度の図書館の仕事が自分に向いていそうだし長続きしそうな気もすると言い（ぼくは頭から同感の意を示した）、できればちゃんとした資格を取って一生の仕事にしたいと抱負を述べ（充分希望がもてるとおだてた）、それからついでのようにぼくのまだ決らない職のことに触れて心配してみせたのだが、その辺がどうもくさい。彼女はぼくとの結婚をどうしても考えてしまうと告白しながら、しかし自分一人の問題でそれを見合せるのだと言っている。考えてみればこの発言は矛盾している。いや、していないかもしれぬが明らかに迷いは感じられる。それはそうだろう、結婚相手が職にもつかずブラブラしている男では迷うのが当然ではないか。彼女は言葉の上ではいろいろ恰好をつけて、そのくせ肝心の点になると具体的な理由は何一つあげず、あなたには判らないのよなんて言うが、そういう哲学的（?）な見方ではなくもっと現実的な面から結婚を考えると、真先に問題になってくるのはお金しかないのである。そしてそのお金は競輪で大当りした二十万円ではなく、会社が月々きちんと銀行へ振込んでくれる十六万八千二百十円（税引。残務手当含）であるのは言うまでもない。「あたしの問題なのよ」と良子は強調したけれど、要するにあれは反語ではないだろうか。問題は現在失業中のぼくにこそあるので、彼女が一人で生きていくのだと敢えて決意をみせたのは、本当はあなたと二人で暮していきたいがという気持の裏返しの表明ではなかっただろうか。だいいち、一人で生きるなんて口で言うのは簡単だが、実際問題として良子は祖母と二人で生活しているのだし、今回の就職にしても祖母の援助を受けているわけだ。しかもここで注目したいのは、一人で生きると宣言した人間にとって他人の援助を受けることは屈辱に近いはずなのに、それを包み隠さずぼくに話したという事実である。これはいったい何を意味するのか？……どうやらその辺の事情を汲《く》みとってやるのがぼくの務めで、つまり渋ってみせている女を無遠慮と誠実とを適当にからませながら口説いてやるのが男の役目で、女はそれを待ち望んでいるのかもしれぬ。良子は、ぼくが就職した後のプロポーズなら受け入れてくれるかもしれない。

というような結論を胸に抱きつつ、いよいよ本腰を入れて職を探す決心をしたのは、もちろんそれだけが理由ではなく、部屋でじっとしていることに飽きたせいもあるのだが、良子をバス停で見送ってアパートへ帰る道すがらである。良子からは例の少女の忘れ物を取りに来るという約束を貰っている。途中のラーメン屋で夕食を済ませて部屋へ帰り着いてみると、その忘れ物はベッドの下に落ちているのがすぐに見つかった。おそらく少女と揉み合った際に入り込んだのだろう。ごく普通の茶封筒で、なるほど中身は薄く、無造作にガム・テープで封がしてある。女子高生の持物としてはふさわしくない感じがしたのと、きっとノートか何かだなと思っただけで、その時はそれほど気にとめなかった。やがて訪れるであろう結婚生活や、その前に職探しのことで頭がいっぱいだったのである。風呂を沸かして湯舟で疲れをいやしている時にも、あの封筒を持って部屋の入口に立っていた少女の姿を、その一心な眼を思い出して微かにひっかかるものを覚えたが、そのあと変な具合にぼくの想像力はふくらんだのでそれっきりになった。

閃《ひらめ》いたのは寝仕度をして洗面所の鏡にむかい歯を磨いてる最中だった。右手に歯ブラシを持ち左手で口髭に触れてみて、まともな仕事につくならこれも剃らなければと考え、それから急に忘れていた不安が頭をよぎり、いやもう二ケ月近く時は経過しているしその間何事もなかったのだから、と自分の心配性を嘲《わら》った。多少の無理はあったかもしれぬがとにかく笑った。そして次の瞬間である。ぼくは大事な何かを思い出しかけて鏡を見たまま立ちつくした。

唇からはみだした白い泡を視つめてじっと待ったが、その何かはなかなかやってこない。あの男だ。あのプロレスラーみたいな男が何かを言ったのだ。……百万だせ。そう、百万と言った。それでおまえを見なかったことにする。それから……それから？　ぼくは歯ブラシをほうりだし慌てて口をすすいだ。テーブルの上の茶封筒の中身はたしかにノートのようだった。あいつに言わせれば帳面である。帳面を持ってるからって安心するなと男は言ったはずだ。北村いづみはこの茶封筒をぼくに、シュウジさんに渡そうとしたのだ。渡そうとして取り落した。これは山崎の、野口の帳面だ。

ぼくは興奮していた。それは封筒を持ったままテーブルの周囲をしばらく歩き続けたことでもわかる。ようやくベッドの端に腰かけてから思った。このノートには何か秘密が隠されているのだと思った。むろん開けて見たいのはやまやまだった。しかしこれは今は北村いづみの忘れ物なのだ。あのとき彼女はぼくに渡そうとしたけれども。あのとき渡されかけたのだから、しかもぼくの部屋に落ちていたのだから、彼女の忘れ物だとしても一割はぼくの物といえるのではないか。そんな無茶な理屈をつけてガム・テープに手をかけたが、すんでのことに思いとどまった。駄目だ。やっぱり他人のノートを盗み見るのは法を犯すことになる。ならぬかもしれないが倫理的に許せない。しかも誰も見ていない。しかもじゃなくてしかしだ。しかし誰も見ていないからといってそんなこの茶封筒ならどこででも簡単に手にはいるけれどやはり他人のプライバシーを覗くようなたぶんガム・テープだって買ってきてあとで元通りにして返せばおいおいなんてことを判らないだろうまねは許せないちょっとだけ駄目だ開けてみよう駄目だ開けちまえ駄目だって言ってるのに……

　ぼくは我慢できなかった。

　封筒の中からでてきたのはやはりノートだった。何の変哲もない大学ノートである。表紙には右上の隅に煙草の焦げ跡らしきものが一つぽつんとあるだけで、題名も持主の名も記されていない。その茶色い斑点を指でなぞってから第一ページを開いた。微かに指先が震えるのがわかった。これまでにどれだけミステリーの表紙をめくったか知れぬが、このときほどわくわくした覚えはない。最初の一枚は白紙だった。次のページにも何もない。その次も次の次のページも真白である。しかし左手の指は機械的にページを繰り続けさらに五六枚先へ進んだ時、いきなりそれは始まっていた。ぼくはホッと息をつぎながら、そして気まぐれなノートの使用法に呆れながら、黒のボール・ペンで描かれたその〈表〉に目を走らせた。

〈表〉は一ページを縦の線で三列に分けてあった。最初の列の一番上の段に横書きで氏名とあり、その下には当然人の名前が、二行ずつ間隔を空けて列記してある。真中の列の最上段には別に何とも表示してないが、おそらく電話番号であることはその六桁の数字から知れた。なかには番号に加えて町名やアパートや会社の名前（らしい）が括弧の中に書いてあるのも見え、それはあるいはこのノートの持主の性格らしく気まぐれで一定していない。問題は最後の列で、これも上段に表記がなくやはり数字が並んでいるのだが、何を意味するのかは不明である。

ただし、手がかりがまったくないわけでもない。というのもその記述の仕方が、たとえば⑦‐⑧～5、または①♪②～10×2、または㉗～30、といったふうであり、数字はともかく〃♪〃の記号はぼくの見慣れたものだからである。つまり、1‐2と2‐1の折り返し車券を、特券か百円券か知らぬが、十枚ずつ買い、と解読可能なわけで、最初これを見たときぼくは競輪のノミ行為だとピンときたのだが、しかしそうだとすると⑦‐⑧～5あるいは㉗～30の説明がつかなくなる。競輪は最高でも6ワク9人の選手で勝負を争うゲームなのだ。7‐8の組合せを五枚買うことなどあり得ぬし、27番選手の単勝に三十枚注ぎ込むことはなおさらである。競馬の線も考えられたが、西海市とは無縁だし近県の競馬場で27頭立のレースがおこなわれたというニュースも聞かない。それに連勝複式の競馬には〃♪〃記号は用いないはずだろう。そこまで考えてぼくの推理は行きづまり、一応この〈表〉に漂う胡散臭《うさんくさ》い雰囲気は心に留めたうえで、先を急ぐことにした。

このあともページには同じ〈表〉が続けて現われ、要するにここで一つ例をあげるなら、

氏　名		
今田利則〔仮名〕	32-3810 (三浦町)	①↪②〜10×2 ①↪⑦〜10×2 ②-10

というような記述が延々と羅列されているのであり、それが全部で十二ページあった。そこからノートは再び空白になる。ぼくの指は残りのページをむなしく繰ってゆき、ほぼ諦めかけた頃、第二の〈表〉が目に飛び込んできた。ただ今度のは描き方がさかさまで、つまりノートの裏側の第一ページからそれは始まっている。ぼくはノートを逆に持ちかえた。そのときページの間から折り畳んだ西洋紙が辷り落ちたのだが、それはひとまず置き、ぼくの視線はノートに戻った。この第二の〈表〉も同じく三列に仕切ってあり、まず氏名、次に電話番号と続くところまでは第一の〈表〉の行き方を踏襲している。しかし三列目が奇妙である。たとえばこうだ。

氏　名		
尾崎　俊二〔仮名〕	33-1087	4/7(あ), 5/14(あ) 5/30(ひ), 6/1(か)

この日付（にしか見えぬ）と平仮名一文字が何を示すのか皆目判らないが、ある人物の欄にはそれが一つだけであったり、ある人物の場合は多すぎて下段にはみだしたりしている。平仮名の種類は見たところ八つしかない。それにこの〈表〉は三ページと少なく人名も横に二本線で消された者がいたりして、それを除いて数えると二十名たらずだった。

ここまではベッドに腰かけて読んだのだが、さきほど床に落ちた四つ折りの紙を拾ったついでにテーブルに移って坐った。そしてその西洋紙をすぐには開かずに、煙草を一本喫い二本目を点けてから、やおらとりかかった。またしても〈表〉だった。しかしこれはノートの二つに比べるとずっと解りやすく、すべてを理解するまでにそれほど時間はかからない。というより一目瞭然である。予想紙を兼ねた出走表とでも言えばいいだろう。ただし出走するのは自転車に乗った人間ではなく、あけ四歳のサラブレッドでもない。それは全国の予選を勝ちあがった49の高等学校である。ワク数は全部で8。それぞれのワクに六校（8ワクに限り七校）ずつひしめいている。高校の名前の下には都道府県名が書きこまれてあり、その下の数字はどうやら甲子園への出場回数らしい。数字の代りに(初)と書かれた場合もあることからそれは判断できる。ちなみに1ワクと2ワクの顔ぶれを見ると、

					㋮	(や)	(す)
1	1	札幌商業	南北海道	⑧			
	2	早稲田実業	東東京	㉓	▲	○	注
	3	日向学院	宮崎	(初)	×		
	4	双葉高校	福島	②			
	5	松商学園	長野	㉕			
	6	浜田高校	島根	⑥			
2	7	習志野高校	千葉	⑤	×		注
	8	東北高校	宮城	⑪			
	9	高知商業	高知	⑫	○		◎
	10	大分商業	大分	⑬		▲	
	11	新発田農業	新潟	②			
	12	国立高校	西東京	(初)			注

実はこの西洋紙に黒のボール・ペンで描かれた予想紙を検討しながらぼくは微笑さえ浮べていたのである。もちろんこれが正真正銘の高校野球賭博の証拠品だと判ってはいたけれど、おそらくこういった種類の違法について、ぼくの、というか普通の男の感覚は鈍くなっているのではないかと思う。甲子園の優勝校を会社の同僚達と予想しあうのはごくありふれたことだし、ぼくの経験から言うとむしろ毎年の夏に欠かせない行事として定着している。むろん金銭の絡まない当てっこなんて張り合いがないから、呑代や現金を賭けておこなうのであり、ただこんなふうに出走表を作り、どんな資料や情報をもとにしたか判らぬが、予想の印まで付けて励む人々が稀《まれ》だというにすぎない。それはつまり、ぼくたちにはこんなに凝った遊び方のできるほど時間も気力もなかっただけで、もし誰かがこういう段取りをつけてくれたら、きっと喜んで乗ったに違いなく、そのときの楽しさは倍にも三倍にもなったことだろう。だからぼくの心のどこかに、その楽しみを味わえなかった恨みと、この予想紙の作成者に対するそこはかとない敬意とが位置を占めていたことは否めない。そしてそういうぼくの反応は、日本中の高校野球ファンおよびギャンブル好きの男たちのそれを代表していると確信する。

けれども、いくら敬意を払おうと野球賭博が違法行為である事実は動かないのだし、それに予想紙はたぶんノートの二つの〈表〉とも関係してくるはずで、ぼくはいつまでも微笑を浮べて感心しているわけにもいかない。

ノートの第一の〈表〉が高校野球賭博に参加した者たちの名簿であることはまず間違いあるまい。さっきあげた例を使うと、今田という男は連勝単式1－2、2－1、1－7、7－1と単勝式2の野球券（？）を十枚ずつ買ったことになる。今年の甲子園優勝校は横浜高校、準優勝は早稲田実業だから、この出走表でいくと連勝の当り野球券は5－1で、単勝の方は5ワク25番である。つまり今田は野球券五十枚分の金を損しているわけだ。5－1を的中させた者はざっと数えると十二人ほどだった。参加者は百名を超える。おそらく彼らには西洋紙の出走表を原板としたコピーが配布されたのだろう。もう一度注意して人名を追ってみたがぼくの知った名前は見当らなかった（もしいれば、ぼくに声のかからぬわけがない）。野球券一枚分の金額は幾らなのか、それと払い戻しの倍率はどうなるのか、という点を別にすれば、これで第一の〈表〉の疑問はあらかた解けたことになる。ところが、次に第二の〈表〉となるとさっぱりなのだ。日付と平仮名の謎がどうあがいても解けない。どうやらこっちの方は野球賭博とは関係ないらしいと推測されるだけである。

それでもやっと一つ思いついたのは、予想紙の下段にある仮名のⓜ・ⓨ・ⓢからで、これはどう見ても予想の印をつけた人物三人を示している。それも予想者の姓の頭文字だと思われる。というのは、このノートと予想紙の原板が野口のものとすれば、当然野口じしんも野球賭博に一枚噛んでいるわけで、いや、それこそ主催者の一人かもしれず、そうなると野口がにわか予想屋として早稲田実業に○印を付けたと考えて少しも不思議はない。つまり、㋳は野口のこの街での変名山崎の頭文字と解読できる。……北村いづみが「シュウジさん」と野口の名を呼んだのは今になって気にかかるが、あるいは彼女は本名を知っているのか、それとも、野口は姓の方だけ偽名を使っているのかもしれぬ。ともかく、あのとき大男は山崎という姓の人間を脅迫したのだし、その口振りから察すると、それから百万円の分前《わけまえ》を要求されるような大金を持ち逃げしているのである。山崎は帳面と、帳面とはこの二つの〈表〉の描かれたノートだ。大金とは、おそらく賭博の参加者百余名の賭金ではないだろうか。そう推理すると、百万という金額から野球券一枚の値段は千円と見当がつくし、胴元は払い戻しの倍率など計算してる場合じゃなくなる……それでこの解読法を第二の〈表〉に応用すると、同様にして八種類の平仮名は八人の名字の頭文字と推測可能なわけだ。しかしそこから先が進まない。日付との関連が依然として不明である。それに予想紙の方だって片仮名の㋮をどう処理するかとなるとお手あげだった。

けれどどうしてもぼくはこの推理に固執した。㋳が山崎を指しているという結論に至る手続きを、というよりもむしろ直感を捨てきれなかったのである。頭の血行を良くするためにウィスキーを舐め、三つの〈表〉をためつすがめつしながら、㋜は鈴木、須藤、㋐は秋山、青木、㋪は東、土方《ひじかた》、などといちいち人名をあてはめて、いよいよ残るは㋮だけになりあれこれ悩んだ挙句、そうだ外国人の名前ではないかとひらめき、マクドナルド、マクガバン、マッケンローと、一応それらしいのをあげてみたが、しかしアメリカ人が高校野球の予想をするなんて到底考えられない。我ながらうんざりして、念のためもう少しウィスキーの力に頼ってみたがそれ以上の名案は浮ばなかった。それからしばらくうとうとし、寒けで目を覚ますともうプロ野球ニュースの再放送が始まる時刻である。いまからベッドに入っては職探しに行けなくなってしまう。本格的に寝るのは諦めてコーヒーを沸かすことにした。そして、テレビのスイッチを入れ、ノートを茶封筒にしまい、二度のあくびでたまった涙に目をうるませながら、そのときになってふと、ぼくは、いったい何故これを北村いづみが持っていたのだろうと疑っていた。いったいどうしてこのノートが、野口の手から彼女の手へと渡ったのだろう。いったい何故。いったい何処で、あの二人結びついたんだ？　……判らない。ぼくは、市川崑の映画に登場する探偵のように頭を掻きむしった。何も判らない。テレビではちょうど、江川が浜松球場でヤクルトを相手に完投、十四勝目をあげたところだった。もう一ケ月はやければね、とインタビューアーは言うのだった。あと六ついけたでしょう？　しかし投手は首をかしげて、それはわからないと答えた。

＊

それから十日間、ノートはぼくの手もとにあった。つまり良子がぼくのホーム・グラウンドへ遠征して来たのは十二日の午後である。それが最後の試合になった。もちろんいざとなったら色仕掛けで口説く腹づもりだったけれど、初めのうちぼくはなんとかして経済的な面で良子の信頼を得ようとそればかり考えていた。だから彼女が、二日前の午後にもいちど訪ねたけど留守だったと洩らした時すかさず、

「ああ、おととい仕事のことでちょっと出かけてた」

と髭のない口元を撫でながら気を引くような作戦に出たのである。良子はこちらの思惑どおり興味深そうな顔になって、

「仕事が見つかったの？」

「うん。職安を通してだから間違いない。実は今朝も面接に行ってきたんだ」

「それで？」

「二三日うちに通知が来ることになってる。営業だけどね、給料の点でも文句はないし、日曜祭日も休める。来週からでも働くつもりでいるよ」

「そう」

「うん」

　と力強く返事をしてみせて、

「風呂桶や便器を扱ってる会社なんだ。職安の評価じゃ将来性は〝良〟ってとこらしい。だって風呂もトイレも生活に欠かせないものだろう？　そりゃ一年に何べんも取り替えるものでもないけど、この先人間が生きてくかぎり必要なことは確かだし、ね？」

「そうね」良子はぼくにうながされるようにして首を縦にふった。

「ところで、西海市の水洗便所普及率がいったいどれくらいか君知ってる？　42パーセント。驚くじゃないか、半分もいってないんだ。もちろんこの数字には郊外の農家なんかも含まれてるわけだけど、それにしても意外だよね。ぼくたちは普段なにげなく使ってて水洗があたり前みたいな感覚があるけど、考えてみると小学校に入る頃まではぼくの家だって例のバキューム・カーの世話になってたんだ。覚えてる？　およそ二十年前だな。二十年かかってぼくの周りで水洗便所があたり前の生活の一部になった時に——つまり市の中心部だね——しかし一方でまだ58パーセントの家庭はそうではないわけで。そうすると二十年で約半数の世帯が水洗になったんだから、あとの半分がそうなるまでにもう二十年要するかと言うと、これが違う。何故か？　何故ならここに、水洗式トイレへの移行に関する西海市の条例というものがあって、市の郊外を除く約85パーセントの家庭に対しては、三年後の昭和五十八年までに水洗式トイレの取付が義務づけられている。つまりすでに水洗化の完了している42パーセント以外の残り43パーセントの家庭ではここ三年のうちにどうしてもトイレの工事をしなければならないんだ。これにはむろん市の方から補助金が出る制度もあるんだけど。そこでだ、いいかい、現在西海市には便器を扱っている主な会社が三つあって……うん？」

良子が何か言ったので訊き返すと、相談したい事があるから仕事の話はあとにしてくれないかと言う。

「何だい相談って？」

話の腰を折られたせいもあって、あまり身を入れた訊ね方ではなかった。ただ女を口説くにしては多少遠回りしすぎの嫌いがあるのではないか、などと心のなかで反省してもいる。

「いづみちゃんのこと」

「いづみちゃんて……？　ああそうか」

ぼくは例の茶封筒を取り出して良子に渡した。

「これだね、あの娘《こ》の忘れ物」

もちろん封筒は新しいものに代えてあるのだが良子が気づくはずもない。それにあとから掌で充分擦《こす》って皺をつけたりしてあるので、北村いづみだってたぶん見分けはつかぬだろうという自信作である。良子は受け取るとろくに見もしないで、ちょっと重さを測るような仕草をしてから、正座した膝の上に置いた。

「それで、野口という人のことだけど。博多に奥さんと子供が一人いるって言ってたでしょう？」

「らしいね」

「住所がわかるかしら？」

「奥さんの？」

「ええ」

「どうかな。電話番号ならもしかして……」

何気なく答えてから、様子がおかしいことに気がついた。

「おいまさか、あの娘に話したんじゃないだろうな？」

「なんのこと？」

「つまりその……ぼくが君に話した……野口のいろんな……」

「話したわ。でも」

「なんだってそんな余計なまねをする。話してどうなるんだよ。いまさら野口の女房の住所を教えたって――」

「怒鳴らないでよ」良子が訴えた。

「——だって君が、余計なことをするから……」

最後の方は尻すぼみになった。良子の顔が怯えているのに気づいたからである。ふっと、ぼくはそんな良子の顔をこれまでにも何度か見たことがあるような気がした。いつだったのか、いつといつだったのか思い出せない。しかしそれを忘れていたことが、何故かとりかえしのつかぬ失策のように思われる。良子がぽつりと言った。

「いま奥さんのところにいるらしいの」

「誰が……野口が？」

「ええ」

「どうしてそれが判る？」

「いづみちゃんがそう言うの。奥さんと話すために博多へ行ったって」

「野口が博多の家へ帰ってるって？」

「そうなの」

「なんでいづみちゃん……あの娘は何故それを知ってる？」

「本人がそう言ったらしいわ」

「野口が⁉　しかし……ちょっと待ってくれ。それじゃあ何故、彼女はぼくのアパートに来たんだろう？　野口が博多へ帰ったことを知ってたのなら」

「そのことなんだけど……」

と良子は思わせぶりにつぶやいて、ひとつためいきをついてみせた。ぼくは俄然身を乗り出して、

「判ってるんだね、それが何故か？」

「………」

「何故なんだい？」

「………」

ぼくは彼女の視線をとらえて離さなかった。知ってることを全部聞くまでは梃子《てこ》でも動かない、そんな気持をこめたつもりである。やがて、良子は語り始めた。その語り口はなめらかさに欠けどこかたどたどしいくらいで、彼女の祖母ほど年季の入ったものではなかったけれど、今度はぼくの好奇心がはるかにまさっている。何度となく訊き返し、何度となく唸り、何度となく先をうながした。その結果ぼくの好奇心は期待以上に満たされることになった。というのも、それだけ良子が北村いづみから話を聞き出していたせいであって、二人のセップク流産の体験者はわずか十日間のうちにぼくなどのはかり知れぬ友情で結ばれていたようだ。事実良子はあの翌日も病院へ見舞いに行ったのだし、その翌日も電話で話し、三日目と四日目は彼女の家へおもむき、それから後も一度外で二人だけで会ったのだと打ち明けた。話の内容から察すると、

二人の女は互いに身の上相談をしあったのではないかとさえ疑われ、つまりそれだけの話を聞くには相当のお返しも必要だったろうと想像される。このぶんではきっとぼくのことも少女に筒抜けだろうし、いったい良子はぼくという男をどんなふうに十七歳の娘にむかって説明したのか、その点も興味深いところだった。

北村いづみが初めて野口修治に出会ったのは今年の正月、冬休みが終る三日前のことである。彼女の家の近くにソフトボール用のグラウンドがあって、そこへ犬を連れて散歩に行くのが日課になっている。一月だから芝はまだ藁《わら》の色をしてまばらに生えているだけで、ソフトボールのゲームが二つ同時にできるくらい広いグラウンドを、鎖を解かれた犬は縦横無尽に駆けまわった。少女の他には小学生が十人近く、それぞそれぞれの模型飛行機を飛ばして遊んでいる。ゴムの力でプロペラを回すその玩具は、冬の青空へ時おり信じられぬほど高く上がり、長く飛び続けて、少女を驚かせた。こないだの大学生よりうまく飛んでる、と少女が笑みを浮べたのは、暮れから三ケ日にかけて二人の青年がこのグラウンドに最初に模型飛行機を持ち込んだのを知っているからだ。その頃二台のプロペラ機のあとを歓声をあげて追いかけていた子供が何人かあったのだが、まず彼らが真似をしだし、それから友人達へと広がった。そうしていま色とりどりの翼がグラウンドの上空を舞っているわけである。大学生ふうの男二人はもう飽きてしまったのか姿を見せない。

飛行機が一つ樹の枝にひっかかって子供達が騒ぎ始めた時も、少女は彼に気がつかなかった。小学生と一緒になって銀杏《いちょう》の木を見上げ、黄色い羽が破れていないかどうか確かめていたからである。誰かに肩を触られたような気がして少女は驚いたのだが、男にしてみればその樹に近づくために歩み寄っただけのことかもしれない。男は木の叉《また》に手をかけて身軽に登ると、飛行機の方へ手を伸してみて、

「棒か何かないかな」

下で口を開けて見とれている子供達にそれから少女に言った。彼らのうち何人かは捜しに走り、何人かは自分のプロペラを人差指で回しながら動かない。少女はどこかにバットが置き忘れてあったのを思い出して歩きはじめた。見つけて戻るまでにはずいぶん時間が経ったように思えたけれど、男はあいかわらず樹の上に立っていた。少女を認めるとすぐに、

「ああそれがいいや」嬉しそうに叫んでいる。

パラフィン紙の羽は無事だった。再び身軽に跳び降りた男は、立ち去るきっかけがつかめないでいる少女にむかって、

「正月といえば昔は凧《たこ》あげをやったもんだけどね」

と笑いかけた。少女は男の笑顔からかろうじて視線をはずし、上手に風にのって浮んでいる幾つもの飛行機を眺めながら、流行のもとを作った大学生の話を教えてやった。すると男はいささか大げさなくらいに納得し、そういう事はよくあると言った。実は数年前入院していたことがあって、そのとき同じ病室に刺繍《ししゅう》が趣味の男がいた。そいつのおかげで同室の八人中六人までが習い始め、いつのまにか隣の病室へ飛び火し、気がついた時には病棟全体が刺繍教室みたいな有様になっていた。参加しなかったのは自分ともう一人くらいのもので、ぼくはなにしろ無器用だし、もう一人の男の方はミシンのセールスマンなんだ、というような話を人なつっこい顔で笑いながら喋る。しめくくりに、

「飛行機の話とはあんまり関係なかったかな」

そう言ってまた笑った。少女はそんなことはないし、本当は私もむかし入院していて同じような経験があると言おうと思った時、男が頓狂な声をあげて飛びあがった。知らないうちに戻って来ていた少女の犬を恐がったのである。少女は心のなかでおかしがりながらボクサー犬を叱った。犬好きの父が三年前知り合いから譲って貰ったのだが、いまでは少女に一番よくなついている。一声で猛獣をおとなしくさせた娘に男は感心して、二メートルほど離れた所から、名前は何というのかと訊ねた。少女は犬

の名を呼び、男がポパイ、ポパイと二度それに倣ったが、気位の高いボクサーは聞こえないふりをする。少女はこらえきれずに笑った。
あくる日、また同じ場所で同じ時刻に男に会ったけれど、少女はそれほど意外な気もしなかった。男は風に運ばれる飛行機よりも走り回っているポパイの方を気にしながら、ジャンパーのポケットからチョコレートを出して少女に勧めている。少女は断らない。男は先に野口修治と名のり、それから娘の名前を訊ねた……

ぼく　その時確かに野口修治って言ったのかい？
良子　そうよ。
ぼく　信じられないな、いきなり本名を教えるなんて。
良子　そうかしら。
ぼく　………？

北村いづみが高校一年生だと知って野口は驚いている。事情があって他の者より一年遅れているのだと彼女は何度かためらったあとで付け加えた。野口はいづみの脚のことには触れなかった。代りに、ちょうど十《とお》、ぼくの方が年上だねと言って笑った(明らかに嘘である。相当サバを読んでる)。そして、趣味は? と訊ねたというから、野口ほどの男でもこういう場合に使うべき文句は面倒臭がらずに使うものらしい。いづみは読書と、日曜日に一人で映画を観に行くことと答える。野口は喜んだ(ぼくだって喜ぶだろう)。

学校が始まって最初の日曜日に二人は映画を観て一緒に食事をした。その後会うたびにロード・ショウと少し遅めの昼食が二人のデイトのお決りになる。いづみは私の分だけはお金を払わせてくれと頼んだけど、野口は聞かない。働いて給料を貰ってる方が持つのはあたり前だから気にするなと言う。女性に御馳走するのは男の楽しみの一つなんだ。特に君みたいな可愛い子には。そう言って笑う。いづみはそれ以上言い張れなかった。学校の様子はよく訊かれたけれど、仕事のことはくわしく訊ねなかったし、まだお互いに電話番号も住所も知らなかった。この頃の二人はただ相手の名前だけを知っていて、日曜日ごとに出会いの場所で待ち合せをし、映画へ行き、食事をする。そんな交際が二ケ月以上続いている。そして三ケ月目に入ったある日、少女は男に唇を許した。おそらくその日から野口はいづみの名を呼びすてにするようになったはずである。しかしいづみにはそのことが気にならないし、男が自分の名を口にするのを聞くことはむしろ嬉しかった。家へ帰ったいづみはその夜を勉強部屋に閉じこもって過ごしたに違いない。夕食もとらない娘を心配して母親が何回かノックをしたけれど、いづみはただちょっと頭が重いだけだと嘘をついて顔を見せなかった。

だいたい北村いづみの家庭は、船乗りである父親はしょっちゅう家を空けていて今年は正月も海の上だし、十一年前後妻に入った母親は革細工か何かの店を友人と共同で経営しており日曜は休めない。たまに休みをとるのは小学生の息子（いづみの腹違いの弟）がリトル・リーグに所属していてチームの試合がある時くらいである。他の家庭にくらべるとその一人娘にはかなり行動の自由があるわけで、日曜ごとの外出先を咎める者はむろん誰もいない。その代り学校で具合が悪くなって早退してきても看病してくれる人間もいないわけだが。

三月の末のある日、いづみは身体の調子が思わしくないので午後からの授業には出ずに帰ることにした。五分咲きの桜並木の途中で思わず立ち止ったのは、そこに野口がいたからで、しかも女と一緒だった。二人とも桜見物に夢中で、いづみの方をふり返りもしない。一目で恋人同士と知れる男女のそばを急ぎ足になって通り過ぎながら、いづみは自分が息を殺して歩いていることに気がついている……

良子　覚えてる？

ぼく　うん。知らないうちに人違いされてたんだな。
良子　そうね。ちっとも気がつかなかった。
ぼく　でも恋人同士って一目で判ったんだね。
良子　一瞬の思いこみね。あなたのことを彼だと信じた瞬間そう見えたんでしょう。
ぼく　……………。

その次の日曜日、いづみは約束の時間に一時間も遅れて出かけたけれど野口は待っていた。別に怒りもせずに、遅かったね、とそれだけ言って笑った。そのときいづみは道々考えてきたことを思いきって訊ねている。ところが野口は怪訝そうな顔をして、まったく身に覚えのないことだと言った。いづみの高校がどこにあるかも知らないし桜並木なんて見たこともない。いづみは修治さんが嘘をついていると直感した。その気配を感じたのか野口はしばらくすると妙に改まった顔になって、実はと告白している。ただし並木道にいたのはやはり自分ではないというので、しかし他につき合っている女性があるのは事実だと認めたのである。いづみは男の変り身の早さにとまどいながら悲しみ、野口は少女の涙をあつかいかねた。いづみの肩に手を触れた野口は、仕事の関係で知り合った女で好きでもないし別れたいとも思ってるんだと言い、それから、いやもう別れたも同然で最近は会ってさえいないなどとも言った。いづみはかぶりを振って泣きつづけた。

結局その日は映画館へは入らず喫茶店を三つも梯子《はしご》したのだが、その間いづみは野口の仕事は何か、何処に住んでいるのか、本当に独りなのか訊ねることをやめず、話してくれないのならもう二度と会わないとまで覚悟を伝えている。しまいに野口が重い口を開いて言うには、自分は現在あるスナックの経営を任されており（店の名前はうまくはぐらかされた）、そしてその店とは別のクラブでホステスをしている女と同棲している（ふたりが住む場所も教えてもらえなかった）。しかしさっきも言ったようにその女性とは別れる一歩手前の状態で、部屋へ帰ってもろくすっぽ口もきかず、それに実のところ彼女には他に好きな男がいるそうである。この時の告白と二三時間前の最近は女とは会っていないという台詞とはずいぶん食い違っているし、ちょっと考えれば野口が造作なく嘘をついてみせることのできる男だと気づくはずだが、少女はそうは思わない。思わぬどころかホッとしたのである。たしかに嘘はあったけれど、最後には正直に他人には言えないような話まで打ち明けてくれたことの方が重要に思えたし、話し終ってから、いづみには何も隠せないよと言って笑う野口の顔はいままでのどんな時よりも誠実そうで、きっと悪い人じゃないと信じることができた。おそらく初めて男の笑顔を見た時から恋に落ちていた少女は、野口が女とは本気で別れるつもりだと約束するのを聞きながら、すべてを許してやりたい気持になっている。翌週から再びお決りのデイトがはじまり、男の約束が果されないままふたりは結ばれた。

ぼく　（しんみりと）初めてだったろうな。
良子　………。
ぼく　野口にしたら赤ん坊の手をひねるようなもんだろうな。相手は何も知らない、十七の……（吐息）可哀相に。
良子　でも好きな人となら。
ぼく　冗談言うなよ、まだ高校生なんだぜ。（むきになって）ぼくならとてもできないね、そんな常識はずれなまねは。
良子　………。
ぼく　……ねえ。どこで、なんだろう？
良子　え？
ぼく　彼女外泊はしたことないっていうんだから。……昼間だったのかなやっぱり。
良子　（吐き棄てるように）よしてよ。
ぼく　うん……。可哀相にな。

五月の半ばから六月の終りまで、いづみの父が帰省したこともあって、二人の逢瀬《おうせ》はしばらく途絶えている。実はその間に今度こそ女とはきっぱり別れて一人で他のアパートへ移る約束が取り交されていたのだが、再会するとすぐに彼女は男の不実を知った。当然いづみは野口を責めるし、野口はなんだかんだと言い繕っては彼女をなだめにかかる。そのとき初めて、修治さんはその女と別れられないのではないか、別れる気がないのではないかという不安がいづみを襲ったけれど、すでに遅すぎた。いづみは野口という男から離れられなくなっている。男の方でも同様に、もういづみとは離れられないと真剣な顔で告げるのを聞いて、その不安を忘れるよう努めることしか彼女にはできなかった。

そんな時だった。いづみはまたも女連れの野口を目撃する。七月の中旬、一日の授業を最後まで受けての帰宅途中である。本屋から出てくる二人の姿を認めたいづみはただちにあとをつけはじめた。そしてじきにいづみはどこかがおかしいことに気がついたと言っている。自分の五メートル先を歩いて行く男の後姿が、特に歩き方が野口のものではないように見えたからである。おそらく二人との距離が十メートルそしてその倍へと開いていったのは、引きずる脚のせいばかりではなくこのためらいも働いたのだろう。しかし本屋で見たのは確かに修治さんだった。思いなおしていづみは早足になる。男がはいているような色の褪せたジーンズを修治さんは持っていたのだろうかと考えながら歩く。白い無地のTシャツは修治さんには似合わないのではないか。修治さんは、もしあれが修治さんなら、私といるときとは別人のような身なりをしている。服装のために人が違って見えるようなことがあるだろうか。一人で歩く時と女と並んで歩く時とで男の後姿が違うなんてありえるだろうか。二人はスーパーマーケットへ入って行く。結論を出せないまま十七歳の女は待った。

紙袋を抱えて出てきたのは野口だった。空いてる方の手で煙草をくわえ窮屈そうにライターを使っているのは修治さんに間違いなかった。どうして時々私がそうするようにあの女は火を点けてやらないのだろうと思う。思いながら視つめ続けたせいだろうか、女はいづみに気がついたような眼つきをした。そして男の手をいきなり引っぱったので相手はよろけて、買物の袋を守ったかわりに煙草を落とした。男は名残り惜しそうにそれを踏み消して女のあとを追う。この時になっていづみは女の様子が予想以上に地味なことに目を止めている。女はつけられていると勘づいたようだったけれど、いづみはそれでもいいと思った。修治さんに知られてもかまわないし、むしろその方が良いかもしれない。いづみは追跡をやめなかった。そしてだいたいの場所を聞いていたのとは全然違う所に、修治さんが住んでいることを自分の眼で突き止めた。

その次に会ったとき、いづみの批難を野口は例の人なつっこい笑顔で聞いた。人違いだというのである。いづみが間違えるくらいだからよっぽど似てるんだろう。実はそれで思い出したんだが、今年の正月友人が街でぼくにそっくりな男を見たと言っていた。いづみはこないだもぼくが女と花見をしてたとか妙なことを言ったけど、それもたぶん同じ男ではないかと思う。そのアパートというのはいづみの高校の近くなんだろう？　しかし彼女はまだ疑っている。世の中にあれほどそっくりの顔を持つ修治さんとは別の人間が存在するなんて信じられない。すると野口はまた笑いながら言った。世の中には自分と瓜二つの人間が三人はいるっていうぜ。でもそんなに疑うのなら、これからふたりでそのアパートへ行ってみようではないか。自分も一度会ってどのくらい似てるものか確かめてみたいから。そうして野口は気のすすまない女を急《せ》き立てるように歩きだした。

いづみはアパートへ着く前から野口の話を信じる気になっていた。階段を上って行く男の手を取って、もういいからと幾度か止めてもいる。しかし野口はいづみのためだけにここまで来たのではないと譲らなかった。ドアには田村宏と印刷された名刺がセロテープで貼り付けてあった。いづみの見た窓の位置からするとこの部屋だねと野口が指差したけれど、彼女は何も答えない。野口は片目をつむってみせながらノックをした。よく映画のなかで悪戯好きのアメリカ人がするようなウィンクだった。アメリカ人のガール・フレンドのようには笑い返せなかっただろう。男は繰り返し扉を叩いた……

ぼく　七月の何日?
良子　さあ、そこまでは。
ぼく　(手帖をひっぱりだして)　えーと、彼女にあとをつけられたのが、七月十六日の水曜日で……
良子　(呆れたように)　そんなことまで書いてあるの?
ぼく　うん。次の日曜はそうすると二十日か。オールスターの第二戦があった日だ。いや待てよ、二十日だともう高校は夏休みに入ってるのかな?
良子　まだでしょう。
ぼく　だとすると、やっぱりこの日だな。二十日の日曜の午後。……いくらノックしたって聞こえるわけがないよ。出かけてたんだ。朝から競輪へ行って、そのあと君に会ってる。
良子　覚えてるわ。晩御飯を誘ったけど、テレビを一人で見たいからって断られた日ね。

ぼく　………。

何べん叩いても応答はなかった。修治さんが嘘をついてないのはもう判ったから帰りましょう、と押えるいづみの手を振り切って、野口は隣の部屋をノックしはじめる。しかしそこも留守で、その次の部屋も同じだと知ると、やっと諦めたように、残念だけど証明できないな、いづみに信じてもらうしかない、とつぶやいた。もちろん、いづみは信じると答えている。

そして、そのとき信じると答えたにもかかわらず、後に、野口が約束の期日を一ケ月過ぎても現われなかった時、いづみの足がどうしてもいま一度アパートの方へ向わざるをえなかったのは、藁にでもすがりたい心情ではなかったかと想像される。修治さんがそこに居るとは、おそらくいづみも期待していなかっただろう。が、まさかと思ったことが現実になったのである。彼女のひかえめのノックは、その部屋の住人には聞こえなかったし、彼女の微かに残された望みがドアのノブを回させたのに違いない。台所とベッドのある部屋とを仕切る硝子戸は開いている。玄関に一歩踏みこみさえすれば、ベッドにいぎたなく寝ころんでいる男の姿が——あるいは顔もじゅうぶん視界に入るはずだった。

そのまえに約束の期日とはこうである。七月の二十日から数日経って、二人は映画を観に出かけている。これがたぶん『スター・ウォーズ』で、そのとき山田は、鋭いフォークを投げられそうな指の男と脚の悪いその恋人を記憶したのではないかと思われる。この日の野口は、例のグラウンドで待ち合せた時からいつもと様子が違い、煙草をやたらと何本も喫うし、笑顔もほとんど見せなかった。映画館の暗がりのなかで、野口が時々堪えきれなくなったように息を大きくはずませるのを耳にして、いづみは訝《いぶか》しんでいる。案の定、野口は途中で席を立ち（なにしろ、エンド・マークが出ても幕が閉じるまでは立ったらいけないと、日頃から男は言っていたので）、戸惑っているいづみにむかって、外へ出よう、大事な話がある、と囁いた。そしてその大事な話というのは、初めのうちいづみには何が何やらわけのわからないほど唐突で思いがけぬ内容だったのである。

混乱した頭で、いづみがどうにか理解できたのは、修治さんには、戸籍上、正式な、

妻

が存在し、そのうえ、彼女との間には、

子供

が一人あるという事実だった。しかも、いまこの街で暮している女とは別に、だという。それはむかし父親に、いづみのママはお星さまになった、と教えられたことよ

りももっと非現実的な、まるで別の世界の言葉でなされた報告のように彼女には聞こえた。しかし興奮気味の男の声は続く。茫然《ぼうぜん》としているいづみの耳に、この世界の言葉として容赦なく流れ込んでくる。……博多にいるんだいままで隠していたのは悪かったと思ってるでも女房といってもぼくは何年もまえからりこんしたいと思っているしだからわかれてせいかつしてるわけだけどこれまではさいごのけっしんがつかなかったどうしてもまよってしまうさいごのさいごになると弱いんだよたぶんひとりになるのがこわいんだよ。でもいまはちがういまはいづみがいるからいづみのためならにょうぼとのこともはっきりさせられるいまやっとけっしんがつきかけているいづみが力をかしてくれたらもういちどやりなおせそうなきがもういちどやりなおすよおれさいしょっからいまがチャンスなんだそんな予感がするんだいづみとふたりで暮したいそうできたらきっと幸せにする誓うよいまの女とはもうけりをつけたきっぱり別れたよ本気なんだ嘘じゃないきっといづみを

「ほんとに？」

といづみがたずねた。自分でもどうして、いったい何を訊いたのかよくわからなかった。

「ほんとうさ」と十二年前の父は答えてくれたけれど、野口はそうしなかった。ただ、眼に涙をためてうなずいただけである。そしてこんなことを言う。

ただしそうなったら、ふたりともこの街では暮せない。いづみのお父さんだっておれみたいな男とじゃ許してくれないだろうし、それにこっちにもちょっと事情がある。それはいまは言えないけど、もしいづみがおれと一緒にいたいのなら、この街を黙って出るしかないと思う。可哀相だけどそうしてもらう。

もちろん無理を言えないことはわかっている。いづみにはいづみの幸せな生活があるのだし、家族だって学校だってポパイだってそうなれば捨てることになるわけだから。無理矢理に連れて行こうなんてちっとも考えていない。そりゃついてきてくれれば嬉しいけど、でもいやならそう言ってかまわないんだ。なにも心配いらない。おれひとりで出て行くから。そしていづみにはもう二度と会わないし、迷惑も絶対にかけないようにする。このまま忘れてくれていい。

いや、いま答えてくれなくてもいい。いまじゃなくていいんだ。もっとよく考えてからで。こうしよう。来月の八日にもう一度だけいづみと会う。それまでに決めておいてほしい。今日からその日までいづみとは会わない。もし心が決らなかったら来ないでくれ。その日いづみが来なかったらおれは諦める。残念だけど、仕方がない。そのときは、つまり、今日がいづみと会う最後の日だ……

ぼく（溜息まじりに）行ったんだね。
良子　そう。
ぼく　十七の娘にむかってよくそんな事が言えたと思うよ。キザな文句を並べやがってさ、おまけに涙までみせて。可哀相に、どうしようもないじゃないか。がんじがらめだもん。行くしかないよね。
良子（そうは思わないというふうに）そうね。
ぼく　そうさ。幸せにするなんて、そんな心にもないことを……まったくひどい奴だ。
良子　そうかしら。
ぼく　そうかしらって。君はひどいと思わないのか？
良子　いづみちゃんはそうは思ってないわ。

八月八日の朝、北村いづみは野口に会って決心を伝えた。野口はまた涙を浮べて喜び、いづみはそれを見て自分も泣いている。そのあと、男のハンカチで涙を拭いながら話を聞くことになったのだが、野口が言うには、おれは今日この足で博多へ行って話をつけるつもりでいる。が、すぐにこの街へ戻って来るわけにはいかないだろう。正式に離婚の手続きをするには時間がかかるし、それに今後の身の振り方や、ふたりの落ち着き先のことも考えなければならない。たぶん一週間か、遅くとも二週間後には必ず迎えに来るからそのつもりで待っててくれ。それからその時までこれを（と茶封筒を差し出して）預ってもらう。ただし中身を見てはいけない。大切な物だけどいづみを信頼して預けるんだ。何も訊かずに、おれが帰って来るまで封を切らないと約束してほしい。ここへ戻って来るまでだ。いいね。約束できるね？

いづみは約束した。いづみは野口の言葉を信じ、野口に言われた通り預り物には関心を払わず、ただそれがある限り修治さんは私のところへ戻ってくると思って、その夜からすこしずつ荷作りを開始している。

しかし野口は戻ってこない。別れて一週間が過ぎ、いづみはまず八月十六日に、ソフトボールの試合を見物しながら一日待ってみたが、男は現われなかった。十七日と十八日もいづみは午前十時に、ボクサー犬を連れて家を出ている。十二時が二人の決めた時刻だったのだが、彼女の家からソフトボール場まで、ゆっくり歩いても三十分とかからない。あくる日も女は同じ無駄をくりかえした。二十日の夜になって、ボストン・バッグの中身をもう一回点検している途中で、はじめていづみの心がぐらついた。お気に入りの洋服と下着類と、小学生の頃からつけている日記と、預金通帳とを持ってこの街を出て行くことが急に心細くなる。パパに何も言わずに行くことや、ポパイと別れることや、学校をやめることが、とつぜん恐しい冒険に思われてくる。女は少女に返って怯えた。冒険という言葉はいつも彼女に、小学校の体育の授業でどうしても越せなかった跳箱を連想させるのだ。いづみは子供のように怯え、怯えながら修治さんに助けを求めた。そして、そういう自分の気持を持て余し、つまり五段積の箱と恋との板ばさみになって、途方にくれた。しかしこの夜、いづみはひとしきり泣いたあとで、一冊しかないアルバムを詰め忘れていたことに気がついている。ところがその写真帖はバッグに入れるには型が大きすぎたので、考えた末、選り抜きの幾葉かを剝がすだけにとどめた。

翌朝、午前十時に、いづみは駅にいた。博多から出て約束の正午に間に合う列車は、十時ちょうどないし十一時十六分西海駅着の二本しかないようである。野口が乗るとすればどちらかだろう。野口はどちらにも乗っていなかった。次の日からいづみは、駅とグラウンドへ交互に出かけている。

九月に入り新学期が始まると、日曜日しか行けなくなった。いづみは毎朝、学校でのお祈りの時間に、シュウジさんに会わせてくださいと念じつづける。だが、依然として男は姿を見せなかった。男からの電話を待つことはできない。何故なら野口は、いづみの家へ電話することも、その逆のことも嫌っていたからで、一応番号は教えてあるが、覚えているかどうかさえ心もとない。日曜ごとに待ちぼうけをかさね、野口からは何の連絡もないまま、九月は終った。そして月がかわった最初の夜に、いづみはとうとうあのアパートへの訪問を思い立つ。別にそこを訪れたからといって、どうなるものでもないことは彼女にもわかっていたけれど、かといって他に手だてはない。待つことを除けば、いづみが自分からできることは何もなかったのだし、それに一度思い立つと、もう矢も楯《たて》もたまらなくなってしまった。

こうして問題の十月二日がやってくる。一回目は午前八時過ぎ、登校途中に寄ったのだが、郵便受けにまだ新聞が突っ込まれたままなのを見て、いづみは思いとどまった。二回目は午前中の授業が終って昼休みである。どうしても放課後まで待てなくなったいづみは、鞄の奥から茶封筒を取り出すと、誰にも告げず校門を抜け、紅葉の間近い並木道を脇目もふらず通り過ぎた。男の部屋の窓は開いていた。しばらくぼんやり見上げていて、もう少しで車に轢《ひ》かれそうになった。鳴りひびくクラクションに脅かされ、いづみは逃げるように裏手の階段へと向う。登りきるまえに一人の男とすれちがったが、見たことのない顔だった。郵便受けの新聞は消えていた。扉の正面に立ち、表札代りの名刺を眺めながら、修治さんのウィンクを思い出した。きっと無駄だろう。ノックするために封筒を持ちなおした。

最初にぼくと眼が合った際に、北村いづみは「違う」と思ったそうである。私はいま見知らぬ男の部屋にあがりこんで、とんでもない間違いをしていると。しかしそんなことを知らぬぼくは、次の瞬間にすべてを、つまりはその場の状況を、理解したつもりでうなずいてみせた。めずらしく頭の回転が速いとろくな事がない。女は息を呑んだ。おそらくその時、ぼくの苦心の変装はまったく反対の効果をいづみに与えたのではないかと思われる。ぼくは口髭をはやしたり、パーマをかけたりして、野口の恋人の前に立つべきではなかった。ぼくの顔を変えることは、要するに野口の顔を変えるのと同じ結果になるのだ。変装前と後とではぼくの顔は（床屋の主人も認めたように）かなり違っている。しかしそんなことは問題じゃない。肝心なのは、実際に髭をたくわえたぼくの顔と、いづみの頭の中に慌しく描き出されたはずの野口の髭面と、その二つの間にいったいどれだけの違いがあったろうかという点である。たぶんあんまりなかったのだろう。結局、いづみはその一瞬で誤解をした——というよりわけがわからなくなって、目の前の男にむしゃぶりついていた……

良子の話をおしまいまで聞いて、ぼくがまず思ったのは、いづみは野口に捨てられたのだということである。野口がこの街へ戻って来る可能性は考えられない。理由は簡単で、去年の秋、武雄のバーから売上金（とホステス一人）を持ち逃げした時と似たなりゆきだからだ。今度の場合、ホステスと一緒かどうかにわかに判断できないけれども、金が絡んでいることに間違いはない。何度も言うように、あのとき百万円の分前を要求した男の言葉からも想像がつく。おそらく二百万以上の大金だろう。そしてその大金は、ぼくの推理では高校野球賭博の賭金である。野口が博多へ行くと言って街を出た八月八日は、甲子園大会の開幕日なのだ。賭けの締切りは当然その前日あるいは直前と考えられるし、その日は賭金のすべてがどこかに集まっていたはずだ。バーの一日の売上げに手をつけたほどの男が、百人を超す男達の賭金を黙って見逃すわけはあるまい。取られる方だって黙って見ていたとも思えぬが、良子の話からすると、野口の犯行はどうやらある程度計画的だったことがうかがわれる。いづみに、自分には妻子がいると告白した日、ふたりで他所へ行って暮そうと持ちかけた日、すでにこの計画は野口の頭にあったのだろう。いやむしろ計画の方が先で、単に逃亡の相手として今回は友人の婚約者のかわりに、十七歳の高校生を選んだだけなのかもしれぬ。ただそう考えると、実際にはいづみを連れて逃げなかったわけでつじつまが合わなくなるけれど、あるいは土壇場で高校生は駆け落ちの相手に適当でないと思いなおしたのかもしれぬし、あるいは別の女、たとえば、この街で同棲していたホステスに乗り換えたとも考えられる。

一つひっかかるのは、野口があのノートをいづみに預けたまま逃げたことだ。野口のやったことは誰が見ても立派な犯罪だが、賭金を盗まれた方だって警察の目から見れば明らかに法に触れているのであり、言うならばノートはその証拠物件だろう。つまりそれを持っているかぎり野口は、賭博に関わった男達から警察に通報される恐れはないと考えられるし、だとすれば何故そんなに大事な物をいづみに預けたりしたのか納得いかない。いかないなりにしいて動機をあげるとしたら、まず、処分に困ってということだろうか。ノートは大切な証拠品だけれども、それだけにいつ自分の身に危険が迫るか判らないとも言える。野口じしんも賭博に関係した一人だからである。野口とすれば、賭金を盗まれた側の人間が証拠を握られていると思い込んでくれればいいわけで、なにも自ら後生大事に抱えている必要はないのだ。

しかしそれなら、焼いてしまうとか他にいくらも方法はあるので、わざわざいづみに預ける理由はないように思われる。で、そこからもう一つ考えついたのは、矛盾するようだが、実はいづみに預けること自体に意味があって、それが野口としては最良の処分法だったという推理である。というのは、ぼくは野口の、この犯行のしめくくりでのちょっとした悪戯みたいなものを感じようとしたのであり、言い換えれば、野球賭博に加わったギャンブル好きでどうしようもない連中の秘密をそれからもちろん自分じしんの秘密を含めて、何も知らない娘のもとで眠らせようとする企てを嗅ぎつけたのだ。つまり、ガム・テープの封印と、見てはいけないという警告には、金を奪われても指をくわえているしかない男達への皮肉がこめられてあると同時に、永遠に明かされることのない、いづみへの真実の告白が隠されている、という理屈になる。

だが、これも我ながら信用でき兼ねる論法だと思う。ロマンチックなミステリー(たとえば英国のヴィクトリア朝時代を扱った作品のような)の読みすぎといった観もある。ミステリーならそれで読者も我慢するかもしれぬが、現実の問題として眺めるとどうしたって弱い。だいいち、野口がそんなロマンチックな悪戯を思いつくような男かどうか、それさえ疑問だし。

結局のところ、なぜ野口はいづみにノートを渡して去ったのか、ぼくには判らない。判るのは最初に言ったように、野口がもうこの街へは戻って来ないということである。とにかくその点だけは確実なのだ。そう思ってぼくは良子に、野口の妻の住所が判ったところでもうどうしようもないのだから、そんな無駄な世話を焼くのはやめて、彼女が一日もはやくこの事件から立ち直れるように、野口のことなんか忘れてもとどおりの高校生活に戻れるように力になってやるべきだ、と道理にかなったアドバイスを与えたのである。ところが良子は、でもそれではいづみちゃんの気持はおさまらない、住所が判ってもどうにもならないかもしれないけれど、それは彼女たち二人の問題であなたには関係のないことだ、もし知っているなら教えるべきで、むしろ教えない方がいらぬお節介になるだろう、いづみちゃんは野口を忘れようとはこれっぽっちも考えていない、などと口ごたえする。ぼくは意地になって、いや絶対に教えない、彼女の幸福のためにも教えるわけにはいかないと突っぱねた。教えようにも知らなかったのだ。ただ、武雄の藤田に連絡すればなんとかなったかもしれないが。そのとき、幸福？　と良子は言葉尻をとらえた。女の眼の輝きにいやな予感を覚えたので、ぼくはあわてて話を切り替えた。心ならずもパーマをかけ髭をのばすきっかけとなった、二ケ月前の人違いの件を持ち出したのである。ただし、意識のない人間を置き去りにした後半の部分は省き、ノートと野球賭博については一切触れず、大男が、ぼくすなわち山崎すなわち野口を脅迫した場景にしぼって説明した。それから、武雄で山口と名のっていた野口がしでかした不始末をもう一ぺん思い出させて、今回の野口の出奔に重ね合せ強調することに努めた。さすがに良子もおとなしく聴いていたようだった。ぼくは心のなかでニンマリしながら、止《とど》めを刺すような気持で、

「それでももし、あの娘《こ》が野口を信じるって言うのなら、勝手に待たせたらいいだろう。ただし、待ってたって帰ってきやしないけどね。絶対だよ。百万円賭けたっていい」

　すると良子はまだ不服そうに、

「どうしてあなたにそんな事が言えるの？」

「自信があるからさ」

　とぼくは答にならない答を返し、中野浩一がB級選手と走って一着になる確率より

高いという比喩を思いついたのだが、もっと適当なのを見つくろっているうちに、良子が、

「でも、これを」

と言いながら封筒をテーブルの上に置き、

「いづみちゃんに預けてあるわ」

ぼくとしてはいちばん痛いところを突かれたわけだが、行きがかり上、

「あてになるもんか」

と歯牙にもかけぬふうに言ってみせ、それから、

「そんな、たかがノートの——」

思わず口走ってしまったが、良子は気がつかない。

「あたしはいづみちゃんを信じる」と言う。ぼくは腕組をして嘲った。

「いづみちゃんを信じてどうするんだい？　問題は野口なんだぜ。長嶋を信じたってしようがない、江川を信じなければ……」

「あたしは」と良子はぼくのできそこないの皮肉を遮った。「戻って来る方に賭けるわ」

この手の台詞は、たいていの男にとって条件反射的に売り言葉になる。

「喜んで乗るよ。何を賭ける？」

ぼくは余裕の笑みを浮かべて買ってやった。が、その笑顔も一つ数える間である。女がいきなり封筒をつかんで立ち上がったからで、ぼくもつづいて腰をうかしながら、

「どうしたの？」

訊ねると、その時になって取って付けたように腕時計を眺め、いづみちゃんの学校が引ける頃だと言う。今日これから会って忘れ物を渡す約束だそうである。賭事の相談をしてる場合ではない。

「もう少し待ってくれよ。ぼくの話がまだ残ってるんだから」

「またこの次にして」

「大事な話なんだ」

「仕事のこと？」

どうして大事な話となれば仕事のことなんだろう？

「……なにするの」

「いいから坐れよ」

ぼくは無理矢理、女を坐らせた。それからふたりでしばらく顔を視つめ合った。視線を上手にそらすのはいつも女で、良子は腕時計を利用した。こんなふうにせわしない場面をぼくは予想していなかった。

「コーヒーをいれるよ」

「時間がないの」

もじもじしながら女が言う。そのせいで、どことなくぼくは自分じしんを頼りなく感じる。

「いま聞いてほしいんだ」

「……………」

ぼくは言うことに決めた。言いたい事はいっぱいあったはずなのに、口にしてみると予想を裏切って短い文章だった。あまりにも短いような気がする。やがて、女が静かにこたえた。

「そのことはもう話がついてるはずよ」

「いやついてない。このまえは君が独りで考えて独りで結論を出してみせただけだ。ぼくはまだなんにも考えてなかった。不公平だよ。相手の意見も聞くべきだよ。だってこれは、つまり、二人の問題なんだから」

「また同じ事の蒸し返しね」

「違う。今度はぼくも考えたんだ。真面目に考えてる。嘘じゃない。賭けたっていい。いや賭けるとか賭けないとかいうんじゃなくて、その（ええい、何を言ってるんだ！）、そう、考えて決めたんだ。初めてだよこんなこと。君とならうまくやっていけそうな気がする。君のことを可哀相だなんて一度も思ったことはないし、それにぼくはまだ何も諦めてない。諦めて手を打つような年じゃないから。好きなんだ。それだけだよ。だから一緒に暮したい。ぼくが働いて君も働いてなんとかやっていける。きっとうまくいくと思う。この予想は当る。ふざけてるんじゃない。君がYESと言ってくれさえすれば当るんだ。一言でいい、答えてくれないか」

良子は時間をかけて一つまばたきをした。彼女がもし男だったら、ここで煙草をつけただろう。そして一服のなかに吐息をまぎらせて言ったに違いない。女の答はそんな感じのNOだった。

「どうして？」

信じられない思いで訊ねると、

「それはもう話したでしょう」

「あのときとは違うんだって言ってるじゃないか」

「どう違うの？」

「全然違う。判ってるだろう？」

「判らないわ」

良子が何度も首を振りながら言った。ぼくも判らなくなった。なんだか十日前の夜と同じような気分だった。まるで袋の奥深く入り込んだ蓑虫《みのむし》を相手にしてるような気がする。ぼくの手が良子の手の上に重なった。良子のもう片方の手がぼくの手を良子の手から引き剥がした。ぼくのもう一方の手は良子のもう片方の手を摑んで離さなかった。

「離して」と良子が言った。

「頼むから本当のことを喋ってくれ。ぼくはもう決めたんだ。だから君にも決めてほしい。ね、大事なことだ、正直に答えてくれよ」

「さっき答えたわ」

「嘘だろう」

「どうして、なにが嘘なの？」

「なぜ一人で生活しなきゃいけない？　誰が決めたんだそんなこと。できるもんか。口先で恰好つけたって、不可能なことは判ってるじゃないか。君はまだ三十前なんだ。再婚を考えてあたりまえなんだ」

「あたしはあたしの考えで決めたの。でも、決めるのを手伝ったのはあなたよ」

「ぼくが？　何を手伝った？　そういう訳のわからない言い方はやめてほしいね」

「あなたは判ってるわ」

「ああ判ってるさ。君は再婚を迷ってるんじゃない。ぼくとの結婚を迷ってるんだ。ぼくが嫌なら、はっきりそう言えばいい。釣り合わないって言いたいんだろう？　高校出の、しょっちゅう仕事をかわるような男じゃ将来が心配だって、そう言いたいんだろう？　言えよ」

「そんなこと言ってないじゃないの」

「じゃあ何だよ。何が不足なんだ。テクニックか？　もっと長いのが好みなのか？」

「おねがい」

とこのとき良子が泣きそうな声を出したのは、それまでずっとぼくに握られていた手が痛んだせいか、それともぼくの下品な冗談が聞くに耐えなかったのだろうか。ともかくぼくは力をゆるめた。女の手は蜥蜴《とかげ》の敏捷さで逃げていった。

「もう決めたのよ」

と良子は独言のようにつぶやいて、耳元の髪を左右の手で後ろへはらった。それからそのあとで、ぼくに摑まれていた手首をさすりはじめた。女の顔は泣かずに済ませたことを心のどこかでそっと喜んでいるように見えた。ぼくは無言で相手の腕を摑み、引き寄せた。女の頭が大きく揺れ、髪の毛が顔を被《おお》った。払う隙を与えず、女の身体を抱いて横になった。と言うのは容易く、実際やってみるとなかなかの力業だが。そこまではよかったと思う。失敗だったのは次の瞬間、ぼくが躊躇していたことである。何故だか自分でもよく判らない。女を組み敷くことに成功して、一息継いだだけだったのかもしれぬし、あるいは、女を組み敷くにしては時刻と、それから場所はともかく場合に多少適当を欠くことがぼくをためらわせたのかもしれぬし、あるいはひょっとすると、同じ女を二へんも三べんも組み敷くことになった自分じしんにとまどっていたのかもしれない。いずれにせよ、その最中のためらいは禁物である。致命的な失策だった。女がその一瞬を見事にとらえて、

「どうするの？」

と、まるで明日のスケジュールでも訊ねるみたいな声で言った。どんなに馬鹿げた質問でも、人の頭は一旦は考える姿勢をとる。そして考えれば静止は長びく。空白の時間が流れ、良子が身を捩って、左手をぼくの腋《わき》の下から引っぱり出した。右はまだぼくが握っている。ぼくの顔の真下に良子の顔がある。

「離して」

「…………」

「いづみちゃんが待ってるのよ」

「…………」

「ねえ」女の指がカーペットを軽く叩きはじめた。「重いわ」

「…………」

「どうして黙ってるの？」

ぼくは黙って女の唇を吸った。口紅の味もそれ以外の何の味もしない。五秒ほど経って顔をあげると、女がぼくの喉のあたりに視線を置いてつぶやいた。

「いいわ。そのかわり、もう二度とあなたとは……」

もう一度唇をあてた。期待したような反応は少しも現われなかった。良子にも、ぼくにも。

「どうすればいいんだろう」

「………」

「どうしたらいい？」

「手を離して」

ぼくは良子の右手を離し、体を起した。良子が起きあがり、ブラウスの襟をなおし、ゆっくりした仕草でふたたび髪を肩の後ろへ払ってみせた。それから腕時計に目をやり、

「遅刻だわ。行かなくちゃ」

「また来てくれるね」

とぼくが訊ねた。こんなはずじゃなかったのに。何処でまちがったんだろう？

その時、良子はふいに眼を細めてぼくを見返すと、

「ええ」

とうなずいてから、でも今夜は他に用事があるので来られないと言った。

＊

十月の成績。
第一節（十八日〜二十日）
初日　プラス二千円（10レース中3レース的中）
二日　プラス五千五百円（10R中3R）
三日　プラス四百六十円（10R中4R）
第二節（二十五日〜二十七日）
初日　マイナス八千円（10R中3R）
二日　プラス五万八千円（10R中3R、但し第2R、6－6、一万七千五百六十円、五枚的中）
三日　マイナス二万七千円（10R中3R）
十月二十日、ジャイアンツのシーズン最終戦が広島球場でおこなわれた。
G5－3C

勝利投手江川卓。通算成績十六勝十二敗（セントラル・リーグ最多勝）、防御率二・四八（リーグ二位）、三振奪取二一九（リーグ最多）

ジャイアンツの最終成績、六十一勝六十敗九引分（リーグ三位）

なお翌日、監督長嶋茂雄は辞任を発表した。

十一月

おめでとうございます。ただいま御紹介いただいた生証人の川上です。(笑) これから新郎の大学四年間に関する証言をおこないます。(笑)

私が公君に初めて会ったのは、いまから約十年前、いや正確に言うと九年になりますか、昭和四十六年の春でした。その当時、彼も私も勉学ひとすじに燃える初々しい少年で、それもただの少年ではなく美少年でありまして、その、現在の彼からはちょっと想像もつかない方がおられるかと思いますが(笑)私が保証いたします。ええ、彼にも保証してもらう。(笑)

ところで、二人の美少年が大学でそれぞれ専攻したのは、彼が中世の和歌、私が現代俳句という一見深い縁があるようで実はまったく別物、当時の私に言わせればワインとブランデーほどに違い、彼に言わせるとたしか、バターとマーガリンくらい違う、というんだったと思いますが、まあ、そういった感じの二つの分野でした。

あの頃は酒を飲むたびに、和歌と俳句が議論の種になったものでして……

「誰なんだあの男？」黒の式服を着こんだ森岡が小声で言った。「伊藤君の大学時代のお友達でしょう。京都からわざわざ駆けつけたんですって」深紅のロング・ドレスに身をつつんだピアノ調律師が答えた。その夫で、翻訳の仕事が金にならないのでこの秋から英語塾を開いたという酒井が、「なんで京都から？」「京都の大学に勤めてるのよ」「大学教授か」「助教授だろう」「講師でしょう」「なんで京都に？　京都の人間か？」「知らないわよ、そんな事まで」「なんで田村が友人代表でスピーチしないんだ？」「知らないってば。もう、なんでなんでって訊かないでちょうだい」「おい田村、おまえ言ってやれよ。新郎は高校時代、女泣かせのタダシ君で通っておりましたが、彼は当時すでにコンドームの扱い方をマスターしていたのでありまして、ええこれは私が保証します」森岡とぼくが笑った。「馬鹿なこといわないで」「なにが馬鹿だよ、ちゃんとここに生証人がいるじゃないか、なあ田村」「ちょっと、じっとしてなさいったら、ほらほら煙草の灰をどこに落してるの」ぼくは円卓の真向いに腰かけている知らない女（伊藤の同僚？）と微笑みをかわした。「それにしてもまあ、森岡君、その君の恰好は何なのいったい？　文化勲章でも貰うつもり？」という酒井の方は焦茶色のブレザーにグリーンのネクタイをしめている。「そう言うけどな、店長ともなると式服の一つも持ってないことにはいろいろと」純白のタイをいじりながら、「そんなにおかしいか?」「おかしくないわよ」「おれが言ってるのはな」「静かにできないの?」「ハーモニーの問題だよ」「なんだって?」「調和がとれないって、出がけから文句言ってるの」「そのうえこのホテルへ着いたら」「わかったわよもう」「おれは眼を覆いたくなったね」「自分はどうなんだ?」「そうなのよ」「田村君、きみだってひどいもんだぜ」「もうやめて。みっともない」「そうだよ、みっともないよ。あいかわらず鼠色《ねずみいろ》の背広なんか着やがって。市役所勤めの癖がまだなおらない」「鼠色だなんて。グレイとおっしゃい」「チャコール・グレイ」「たしかうちで仕立てたやつだな?」「いい生地よね」「まったく。おれたちのテーブルときたらまるでチンドン屋だ」「おまえが座長だよ」

円卓の中央には開いた扇が飾ってあって、白地に青く〝希〟という一文字が描いてある。そのむこうに見える女の顔を、ぼくはもう一度微笑しながら眺めた。しかし女は隣とお喋りの最中である。横顔はぼくの好みではなかった。

……そういうわけで、いろいろ悪口を言い合っているうちに、とうとう彼が居直りましてね、こう言うんです。俳句なんて結局、退屈をもてあました人間の独言にすぎないと。その証拠に、俳句をまともに聞いてたら必ず、それがどうした？　と訊き返したくなるそうで、つまり、

流れ行く大根の葉の早さかな

それがどうした？

鶏頭の十四五本もありぬべし

それがどうしたっていうんだ？

というわけです。なるほど。（笑）その通りなんですね。俳句を専門にしてるぼくがこんな事を言うのはつらいんですが、たしかにそんな気がしないでもない。それは何故か。私、つらつら考えてみますに、もともと俳句というものは——大丈夫、そんなに難しい話はしませんから（笑）——作者の口をふっとついて出た独言、に近い面を持っているからなのです。これを言い換えれば即興ということになる。そして即興こそは俳句に欠かせない大事な要素だと私は確信しております。……失礼。つい口調が大げさになってしまう。これくらい言わないと学生が信じてくれないもので。（笑）しかしながら、むろん俳句は独言ではありません。即興詩という一面はあるけれども、決して独言ではありえない。この辺の事情を理解していただくには、どうしても俳句の歴史に目を向ける必要があります。よろしいでしょうか。元

来、俳句とは、いやもっとお楽に聞いてください、話は簡単です。そんなに長くならないはずですから。(沈黙) えー、時代をずっとさかのぼりますと、われわれはレンガというものの存在に突きあたります。このレンガという優雅な遊び、といいますか即興芸術については、御存知の方もおられるかと思いますが……

「…………」「知ってるか?」「いや」「何だレンガって」「…………」「質問があるなら手をあげろよ」「しっ!」「バカ、真面目に聞くやつがあるか、こんなとこで」「だって」「と、教室でいちばん不真面目だった男が言う」「なんだと?」「キャッ!」「こら」「…………」「あーあ」「もう。おっちょこちょいなんだから」「ごめん」「灰がこんなに。きれいに取れるかしら」「色が目立たないから」「これ使って」「なあ、いつおれが不真面目だった?」「授業中に柿を食べて見つかったのは誰なの?」「そうそう」「ありがとう」「柿食えば、月は東に……」「それがどうした? 柿は食ったが、森岡みたいにコンドームはふくらまさなかったぞ」「よく言うよ。おまえが回したんじゃないか」「まあ……」「知らないね。伊藤だろう」「じゃあ田村に証言してもらおう」「酒井だよ」「な?」「偽証だ。おれは英語の勉強で忙しかった」「ポルノ小説」「オウ、リック・ミー、ファック・ミー・プリーズ」「この野郎」「ねえねえ、覚えてる？」「なんだ」「みんなで抜け出して海水浴に行ったときのこと」「海水浴？　雪合戦だろ？」「雪合戦もやったけど」「覚えてるよ。そのとき君のビキニ姿に惚れたんだ」「おっと」「でたらめばっかり」「ワンピースだったよね、紺の」「そう。よく覚えてるわね」「ビキニは伊藤の彼女か」「あのこどうしてるかな」「中村……」「田中郁子」「そうか」「記憶力の無駄遣いだぞ、田村は」「じゃあ、ビキニの田中さんに惚れてたわけ？」「ええっ？」「そうでしょ？」「そういうことになるな」「なんだ田村まで」「おれもそう思う」「何言ってるんだ。ぼくはね、君の紺色の水着に一目惚れしたんだよ」「水着にな」「口ばっかりなんだから」「昔からそうだ」「わかったよ。今夜たっぷりと証拠を見せてやるよ」「なによこんなとこで」「よくもまあ、ぬけぬけと」「うらやましかったら、君たちも早く結婚しなさい」「大きなお世話だ、バカ……おい、田村も何か言ってやれ、この抜け作に」「何も言えまい、うん？」「酒井君、君がいま飲もうとしてるのはぼくのビールじゃないかと思うんだ」

……えー、さいぜんから伊藤君が不安そうな顔でこっちを見ておりますが。心配するな、講演料はいらないから。（笑）　さて、これから私の証言はいよいよ核心へ入ってゆくわけでありまして（ざわめき）、まあ、もうしばらくおつきあいください。そうだな、あと五分、いや八分ほど新婦側の証人には待っていただきたい。
(ざわめきと笑)

えー、そんなふうに、彼は俳句に対してへらず口をたたきながら、というかそれ以後は関心を失って、もっぱら新古今を読みふけったわけですが、しかし、実はその前に一つだけ例外があったのです。つまり、彼をして、それがどうした? と言わしめなかった俳句があった。たった一つだけ、彼を唸らせた句が存在したんですね。それは、……やめましょう。残念ながら、その、ちょいと色っぽい句なもので、この席で紹介するのは控えます。(笑と不満の声)興味のある方はお調べください。あずみあつし、という人の句です。ほおずきを詠んだ句、いや、ほおずきと女と男——その三者の永遠の関係を十七文字のうちに見事に詠みこんだ、というのが十年前の彼の批評でした。なかなか生意気なことを言ってるでしょう。本人はとっくに忘れてるかもしれないが、こっちはようく覚えてる。ええ、他にもまだ覚えてます、私が証言したいのはむしろそっちの方でして、いいですか、彼は——十九歳の伊藤公少年はそのときこう宣言したんです。

「おれの妻になる女の第一条件は——それは、ほおずきを鳴らせることだ」よっぽど気に入ったんですね、そのほおずきの句が。しかし、それにしても無邪気な意見でしょう。今なら私もそう思いますよ。きっとこいつ、女を知らないな、と。(笑)

ところが、なにしろ一昔前の話で、私だって十代の若さだった。白状します。彼の意見に最初に賛成したのは私でした。（笑）

それから十年の月日が流れ、伊藤はついに条件にかなう女性を捜しあてたようです。私の方は、もうとうの昔に……いやそんな事はどうでもいい。きっと、新婦のゆかりさんはほおずきの種を上手に除くことができる人なのでしょう。そしてそれを口に含んで上手に……鳴らせないかもしれないけれど、きっとそういう雰囲気を持った女性なのでしょう。お見うけしたところ、ほおずきの似合いそうな方だ。伊藤がそこに惚れたことは間違いないと思う。おい、そうなんだろう、伊藤？（笑）

本人、さかんにてれておりますが……

「………」「どんなふうだい？」「？」「仕事か？」「新婦のゆかりさんさ」「自分で見ろよ。あそこにすわってる、伊藤の隣に」「遠くて見えねえよ。化粧も厚いしな」「田村は何回か会ったんだろ？」「二へんくらい」「どんな女だ？」「ほおずき鳴らせそうか？」「あたしできない」「他の物を含むのが上手だったりして」「バカ」「変態」「いい娘《こ》だと思うな」「グラマラスか、ほっそりしてるか」「片仮名の方」「ちょっと小柄じゃない？」「トランジスタだな」「森岡好みだろう」「不謹慎なこと言うな」「なに言ってる、上品ぶりやがって。聞いてるぞ、テイラー森岡のシークレット・ライフ」「何の話だ」「そら、そうやってむきになるのが怪しい」「大きな声を出さないで」「田村はどうだ？」「なにが」「ああいうの好みか？」「どういうの？」「しらばっくれるな。見たんだろ、近くで？」「よせよ」「ちょっと考えるな」「おいおい、問題だぞこれは。実際に会ってるんだからな田村は」「どういうこと？」「好みじゃない？」「あんまり気がすすまないか」「いや……人柄がどうとか言うんじゃなくて……」「からだつき」「……まあな」「ハハハ。こいつ、一ぺん寝たことあるみたいな言い草だ」「なんてこと言うの！」「冗談だよ」「あたりまえでしょう」「おまえの冗談はきついんだよ」「下品なんだ」「そういうこと」「ポルノ仕込みだから」「まったく」「何とでも言ってろ。ねえ、煙草買ってきてよ」「あら、もう一箱空けちゃったの？」「喫いすぎだぞ酒井は」「これいいよ」「だめなのおれハイライトは」「今日はもう禁煙なさい」「冷たいこと言わないでよ、こんな特別の日に」「何が特別よ」「ぼくたちの高校時代の親友のお祝いでしょう？　一生に一度の結婚式の日だぜ」「花婿の後悔がはじまる前の日」「あれ？　聞いたふうなこと言うじゃないの、森岡君」「花嫁が家出を考えだす五年前の日だわ」「ハハハハ」「これはこれは」「何がおかしい」「セブンスターでいいのね？」「おい、先生がこっち見てるぞ」「違うよ、マイルドセブン」「誰？」「誰だっていいさ、そこらじゅうセンコウだらけだ」

……思ったより長くなりました。そろそろあくびを堪えている方もおられるようなので、この辺で私の話は終りにしたいと思います。（拍手）……えー、最後にもう一言だけ。（どよめき）……一言だけです。さきほども申しあげた通り、俳句は、わずか十七文字をあやつることによって、実に様々な世界をわれわれの眼前に提出してくれる。むろんその世界を見ようとする人にだけですが。これからそれを証明します。一行ですませる。たとえばほおずきの句、これはささやかな日常です。われわれの愛すべき生活のひとこま。しかし一方に、われわれの測り知れない宇宙の存在もある。きっかり十七文字のなかに、壮大な世界が現出する。すなわち、ここに一句、

あきのこういちだいこんえんばんのなか

このくさたおの名句を、新郎新婦へのはなむけにしたいと思います。おふたりの航海に幸多からんことを願って。以上です。ありがとうございました。（拍手）

「……終った」「現出したか？」「ちらっとな」「ほう」「秋の候、か」「後悔のない人

生だと言いやがった」「ん？」「きっかり十七文字じゃなかったような気がするけどな」「二人の航海って言ったんだろ？」「後悔しないでいられるもんか」「それはな「だろう？」「競輪をやってみればすぐ判るよ」「……なるほど」「田村、競輪で何百万って大当りしたそうじゃないか」「ほんとか」「嘘だよ。伊藤から聞いたんだろ」「冬物のスーツでもどうだ？　もっとカラフルなのを一着」「そんな金あるもんか」「あいつも言うことができたらめだからな、教師のくせして」「で、おまえいま何やって食ってるの？」「競輪」「ほらみろ」「へえ、そんなに当るもんか競輪って？」「運が良ければな」「ふむ」「はいマイルドセブン」「サンキュ」「田村君、妹さんが呼んでるわよ」「妹？」「どこで？」「廊下で待ってるわ。ちょっとだけ話があるって」「おいおい、ほんとに妹かよ」「由美さんっていったっけ、たしか」「よっ色男、行けよ早く」「大人になっちゃって。あたしも年をとるはずだわ」「ほんとに妹なの？」「美容師だよな？」「そうよ覚えてるもの」「美容師か、いいな」「何がいいの？」「早く行ってやれよ」「ああ」「いや、ただ女性の職業としてさ、そりゃ調律師もいいけど、美容師もいいだろうなあって」「馬鹿みたい」「このマイルドセブン……いいデザインだな」

「…………」

「何してるんだ、こんな所で？」

「仕事よ。花嫁さんのお色直し。偶然ねえ、まさか伊藤さんの披露宴だとは思わなかった」

「一人か？」

「ううん。友達とふたり。人手が足りないからって、お手伝いに駆り出されちゃったの」

「母さんは？」

「うちよ」

と妹が答えた時、紋付を着た見知らぬ中年の女が、ぼくにむかって、

「あの、すいません。おトイレはどこなんでしょう？」

「こちらです」

白い仕事着姿の由美子が手際よく応対し、廊下を先に立って歩いて行く。その後を子供が二人走って追いかけ、それから和服の女が早足で続いた。案内して戻ってきた由美子にぼくが訊ねた。

「話って何だ」

「うん」それだけ由美子は口にして、残りは目くばせを使い、赤ワイン色の絨毯を敷きつめた廊下の隅へ兄を連れて行くと、

「父さんがね」

と言う。ぼくはポケットをさぐり、そこに煙草がないことが判ると、黙って先をうながした。

「寝こんでるらしいの。ただの風邪だとはいうんだけど。夏の疲れがここへきていっぺんに出ちゃったのね、身体が弱ってるのよ、いい年して、デパートのお中元の配達なんかしたそうだから。もう一週間も起きられないで、食事もあまり喉を通らないようなの」

「それで?」

とぼくは慎重に訊ねた。すると由美子は声をひそめて、

「泣くんですって、ときどき。おれはもう長くないとか……」

「…………」

「心細いのよ。病気をすると気持まで弱くなるから。おまけに昼間はずっと一人きりでしょう、余計な事まで考えちゃうのね。それで、寂しくなって、つい悲観的になったり……だからお兄ちゃんが一度会って」

「由美子」

「なに？」

「誰から聞いたんだ、その話」

「誰からって……」

「会ったのか、あの女と。会ってるんだな？」

妹は少しも悪びれることなくその事実を認めた。ぼくは内心、にがりきって、

「母さんは、知ってるのか？」

「知ってると思うわ、なんにも言わないけど。ねえ、一度会って話してみてよ。約束したの、必ず行かせるって。午後は、あの人はお店に出て居ないから、父さんだけよ、それならいいでしょう？　父さんだって会いたがってるの」

「勝手に約束なんかするな」

「お兄ちゃん」

「会っていったいどうするんだ」

「話をするだけでいいのよ」

「由美子が話せばいいじゃないか」

「あたしじゃだめだから頼んでるんじゃない。お兄ちゃんに会いたがってるのよ」

「気がすすまないな」

「実の父親でしょう？」

実の父親だから気がすすまないとぼくは言っているのである。しかし妹は、実の兄にむかって、実の父のことを、

「死んでからじゃ遅いのよ」

などとおどかす。

「ただの風邪なんだろう？」

「ただの風邪だって死ぬ時は死ぬのよ」

こういう乱暴な言い方はやっぱり母親譲りだ、そんな思いが頭をかすめたとき、妹の手が何か紙切れみたいな物を背広のポケットにねじこんだ。そして、

「もう行かなきゃ。今度のお色直し、驚くわよ。百恵ちゃんも真っ青」

妹の視線をたどると、ちょうど披露宴会場から花嫁が出てきたところだった。角隠しをした女主人公は二人の付人を従えてやってきた。すでに処女ではなくほおずきの鳴らし方を知らない女は、うつむき加減でゆっくりぼくの前を通り過ぎた。由美子はいつのまにか消えている。ポケットには複雑な折り方で畳んだ便箋が入っていた。父の家の住所と電話番号と、そのうえ御丁寧に地図まで添えてあった。だいたいの場所を確認していると、耳元で、トイレはどこにあるんですかと誰かが訊ねた。

＊

伊藤の結婚披露宴から三日おいて、父の家を訪ねた。妹の地図をそれほど頼ることもなく捜しあてることができたのは、その辺が、前の会社に勤めていたとき、ぼくの配達区域だったからである。その平屋建ての市営住宅を、ぼくは車の窓越しに何度もながめたことがあった。

父は陽の当る縁側に坐っていた。玄関の呼び出しボタンを五六回押し、ドアに鍵がかかっているのを確かめてから裏へまわってみると、そこは子供が相撲をとるのもおぼつかないくらいの狭い庭になっている。縁側に置かれたストーブのそばには、パジャマ姿の男の他に、猫が一匹寝そべっていた。

「いまのチャイムはおまえか」

上眼づかいにぼくを認めた父は、最初にそう言った。「セールスマンかと思った」

「起きてて大丈夫なんですか」

一瞬、父はぼくの質問の意味を測り兼ねるような顔をして、

「誰に聞いた？」

「由美子から」

「……そうか。いや、もうすっかりいい」

父は眼鏡をはずし、パジャマの塵《ちり》を払いながら、ぼくに上がれと勧めた。ぼくは断って縁側に腰をおろし、猫を抱いた。猫はそれを嫌ってうるさそうに一声鳴き、ぼくの手を逃れる。縁の端までゆっくり歩いて行き、体を弓なりにして伸びをすると、またそこに寝そべった。

「ストーブの掃除ですか？」

「うん。芯を替えてるんだが」

父は眼鏡をかけなおして笑い、

「説明書通りにいかんので手こずってる」

取扱説明書を広げて見ながら口のなかで何か呟きはじめた。ぼくはその横顔の無精髭に相当な数の白いものが混じっているのを見た。それからやっと、いま父がかけているのは老眼鏡なのだということに思いあたった。が、白い髭や老眼鏡が五十六の男にとって、人より早い老化の兆しなのか、それともごく自然の兆候なのか、他に比較する人物を知らぬぼくには判断のしようがない。

「6。芯調節器を固定している蝶ねじ三ケ所を取りはずし」と父が声を出して説明書を読んだ。「芯調節器を静かに上に持ちあげてはずします、か」

父は蝶ねじを取りはずしにかかった。ぼくも一ケ所を受け持って回しながら、

「デパートの配達の仕事をしたんですって？」

「ああ、お中元の臨時雇《やとい》。あんなに疲れる仕事は初めてだった」

「トラックで一軒一軒、配達してまわるんでしょう」

「運転手と二人でな。こいつが人使いの荒い男で、……おかしいな、はずれん」

ぼくが代って試してみるとうまくいった。父は説明書に眼を戻して、

「7。古い芯をはずし、芯調節器に芯調節つまみをはめ込み……」

「最近、競輪の方はどうです？」

「ずっと御無沙汰してる。芯調節つまみ、と……これか。おまえは？」

「五月に出た大穴、知ってますか。5－5で十二万いくらってやつ」

「取ったか」

「五枚」

「ほう。……左へ止るまで回します、と。こうだな。よし、8。新しい芯を――ちょっとそれ取ってくれ――軽く四つ折りにして……」

「長嶋も王もやめましたね」

「王はともかく、長嶋は惜しいな、あの男は……新しい芯を内側のツメにくいこませ、か。……チッ、またうまくいかん」

「ぼくがやってみましょうか？」

すると、初老の男は実にあっさり、ストーブの部品を息子に手渡して、

「しかし巨人も哀れなもんだな。今年のドラフトで原でも取らんことには……いつだった？」

「ドラフトですか？　二十六日じゃなかったかな」

「原を大洋に持ってかれたら巨人もおしまいだ」

「阪神みたいになりますか？」

相手は陽気に笑って、

「まあ、来年を見てろ。岡田が伸びるし、掛布の怪我がなおれば」

と言いかけたまま奥へ行き、ハイライトと灰皿を持って戻った。眼鏡をはずし、一本取り出してつけてから、

「おまえ、今日は仕事は休みか」

と訊く。ぼくは説明書の10を読みながら、今は働いていないと簡単に答えた。

「やめたのか」

「ええ」

「会社で何か、おもしろくない事でも……」

「いえ別に。……芯の下を広げて油受け皿にはめ込みます。その時注意すべき点は……」

「そうか」と呟く父の声が聞こえた。ぼくは黙々と11の作業へ進んだ。

「元気か？」と父がふいに、たぶん母のことを訊ねた。

「由美子に聞きませんでしたか。ぼくはたまにしか会わないもんで」

「由美子はおれに会いたがらん」

「………」

「あれとは時々会ってるようだが」

「元気でしょう。もともとタフな人だから」

　この母親評に対して父は、唸ったのかただの咳払いなのか、そんな言葉にならない声を出しただけだった。ぼくは説明書の12に指示してある物を父に頼んだ。再び父が奥へ引っこみ、戻って来るまで五分ほどかかった。その間にぼくは煙草を一本喫い、日向《ひなた》ぼっこをしている猫の気を引こうといろいろ声をかけてみたが、ぴくりとも動かなかった。父が持って来た鋏《はさみ》を受け取りながら猫の名を訊ねてみた。父は知らないと言う。それから猫にむかって「ミケ」と呼んだ。名前のない三毛猫はうっとうしそうに片眼を開いて振り返ったが、それ以上のことはしてみせなかった。ぼくは新しい芯の上端を、説明書の指示に従って鋏で注意深く切りそろえ、父にこれどうだろうかと意見を求めた。父はそんなもんだろうとうなずいた。そしてぼくが取扱説明書の最後を読んだ。

「以上です。後は分解の逆の順序でストーブを元通りに組立てて下さい。……覚えてますか？」

「いや」

父がうろたえたような眼つきになって答えた。ぼくは説明書を父に渡すと、

「読んで下さい、逆に。ぼくが組立てるから」

父が眼鏡をかけなおして、組立て作業がはじまった。二人の呼吸が合ったせいか、思ったより簡単で、しかも興味深い手仕事だった。燃焼筒（と説明書は言う。金網の部分）を備え付ける所で父の持場は終った。ぼくは仕上げに対震自動消火装置というものをセットした。元通りの姿に復元されたストーブを見渡して、自分の腕前に満足していると、父が訊ねた。

「覚えてるか？」

「何です？　あと十五分経ったら点火できますよ。そう書いてある」

「うん。正月に競輪場で会ったろ？」

「ええ覚えてますよ。……それが？」

「おまえにそっくりな男、コバって名前なんだな」

「……どういうことですか？」

「いやなに、この先にマンションがあるんだ。そこの五階に住んでる」

と父は何でもないことのように言う。このときのぼくの反応を言葉にするのは難しいので、

「!!!」

とでも表わすしかないだろう。しかし、そのあと父の話をよく聞いてみると、「!!!」というほどのことでもなく、「！」くらいにぼくの驚きも興奮も静まった。どうやら、野口が現在もそのマンションに住んでいるわけではないらしい。父が夏のアルバイトでこの辺を毎日配達して回っている時、そのコバと表札の出ている隣の部屋にちょくちょく届け物があった。が、そこの住人は留守がちで、そのまま二ダースのビールや調味料の詰合せや箱入のカルピスをドアの前に置くわけにもいかず、かといって持って帰るとまたこの次が大変になる。で、そういう場合は、多少いい顔はされなくても隣に預ってもらうことにしているから、自然、コバという部屋のチャイムを鳴らす回数も増える。

「そのコバというのは広島の古葉ですか、それとも競輪の？」

「木庭賢也の木庭だな。あいつ、まだ一班選手で走ってるのか？」

「ええ、なかなか落ちない。しぶといですよ、年もまだ二十五だし。それで？」

そのたびにドアを開けるのが、正月に競輪場で見た「おまえにそっくりな」男だった。ただし、一度か二度、代りに女が出てきたことがある。二人ともむろんいい顔は

しなかったが、それでも断られたことはなかった。

「お中元の配達というのはいつ頃です？」

「六月の末から七月いっぱい。それであんまり人をこき使うんで、馬鹿ばかしくなってやめた」

「なるほど。配達をやってたときだけだな」

「ああ。最近はその男を見かけたことはないんでしょう？」

ぼくは納得して、それから思いついたことを何気なく口にした。

「きれいでしたか？　その女」

すると父は、怪訝そうな顔つきで息子を視つめ、咳払いをし、煙草に手を伸してからようやく、

「いや、そうでもない。水商売の女だあれは」

聞きようによっては、水商売の女は皆「そうでもない」とも取れる発言をした。しかしその点を父に問い糺したってはじまらないので、ぼくは心のなかで、たぶん木庭という名字はその女のものだろう、何故なら野口はこの街では山崎の偽名で通っているのだから、というようなことを考えていた。

しばらくして、父がストーブに点火し、それは期待通りに燃えた。腰をあげるきっかけの言葉を捜していると、父が、一杯やらないかと誘った。玄関からあがって手を

洗え、と勧める。ぼくは腕時計を見て断った。

「幼稚園へ迎えに行かなくていいんですか」

「コーヒーならどうだ？」

「………………」

「子供はあれの店の方だ」

「友だちと約束があるから」

「……女か？」

「もう三十分くらいなら……」

「よし、待ってろ」

父がたてたコーヒーを、ぼくたちは縁側に並んで味わった。ドラフト会議の予想から、猫の名前の相談になり、それで話題はつきたようだった。やがて二人は、どちらからともなく小春日和の空を見上げ、時が経つのは速いというようなあたり前のことを、口数少なくつぶやき合った。

＊

その夜、ぼくは良子の家へ電話をかけた。十月に彼女が北村いづみの忘れ物を取りにきて以来、ぼくたちは会っていなかった。どころか、この一ケ月余り電話で話したことさえなかったのである。正直言って、ぼくは電話したくてうずうずしていたし、また良子がアパートを訪ねて来ることを心待ちにしていたと思う。あのとき強引に良子を抱いてしまわなかった失敗を幾度となく後悔もしたし、彼女との結婚をまったく諦めたわけでもなかった。けれどその一方で、これも正直に言うのだが、もう良子とは会えなくてもいい、というかもう一度彼女と会うことがどこかわずらわしくてたまらないような気もしていたのである。その気持をうまくは言えないが、たとえば、人が眠りから醒めるように、酔いから醒めるように、もし恋から醒めることがあるとすれば、それだったかもしれない。もちろんこれはただの譬《たとえ》であり、少しも説明になってはいないので、恋醒——という言葉があるとして——が事実だとしても、どうしてそうなったのかは、人にむかってどうして朝起きるのかと訊ねるように、意味のないことになってしまうわけだが。

こんなふうに、ぼくの気持は明らかに矛盾していた。矛盾と一言でかたづけるのも、また御座なりに聞こえるかもしれないが、しかし実際にぼくは、まる一ケ月良子の声も聞かずに過ごしたのであり、結婚を諦めたわけではないと言いながら、決りかけた就職はあれっきり連絡をとらないままふいにしてしまっていたし、会うことはわずらわしいという気持とは裏腹に、もう一ぺん良子を抱きたいと心から望んでいたことも本当なのだし、それに一ケ月後のぼくはこうやって、とうとう電話をかけずにはいられなくなったのである。

電話には最初に祖母が出て、ぼくの心なしか、まるで初めてかけた時のようなかしこまった応待のしかたで、八月の会見には一言も触れず、良子に取りついだ。

――しばらく。元気かい？

――ええ。

――図書館の仕事はうまくいってる？　もう慣れた頃かな。

――そうね。

――よかった。ミス西海に決った女の子、新聞で見たよ。思ったよりきれいじゃなかった。あれ、印刷のせいかな。

――そうね。

――そうだろうな。

すでにぼくはこの電話を後悔しかけていた。これ以上話すことが何も浮ばない。受話器のむこうで良子はおし黙っている。ちょっと迷ってから、ぼくはきりだした。本当はそれを言うためにダイヤルを回したのだという気がした。

——あの娘《こ》どうしてる？

——誰？　いづみちゃん？

——高校へはちゃんと行ってるの？

——ええ、心配ないわ。前のとおりにちゃんと。

——まだ、気持は変ってないだろうか。……野口を待ってるんだろうか？

——………。

——どう思う？

——変ってないわ。

良子の自信に満ちた口調は、ぼくにあの日の賭けを思い出させた。彼女が「あたしは戻って来る方に賭けるわ」と言ったときのことを。

——実は、野口がこの街で住んでたマンションがわかったんだ。そこへ行けば、一緒に暮してた女から何か聞けるかもしれない。聞けないかもしれないけど……（それは、女も野口とともに街を出た可能性が強いからだ、とは言えなかった）。……それからもし……なんなら、博多の住所もぼくが調べてみてもいい。どうする？

——せっかくだけど。いづみちゃんが、その事はもういいって言ってるの。奥さんとの話がついたらきっと帰って来るから、それまで待つって。

——マンションの方は？

――だから、それも……

――そう。わかった。

本当は、野口が女房との話し合いに三ケ月もかかってるなんて信じてる女達の気持はちっとも判らなかったけれど、ぼくは一応そう言っておいた。それからだしぬけに、外で会わないかと誘ってみた。別に不意打ちの効果など狙ったわけではなく、この台詞は電話を切るまでに一度は口にしなければならぬ義務感みたいなものが、ぼくの心にあったのである。胸のつかえが取れたような思いで、ぼくは相手の反応を冷静に聴いた。たっぷり間をとってから、そして鼻をすするような短い音をさせてから、良子は、今夜はもう遅いし明日の仕事に差し障りがあってはいけないからと答えた。そのあとで、来週の木曜日が空いているとつけくわえた。木曜が市立図書館の休館日だそうである。今日が木曜であることを思い出して、ぼくはほんのちょっぴり悔んだ。

――でもあなたの方は？　仕事があるんじゃない？

――そうだな、木曜はだめだ。

――日曜はあたしが休めないもの。

――なんとか都合をつけるよ、ぼくの方で。

――そんなことできるの？

――さあ、判らないけど。

——無理しなくていいのよ。
——うん。じゃあまた電話するよ。水曜の夜にでも。
——そうね。それじゃまた。

しかし次の水曜日ぼくは良子に電話をかけなかった。ほんと言うと、すっかり忘れていたのである。昔の同僚に呼び出されて麻雀屋にいたからで、ぼくは、江川が二十勝するかしないかの賭けで負けた二万円を取り返そうと必死だった。あくる日の木曜は午後になってから起き出し、ひょっとしたら良子が来るかもしれないと思って身だしなみだけは整えていたが、現われなかった。夜は独りでロバートへ飲みに出かけた。喉元を過ぎればなんとかというやつで、あの大男にまつわる恐怖は時間が、ちょうど水割の氷を溶かすように、自然に解決してくれたし、それにプロ野球のナイター中継がなくなった寂しさも手伝って、ぼくはふたたびロバートの常連になった。「ノリちゃんって呼んで」が口癖の商業高校生はあいかわらず、ときどき思い出したように、ぼくに店の外で会うことをせがんだけれど、そしてその気になれば簡単に身をまかせそうな素振りを見せたけれど、残念ながらその気になれなかった。彼女の顔かたちがぼくの好みに合わなかったことも理由の一つだが、それより、年齢といいからだつきといい刺激されぬわけでもないので、要するにただ面倒臭かっただけの話だ。眉唾だと思われるかもしれないが、カウンターを隔てないで女性と一対一で向い合うことが非常におっくうだったのである。

この月の競輪にはたいして期待できなかった。というのは麻雀で、二万円取り戻してもお釣りがくるほど一人で勝ちまくっていたからで、どんなにツキがあるときでも、競輪も麻雀もパチンコも全部当るのはどだい無理な話なのである。ぼくの経験で言うと、一つが良ければたいていあとの二つは駄目だ。そのうえ先月の競輪のツキは、いったいあるのかないのかはっきりしない状態だったし、いくらか残っていたとしても、それを麻雀で使い果したことはわかりきっている。期待するのは虫がよすぎた。

そして、その通りになる。ある意味では予想通りだった。負け惜しみではなく、むしろ六日間で六万円しか損害がなかったことを思って、満足すべきかもしれない。これで正月に大穴を当てて以来のツキが終り、それ以前の状態に戻ったと考えていいだろう。

競輪の最終日の夜、あらかじめ予定した通り、ぼくは新しい履歴書を書いていた。それは良子との結婚問題とは一切関係なく、単に懐具合が危くなったせいである。と言っても銀行に預けてある金にはまだ全然手をつけていなかったのだが。しかし、預金通帳をギャンブルにつぎ込めるほど、ぼくは向う見ずな人間にできていない。

次の日、今度は職安を通さずに、新聞広告で見つけた家具屋の面接を受けるつもりだった。

十二月

十二月十日。曇り。風があった。

ぼくは階段を一歩一歩のぼりつづけた。眼鏡をはずしてジャンパーのポケットにおさめ、また取り出してかけなおす。それを三度くりかえした。ぼくは迷っていた。ためらう前に迷っていた。ぼくの予想はことごとくはずれている。椿《つばき》が丘マンションの玄関で、「504木庭」のネーム・プレイトのある郵便受けを見つけたのである。

504号室のドアの横には緑色の細い枠にはめこまれたボール紙の表札があった。黒のマジックで「木庭」と名字だけ書いてある。女文字のようだった。表札の下にあるインターフォンのボタンをぼくは押した。しばらく待ったが応答はなかった。ぼくは五階の廊下をゆっくり歩き（左側はモス・グリーンの扉が並び、右側は胸の高さくらいのコンクリートの塀）、階段への入口のところで立ち止った。塀にもたれてマンションの中庭を見おろすと、黒塗りの自動車が二台、鼻を突き合せるように駐車してあるだけである。人気はまるでなく、師走の十日とは思えぬほどひっそり静まり返っている。中庭（というよりは駐車場）をL字型で囲んでこの六階まであるマンションは建てられており、廊下のちょうど曲り角にぼくは立っていた。

　煙草を一本喫い、腕時計の針が十分進んで一時十五分になるのを待ってから、ふたたび５０４の扉の前まで歩いた。できるだけ優しく、セールスマンだと誤解を受けぬように、ボタンを二回押してみた。やはり答える気配はない。右手の中指を白い突起に添えたまま表札の文字を眺め、それから首を振って諦めることにした。両手をポケットに突っこみ、ここでもし女に会えても何も起らないのだと口の中でつぶやく。たとえ女が野口の居所を知っているとしても、それをうまく聞きだせたとしても、もう遅いのだ。野口が西海市を出たことは確かなのだし、二度と戻って来ないことも同じくらい確かだろう。それから先のことはぼくには関わりがない。北村いづみが野口を待ちつづけるのは、良子がそれに賭けているのは、彼女たちの勝手だ。勝手にさせておけばいい。明日からは新しい仕事が始まるのだし、その前に野口にまつわる事柄はさっぱりと忘れてしまうことだ。いまさら野口の女に会ったところでどうなるものでもない。わざわざこんな高い所まで上って来る必要はなかった。

　しかしぼくはドアを離れ廊下を歩きながらほんの十メートルの距離の間に幾度となく振り返り、たたずみ、階段を降りる決心がつかずにぐずぐずしていたのである。そのとき女が現われた。予想していたのとは逆の方向からだった。ぼくはジャンパーのポケットに両手を入れたまま、504のドアを振り返った姿勢のまま、背中で、キャッという女の叫び声を聞くことになった。

「ごめんなさい」

と顔見知りに挨拶でもするように、女が先に謝った。スーパーで買出しでもしてきたのだろう。普通の倍はある大きな紙袋を抱えている。白い息をはずませながら、続けて、

「前がよく見えないの」

と言い、袋の上へ首をのばす仕草をして微笑んだ。起き抜けのような素顔だった。顔色の白さが異常なくらい際立って見える。ぼくは道を開けた。かける言葉を捜しているうちに、女はすたすた歩いていく。ドアの前に紙袋を置くと、コートのポケットから部屋の鍵を取り出したようである。鍵穴を覗くように身をかがめた女の方へ、ぼくは近づいて行った。

「木庭さんですね」

と呼びかけるつもりだったのである。しかしぼくがそう言おうとした途端、女がまたキャッと叫んで飛びあがったので何も言えなかった。

「あーびっくりした」

女は両手で胸を、というよりも下腹のあたりをさすりながらつぶやいた。びっくりしたのはこちらの方である。よっぽど一つの行為に熱中するたちの女らしかった。

「すいません。驚かすつもりじゃなかったんだけど……。木庭さん、ですね？」

女はおなかに両手をつけたまま眼を細めてぼくの顔を観察し、

「…………」

と結局、何の意見も述べなかった。

「ぼく、田村というんですが」

そのとき女が、

「ああ……」

と何かを思い出したようにうなずいたので、一瞬のうちにぼくは、野口がぼくの名前を覚えていてそれをこの女に教えこの女はそれを記憶にとどめていたわけだと、言葉にすればそんな内容のことを考えていた。けれども次の瞬間女は、いまのは夕食のおかずを思い出してみただけでこれからが答だというように、表情を作り変えて、低い嗄《しわが》れ声で、

「タムラ？　聞かないわ。あんた誰？」

と前半は自問自答、後半はぼくにむかって訊ねる。ぼくは気をひきしめて次の質問にとりかかった。

「山崎という男を御存知ですね？　彼のことでちょっとうかがいたいことが……」

　ここでまたしても女は、「ああ」とすべてを諒解したごとくうなずいて、

「なんだまたその話」

　自分一人で簡単に要約すると、うつむいて片方の靴の具合を見るように踵《かかと》を打ち鳴らしはじめる。

「あんたもシュウちゃんを恨んでるの？」

　ぼくは踵の低い黒のパンプスから、トレンチ・コートの長すぎる裾へと眼を移し、それが男物ではないかと疑いながら、

「いや、恨んでなんかいない」

　と答えた。そして、シュウちゃんというのが野口修治のことだと、つまりここでも野口は（少なくとも名前の方は）本名を使っているわけだとぼんやり気がついていると、

「じゃあ何？　あんたもしかして警察の人？」

「とんでもないです」

「友だち？」

「いや……」

「断っとくけど、お金の話ならあたしなんにもできないわよ」

いましょ」


「いや、そんなことじゃないんだ」

「じゃあ何なのよ？　妙な人ねえ。いや、いや、いやって、オカマの麻雀じゃあるまいし」

ぼくは答えられなかった。女と何を話すために来たのかよく判っていなかったのである。本当は、木庭という女がすでにここには居ないことを確認するためにだけ来たのかもしれなかった。女が大きな吐息をひとつついて、それから短く言った。

「帰って」

ぼくはうなずいた。そうするしかなかった。ところが、帰ろうとして歩きだすとすぐに、女が呼び止める。

「ちょっと待って。鍵が――」

「………？」

「鍵がないじゃない。どこいったのよ？　あんた見なかった？　部屋の鍵よ。あれ一つしか持ってないのよ」

女の口が呟き、女の手がポケットをさぐり、女の眼があたりを見回し、男物のコートの裾がめまぐるしく曲線を描く。ぼくは爪の先っぽで頭を掻きながら戻って行った。

「持ってるの？」

と女が訊く。ぼくは、「いや」と答えてスーパーの買物袋の前にしゃがんだ。いちばん上には新聞が束になって入っていた。それから卵が十個並んだプラスチックのケース。女が新聞を奪い取って自分もしゃがみこんだ。コートのボタンは一つもかけていない。裾が汚れるのではないかとぼくだけが気にした。

「貸して」

と女は言ってぼくの手から卵を受け取り、鼻先をくっつけるようにして調べている。割れてはいないようだとぼくは近眼の女に教えてやった。女はむっつりしてそれを膝の上にのせ、ぼくは女のスカート（青と黒の細かいチェック模様）からのぞいている膝小僧の間隔がちょっと開きすぎなのを気にしながら、箱入の牛乳と食パンとバターと瓶詰のピーナッツ・バターをつかみ出して渡した。女はその一つ一つを膝の上に重ねていく。レタスとピーマンと玉葱《たまねぎ》とスパゲッティとサラミ・ソーセージを取り除いたところでぼくは見つけた。キイ・ホルダーも何の飾りも付いてない504号室の鍵は、アスパラガスの缶詰に身をもたせかけるようにしてグラニュウ糖の袋の上に乗っていた。つまみ出して渡そうとしたが、女の両手は卵とレタスを押えるためにふさがっている。ぼくは鍵を持ったまま、

「開けようか？」

と訊ねた。

「置いて」

と女は顎で地面をさす。ぼくは鍵を女の靴の先に置いて立ち上がった。女はうずくまった恰好で動きがとれないようだった。ぼくを見上げている。色白で、眉も眼も鼻も印象の薄い、こころもち受口の唇がただ一つのポイントになっているような顔である。化粧しだいでどんなタイプの美人にも作れそうな顔だった。ぼくは眼鏡をはずしてふたたび腰をおろした。まず卵のケースを解放し、次にレタスを袋の中にもどす。女の手が動きはじめた。野菜やパンの塊が次々に袋に放り込まれるのを見守りながらぼくは頼んだ。

「やっぱり、少し話を聞きたいんだ……彼のことについて、少しだけ……ぼくは友達じゃないし、正直言って、その、いっぺんも会ったこともないんだけど……なんて言うか、いろんなことがあってね、この一年。それで、どうしても、……つまり、……ちょっとぼくの顔を見てくれないか」

女は横眼でぼくの顔を見る。近眼が横眼で何が見えるというのだろう。

「もっとゆっくり。こっちを向いて」

とぼくは命じた。女は袋を詰め終ってから向きなおった。小指の先で鼻のわきを掻きながらぼくを見て、

「なにが言いたいわけ？」

「………」

　女は袋を抱えて立ち上がるとぼくに命令のお返しをした。

「ちょっと、ドアを開けて押えといてちょうだい」

「………？」

「ほら」

　と女の顎が動く。ぼくは慌てて指示に従った。女は中に入る時、唇が触れ合うくらい間近にぼくの顔を見て通ったけれど、やはり何の反応も示さなかった。狭いあがり口でパンプスを器用に脱いで、なんだかわからないけど悪い人じゃないみたいねと言うのを聞いただけである。

　散らかしているからという簡単な理由で、ダイニング・キッチンより奥へは入れてもらえなかった。女はまず新聞の束をつかんでテーブルの上に放り出すように置くと、ぼくに、つっ立ってないですわれと言う。そうした。それから袋の中身をいちいち冷蔵庫の中へしまいはじめる。新聞は眼についただけでも朝日、読売、毎日、西日本、西日本スポーツと五種類あった。ぼくは女の背中に向けて単刀直入に質問を投げてみた。

「山崎はいま何処にいるかわかりますか？」

　答は期待していなかった。５００ミリ・リットルの箱入牛乳が冷蔵庫の扉の陰におさまる。たいていの冷蔵庫は女の耳を遠くする。

「博多へ行ったのかな」

「………」

「奥さんのところに……」

女は片手にバター、片手にレタスを持って振り向き、

「いやだ、知ってるの？」

「うん。それは知ってる」

冷蔵庫の扉がしまった。ダイニング・テーブルは麻雀卓に似てほぼ正方形をしていた。ぼくを東家とすると女は南家の位置にすわりかけ、途中で思い直したらしく新聞を取り集めながら、もう読んだかと訊ねる。朝日と西日本スポーツは読んでいたのでうなずいた。女は悲しげに眉をくもらせて、おそらく新聞の記事についての感想なのだろう、

「これでもうなにもかもおしまいね。四人のうちでサイコロを振る人間が欠けちゃったんだから」

と言う。ぼくにはよく意味が通じなかった。首をかしげた男を見て女は溜息をもらし、ガス・コンロに薬缶《やかん》をかけてから、地響きのような重い音のする引戸を開けて奥の部屋へ消えた。引戸は北家の方向にあり、冷蔵庫はぼくの対面にある。北家の席にだけ椅子がなかった。

お湯が沸くころに、女は長いホースの付いたガス・ストーブを抱えて現われた。空色のセーターの胸もとに、赤いプロペラの飛行機が翼を広げている。彼女は西家の位置についた。

「どうしてシュウちゃんを捜してるの？」

「いや、別に捜してるわけじゃ……」

「ねえ、やっぱりあのことでしょ？」

「あのこと……？」

薬缶がとつぜん笛を吹きはじめた。女は椅子をガタガタいわせて立ちあがると、コーヒーと紅茶とではどっちが好きか訊ねる。

「コーヒーを。……あのことって？」

「違うの？」

と女は背中を向けて訊き返した。

「あなた、ロンのお客さんじゃないの？」

（……ロンって何だろう？）

ぼくはちょっと考えて、ほとんど無意識で、

「野口がバーテンをしてた……？」

と呟いたとたんに、冷蔵庫の脇の流しから女が振り返った。当っているようである。

女の表情の半分がそう語っているようだった。しかし残りの半分は、

「あなた、だれ？　どこから来たの？　どうしてシュウちゃんの本名を知ってるの？」

と問い詰める。つまり、彼女も野口修治という名前を知っていたわけである。ぼくはそのことに驚いたり、質問にとまどったりしながら、

「それは……」

と口ごもり、そのことをどう解釈してよいのか考えがまとまらず、質問をどう切り抜けたらよいのかわからず、あげくに、

「もういちど顔を見てくれないか」

と頼みこんで、女を呆れさせた。

「…………」

「もういちどよく見て、意見を聞かせてほしいんだ」

「…………」

「頼むよ」

「見てるじゃない」

「もっとそばで」

「あたしの質問に答えて」

「ぼくの顔がその答なんだ」

「…………？」

女は眼を細めながら近づいて来て、ぼくの顔を真正面から見るために腰を少しかがめた。薄荷《はっか》の匂いを嗅いだような気がする。ぼくは女の下唇のひびわれに眼を止めて訊ねた。

「どう見える？」

「…………」

「見覚えがあるかい？」

「会ったことがあるの？」

「…………」ぼくは椅子の上でからだを沈みこませた。「ないよ。ないけど……弱ったな。なんのためにここに来たのかわからなくなった」

女の息が額にかかった。ぼくは顔をあげて、

「信じないかもしれないけど、いろんな人間がぼくを野口と間違えたんだ。妹も見間違えるくらい似てるらしい。ぼくもその気になってた。みんな大嘘つきだよ。……いったいこの一年なにをドタバタやってたんだろう……」

最後まで言い終らないうちに、女は奥の部屋へ走っていた。しばらくして戻って来ると嗄れ声で、

「見せて……」

と言う。

「コンタクト・レンズ？」

女はうなずいて南家の椅子に腰かけ、

「1・2になるの。……両方で八万円もかかった……商売道具……」

などとつぶやきながら、ぼくをまじまじと視つめる。やはり薄荷の匂いがする。

「どう？」ぼくは椅子の背にもたれかかって訊ねた。

「……似てるみたい」

というのが1・2になった女の答だった。

「髪型をこうすれば、もっと……」

とぼくはパーマは消えかけているけれど依然としてオール・バックの髪型を、なんとか七三に分けようと両手を使ってみたのだが、三ケ月近く癖のついた髪は言うことを聞かない。

「……瓜二つだってみんなは言うんだ」

女は首を傾けて微笑し、

「どうかしら。あたしはシュウちゃんのほうがもう少し……」

「うん、もう少し？」

「そうねえ、なんて言えばいいか……やっぱり違うわね。声も違うし、喋り方もぜんぜん似てない」

「顔だよ、問題は」

「だからそんなに似てないと思う。瓜二つだなんて、ちょっと大げさね」

ぼくは世の中が近視の人間ばかりだったらどんなに気が楽だろうと思いながら、

「でも、なんべんも間違われたんだ」

「あたしは間違えなかったでしょう？　シュウちゃんをいちばんよく知ってるのはあたしよ」

「……そう」

「それで、どんな人違いをされたの？」

ぼくはためらった。野口のこの街での恋人に、いったいどのあたりまで話してよいか判らなかったのである。それに、近眼の女にはそういう種類の話は理解しづらいのではないかとの心配もあったのだが、しかし女は眼は近いけれどそのぶん頭の回転の速さで補って生活しているらしく、ぼくが口を開くまえに、

「もしかしてあなた……田村さん」

「はい？」

「もしかして岩井という男と何かあったのじゃなくて？」

「岩井……」

とつぶやいて記憶の海をぼんやり漂っていると、女が早口で助け舟を出した。

「からだの大きな男よ。むかしプロレスをやってた」

「！」

「やっぱり」

女が簡単に説明したところによると、岩井は八月の末に頭に包帯を巻いてここへ現われたのだという。山崎が戻って来てるだろうとしつこくせまり、包帯を指してこれはあいつにやられたと言ったそうだ。しかし彼女は信じなかった。岩井の話がまったくのでたらめとも思えなかったけれど、シュウちゃんがこの街へ戻って来ているという一点がどうしても納得できない。

「だって、戻って来られるわけがないでしょう、あんなことして。もし仮に戻って来たにしても、まずあたしに連絡があるはずだし……。やっぱりシュウちゃんじゃなかったんだわ。あれ田村さんがやったのね？」

「うん。いやぼくが直接やったわけじゃ……。あんなことっていうのは、つまり、あのお金を持ち逃げ……」

「知ってるの？」

「その岩井って男の話からだいたいのところは。高校野球の賭博の金と」

それから例のノートのことを言おうとしたのである。が、女はあとを喋らせてくれなかった。

「ええ。それにもう二度と戻らないって約束なの。あたしの前には現われないって。シュウちゃんは奥さんと子供のとこへ帰ったんだから……」

と言って横を向き、テーブルの上に両手を重ねる。ぼくはしばらく考えて、水割の上に一円玉を浮べるような気持で、そっと訊ねた。

「博多へ帰って、奥さんと一緒に暮すって言った……?」

「そうよ」

「八月の初め頃だね?」

「ええ」

「お金のことは……?」

「話してくれなかったわ。シュウちゃんがいなくなったあくる日、岩井やロンのマスターがここへやって来てはじめて……」

そう言うといきなり振り向いて、

「言ったでしょ、お金のことならあたし」

と声高になるのを、ぼくは手を振って止めながら、

「お金はどうでもいいんだ、ぼくには関係ない。それより岩井のことなんだけど」

「もうこの街にはいないわよ」

「どうして？　いま何処に？」

「東京でしょ。東京へ帰るって言ってたから。じゃなかったら刑務所ね」

「刑務所？」

ぼくの反応の鈍さにいらだったように女は両手を組み、それをすぐにほどいた。

「岩井はロンのマスターの妹の旦那なのよ。東京でプロレスやってたけどものにならないで、女房に逃げられて、里まで捜しに来てたの。六月ごろ西海に来て、二ケ月じっと待ってるしか能のない男よ。図体ばかりでかくて頭の方はからきしなの。最後にここに来たときも、いまあんたのすわってるとこで始終ためいきついて、しまいに泣き出したからあたし、五万円渡してこれで東京へ帰れって言ってやったわ」

この話を聞いてもぼくの「？」という表情はそれほど変らなかったに違いない。むしろあの男が（本当にプロレスラーだったわけだ）、この女の前で涙を流している場面を想像したせいでもっと困惑した表情になっていたかもしれない。女がつづけた。

「ほんとよ。五万円渡してやったわよ。いつだって損をするのはあたしみたいな女だわ。……わかる？　あたしって……とにかく男に泣かれると弱いのよ」

このときのぼくの反応は素早かった。野口修治が北村いづみに見せた涙を思い出して、ほとんど間を置かずに、

「野口も？」と訊ねていたのである。女もすぐに答えた。

「泣いたわ。泣いて、別れてくれって頼まれたわ。どうしようもないじゃない。泣きながら、女房と子供のところへ帰るって言うんだもの」

それから、ぼくも知ってる映画の主人公の台詞を独言みたいにつぶやいた。

「ぼくたちいろんな言い訳を覚えすぎた……先に近眼になった方が負けね。本なんか読む前に泣き方を習えばよかった」

ぼくは取り合わずに話を元に戻した。

「しかし、岩井がどうして刑務所に？」

この素朴な質問が効を奏したようである。先に無邪気になった方が勝ちなのだ。男たちの涙のことなどすっかり忘れたように、女は口をぽかんと開けて、

「だって岩井はロンのマスターの……ロンのマスターは……知らないの？」

「うん」

「新聞は読んでるんでしょ？」

「……うん」

女はまたしても椅子をガタガタいわせて居間へ立って行き、今度は新聞の切り抜きを持ってきてぼくの前に置いた。全部で四つあったが、見出しはどれも似たりよったりである。女は何か事件が起るたびに、何種類もの新聞を買って切り抜く趣味があるのかもしれない。ぼくは彼女がネスカフェをいれている間に四つとも目を通した。そ

のうちの一つにはこうあった。

高校生に売春さす

西海市で三人逮捕

県警防犯少年課と西海署は二十五日朝までにスナック経営者平尾吉章（五四）、同従業員白石隆久（二二）、およびホテル住み込み管理人押久保寿（五七）の三人を売春防止法違反などの疑いで逮捕した。同県警では一日から売春の集中取り締まりを行っており、同日までに計十三名を逮捕している。調べによると、平尾らは今年三月頃から家出中の西海市内の高校生ら六人（いずれも一六）に市郊外の「ホテルすみれ」で売春させ、客から三－五万受け取り、少女らに一万円渡していた。最近になって少女二人が売春を拒否し、白石に腰を蹴られるなどの暴行を受けたため、こわくなって二十三日、同署に届け出た。

なお今月五日、西海市内で家出した高校生を補導した際、「高校生が（ホテルで）売春をしている」という噂を聞き、西海署では調べていくうちに平尾の経営する「スナック・ロン」が浮び上がったため、捜査の途中であったと言っている。

考えごとをしながら啜《すす》ったコーヒーは舌を焼くほど熱く、しかも甘すぎた。顔をしかめる男に女が訊ねた。

「読んでなかったの？」

「読んだよ。朝日の記事は読んでたけど」

「これで判った？」

「岩井は逮捕された三人のなかに入っていないんだね」

「運が良かったのよ。あたしの五万円のおかげね」

「野口は？」

「シュウちゃんは頭がいいのよ。ひと月も前にいなくなってるんだから」

「関係してるのか、やっぱり」

「たぶん……あたしは何も聞いてないけど。でもロンのマスターとはしょっちゅう一緒だったから」

「つまり、野口も警察から追われてるわけだ」

と弱々しくつぶやいてぼくはうなだれた。しかし女は軽く受け流して、

「そうじゃないみたい」

「どうして？　ロンのマスターが喋れば、きっと……」

「何を喋るの？　シュウちゃんの本名も知らないのに。それにもし警察が捜してるのなら、あたしの所へ何か訊きに来るはずじゃない。四ケ月たつのに誰も来ないのよ」

まるで西海署の手抜かりを責めているように聞こえる。けれどぼくは女の言葉のなかに微かな光を見出したような気持で、

「岩井が最後に来たとき他に何か言ってなかった？　お金以外のことでなにか」

と訊ねてみると、女はかぶりを振って、

「べつになんにも……」

と言ったあとで、ふっと思い出すような眼つきになって、口を小さく開いて考えこんでいる。

「どうした？」

「……そういえば、ロンのマスターがここへ来たとき」

「うん」

「お金なんてあるわけないってあたしが何べんも言うのに、部屋を捜すのをやめないのよ。あれ、もしかして……ねえ何か他にもあるの？」

「ノートを捜してたんだ」

「ノート……？」

と物問いたげな顔の女に、そのノートがいかに大事なものか、野口にとって、それからロンのマスターにとって、ある意味ではお金よりも貴重なものであることを、少なくともぼくはそう推理することを、教えてやった。予想紙のことから二つの〈表〉のことまで、なにもかも。そうしたのはおそらく、自分の推理が客観的に見てどの辺まであてになるのか確認したい気持が働いたのだと思う。事実、女は説明を聞き終るなり感心したような笑顔を見せて、ぼくを安心させたのである。

「そうよ。それがあるから喋らないのよ」

「喋ろうったって喋れないんだ」

ぼくは自分の推理ににわかに勇気づけられて（あるいは女の同意に勇気づけられて）、たわいなく元気を取り戻したのだが、しかしじきにそれが半分以上、空元気《から》だということに気がつかざるを得なかった。ノートを握っている野口が警察に捕まればロンのマスターは野球賭博の罪まで背負いこむことになる、だから野口のことを警察に喋らない、という考え方は確かに論理的には誤っていない。が、ロンのマスターが論理的に物事を考えるという保証はどこにもないじゃないか。それに、たとえ考えたにしても、それは彼の論理であってぼくの論理ではない。推理小説みたいにみんながみんな同じ考え方をするとは限らないんだ。高校生に売春をさせた男にはそれなりの、独特の論理が、あるかもしれない……

そのとき、女はそんなぼくの心配をよそに、

「田村さん、それも岩井から聞いたの？」

と素朴な疑問を提出してぼくを慌てさせた。

「見たんだ、実際に」ぼくは正直に答えた。女はその先を追及する代りにこう言った。

「妙な事を知ってるのね。大事な事は何も知らないくせに。……シュウちゃんの本名はどうして知ったの？」

答える気がしなかった。黙って女の視線を逃れた。女が急にくつくつ笑いはじめた。

「ねえ、似てるわ、やっぱり。いまの眼の伏せ方、シュウちゃんにそっくり。同じ色のスエードのジャンパーも持ってたし……」

これが他の場合だったら何か特別の気配を感じ取っていたかもしれない。が、ぼくは依然として西海署の刑事のことで頭がいっぱいだった。だからその次に女が口にした、

「だいじょうぶよ」

という囁きを少しの抵抗もなく、なぐさめの、そして激励の意味に取って、うつむいたまま心のなかでうなずいたのである。驚きはゆっくりおとずれた。ぼくは眼を上げて、たったいまぼくの心を正確に読んでみせた女の顔をながめた。雨の滴を横にし

たような両の眼尻に皺が浮いている。

「でも喋るかもしれない」

「だいじょうぶ」

「このうえ警察から人違いされるなんて御免だよ」

「喋らないわ」女はまるで自分がロンのマスターであるかのように言う。

「どうして？」ぼくはまるで女がロンのマスターであるかのように訊ねた。

「ノートがあるじゃない」

「あてにならない」

「罪が重くなるようなことをするもんですか」

「罪を分けあえばそのぶん軽くてすむ」

「でも、もっと大勢の人間に迷惑がかかるわ。名簿が警察に渡ったら、高校生だってもっと捕まるかもしれないし、客の方だってただでは済まないでしょ。そしたらマスターの罪はずっと大きくなるもの」

ぼくは静かに女の言葉を嚙みしめた。こんども驚きは徐々にやってきた。（どうして今の今まで気がつかなかったんだろう？）

「そうか。売春の客の名簿か」とぼくは自分にむかって小さく叫んだ。

「平仮名は高校生の名字。名前かもしれない」

これを聞いても女は何の意見もはさまない。ぼくは一人でつづけた。

「日付はそうすると、客が高校生を買った日……しかしどうして、そんな証拠になることまで記録したんだろう」

「シュウちゃんがそうさせたんじゃない？」

「あ」

と虚をつかれて、このときいったんは驚いてみたものの、しかしよく考えてみると女のこの推理は真に受けられない。ぼくの記憶では、ノートの第二の〈表〉に見られる最初の日付は二月からであり、もしこれが野口の差し金だとするなら、野口は犯行を半年も前から計画していたことになる。そういう練りに練った犯罪を（しかもアイリッシュばりの心理的な駆引きを含んだ犯罪を）為《な》し遂げる男と、武雄のバーからその夜の売上げを盗んで逃亡した男とは、どうしてもイメージとして合致しないのである。それに、どうもこの女は野口の頭の良さを過大に評価しているようなところがあるし。

しかし、だからといってその他にどんな理由も思いつかない。正直に言うと、ぼくはこのとき、「あ」と叫んでそのまま後は口をつぐむことしかできなかったのだった。

だいぶ経ってから、一つだけ訊ねてみることを思い出した。女は意外なほどあっさ

りと、

「知らない。聞かなかったの。会いに行きたくなると困るから」

と答え、それだけでは言い足りないと思ったのか、

「ほんとよ。知ってたら教えたっていいんだけど。でも、住所なんか聞いてどうするの。博多まで追いかけてどうするつもり？」

と訊く。追いかけて行くつもりなどないとぼくは答えた。そして、

「ただ念のために訊いてみただけで……」

と言い添えたのだが、これがどうやら余計な一言だった。別に何の意味も含ませたつもりはなかったのだけれど、女はありもしない何かを感じ取った。そんな気がする。ふいに押し黙り、テーブルに両手を重ねるとその上に顔を寝かせてしまったのである。それはまるで、舵《かじ》を失った舟から陽が沈んで行くのを呆然と眺めているような性質のもので……つまりぼくの理解を超えているし、ぼくには手のほどこしようがない。ばつが悪くなった男は片手をジャンパーのポケットに突っ込み、煙草を探しながら、女のうつろな、しかしある一点に向けられた視線をなぞり、それがテーブルの縁に置かれた男のもう片方の手の指に辿り着くことに気づいた。そのとき女が口を開き、それまでとはまったく異なった気だるそうな声でぼくの名前を訊ねていた。

「ヒロシ。ウ冠の……」

「悪いけど煙草はやめて。ずっと禁煙してるの。いくつ?」

「二十八」

女は気の抜けたような笑いを浮べて、

「昭和二十七年? あたしも同じ年に生れたのよ」

「六月二十三日」

「蟹座《かにざ》ね」

「君は?」

女はゆっくり顔を起し、椅子に背中をあずけて対面の北家の席をまっすぐ見ながら、

「ミチ子。道草の道子。ノストラダムスの大予言、信じる?」

「信じない」

「何を信じるの」

「…………」

「コーヒーがのこってるわよ」

ぼくは冷たくなったカップの中身を一気に飲みほした。底にグラニュウ糖が溶けきらずにかたまっていた。女はコーヒーを入れるとき、砂糖は幾つ? と訊かなかった。夕食の代りに胃散を飲まねばならない。

「他に話すことがある?」

と木庭道子が訊ねた。他に訊くことが幾つかあった。しかし口にするのはなんとなく憚られる。ぼくはどうでもいいようなことを一つだけ、

「どうしてエレベーターを使わずに階段を？」

「…………」

「いや、いいんだ。別に……」

「少しは運動した方がいいと言われたの」

「誰に？」

「専門家よ」

「…………。もう一つ。五月の十二日に彼と一緒にデパートへ行かなかった？」

女は椅子に寄りかかったまま小指で鼻の脇を掻いて、

「行ったと言えばどうなるの？」

「月曜日なんだ。十一日が母の日だった」

「月曜なら競輪場でしょ」

「競輪はやってない。その日に野口を見たという人間がいるんだけど」

「デパートで？」

「二人でボートに乗ったんじゃないかい？」

「忘れたわ」

「日曜はどうだった？」

「競輪でしょ」

「競輪のない日曜は？」

「パチンコ」

「一人で？」

「一人でよ」

と吐き棄てて、女は再び食卓の上に両手を落した。本当はもっと強く叩きつけたそうな感じだった。

「あなたが何を言いたいのか当ててみましょうか？」

「…………」

「いまさらそんな昔のことを思い出させてどうしようっていうの？」

「…………」

しばらくの間うつむいてからぼくは椅子を引いた。木庭道子がさりげなく訊ねた。

「帰るの？」

「うん。おじゃましたね」

玄関で靴の紐を結んでいると、彼女がぼくの仕事について訊ねた。明日から家具屋の配達係を始めるのだとぼくは答えた。家具屋の名前を言うと彼女は知っていて、いい仕事を選んだとほめてくれた。

「社長がよく店にくるのよ。会ったことある？」

「面接試験のときに」

「ちょっと変ってるでしょ。あれでお酒は一滴も飲めないのよ」

「へえ……」

ようやく紐を結び終えて立ち上がった。振り返ったが、どういう別れの挨拶が適当なのか判らない。木庭道子が先に口を開いた。

「電話番号だけでも聞いとくんだったわね」

「いいんだよ、ほんとに」

「銀馬車ってクラブ知ってる？」

「聞いたことはあるけど」

「路地の路子で出てるの。社長に連れてきてもらいなさい」

ぼくは微笑しながら首を傾けて、

「どうかな」

女はにっこり笑って、

「だいじょうぶ。それから今の奥さんとは早く別れることね」

「………？」

「あたしが女房なら運動靴なんかはかせないわ。それにそのジャンパーも」

「病気で寝たきりなんだ」

「心を鬼にしなきゃ」

「……できるだけのことはやってみる」

「それがいいわ。じゃまたお店で」

「うん。さよなら」

「さよなら」

　504号室のドアを閉めて歩き出す前から、ぼくはひょっとしたら野口がもういちど西海市に帰って来るのではないかと考えはじめていた。いや、考えたというよりもそれは、いつもの予感に近かったかもしれない。スエードのジャンパーを着て（いまのぼくと同じように）両手をポケットに入れて歩いて来る野口の姿が見えるようだった。この街の、このマンションへではなく、あの、北村いづみと約束した広場へ。野口は十七の高校生か二十八のホステスかのどちらかに嘘をついている。あるいは両方にかもしれないけれど……けれど、おそらくどちらか一方へ空涙を流してみせたのだ。それはきっと少女の方へではない。野口は博多でこの街の売春騒ぎを知って帰って来られなくなったのかもしれない。しかしいつか必ず戻って来る。ほとぼりがさめるのを待って。北村いづみのもとへ。少女が信じた通り、良子が予想した通り現われるだろう。木庭道子はそうと知らずに野口に裏切られ、ぼくは良子との賭けに負けるだろう。椿が丘マンションの非常階段を降りて行きながら、ぼくはそう確信していたのである。それはいわば、この年最後の予感にもとづくぼくの予想だった。

ツキは生きていた。

＊

十二月十一日、木曜から働き始めた。一年ものあいだ遊んでおきながらこんな自慢をしてもしようがないけれど、三十一日の仕事納《おさめ》まで二日しか休みを取らずに毎朝、九時前にきちんとタイム・カードを押し続けた。出社と退社の際は必ず背広にネクタイを締める、というのが社長の方針である。理由は同僚の誰に訊ねてもはっきりしなかったが、みんながそうしている以上、ぼくも従わぬわけにはいかない。少なくとも会社の行き帰り、ぼくの姿は市役所の職員と区別がつかなかっただろう。ただし、帰りは五時というわけにはいかなかった。たいてい八時から九時のあいだであり、ときには十一時過ぎ、最高は翌朝の四時頃にアパートへ帰り着いたこともある。もっとも、そのときは仕事のあとで、社長に連れられて鮨《すし》屋からクラブ銀馬車へ回ったりしたのだが。

正規の終業時刻は六時なので、ぼくは連日残業していたことになるのだけれど、会社の規則ではただタイム・カードを押して帰っても残業とは認められない。残業届というものが別にあって、残業時間と残業した理由とを書き込むようになっている。社員のなかにはこの残業届に対応する仕方として三種類が存在するようで、第一はむろんちゃんと時間通り分単位で届を提出する者たち、第二は届に記入するのが面倒なのでまったく出さないか、それとも出さないでいい時刻になるべく帰宅するよう努める、第三は毎晩きまって残業はするけれども届は気が向けばというもので、出す時には出さなかった日の分を合せて書き込むという方法である。ぼくは一週間ほど第一に属しながら観察したあとで、いちばん数の多い第三のグループに入ることに決めた。

ぼくじしんの仕事の内容は主に家具の配達で、一日中トラックの助手席に坐って市内を走り回ることもあれば、自分で小型のワゴン車を運転して、たとえば硝子扉付本棚一つ、安楽椅子一つなどを、届けることもある。何処からかよく知らぬが配達センターに送られてくる家具の梱包《こんぽう》を解いて、目立つ疵《きず》がなければ同僚と二人あるいは三人で掛声を合せて店先へ運び出すこともするし（本店の中に配達センターはある）、支店へトラックで持って行くこともあった。

配達センターには部長が一人（課長も係長もいない）、女事務員が一人、それから同僚が七人いて、そのうち六人までがぼくよりも年下だった。彼らは三日と経たないうちにぼくの言葉遣いや、昼休みの過ごし方や、煙草を喫う間隔などを呑みこんでくれた。要するに新人に必要以上の関心を示すことをやめたのである。やめなかったのは本店の人間では社長ただ一人だった。毎朝、九時四十分に配達へ出発する前、部長は八人の部下を整列させて、今日いちにち事故のないように元気をだして明るく笑顔を絶やさずに、こらそこチューインガムを噛むのはやめろ、張り切って行くぞよしレッツ・ゴウ！　というような訓辞をするのを仕事の一つにしており、それをそばで見物するのが社長の習慣らしかった。そして毎朝社長は、トラックに乗り込もうとするぼくをつかまえては、肩に手を置き、どうだ慣れたかと訊ねるのである。同僚の一人から社長は新しい物好きだと教えられたせいで、最初のうちは気にしなかったけれど、それが一週間たっても十日すぎても止まなかった時にはちょっと考えてしまう。

社長は五十を二つ三つこえたくらいの、その年にしては背の高い、体重は百キロ近くある大男で、その他の特徴としてはなにより毛深いことだろう。裸になったところを見たわけではないけれど、両手の甲から指の先まで黒い毛が密生しているのを見れば想像はつく。ただし額の生えぎわの毛は薄く、残った髪はすべて後頭部へむかって撫でつけてあり、床屋へ行く前の日くらいになるとうなじの辺はいわゆるアヒルの尻尾の形にはね上がった。

初めて会った時もそうだった。社長じきじきの面接試験を受けた日のことである。

そのとき金縁のレイバンをかけた初老の男の顔は、ミステリーの世界でしばしば殺人の対象になる吝嗇《りんしよく》家《か》の精力家の健啖《けんたん》家《か》の自信家の共同経営者、といった感じに最初ぼくの眼に映った。

まえの会社を辞めたいきさつなど聞くつもりはない、と社長は断った。何故なら、毎年、何十人もの人間がうちの会社を辞めていくのを見ているからだ。しかし、一年のあいだ仕事をしないでいる人間を見るのは初めてである。よかったらまずそこらあたりを聞かせてもらえないかな？　もっともな話だとぼくは思った。三ケ月は失業保険で生活しました、とはっきり答えることにした。それからあとを考えるためにしばらく黙った。するとそれを答の全部と誤解したのか、答を渋っていると見たのか、社長はうんとうなずき、もういちどうんとうなずき、そして、まあいいだろうと言う。君の趣味はなんだ？　面接試験でまさか競輪とは言えないから、読書ということにした。もっと具体的に言えんかね？　小説です。小説といってもいろいろあるだろう、恋愛小説、推理小説、大衆小説、と社長は三つの例をあげた。推理小説です。うん。社長はぼくが何かひとことでも喋ると、不思議な機械が動くのを見るみたいに身を乗り出して、うんとうなずくのである。月に何冊ぐらい読む？　二冊か三冊、と控えめにいった。読むだけか？　書いたりしないのかね？　意外な質問だった。書いたりはしないと首を横に振った。君の夢を聞こう。ぼくは正直に答えようとして考えこんだ。

するとアル社長は、君の理想は何かと訊く（夢の話はどうなったんだろう？）。理想だよ。……そのときぼくの頭に、父の家で日向ぼっこをしている猫の姿がちらっと浮んだが、答としてふさわしくないと判断した。恋人はいるか？　（夢と理想の話はどうなったんだろう？）いないんだな？　まあ……。夢もない、恋人もいない、と。社長の独言が聞こえた。

　うちの会社で君に何ができると思う？　車の運転ができます。そんなもん誰だってできる、君のセールス・ポイントが聞きたい。考えたって無駄だと思った。時間を与えてくれないのだから。案の定、訊いてきた。車を運転して将来はどうする、一生運転手かね？　これも考えなかった。幾つだ？　履歴書に書いてあるのに訊ねる。二十八です。うん、二十八ね、あたしはその年にはもう倉庫を一つ持っとった。そうですか。そうさ、嘘は言わんよ（嘘だなんて言ってないのに）。率直に言って、と社長はぼくの履歴書をコーヒー・テーブルの上に放った。どこへ行ったってあんたみたいな青年を望む企業はないね。嘘だと思うんなら他へ行ってみなさい、みんな同じことを言うはずだ。ぼくはこれについて何の意見もはさまなかった。二つの支店を合せても従業員が五十名に満たない家具屋を企業と呼べるかどうか疑問だったけれど、そのことにも沈黙を守った。ただ、以前、市役所に勤めていた頃にも、去年、会社を辞める時にも、言葉は違うが同じ意味のことを言われたような気がしていた。むろん市長からではなく、社長からでもなく、同僚からでもない。直属の上司からなのだが、その二人の課長の顔を思い出そうとして思い出せないでいるうちに、アヒルの尻尾がもう帰ってもいいと告げた。一週間後に連絡するそうである。ぼくは明日にでも他をあたって見ようと考えた。

ところが、他をいくつかあたっている間に七日たって、由美子がアパートに現われ、母さんがゆうべビールを三本飲んでそのまま寝こんでいると言う。社長から母へ電話があったのだそうだ。二人が何を話したのか由美子は詳しく知らなかったし、ぼくも母に訊ねることはしなかった。だから母につきとおした一年間の嘘が社長の口からばれたことは想像もつき、また事実そうだったのだが、どうしてぼくの採用が決ったのかは今もって謎である。ひょっとしたら母が、何か社長の気持を動かすような強力なセールス・ポイントを、息子に代って訴えてくれたのかもしれぬ。それとも社長の気持は最初から少しも変らぬのかもしれないし。あるいはぼくが企業にとってどのような青年か忘れてしまったのかもしれなかった。

ともかくこうして、十二月十一日からぼくは毎朝、社長の毛深い手を肩に、そして時には毛深い指を首筋に感じることになったのである。ある朝、その太い指がぼくの頸の肉をそっとひと押ししてから離れて行ったときには、言い知れぬ心のざわめきを味わった。その日は終日、木庭道子になんとかもういちど会って、社長がどんなふうに「ちょっと変ってる」のか具体的に教えてもらわなければ、いまの状態では仕事にならぬとまで思いつめていた。

機会は意外に早く訪れた。社長に誘われたのである。午後八時二十分のタイム・カードを押して帰ろうとすると、女事務員が、アヒルが社長室でお待ちかねよと意味ありげなウィンクをする。とにかくネクタイを締め直して行ってみた。社長は何故か上機嫌だった。

「田村、明日は休みだな？」

「はい……」

「鮨は食えるか？」

「……はい」

「酒は？」

「……あんまり」

「なんだ疲れてるのか？」

「はい、今朝からどうもからだが」

「よし判った、ついて来い。今夜は精気をやしなってぐっすり寝る。それで明日の朝はピンピンに戻る」

「……はい？」

「鮨を食わせてやると言っとるんだ」

「………」

鮨屋ではカウンターの席に二人で並んで腰かけた。金の心配はいらぬから好きな物を頼めと社長は言い、ぼくはやけくそで、エビ・エビ・エビ・トロ・エビ・エビ・エビ・エビと注文する。子供みたいにエビばかり食うなと社長は少し本気になって注意した。勘定の時には、ぱんぱんにふくらんだ財布を開いて見せ、本物の札は十枚きりであとは新聞を切って詰めてあるのだと小声で教えてくれた。さかんに袖を引っぱるので覗いてみると、本当だった。これをもってクラブへ行くともてるのだと言う。証明するからついて来いとむりやり肩を抱かれて、銀馬車へ行くことになった。

そういう店に入った経験はなかったので、その夜、社長がもてたのかどうか断言はできないけれども、たしかにマダムをはじめとしてホステス連中は入れ替り立ち替り集まってきたし、おのおの口では歓迎してみせた。社長はミネラル・ウォーターに氷を浮べたものを何杯かお代りし、アルコールはもっぱらホステスたちとぼくとで受け持った。路子は最初から最後までぼくのそばに付いていてくれたのだが、その顔は想像した以上に木庭道子でいるときとは別人だった。たいていの独り者なら電話番号を訊ねたくなるし、たいていの妻子持ちなら猥談を仕掛けたくなるだろう。そしてその化粧のせいかどうかは判らぬが、初めて話したときのような感情の揺れはこれっぽっちも見せず、ひたすら陽気な女として振舞った。社長が席を立った時に、さっそく気になっていたことを訊ねてみると、彼女は一笑に付して、むこうを見なさいと言う。そのとき社長はホステスの一人とチーク・ダンスを踊っていたのだが、それが愛人だというのである。しかも他にもうひとり正式な二号というのがいて、これには小さい店を一軒もたせている。ぼくはちょっと呆気にとられてから、しかし、世の中には両刀づかいという男もいて……とまだ疑いを晴らせないでいると、路子は、入社して一月もたたないのにここへ連れて来られるのは社長に気に入られたのよ、それだけよとなぐさめてくれた。しかしそれにしても、気に入られる理由が判らない。毛むくじゃらの五十男に好かれる理由は何もない。

「Don't think twice. It's all right.」

路子がぼくにも聞き取れるようにゆっくりつぶやいた。

「何だいそれ」

「知らないの？　歌の文句じゃない」

「まともな男の歌？」

女は上品なしなをつくって笑い、

「ねえ、わたしと踊ってくださる？」

「遠慮するよ」

「どうして。踊りましょう。踊りたいの」

「カラオケとダンスはだめなんだ。踊り方を知らない」

これを聞くと路子はますますその気になったようである。この喜び、この幸せといった感じの顔になって、ぼくの腕を引き寄せる。

「あたしが教えてあげるわよ」

「いやだ。それより坐って飲もう」

「簡単よ、あたしにつかまってるだけでいいんだから」

「そんなみっともないまねできない」

「誰も見てやしないわ。さあ」

ぼくは周囲を見回し、薄暗いダンス・フロアを眺め、その向うの照明が当っている場所へ視線を投げた。赤いとんがり帽子をかぶった男たちがさして楽しくもなさそうに演奏している。ストリップ小屋みたいな安っぽい照明の下から流れてくる音は、ぼくの耳にはロバートで悩まされるカラオケとそれほど変りなく届いた。路子が言った。

「ヒロ子さんを捜してるんでしょ」

「みんなどこいったのかな」

「踊ってるのよみんな」

「みんなにはついて行けない」

「夜はひとなみにクレージーになれって言うわよ」

「歌の文句？」

「与謝野晶子」

「いろんなことを知ってる」

「商売だもの。さあ、踊りましょう」

「断る」

「蹴とばされたいの？」

ぼくは腕を取られたまましぶしぶ立ち上がった。こうなったらグラス五杯分のフランス皇帝の力を借りるしかない。

どうせ恥をかくなら隅でささやかに願いたかったのだけれど、真中の方がかえって目立たないと路子が主張するので逆らえなかった。私の足を踏まないように、あとはからだの力を抜いて立ってればいいと言う。

「そう、それでいいの」

「ちっとも動いてないぜ」

「いいの」

「…………」

「何か話して」

女がブラジャーをしているのかいないのか気になっていた。女の耳たぶに下がっている真珠が本物か訊ねてみるのもどうかと思う。女のロング・ドレスの背中に触れるぼくの指先は盲目のアル中である。路子の爪がぼくの左手の甲を軽く引っ掻いた。社長の姿を眼で捜しながらぼくは言った。

「会社の女事務員が来年、結婚するんだ。三十七歳で初婚。処女なんだって、みんなそう言ってる。ぼくは信じないけど。相手は同い年の自動車のセールスマン。お祝いを何にするか昼休みに相談になって、一人が枕を贈ろうって言った。堅くて丈夫な枕を。もう一人は、『ヨガ入門』がいい。三人めが反対して、おれはサンド・ペイパーがいちばん必要だと思うね……」

「あなたは何て言ったの?」

「ぼくは新入りだから黙って聞いてた。でも、ぼくだったら手袋にする」

「手袋?」

「だいじそうにいつもはめてるんだ。ピンクの毛糸がすりきれてる。物持ちがいいのかもしれないけど、自分で買ったんじゃないと思う」

「疑り深いのね」

「ハエにだってロマンスはあると言うからね」

女の胸が微かに動いた。笑ったのかもしれない。

「チャップリン……？　ときどき女がハエみたいにうるさくなるんでしょ」

「ハエは踊ってくれってせがまないから」

「リンドバーグはハエと一緒に大西洋を渡ったのよ」

「そばにいてほしい時もある……」

どこかでクラッカーが破裂した。風呂のなかで女があくびをしたような悲鳴が一つあがった。

「映画よく観るの？」

「うん。君は？」

「もちろん」

「……不思議な気がする。映画好きの人間がこんなに大勢いるのに、どうして映画館はいつ行ってもすいてるんだろう」

「あなたとあたしだけじゃない」

「ぼくの親戚はみんな好きだ」

「みんな、すいてる時を見はからって行くんでしょ」

「でも『影武者』のときなんかひどかったな。数えるほどって言うけど、ほんとに数えた。全部で八人しかいないんだ。始まる前、ぼくの横に一人やって来てね、電器屋のオヤジみたいのが。たぶん久しぶりに映画館に入ったんで心細くなったんだろう。

驚きましたなって言う。いつもこんなですかねって。いつもはこの倍はいると答えたんだけど……」

「『クレイマーvs.クレイマー』はいっぱいだったわよ」

「日曜に行ったんだろ」

そうだともそうでないとも女は答えない。ぼくは話題をかえた。

「社長のダンスは年季が入ってるみたいだ」

「きれいでしょあの娘《こ》。レナっていうの。ハーフなのよ」

「もてるんだな、あの男」

「そうよ。ねえ……」

女は気のきいた悪戯でも思いついたようにぼくの耳元へ唇を近づけて、

「アソコの先まで毛が生えてるんですって。自慢するの」

と息を吹きかけるように笑う。いかにもありそうな事に思えた。

「ほんとかしら」

「聞いてみないのかい、そのレナって娘に」

「やーだあ」

嬌声《きようせい》を発して路子が顔を寄せてきた。ぼくたちはフロアの中央につっ立ってほとんど動いていなかった。恋人はいるかと路子が訊ね、いないとぼくが答えた。嘘つきねえ、と女が囁き、嘘じゃないよ、と男が囁き返し、ほんとでもないんでしょ、と女はからかう。席へ戻りたいと頼んでみると路子はあっさり許してくれた。ベージュ色のソファにすわって、ブランデーを景気よく注ぎながら、見かけのわりに酒が強いとほめる。見かけのわりに強いところがもう一つある、と酒がまずくなるような冗談を軽はずみに喋ったあとで、たぶんお義理の笑いを笑っている相手にぼくは話を切り替えて訊ねた。化粧上手で笑い上手でなぐさめ上手のホステスが答えた。

「まだ何も言ってこないけど。だいじょうぶよ。くよくよするな。事件はもう終ったの。四ケ月も前のことなんかだれも覚えちゃいないわ。あなたも忘れなさい、あたしも忘れるから。そしたら警察だって忘れてくれるわよ。みんなの警察なんだもの」

「うん……。もうひとついいかな？」

「どうぞ」

「野口の趣味はなんだったろう？」

「競輪。それから、野球かしら。とにかくスポーツ新聞はかかさず読んでたみたい」

「本は読んだ？　推理小説とか……」

「ぜんぜん。ねえ、彼もほとんどお酒は口にしなかったの。知ってた？」

「らしいね」

「いつもあたし一人で飲んでたのよ。さみしいったらありやしない。飲めない男と暮すもんじゃないわ」

「夢は？」

「夢？」

ブランデー・グラスを掌にのせたまま路子はおうむ返しに言う。

「将来のこと、何か言ってなかったかい？ ずっと先の……」

「ずっと先の……」

とふたたび女はおうむ返しにつぶやいて、グラスをそっと揺らしながら過去を思い出すような、もしかすると未来を予想しているような眼つきになり、それからぼくを見て笑った。赤ん坊を慈しむような笑顔だった。ぼくの母親がむかし近所で生れた子を抱かせてもらう時にそんな笑い方をした。

「ノストラダムスの予言を信じてたわ」

と木庭道子は言った。

「嘘だろ」とぼく。

「ほんとよ。シュウちゃんはあたしが信じることは何でも信じてくれたの」

ぼくは生ぬるいブランデーをあおった。競争するように女も喉をそらせた。

路子がいった。「あなたとなら朝まで飲みあかせるわ」

ぼくがこたえた。「その歌のレコードなら持ってるよ」

女は空のグラスを指でつよく弾《はじ》いた。そして笑いはじめた。なにがそんなにおかしいのか、からだを折りまげ、顔をソファの背に埋めるようにして笑いころげた。

社長がダンスに飽きて戻ってきて、これから焼肉を食いに行くぞと叫んだ。まるでミネラル・ウォーターに酔ったみたいに。お茶漬でしょとハーフの恋人が訂正した。両方にすると社長は妥協し、陰にぼくを呼んで、おまえの好きな女を連れて行くから選べと囁いた。

それから社長とぼくとレナと路子とヒロ子とアスカの六人で焼肉屋へ出かけた。そのときにはもうぼくと路子の二人はいいかげん酔っぱらっている。ヒロ子という名のホステスの顔とからだつきと年恰好が、ぼくの長年いだいていた理想にほぼぴったりに思えてしようがなかったけれど、男には興味がないのだと路子が親切に教えてくれた。あんまりみつめるとアスカちゃんに嚙みつかれるわよ。ぼくは憮然としてビールを飲んだ。その夜まず社長とレナがいなくなり、ヒロ子とアスカが姉妹のような笑顔を見せてさよならを言い、最後に路子とふたりきりになったとき、ぼくは独言を声をあげてつぶやいた。「野口のことなんかもう忘れよう」すると路子も手を握り返して賛成した。「そうしましょう」たぶん午前二時をまわっていたのではないかと思う。灯りのついた酒場は見つからなかった。タクシーの空車がやけに眼につく。女はそれを数えながら斜めに歩き、コートを持たぬ男は背広の襟を立てて後を追った。明けてクリスマスの二日前だった。

クリスマス・イブもその当日もむろん関係なく残業した。社長は例の夜の結果を訊ねることもなく、一緒に飲みに行ったことさえけろりと忘れた様子で、しかしあいかわらず毎朝、ぼくの肩に触ることはやめない。そのたびにぼくは心の中で、Don't think twice. Don't think twice ……とまるで悪魔祓《ばら》いの呪文を唱えるみたいにくりかえした。十二月の西海競輪は第一節が二十日から、第二節が二十七日から三日間ずつ組まれていたが、とうとう行く機会はなかった。もっとも行く機会があったところで使う金がなければ同じことだけれど。

三十一日の午前中で仕事はあらかた終った。午後からはトラックを洗ったり、休憩室やロッカーの掃除である。そのときになって女事務員が一軒だけ配達もれがあるのを発見し、いくら騒いでみせても誰も耳をかそうとはしない。部長が昼食から戻るまではそうだった。それから八人で寄ってたかってその三十七歳の処女（？）を責めたあげく（「どこに眼をつけてんだ」「このいかず後家」「てめえで配達しろ」「婚約ボケもいいとこだ」「ほんとに紙ヤスリを贈るぞ」）、部長の提案であみだクジを引くことになる。そして当っても喜べぬ賭けというのはどうもぼくの性に合わないようである。

ワゴン車にベビー箪笥《たんす》を積み込んでいると女がハンカチで涙を拭きながらやって来て、ごめんね、こんどお好み焼おごるからねと、くどくどあやまった。

配達の帰り、野口修治と北村いづみの出会いの場所へ車を向ける気になったのは、もちろん通り道だったせいもあるけれど、今日が一年の終りということで少し感傷的な気分になっていたのかもしれない。わざわざ車を降りてグラウンドの中へ入ってみることまでぼくはしたのである。しかしそこには感傷をもりあげてくれる小道具は何一つなく、模型飛行機も飛ばず、小学生も叫ばず、置き忘れられたバットも転がっていないし、片脚を引きずる美少女の横顔も、解き放たれたボクサー犬の駆けまわる姿も見えず、ペンキの剝げかけたスコア・ボードのそばでこの寒いのにゴルフのクラブを振ってる男が一人いるだけだった。ぼくは十分もしないうちに現実的な家具屋の運転手に戻って車を走らせた。

ところが、しばらくするとまたブレーキを踏むことになる。道の向う側を走って来る男の顔に見覚えがあったからである。ぼくはクラクションを続けざまに鳴らし、運転席の窓を下げて怒鳴った。

「何してるんだ、グローブなんか持って」

男は道路を小走りで渡って来てから言った。

「なんだ、田村さんですか」

「誰だと思った?」

「誰かなと思ったんです」

ぼくは眼鏡をはずしてこめかみを指で押しながら、オリオンズの野球帽をかぶった山田を、そしてその横に立っている坊主頭の少年を見やった。塾の生徒だと山田が紹介した。これからキャッチ・ボールをしにあのグラウンドへ行くところだという。

「彼、野球部なんですよ。中二で正捕手、いいからだしてるでしょう」

なるほど、無邪気そうな顔つきとは不釣合に体格が良い。ただぼくに対して挨拶をしろとまでは言わぬが、ぺこりと頭を下げる気持くらいは見せたっていいだろうに、黙ってあさっての方を向いてつっ立ってるのが気になるけれど。山田が先に行ってるように勧めると、少年は一言も喋らずに走り去った。後姿を頼もしげに見送った山田は両頰にエクボを浮べて振り返った。

「ぼくのカムバックにうってつけだと思いませんか」

どうやら中学生相手にフォーク・ボールを試す気らしい。

「まあな。それに礼儀正しいし」

「無口なんですよ。思慮深いんです。ぼくの荒れ玉をきちんと受けとめてくれる」

「それで不機嫌なんだ」

「違います。それは最初の頃の話で、もうずいぶん勘も戻って来たから。今日あたり思い通りに落せそうな気がする」

「村田兆治か」

「いや、そこまではとても……」

と後輩は帽子のひさしに手をやって本気で照れながら、

「でも、江川ぐらいにはなんとか」

「江川がいつフォークを投げた？」

「広島戦で一度……違ったかな、ホーム・ベースの手前でワン・バウンドしたんだけど」

「…………」

「また働き始めたんですね」山田が訊ねた。それからぼくの答を待たずに、

「たいへんだなあ。おおみそかだというのに」

と子供騙しのお世辞をつかう。

「もう終ったよ、全部」

「良かったですね。いい正月が迎えられそうで」

これに対抗して、エクボが消し飛ぶような皮肉を練っていると、

「そうだ、田村さん覚えてますか。右脚のわるい女の子。ほら、夏に会った時に……」

と山田が遮った。そのときぼくが、

「うん、あれか」

としか返事をしなかったのは、頭の中でフォークと山田と中学生の三者に関する名科白《せりふ》を推敲《すいこう》していたせいである。が、高校野球の元投手は相手の気をたくみにそらしてみせた。

「ついさっきそこですれ違いましたよ」

と自分が走って来た方角へ眼を向ける。

「ああ、まだあそこに見える。赤いコート」

眼をこらした。たしかに赤い後姿が見えるようだ。

「すれ違っただけで、彼女だという自信はないんですけどね。髪型も服装もあのときとは変ってるし。でも右脚を引きずって歩いてたから……いや、あの眼だな。たぶん間違いない。彼女ですよ。直感です」

「当りだ」

とぼくがつぶやくと山田は怪訝そうな顔をした。北村いづみの家はこの近くのはずである。彼女がいま目の前を歩いていても何の不思議もない。しかしそのことを山田に教えるつもりはなかった。代りに、

「おまえがその直感をバッターに使ってたらな」

「何ですかそれは？」

「クラウン・ライターは江川を指名しなかったかもしれない」

「……なるほど」

　とドラフト会議で冗談にも話題にのぼらなかった青年は鹿爪らしくうなずいて、もういちど後ろを振り返ると、

「旅行にでも行くのかな。大きな鞄さげて……」と言う。

　ぼくは運転席の窓枠に肘を置いたまま、三秒ほど石になった。それから眼鏡をかけなおした。ちょうど視界から消えるところだった。反射的にサイド・ブレーキを戻し、チェンジ・レバーをローに入れた。

「どうしたんですか」山田の声が間のびして聞こえる。ぼくは思わず声を荒《あら》げた。

「どうしてそれを先に言わない」

「は？」

「配球が悪いんだよおまえは。致命的な欠点だ」

　そう言い放ってアクセルを踏んだのだが、山田は窓枠に取りすがって追いかける。

　急ブレーキ。

「ちょっ、ちょっと待って下さい。実は来年ＯＢ会でチームを作る計画があるんです」

「それがどうした」

「いや、だから先輩にもぜひ参加してもらって……」

「考えとく」

「お願いしますよ。メンバーが集まらなくて弱っているんです。後輩たちとの親睦試合の予定まで立ててあるのに」

「判ったからその手を離せ！」

「はい！」

弾かれたように山田は両手を上にあげた。

「じゃ先輩、よいお年を」握手を求める。

ぼくは右手を差し出しながら、深く嘆息してこたえた。

「おまえもな」

車を出して十秒と経たないうちに赤いダッフル・コートが眼に飛び込んで来た。道路の左側に移っている。タクシーを捜しているのか、立ち止って後ろを見返っているところだった。間違いなく北村いづみである。ショルダー・バッグと、見るからに重そうなボストンが足元に一つ。ぼくは十メートルほど通り過ぎてから車を止めた。サイド・ブレーキを引き、ルーム・ミラーを視つめる。女がふたたび歩きはじめた。ぼくは助手席側のドアを開けて外へ出た。いづみは後ろを振り返り振り返り歩いて来る。彼女の顔ではなく、赤と黒のチェック柄の旅行鞄をぼくは見ていた。

脚が止った。やあ、とぼくが言った。いづみはすぐに気がついてくれた。上眼づかいにぼくを見て、何も言わなかった。ぼくの喉を言葉が突いて出た。

「野口から連絡があったんだね」

「………」

「そうなんだね？」

いづみは答えずにうつむくと、何故か逃げるように歩き出した。逃げられるわけがない。重い荷物を持って。片脚をひきずって。大またに一歩だけ進んで彼女の手をつかんだ。革の手袋をはめている。鞄が鈍い音をたてて地面に落ちた。それをぼくが拾った。

「送るよ。車があるから」

「………」

「国鉄の駅かい？　それともバス？」

「どうして？」

はじめて北村いづみが口を開いた。恨むような眼でぼくを見上げている。恨まれる覚えはない。そして何とも答えようがない。ぼくは一人で車に乗り込み、鞄を荷台に置いて、彼女を待った。そのときまで心臓の鼓動は正常だった。

「駅でいいんだね？」

いづみが助手席に坐るとぼくは訊いた。微かに首を動かしたようである。それから手袋を脱ぎ、コートのポケットからティッシュ・ペイパーを取り出して、ていねいに、音をさせないで鼻をかんだ。しばらくその横顔に見とれてからギアをつないだ。

西海駅の駐車場に乗り入れ、ぼくが煙草を一本喫う間、いづみは横にじっと坐っていた。約束の時間は何時かとぼくは訊ねたのである。三度目に同じ質問をくりかえしてようやく、あと七分で野口が駅の待合室に現われることがわかった。列車はその何分後に駅を出るのか、何処へ向うのか、彼女は知らない。何べん訊ねても首を横に振る。ぼくが先に降りて、助手席のドアを開けてやった。手袋をはめるまでいづみはそこに坐っていた。最後にぼくが荷物をおろし、ドアを閉めた。心臓の音が聞こえる。

いづみが小声で言った。

「ありがとう」

ぼくは迷っていた。いづみの手がためらいがちに伸されて、鞄を受け取ろうとする。ぼくは迷った。コートと同じ色の手袋が鞄をつかもうとする。ぼくは決めたこれっきりでおしまいにするわけにはいかない。次の瞬間、女の右手は行き場を失って宙をさまよった。

「頼みがある」

とぼくがいった。

「野口に会いたい」

いづみの唇がわずかに開いた。声にはならない。

「行ってここへ呼んできてくれ。いや、一人の方がいい。野口一人で。そしたらこの靴を渡す」

いづみは何か言いたそうだった。何も言わなかった。何と言っていいのかわからないのだ。

「心配いらない。君たちのことをとやかく言うつもりはない。なにも……なにも見なかったことにしてもいい。ただ野口の顔を見るだけでいいんだ。五分でいい、会って話がしたい」

しかしいづみはその場を動かない。唇をかんでうつむいたきり動こうとしない。諦めたくなるくらいに頑《かたく》なな沈黙だった。ぼくは女の手を引いて強引に歩かせながら、

「いま行かないと二度と会えなくなってしまう。ぼくだけじゃなくて君もだ。靴は渡さない。この中には大事な物が入っている。それがないと君は野口と一緒に行けない」

背中を押した。自分でも何を言ってるのかわけがわからない。いづみは二三歩まえへつんのめるように進み、振り向いた。男の言葉の意味を考えていたのかもしれない。忘れてくれるように祈った。

「はやく、時間がないんだ」

いづみはようやく自分の意志で歩きはじめた。待っている時間はいつものように長く、しかし少しも苦にならなかった。まさかこんなふうに、こんな時に、こんな場所で、野口に会うことになるとは……。言いたいことは山ほどある。それを思い出さなければならない。

まず第一に、まず最初に、……何だろう？ ……まずことのはじまりは、正月の娼婦。野口とぼくは同じ女に当ったんだ。同じ女を買った、たぶん同じ値段で。同じ女を抱いた、たぶん同じ方法で。君とぼくとはひとつ同じ穴のなかに……そんなことはどうだっていい。もっと大事な話があるはずだ。もっと重要な……良子は知ってるんだろうか。北村いづみがきょう駆け落ちすることを。いまこの街を出て行こうとしてることを。三時ちょうど。市立図書館の番号は知らない。図書館に電話してる暇はない。自分じしんのことを考えろ。良子のことではなく。むかしの女のことではなく。

ぼくはしだいにいらだちながら車の周囲を歩きつづけた。まず訊きたいのは、北村いづみに近づいたのは何故かということ。彼女に売春をさせる気があったのかなかったのかという点だ。そうだ。しかしあいつは最初から本名を名乗った。木庭道子にも本名を打ち明けている。ロンのマスターは知らない。「だって何を喋れるの？ シュウちゃんの本名も知らないのに」岩井も知らなかった。岩井はぼくの首を絞めた。岩井は山崎の首を絞めた。岩井は野口の首を絞めなかった。……あのノートだ。そう。

どうして大切な証拠を北村いづみに預けたのか。初めから金を盗んで逃げる時のためにあれを間抜けなマスターに書かせたのか。それとも野口じしんが書いたのか。しかしそんなことを訊いてどうする。推理小説の結末を確かめるようなまねをしてどうなる。予想紙にあった㋳は山崎に間違いない。そして㋮はマスターのマだ。㋜は？……ぼくの知らない男。ロンの常連。酒好きの博打好きの野球好きの鈴木、須藤……きっと競輪場で何百回もすれ違っている。ぼくと同じだ。ぼくと同じような人間は世の中に何万人も、何百万人もいる。酒呑みで、煙草がどうしてもやめられなくて、競輪の開催日が近づくとそわそわして、仕事をしくじって、女でしくじって、惚れっぽくて、お人好しで、「宏はあたしに似てお人好しだから」、いつも後悔ばかりしてる。

駅の建物の方をながめた。まだ現われない。ぼくはふと、このままふたりが逃げてしまうのではないかと不安になった。どうしてここで待つなんて言ったんだろう。「いま行かないと二度と会えなくなってしまう」まるで映画の台詞だ。三流映画の中でだけ通用する台詞だ。野口は三流映画みたいな犯罪をやった。三流映画みたいな駆け落ちをやろうとしている。ぼくは映画の原作者みたいに後悔しながら待つ。

ぼくは野口を待つ。ぼくは野口に会いたい。ぼくは野口の顔が見たい。「鏡を見ればいいじゃない」ぼくは鏡に映ったぼくの顔が見たい。「ねえ、やっぱり似てるわ……」どれくらい似てるんだろう？　娼婦が間違えた。父がまちがえた。小男がまちがえた。酔っぱらいがまちがえた。藤田がまちがえた、久保がまちがえた。由美子がまちがえた、岩井がまちがえた、北村いづみもまちがえた。木庭道子はまちがえなかった。警察もまちがえない。

野口は警察から追われていない。野口は自分が犯した罪の尻拭いを、女房に、ロンのマスターにさせる。自分が妊娠させた高校生を、ぼくに病院まで運ばせた。「シュウちゃんは頭がいいのよ」野口は頭がいい。ノストラダムスの大予言を信じてる。あたしが信じることは何でも信じてくれる。そして高校生と駆け落ちする。他人の女房と西へ逃げた。くりかえしだ。おんなじことのくりかえしだ。「まるで一回転して戻ってくるジェット・コースターみたい」野口もおなじレールの上を走っている。あんた、それが判ってるのかい？　いや、と野口は笑う。笑って人を騙す。泣いて女を裏切る。じゃあ、あんたのせいでぼくがひどいめにあわされたのは？　いや。北村いづみが流産したのは？　いや。いや、いや、いや。あんたも同じだ。ぼくと同じで何も判っていない。いつも後悔ばかりしてるんだろう？　いや。駆け落ちした女と半年もつづかなかったんだろう？　いや。女が信じることは何でも信じてやるのかい？　いや。

ぼくはもういちど駅をながめた。歩きまわりながら腕時計に眼をやった。三時五分。行くべきか、待つべきか。待つ。待つ方に賭ける。あのときも待った。いったいデパートでは誰と一緒だったんだ。誰とボートに乗った？　美子、違う。道子、違う。いづみ、違うだろう。ちがう、ちがう、ちがう。いや、いや、いや。オカマの麻雀。どうしてオカマの麻雀なんだろう。訊かなければ。もういっぺん訊いてみなければ。まだだいろんなことが残っている。それがこれからわかる。ミステリーの最後の一ページ。とってつけたように終る……。しかし　そのとき　ぼくはミステリーの　背中で　探偵じゃない　男の声が　んだから　呼んだ。

「田村くん？」

心臓が止るまえにかろうじて振り向くことができた。

男はスエードのジャンパーではなく紺色のトレンチ・コートを着ていた。長身である。ぼくとほぼ同じくらいの。

「野口……？」向い合った男にぼくは意味もなく訊ねた。

「そう。鞄を渡してくれないか」

思わず素直に渡しかけて、踏みとどまった。

「サングラスを……」

とつぶやいて、ぼくは喘いだ。

「はずして、顔を、見せて……」

声には出さないけれど野口は笑ったようである。そして信じ難いほどあっさりとはずして見せた。

「…………」

「どう？　鏡を見てるみたいかい？」

と野口は言った。こんどは確かに笑っている。野口の顔が笑っていた。ぼくはゆっくりした動作で眼鏡をとった。相手の笑顔が消えていく。笑えないのではなく、肝心なジョークを聴き逃さぬために身構えるといったふうだった。一度だけまばたきをしてから、ふたたび表情がくずれた。こんなに歯並びの美しい男を見たことがなかった。

「似てないんじゃないか、そんなに？」サングラスの柄の先で唇に触れながら野口が訊いた。「どう見える？」

あるいは髪型のせいかもしれない。野口はそのとき五分刈りにしていた。ぼくよりも色が白いような、顔全体が少し小さめのような気がする。そして耳も小さいような、頬の肉がこけているような、顎の線が細いような、唇が薄いような、鼻が長すぎるような、両眼の間が狭いような、眉が濃いような気もする。けれどもたしかではない。見較《みくら》べるべきもう一つの顔がはっきり思い描けない。ぼくじしんの顔が朦朧としている。野口が無言で黒い眼鏡をかけなおした。

「話があるそうだけど」

「…………」

「あまり時間がないんだ。鞄を」

ぼくはボストン・バッグを足元に置き、眼鏡をかけた。どんな話があったのか思い出せなかった。野口が歩み寄ってボストンを拾いあげる。

「会えてよかったよ」

と野口は言った。まるで十年ぶりにいとこに再会したような満足げな口調だった。それからいとこと別れを惜しむように右手を差し出す。ぼくはその長い指を、平べったい親指を、薄気味悪い爬虫類《はちゆうるい》のように見ながら言った。

「どうして木庭道子に嘘をついたんですか」

「……………」

「逃げるなら黙って逃げればいいのに。どうして泣いてまで嘘をついたのか、それがよくわからないんだ」

ぼくは自分でも、おそらく野口にとっても、思いがけぬことを喋っているようだった。男の右手は獲物を見失ったように、とまどいながらポケットの中に隠れた。男の眼はぼくを見ていた。二つの黒いガラスがぼくを視つめている。次の瞬間、思いがけぬことが起った。

「寝たのか」

と野口はつぶやいたのである。ぼくは眉をひそめた。男の口もとがほころび、ぼくをたじろがせた。

「惚れっぽいんだな。パチンコ屋で隣り合せただけでも惚れる。誰とでも寝てしまう」

「ぼくは誰とでも寝ない」

「君のことを言ってるんじゃない」

「誰とでも寝る女なんかいない」

ぼくの強い口調にこんどは相手がたじろぐ番だった。野口は鞄を下に置き、ハイライトを取り出してかすかに震える手でマッチを擦った。そして腕時計を見ると、

「もう五分しかない」

と言う。

「北村いづみは流産しました」

とぼくは言った。

「その話なら知ってる」

「木庭道子も子供をおろした」

男の左手が鞄をつかんだ。ぼくはつづけた。

「美子はどうだったんですか。これからどうするんです。奥さんとはきちんと話がついたんですか」

「君の知ったことじゃない」

「だけど知りたい」

「こんなくだらん話をしてる暇はない」

「いちばんたいせつなことだと思うんです」

野口はいらだたしげに煙草を放り投げた。落ちた方向を見ようともしない。そのときだしぬけに空白が訪れた。ほんの短い間、ぼくの頭のなかは空っぽになった。知らないということはたぶん幸福なことなのだ。何も聞かず、何も見ずに生きていけたら、どんなに気が楽だろう。ぼくは耳をふさぎ眼を閉じていたいという衝動にかられた。そういう一瞬が、このときたしかに存在したようである。しかし、ぼくたちは一瞬に生きているのではない。

「ぼくも会いたかったんですよ。顔が見たかった、それだけです。でもひょっとしたら鏡を見るような気持になるかもしれないと思ってた。みんながそんなふうに言うもんだから、まるで、……」

野口は背中を向けて歩きだした。

「待てよ」

野口は立ち止った。けれど振り向かない。ただ腕時計をながめている。

「まるで、つまりもう一人の自分に会えるような気がしてた。あんたはいろんな常識はずれなことをやってるけど、でもぼくは話し合えば判るような気がしてた。双子の兄弟が理解し合えるように気持が通じると思ってたんです。ぼくが判らないでいることを、何もかも教えてもらえると信じてたんだけど……」

野口はゆっくり振り返った。まくれあがった唇から歯が覗いている。笑っているのだ。ぼくはせいいっぱいの努力で笑い返した。

「似てませんね。がっかりするほど似てない。ぼくにはそう見えます。北村いづみがどうしてまちがえたのか不思議でしようがない」

「いづみが待ってる」

「それも不思議なんだ」

「話しても判らないさ」

「彼女は騙してないんですね」

「誰も騙しちゃいない」と野口は言った。

それが野口の喋った、ぼくの聞いた、すべてのようだった。

「元気で。彼女にそう伝えて下さい。結局なにも判らないけど、あんたは大嘘つきだ。きっといつか女たちのしっぺ返しを喰う時が……」ぼくは最後まで言い終らないうちに口を閉ざした。このお粗末な捨て台詞はほとんど相手の耳に届いていなかった。すでに野口は足早に歩き去っていたのである。

ぼくは車に戻った。

何か言い残したことがないか考えてみた。しかしこの質問に対する答は言葉を覚えたときから決っていた。ぼくはもういちど車を降り、野口が捨てた吸殻を見つけて踏み消した。そして三時十五分になるのを見届けてから車を出した。

*

大晦日の夜はいつものように一人だった。母の家へ帰ってみても店の後片付や何やらでかまってもらえぬはずだから同じである。伊藤は冬休みを利用してハワイへ新婚旅行に出かけている。レコード大賞でも見ながら飲む手しかない。この日だけは日本酒を選んだ。風呂に入り、冷たい酒を飲みなおし、つけっぱなしのテレビで漫才を聞きながら、手帖を一月から読み返した。これも毎年の恒例である。十二月三十日まで読み終え、最後の空白に記入すべきことを記入する。それから外へ出て、良子のところへ三回目の電話をかけた。やはり呼び出し音がむなしく続くだけだった。良子は今日でちょうど三十歳になったはずである。電話ボックスの前に立って、ほろ酔い気分で初詣に行くか、それともこのまま帰ってベッドに入るか迷ったが、後の方を取った。アパートへ戻り、十二月三十一日の欄に書き添えることは何もなかった。

第三章　そのあくる年

一月－三月

一夜明けて年は改まったけれど、ぼくの方はあいかわらずである。

元日の夜はいつものように母の家で過ごし、翌朝は気疲れと宿酔《ふつかよ》いとで、頭が痛んだ。三日は高校の同窓会。幹事は新婚旅行でいないし、幹事補佐は自分の事で手いっぱいなので、いちばん暇そうな酒井が代理をつとめてくれた。同じ日におこなわれたはずの西海北高等学校野球部ＯＢ会は欠席である。その夜、三次会から流れて一人で市役所裏の屋台でラーメンをすすり、タクシーを拾うために一年前と同じ通りへ出た。風邪をひかない程度に空車をやりすごし煙草《たばこ》を灰にして待ってみたけれど、期待した女は現われなかった。おそらく縁がなかったのだろう。

四日は午後から出勤し、配達センターの職員ひとりひとりが社長の酌で屠蘇《とそ》を飲んだ。八人のうち三人までが姿を見せなかった。午前中に辞表を提出して帰ったのだという。年末のボーナスの額が折り合わなかったためだとの噂《うわさ》を、あとで女事務員からお好み焼とビールをおごってもらいながら教えられた。

良子とは十日を過ぎてやっと連絡がついた。大晦日《おおみそか》の晩は祖母も一緒に両親の家へ帰っていたらしい。年の暮れと年が明けてから何度かあなたのアパートへ行ってみたけれど留守だったという。電話なので表情は確かめられなかった。ぼくから訊《たず》ねるまえに、北村いづみの話になった。良子と、それから両親のもとへ一通ずつ便りがあったそうだ。しかしどちらにも差出人の住所は書いてない。良子に届いた方の文面からどうやら大分県の別府にいるということが判《わか》るだけである。野口の生れた土地だという。

——君の勝ちだね。

——………。親たちは捜しに行くと言ってるの。

——別府へ?

——教えないわけにはいかないでしょう?

——そうだな。仕事はうまくいってるかい?

――……ええ。あなたのほうは？

――順調。

――よかったわ。……もし見つかったらどうなるかしら。

――いま会社の帰りなんだけど、これから出てこないか。明日、休みが取れたんだ。

――ごめんなさい。今年から休館日が変ったの、水曜に。

――……ついてないな。

――はやく知らせればよかったんだけど。

――いいさ。君が変えたわけじゃないんだから。

――ねえ……？

――あのふたりのことはもう考えたくないんだ。考えることは君にまかせるよ。もともとぼくには関係のないことなんだし、それに……もう遅いような気がする。いまさら騒いだって手おくれだよ。他人の出る幕じゃない。

――それはそうだけど。

――それだけだよ。じゃまた電話する、火曜の夜に。あ、それから。

――え？

――ちょっと遅いけど、誕生日おめでとう。おばあちゃんにもよろしく。謹賀新年。

――（笑って）伝えとくわ。

それから二ケ月経《た》ったけれど、まだ良子とは会っていない。なかなか水曜日に都合よく休みが取れないこともある。電話もかけなかった。あるいはぼくの留守に良子が訪ねて来たことが一二度あったのかもしれない。なかったかもしれぬ。北村いづみと野口修治がその後どうなったのかは、だから今のところ何もわからない。ただ野口の妻の様子を少し知ることができた。ある日、配達の途中に同僚と二人して競輪場で道草を食っていると、見覚えのない男に声をかけられた。というのも、実は藤田の顔をすっかり忘れてしまっていたのである。焼いもを一つおごってもらって聞いた話だと、つい先日、博多のバーでホステスをしている彼女に会ったという。そのとき、夫とはきっぱり縁を切ったと言ったそうだ。つまり離婚届に判を押したのだろう。藤田ははっきり答えられなかったが、ぼくはそう解釈した。たとえ子連れでもあの女の器量なら引く手あまただと、藤田は妙に力瘤《ちからこぶ》を入れてうけあってみせた。それから、バーテンの久保もどうやら博多で働いているらしい。美子と一緒なのかどうかは訊ねなかった。その辺の話になると男の口は急に重くなったのである。藤田は同郷の新人選手の最近の不調が女性問題のためだというゴシップ話にさりげなく移り、ぼくは焼いもの礼をいってから仕事に戻った。

ところで、社長は最近ぼくの肩に触れなくなった。ぼくが仕事に慣れたのを見届けたのかもしれぬ。新し物好きがやんだだけの話かもしれない。辞めた三人に代って入社した二人に対する社長の朝の態度を注意深く見守っているのだが、肩を抱く場面はいまのところ見かけない。社長がぼくに興味を示さなくなったせいで木庭道子とはあの夜以来、会えないでいる。社長がぼくを銀馬車に誘ってくれることはもう期待できず、ぼくの方からマンションを訪ねることはたぶんないだろう。もっとも先のことはわからないけれども。良子との関係にしても、いつまた元に復するかもしれない。その心がまえは今でもある。彼女が忘れて行った四枚のレコードはそのままぼくの部屋に置いてあるのだから。

女性の話をすれば、実は一ケ月ほど前から交際をはじめた娘がいる。支店で売子をしている二十一歳の女の子で、ぼくを見る時はいつも胸の前に両腕を組んでショウ・ウィンドウでも眺めるような眼つきをするから、印象には残っていたのである。ある晩、会社の帰りに本屋に寄ると、ハヤカワ・ミステリの棚をキッと睨《にら》んで立ってる女がいる。ショルダー・バッグを背中にまわして両腕を組んでいたので彼女だとすぐわかった。アガサ・クリスティの愛読者なのである。コーヒーを飲みながら、クリスティ女史のあれは読んだかこれはどうだといろいろ訊ねられたが、その半分近くは読んだことはおろか聞いたこともない題名の作品だった。ぼくがたちうちできないのだから相当なマニアだと思う。多作なイギリス女を恨んでみてもしようがない。そのとき口数の少なくなった男に同情したのか彼女は、推理小説セミナーというものが毎週市の文化センターというところで開かれており、そこへ行けばもっとたくさん読んでいる人間が何人もいるという。誘われたけれど、断った。その代り週に一度は彼女と本屋で待ち合せてコーヒーを飲み、情報を交換しあうようになった(ぼくも少し勉強を始めたのである)。いまのところそれだけのつき合いだが、来週あたりからそろそろと思わぬでもない。無気力そうな表情とはうって変って喋《しゃべ》り始めると止らないくらい饒舌《じょうぜつ》なので、ぼくはただにこやかに笑みを浮べて聞いていればよいのが楽だし、それに彼女の話には実に教えられるところが多く興味深い。少なくとも、モーツァルトよりはクリスティの方がなじみ深いということもある。読書家にしては眼鏡もコンタクトもいらぬほど視力はいいそうで、そういえばなるほどきれいな瞳《ひとみ》をもっている。ソバカスだってない。ベッドの上で女の探偵小説講座を聞くのも悪くないと思う。

山田は今月に入って三べんもぼくの勤め先にやってきて、どうしても外野を守る人間が足りないからOB会チームに参加してくれとしつこい。誰かチームの核になる人物が必要でそれが田村さんだとか、やっぱりセンターは先輩じゃなくちゃなどと気を引いてみせる。

「でもピッチャーがおまえだろ？　疲れるからなあ」

「なるべく外野には打たせないようにしますから」

すでに親睦試合の日取りは、西海北高が今年の夏の県予選に敗れるであろう日の翌々日ということで申し合せが済んでいるそうだ。監督はともかく選手達がそれを承知なのかどうか。母校の甲子園初出場を願ってやまない。

新婚四ケ月目に入った伊藤とはロバートで飲むたびに、なんとか艶っぽい話を引き出そうと努めるのだが、はぐらかされてばかりいる。最近の伊藤のただひとつの悩みは新妻の昔の男のことではなく、はやくも始まった嫁姑《よめしゅうとめ》の冷戦にあるらしい。どうやらそっちの方を聞いてほしい素振りなのだが、いくら友人とはいえ酒がまずくなる話を聞く耳は持たない。それから残念なのは、ロバートで女子高生と教師との口喧嘩《くちげんか》が見られなくなったことで、ノリちゃんは博多に就職が決ってこの街からいなくなったのである。何も知らされてなかっただけにぼくのショックはかなり大きかった。新人はしょっちゅう黒い服ばかり着ている三十代の痩せた女で、高校教師にも家具屋の運転手にもわけへだてなくまともな受け応えをしてくれる。

カーディガンには去年の夏から一度も会わない。先月、競輪場で見かけたような気もするけれど、確かではない。その男は赤いカーディガンを着ていなかった。もし着ていたとしてもぼくは声をかけるのをためらったろう。ああいう物騒な男とはなるべく関わらないで暮していきたい。現実の殺人や暴力にはしばしば納得のいく動機が欠けており、それが小説と違って現実の退屈なゆえんである。新しいガール・フレンドの教えるところでは、そう明言したミステリー作家がイギリスにいるそうだ。が、おそらくこれは、実際には暴力の恐怖を味わったことがない人間の言い草だと思われる。ぼくに言わせれば退屈なのは小説の方である。ミステリーを読むように、実生活の恐怖には栞《しおり》をはさめないのだから。

これでほぼ一年と四ケ月にわたるぼくの問わず語りは終る。最後に今年の手帖から一つだけエピソードを添えるが、取り立てて意味はない。しいてあげれば、年が改まっても相変らずだということの裏付けにでもなるだろうか。締めくくりにあたって芸がないといえば芸がないし、蛇足といえば蛇足のような気もする。けれど、たぶんこういった調子で、これから先のぼくの一年一年は延々とくりかえしていくに違いない。そしてそれはきっとぼくが肺癌《はいがん》か交通事故で死ぬ日まで続くはずである(肺癌は妹の予告。交通事故は母の懸念)。それからいま思い出したが、今年もぼくは江川の二十勝に二万円賭けた。これもおそらく彼の引退の年までつづくだろう。

＊

二月──雨の夜である。

日曜だったけれど残業で会社が引けたのは八時をまわっていた。あくる日が前節の最終日にあたり、しかも休みが取れたので、バスを一つ手前で降りて早刷りの予想紙を買いにクリーニング屋へ寄った。主人が予想屋を兼ねていて、当日まで待てないファンのために前の夜から販売しているのである。

五百円の予想紙レインボーを折り畳んで背広のポケットにねじ込み、傘を開こうとすると目の前に人が立っている。真赤なウィンド・ブレイカーを着た中学生くらいの女の子である。軒先で雨やどりをしているのだろう、恨めしそうな眼付《めつき》でぼくと傘を見るので、つい、

「どっち？」

と訊ねると、

「あっち」

と面倒くさそうにポケットから片手だけ引っぱり出して指さしてみせる。

「同じだ。はいるかい？」

「うん」

女の子はこくりとうなずいてついてくる。ショート・カットの頭はぼくの胸の高さしかなかった。襟首をつかんでひょいと持ち上げられそうなからだつきで、ジーンズにつつまれた脚の細さなどは、まるで水鳥が歩を運ぶように見える。しかし寄り添って歩きながら、睫毛《まつげ》の長い目や、小さめで上向きかげんの鼻や、あきらかに紅をひいた唇を盗み見ているうちに、子供っぽいと思えた髪型がしだいに逆の効果を生じてぼくの眼に映ってくる。不思議に思って、なんべん見なおしても首から下は子供のままである。からだより先に顔から大人びていく女もなかにはいるのだろう。

「寒いな」

「…………」

「明日あたり雪にかわりそうだ」

「…………」

ぼくとしては話しかけたつもりなのだが、むこうは独言と聞いたのかもしれない。

横断歩道の手前で信号を待っていると、ふいに、

「おじさん、おなかすいてない？」

と言う。少女の視線にうながされて振り向くと、マクドナルドの店員が鬱陶し気に頬杖《ほおづえ》をついて夜の街を眺めている。ちょっと迷ったけれど、夕食はまだだし、明日は

休暇だし、相手はぼくをおじさんと呼ぶし、気まぐれに誘ってみた。

「ハンバーガー食べるか？　ふたりで」

「いいよ」

というのが返事である。

セルフサービスのハンバーガー屋のテーブルに向い合ってすわり、一個ずつ無言で食べ終って二つめにかかっているとき、

「それなあに？」

背広のポケットに眼をやって少女が訊ねた。

「競輪の予想新聞」

「ケイリン？」

「ああ、聞いたことないか、競輪って？」

「もうかる？」

「……まあ、時々ね」

「いま一万円もってる？」

「どうして」

「一万円くれたらつきあったげる」

「ん？」

「ホテル、行ってもいいよ」

口の中のものをコーヒーで呑《の》み下すまでしばらく時間がかかった。それから訊《き》いてみた。

「ぼくの顔に見覚えがある？」

「ない」

しかしぼくは念のため、無理に笑顔をつくって訊ねた。

「本当か？」

「ほんとだよ」

「高校生売春の話は知ってるだろ」

「知らない」

「去年の夏。新聞にものった」

「知らないもん」

「君、いくつだ？」

「はたち」

彼女が二十歳ならぼくはあさって定年だろう。

「本当はいくつだ？」

「十二」

「じゅうに？　……小学生じゃないか！」

「中学よ」

「嘘《うそ》つけ」

「ほんとだよ、一年だもん」

「なんて中学だ？　言ってみろ」

われながら余計なことを訊いたものだと思う。十二歳の女の子は突然、癇癪《かんしゃく》をおこしたように大声をあげて、

「どうしてそんなこと言うのよ。あんたなんか関係ないじゃない」

背中を叩《たた》き付けるようにして椅子にもたれかかった。眼に涙をためんばかりである。手のつけようがない。ぼくは煙草とコーヒーに難を逃れることにした。そのとき店内の音楽が耳に入ってきた。少し鼻にかかった男の声がピアノにあわせて歌う。英語の歌詞だった。誰が歌っているのかは知らない。どんなことを歌っているのかもわからない。聴き取れた単語を頭の中で並べて訳そうとしたができなかった。ついさっきまで覚えていたはずの、そしてそれがこの歌のキイ・ワードのように何度かくりかえされる、〈イマジン〉という言葉の意味がどうしても思い出せない。思い出せぬままに曲は終った。ぼくは舌うちをひとつしてから、

「ごめん。そんなに怒るなよ」

少女は口をとがらせて、

「一万円くれる？」

「だめだ」

「言うことときくのに」

「………」

外へ出た。傘をさした男の腕に両手でぶらさがって少女が要求した。

「ねえ千円貸して」

「だめだ」

「キスさせるから」

「どうしてそんなことを言うんだ？」

「タクシーで友達んとこいくのよう」

「傘なら貸してもいい。ぼくがタクシーに乗る」

「ケチ」

言い捨てると少女は五六歩、雨の中へ走り出して、しかしすぐに戻って来た。

「やっぱり貸して」

ふたたび相々傘で横断歩道を渡った。通りで向い合って立ち、傘を手わたした。少女は背伸びして傘をさしかけながら、

「親切ね」と妙に大人びた眼で微笑《ほほえ》む。

　ぼくは咳払《せきばら》いをして、

「まあな」とだけ答えておく。

「こんど会ったら返すね」

「いいんだよ、もう一本持ってるから」

「これ、あげる」

「…………？」

　少女が舌をちらっと見せて片方の拳を差し出した。掌《てのひら》で受けてみると、それは、小石ほどの重さをもった二つの銀紙包だった。

「キス・チョコレート」と少女が言った。

「チョコレート？」

「きのうだったらよかったね」

「……そうか。忘れてた」

「じゃあね」

　そう言うなり駆け出して行った。あまりにだしぬけで、

「ちょっと待ってくれ」

　と声にするひまもない。

（タクシーが来るまでいてくれてもいいんじゃないか？）

少女は傘を肩にかついで振り返った。後ろ向きにスキップを踏みながら、片手でさよならの合図を送ってよこす。

（まったく近ごろのガキときたら……）

ぼくも右手を上げて応じた。

（うしろを見ないところぶぞ）

その手を降ろすまえに車が近寄って来て止った。

*初出　「すばる」一九八三年十二月号

あとがき

自分が考えることは、たいてい他の人も考えているし、自分がすることは、他の人もしている。仮に少数派だったとしても、たったひとりはあり得ない。つまり自分は特殊な人間じゃない。そういうふうなことは、これまでの人生経験からもうわかっているので、恥ずかしがらずに言わせてもらうと、僕は、たまに、自分が書いた小説を読み返してほれぼれすることがある。

(ほれぼれ?)

ほれぼれは言い過ぎかもしれない。

そこまではないかもしれないが、自分が書いた小説を、時間を忘れて読みふけることはときにある。

たとえば二年前に出版された『鳩の撃退法』や、もっと前に書いた『5』を深夜、本棚から持ってきて、頭からではなく適当に頁《ページ》をひらいて読む。読むうちに、煙草《たばこ》の吸いさしが灰皿できれいに一本燃え尽きている。あ、煙草吸うの忘れてた、こんな面白い小説書いたの誰だよ？　ああおれか、と気づいて、こんどは最初の頁から読み直す。あらためて読み直して、小説家としての自分の小説に勇気づけられることがある。これが書けたんだから、いま書きかけの新作もだいじょうぶ、いける、弱気になることはない、明日も、自信を持って続きを書こう。

でも読まない本もある。

いまあなたが手にしているこの本、この小説、この『永遠の１／２』は例外である。これは読み返さない。

なぜなら、これは小説家佐藤正午のデビュー作だからだ。

デビュー作といえば聞こえがいいけれど、言い換えれば、デビュー作とは、要は、小説家がアマチュア時代に書いた小説のことだろう。

どんな小説家にも、一つだけ、アマチュアとして書いた小説がある。ないと始まらない。その小説が人目に触れ、本になるとデビュー作と呼ばれ、書いた人は小説家と呼ばれるようになる。のちに文豪ともてはやされる場合でも、小説家の一作目は、必ず、無名のアマチュア時代に書かれている。で、二作目以降、デビューした本人にやる気があれば、有名無名を問わずプロの小説家の時代に入っていく。この理屈はわかっていただけると思う。

ただこう書くと、アマチュアとプロとのあいだに明確な境界線があって、人はデビュー作を書くことで一《ひ》と跨《また》ぎにその境界線を跳び越え、ある日突然小説家になると取られるかもしれない。あくまで理屈にこだわるなら、その通りである。自分で思いついた理屈に沿っていまこれを書いているので、そういうことになる。初めて小説をひとつ書きあげること、そして書きあがった小説が縁もゆかりもない他人に読まれること、その結果、小説を書いた人の立ち位置は変わる。境界線をこちら側から向こう側へ、あるいは、向こう側からこちら側へ、どっちでもいいが、なにしろ跨ぎ越した新しい自分を見出《みいだ》すことになる。

（なるのだろう。たぶん）

したがって、ほんとうは僕は『永遠の1／2』をあんまり読み返したくない。この長編小説は、他人にはどうでも、僕にとっては小説家になる以前に書いた例外的な作品だし、しかも発表は三十三年前、書き出したのはさらにその二年前である。いまから三十五年も昔にアマチュアの書いていた小説を、いま小説家の僕が読んで、煙草を吸うのも途中で忘れて読みふける、なんて図はちょっと想像しにくいし、あってはならないことだとも思う。これを自分が書いたのか？　と別の意味で驚いて、ぞわっと鳥肌が立って、青ざめるのがおちではないのか。

そう思って、いままで長いあいだ、読まなかった。

ところが今回、こうして小学館文庫で新版が出ることになり、出版作業の手順として、分厚いゲラ刷りが送られてきた。

鬱陶《うつとう》しい。

読んでぞわっとするのも怖い。

が、著者として、校正作業に加わらないわけにいかない。

おまけに担当の編集者から、文庫の「あとがき」を書けと言ってきた。文庫なら普通は「解説」が付くんじゃないかとごねてみたのだが、解説の引き受け手が見つからないのだという。

じゃあ読むしかない。

☜

この小説は一九八三年、「すばる文学賞」という公募の文学賞を受賞した作品である。だからごく大ざっぱに言えば、当時の選考委員であったプロの作家のみなさんの総意として、高い評価を受けている、というか、お墨付きを貰《もら》っている。いまさらその評価に疑問を呈するつもりはないし、当時まだ二十代だった新人佐藤正午を自分で貶《おとし》める気もさらさらない。

でもこれどうなんだ？　と僕は思った。

今回ひさしぶりに『永遠の1／2』を読み返して、読んでいるあいだずっと、ハラハラして、心配でしかたなかった。この長い小説を書いた新人にどこか見所はあるのか？

あるとして一点、どうにかこうにか挙げられるのは、僕は、彼の文章力だと思う。むろん彼は怒るだろう。

（あるとして一点？）

一点でもあれば上等だと思うのだが、ただし、ここで文章力というのは、文章がうまいとか、こなれているとか、読ませるとか、粋だとか、そういう意味では全然ない。

（じゃあどういう意味なんだ）

たとえばそれは、僕が思うに『永遠の1／2』において発揮されている文章力というのは、粘り、とか、根気、とかの言葉に置き換えられるものである。比喩を用いれば、ちょっと突飛に聞こえるかもしれないが、無遅刻無欠勤、みたいな文章である。無遅刻無欠勤から連想されるのは、真面目、地道、丈夫なからだ、そして凡庸といった言葉だろうが、事実、そういった要素がこの作者の文章には備わっているのではないか、というのが僕の感想である。

（……で？）

……それで、その真面目さや地道さや凡庸さは、世間一般ではたぶんバカにされがちだとしても、デビュー作を書いてしまった新人の向かうさき、山あり谷ありの小説家稼業においては、ぜひとも欠かせない条件、とまでは言わないにしても、あっても絶対に邪魔にはならない資質ではないか、というのが僕の意見である。むしろその資質に助けられて、彼は十年、二十年、三十年と長く、倦《う》まずに小説を書き続けていくのではないか。

（で？）

あとはとくにない。

デビュー作について語るのは難しい。

読み始めたとたん、この小説を一心不乱に、万年筆で原稿用紙に書いていた時代の記憶が数々よみがえって、先へ読み進めなくなることもしばしばだし、時間をかけて読み終わっても、この小説については、自分では何とも言えないような、言いたくないような気持ちになる。これ以上のものはあり得なかった、それしかないんじゃないのか。これがベスト、あの頃の僕が全力をつくした結果、自分ではもうそう言うしかないんじゃないか？

実は、文庫解説の引き受け手が見つからないと聞いたとき、僕の頭にはひとりだけ、あてがあった。

いまから三十二年前、すばる文学賞受賞作『永遠の1／2』の単行本が書店に並んでいた頃、つまり小説家佐藤正午が誕生してまもなくのこと、ある女性週刊誌から連載小説の依頼が来て、若い僕は『ビコーズ』という小説を書いた。そのときは、僕としては（すでに一人前の小説家のつもりだったので）書いて当然の仕事を引き受けただけに過ぎなかったのだが、それからしばらくして、小説家の人選にまつわる裏話を、担当者の口からじかに聞く機会があった。要約すると、

1　なぜ、よりによってデビューほやほやの新人に連載小説を任せようなどと決めたのか？

2　週刊誌の編集部でバイトしていた女の子のせいである。

あるときバイトの女の子が、机にむかって、仕事中とは思えないような笑い声をあげていた。担当者が通りかかって、いったい何がそんなにおかしいのか訊《たず》ねてみると、いま読んでる本が面白いのだという。何の本？　すると彼女が黙って裏返して、『永

遠の1／2』と書かれた表紙を見せてくれた。

「ほんとうに、くすくす、くすくす、笑いながら頁をめくってたんですよ、堪え切れない感じで。表紙を見た瞬間に、これを書いた小説家に会いに行こうと決めました。会って、連載小説を書いてもらおうと。まだ佐藤正午という名前も知りませんでしたけど」

僕はこの話をいまでも憶《おぼ》えている。

地方に住む青年がこつこつ書きためた小説を、遠い都会にいる女の子が笑いながら読んでくれる。こんなふうに誰かに読んでほしいという作者の願いが、見ず知らずの読者に伝わっている。そのことがよほど嬉《うれ》しかったのだろう。

で、その女の子なら文庫の解説者として適任ではないか、青年が書いた小説のどこに反応して笑いが止まらなかったのか、懐かしく語ってくれるのではないか、と勝手に思ったのだが、残念ながら名前を知らない。いまどこで何をしているか知る方法もない。あったとしても女の子はもう女の子ではない。おそらく五十過ぎのおばさんである。六十になった僕が自作をハラハラしながら読み返したように、彼女もまた再読して、どうなのよこれ？　と首をひねる可能性はあるだろう。だってこれ、スーパーで買物して、商品をレジ袋じゃなくて紙袋に詰めてた時代の話だよね？　うん、主人公の趣味でいうと、三連単車券じゃなくて二枠単車券が主流だった時代の話だね。

何を語っても昔話になる。

だったらもう、この小説が世に出た当時、佐世保の青年と東京の女の子のあいだに通じ合う笑いがあったという事実は記憶のファイルに大切に挟み込んで、あとは、この小説の新しい読者の反応に期待をかけるしかない。

二〇一六年九月

佐藤正午

本書のプロフィール

本書は、集英社より刊行された『永遠の1／2』（単行本／一九八四年一月刊、文庫／一九八六年五月刊）に、「あとがき」（書き下ろし）を加えた作品です。

小学館文庫

永《えい》遠《えん》の1/2《にぶんのいち》

著者　佐《さ》藤《とう》正《しょう》午《ご》

二〇一六年十月十一日　初版第一刷発行
二〇二一年十一月二十七日　第四刷発行

発行人　石川和男
発行所　株式会社 小学館
〒一〇一-八〇〇一
東京都千代田区一ツ橋二-三-一
電話　編集〇三-三二三〇-五一三四
販売〇三-五二八一-三五五五
印刷所 —— 中央精版印刷株式会社

この文庫の詳しい内容はインターネットで24時間ご覧になれます。
小学館公式ホームページ　https://www.shogakukan.co.jp

ISBN978-4-09-406329-5